1

D.C. ODESZA

AUSERWÄHLT

Unnahbar

- LE PREMIER VOLUME -

EROTISCHER LIEBESROMAN

E-MAIL
d.c.odesza@gmail.com

FACEBOOK
www.facebook.com/d.c.odesza

HOMEPAGE
www.dcodesza.com

1. Auflage, Februar 2015

SW Korrekturen e. U. – swkorrekturen.eu

D.C. ODESZA
c/o BJ-Autorenservice.de
Gildehauser Weg 140a
48529 Nordhorn

ISBN-13: 978-1508575047
ISBN-10: 1508575045

Ich bin gefangen und doch unantastbar …
Nackt und doch unnahbar …
Blind und doch unverletzbar …
Das Spiel kann beginnen.
Mein Spiel.

DAKOTA CADENA

Hinweis:

In meinen Romanen werde ich, bis auf wenige Passagen, auf Verhütungsmittel verzichten – was jedoch nicht heißen soll, dass sie im realen Leben nicht wichtig sind!

Nur leider kommt es häufiger als gedacht vor, dass Leser einen fiktiven Roman mit der Realität verwechseln.

PROLOG.

Mit meinen Augen verfolge ich die wehenden cremefarbenen Schleifenbänder der Sitzbezüge unter mir. Die neugierigen Blicke der fein gekleideten Gäste in Kleidern und Anzügen von jung bis alt schauen zur Tribüne auf – zu uns hoch.

Es ist ein herrliches Sommerwetter, die Wellen des Sees spiegeln die Nachmittagssonne neben der hüfthohen Bühne wider, auf der wir stehen, die weißen Vorhänge um uns segeln im Wind und links von mir beginnt Leroy, einer meiner besten Freunde aus der Studentenzeit, in seinem silbergrauen Anzug erneut das Programmheft nervös zwischen seinen Fingern zu rollen.

Typisch – entweder zählt er bereits die Sekunden, bis die Zeremonie zu Ende ist, oder ich muss mir Sorgen machen, er würde heute selber heiraten, ohne informiert worden zu sein. Warum ist er so angespannt?

Doch etwas nervös bin ich auch. Florian, Marys Verlobter und bald Gemahl, den sie als Seelenverwandten, die große Liebe und zugleich Lebensgefährten bezeichnet – *mit den Begriffen kann ich leider nichts anfangen* –, wartet ungeduldig in seinem teuren Hugo-Boss-Anzug neben dem Standesbeamten, der seine Unterlagen auf dem mit Blumen geschmückten Podest durchgeht. So, als sei eine geschlossene Ehe nur in Form eines unterzeichneten Dokumentes gültig. *Solch ein Blödsinn!*

Ginge es nach mir, würde ich dauerhaft auf eine Heirat verzichten. *Besser, nein – ich werde darauf verzichten.* Als ob sich Liebe nicht auf einem anderen Weg symbolisch festhalten ließe.

»Benimm dich. Marys Großeltern schauen schon in unsere Richtung«, fahre ich Leroy leise an, der weiter mit seinen Fingern das Programmheft malträtiert.

»Stimmt nicht, sie warten ebenfalls auf deine Freundin, die meinen Kumpel hängen lässt.«

»Sicher nicht.« Mary würde Florian nicht hängen lassen, so etwas passiert nur in diesen billigen Hollywood-Verfilmungen.

»Ah!«, stöhnt er leise und schaut zu dem Anwesen hinter den wartenden Gästen auf, woraufhin ich seinem Blick folge. »Woher willst du das wissen?«

Ich schaue zum gelben Anwesen mit der großen Außenterrasse, das einer Villa gleicht und dessen weiße Flügeltüren offen stehen. Doch anstatt dass Mary wie geplant hinter den wehenden durchscheinenden Vorhängen erscheint, tritt ihre Mutter, Mrs. Foucault, mit einem strengen Dutt und in einem dunkelblau-weißen Kostüm zwischen den Stoffbahnen hervor. Mit ihren Händen versucht sie vornehm die durchscheinenden Gardinen zur Seite zu drängen, was jedoch damit endet, dass sie förmlich von dem hellen Stoff eingewickelt wird. Fast muss ich aufpassen, nicht zu lachen, als ich ihren Kampf mit den Gardinen beobachte. So, nun dürfte jeden Moment meine Mary in einem Meer aus cremefarbener Seide und Tüll zwischen den Vorhängen erscheinen.

Eine Sekunde vergeht.

Mrs. Foucault geht an den mit Blumen ausgeschmückten Sitzreihen der über zweihundert Gäste vorbei. Ihr Gesicht ist wie versteinert.

Eine weitere Sekunde vergeht.

Mary ist immer noch nicht zu sehen. Alle Gäste recken nun ihre Hälse zu der Mittfünfzigerin um. Selbst nach der dritten, vierten und fünften Sekunde erscheint Mary nicht, und dabei ertönt schon die bekannte Hochzeitsmusik vom Pianisten neben der Tribüne.

»Herrgott im Himmel! Sie kommt nicht!«, ruft Mrs. Foucault aus, streckt ihre Arme verständnislos von ihrem Körper, als befänden wir uns im Theater, und weiß nicht, wohin sie zuerst blicken soll. *Was?*

»Sage ich doch!«, bringt Leroy kopfschüttelnd und mit einem verständnislosen Schnauben neben mir hervor, während ich kurz schlucken muss. *Was, sie kommt nicht?*

Erst dann steige ich die vier Stufen der Tribüne auf den gepflegten englischen Rasen hinab und eile neben Florian – Marys Verlobtem – zwischen den entsetzten Zuschauern auf Marys Mutter zu.

»Wie, sie kommt nicht?«, fragt Florian, der mich um einen Kopf überragt, in einem gehetzten Ton neben mir.

»Sie … also …«, stammelt Mrs. Foucault, zieht ihre gekrümmten Finger verbittert zu ihren Lippen und kann uns beiden nicht in die Augen blicken. »Gott, wie peinlich. Niemals hätte ich es für möglich gehalten, dass meine Tochter … Um Himmels willen, ausgerechnet meine Tochter … Welch ein Fauxpas …« Sie schluckt, starrt zum Rasen, als könnte er uns verraten, warum Mary nicht kommt, bis sie zu Florian blickt und ihre Hand auf seinen Arm legt. »Du Armer …«, seufzt sie, während ich gedanklich die Augen verdrehe, weil ich Mrs. Foucaults theatralisches Getue manchmal für überzogen halte. Besonders in *diesem* Augenblick!

»Warum Armer? Was ist vorgefallen?«, will ich wissen und schaue Marys Mutter scharf entgegen, die Florians Arm tätschelt und dann zu mir blickt. Ihre Lippen sind kurz fest aufeinandergepresst, als sie tief durchatmet, sodass sich ihr Dekolleté hebt. »Ist Mary schlecht? Geht es ihr gut? Ich hätte in den letzten Stunden bei ihr bleiben sollen«, flüstere ich den letzten Satz, denn ich ging fest davon aus, dass es Mary gut ging.

»Mary ist mit Damian Garner durchgebrannt. Sie befindet sich gerade in einem Privatjet, der jede Minute in Richtung Costa Rica abheben wird.«

»Das ist nicht ihr Ernst!«, brüllt Florian neben mir, sodass ich kurz zusammenzucke. *Wusste er davon?*

Gerade kommt es mir so vor, als säße ich bei der versteckten Kamera oder als würde ein Film vor meinen Augen abgespult werden, den ich nicht ansehen wollte. *Costa Rica? Zentralamerika?*

»Das … Nein …« Mir fehlen ehrlich die Worte, während ich aus den Augenwinkeln sehe, wie Florian seine linke Hand ballt, dann, wie er sich aus dem Griff seiner Schwiegermutter befreit und wütend Richtung Anwesen stampft.

»Dieses Schwein!«, knurrt er im Gehen, während ich mich schnell bei Marys Mutter entschuldige und Leroy zu mir winke, der gelassen die Szene verfolgt hat. Sein Aussehen – in einem perfekt sitzenden silbergrauen Anzug bekleidet, das dunkle Haar aus der Stirn gestrichen – erinnert mich an unsere speziellen Pokerabende von früher. Denn ihm steht das aus der Stirn gestrichene Haar sehr.

»Schnell, komm schon!«

Leroy verdreht seine hübschen dunkelblauen Augen und kann bereits jetzt meine Gedanken erraten. Denn ja, ich habe gewusst, dass Mary in den letzten Tagen verändert war, abgelenkt und etwas in ihrer glücklichen Stimmung gedämpft wirkte. Aber dass …

Ausgerechnet Garner, der Casanova, der jede attraktive, einflussreiche Frau Englands vögelt … Nie, wirklich nie hätte ich es für möglich gehalten, dass er der heimliche Liebhaber von Mary sein könnte. Eigentlich hätte ich überhaupt nicht angenommen, dass meine Freundin eine Affäre hat. Sie hat mir nie davon erzählt. Und gerade jetzt weiß ich, es wird ihr Untergang sein, sich auf diesen Mann eingelassen zu haben.

»Nein, Dakota, vergiss es. Nicht Amerika, da mache ich nicht mit«, protestiert Leroy neben mir, noch ehe ich ihm von meiner Idee erzählt habe, und macht ein Gesicht, als hätte ich etwas Unmögliches von ihm verlangt.

»Sei kein Spielverderber. Es ist Ende Mai, du hast Urlaub und wir sollten unsere Freundin suchen.«

»Suchen?«, hakt Leroy nach, zieht seine Stirn kraus und fährt sich durch sein dunkles Haar, das in Strähnen hinter sein Ohr fällt. »Sie scheint in guter Begleitung zu sein. Hungern wird sie nicht, und an Spaß dürfte es ihr in Garners Begleitung nicht fehlen.« Bei seinen Worte zieht er sich meinen verärgerten Blick zu.

»Du Spinner! Na gut, wenn du den Sommer in England versauern willst, bitte. Ich werde nach Costa Rica fliegen und Mary zur Rede stellen, wenn es Florian nicht bereits vor mir tut. Während ich packe, darfst du mich gerne einweihen, was du über den verzogenen Juniorunternehmer weißt.«

Am Handgelenk bekomme ich Leroy zu fassen, der nicht begeistert von meinem Plan zu sein scheint. Aber er kennt Garner – weit mehr, als es die Presse tut, die häufig über ihn und seine Eskapaden schreibt. Und ich brauche Informationen über diesen Typen, um zu verstehen, warum Mary alles für ihn riskiert. Ihre Hochzeit, ihre zweijährige Beziehung mit Florian wegwirft und ihre gesamte Familie und all ihre Freunde vor den Kopf stößt. Solch eine irrsinnige Entscheidung, Hals über Kopf mit einem Fremden durchzubrennen, stammt nicht von ihr. So handelt sie nicht. Sie plant jeden Schritt gründlich und überlegt und ist bestimmt nicht voreilig.

»Stopp, Dakota – gib mir wenigstens fünf Minuten, um eine zu rauchen, mir von der Bar einen Whisky zu holen und über alles nachzudenken. Hals über Kopf wie du treffe ich keine Entscheidungen. Hinterher sind wir nicht in Costa Rica erwünscht«, versucht er sich mit seinem charmanten Lächeln herauszuwinden, angelt sich aus seiner Jacketttasche eine Schachtel Zigaretten und nimmt wenige Sekunden später den ersten Zug, um mich dann stehen zu lassen. Zwischen den zum Teil aufgewühlten und empörten Gästen bahnt er sich den Weg zur Bar, die er die gesamte Zeit im Visier hatte.

»Typisch«, bringe ich schmunzelnd hervor, nehme auf der weißen Parkbank, die am Nächsten zum Haus steht, Platz und atme erst einmal durch. Erst jetzt wird mir bewusst, was passiert ist. Etwas abgedreht ist die Story schon.

Als ich mein Smartphone aus der dunkelblauen Satinhandtasche hole, versuche ich zuerst Mary anzurufen, was sicher schon Florian und ihre Mutter tausendmal versucht haben dürften. Mit einem zugleich hochroten Gesicht versucht Marys Vater, die Gäste zu beruhigen und, trotz des misslichen Umstandes, alle auf einen Drink einzuladen. Ich wusste nicht, dass selbst eine Glatze bei Verlegenheit Farbe annehmen kann. Bei dem Versuch sehe ich ihm mit einem bitteren Lächeln zu, als ich hinter ihm Leroy mit einem Whiskyglas in der Hand erkenne. An meinem Ohr ertönt die Ansage der Mailbox. Mary hat ihr Handy wohl ausgeschaltet, oder ihr Akku ist leer. *Klasse!*

»Hier!« Mit einem breiten Grinsen, als hätten wir gerade eine gelungene Heirat mitverfolgt, reicht er mir ein Champagnerglas. »Auf die bühnenreife Vorstellung sollten wir anstoßen, Mylady. Findest du nicht auch? So schnell werde ich das nicht mehr erleben, höchstens auf deiner Hochzeit.«

»Die du nicht erleben wirst«, setze ich mit einem Lächeln

hinzu, verschränke meine Beine in meinem Knie langen Kleid, das sehr figurbetont und trägerlos geschnitten ist, und nehme mit einem Lächeln einen Schluck vom Champagner. *Alles umsonst organisiert und bezahlt* – denke ich, als ich das Glas betrachte.

»Wer weiß. Doch zuvor sollten wir uns auf ein paar entspannte Tage in der Karibik freuen.«

Ich schaue von dem gekühlten Champagnerglas zwischen meinen Fingern zu ihm auf. »Wir fliegen?«

»Ja, ma cherie, wir fliegen in die Karibik …« Er hat wohl nicht in Geografie aufgepasst, doch das ist mir gleichgültig.

»… und holen unsere Mary zurück.« Mit einem Lächeln stoße ich an seinem gold schimmernden Whisky an, bevor ich genüsslich einen Schluck vom Champagner nehme, der angenehm kühl meine Kehle herunterrinnt.

Wir bringen dich zurück, Mary. Doch was, wenn sie gar nicht zurückkommen möchte? – schießt mir der Gedanke durch den Kopf. *Dann möchte ich ihre Entscheidung wenigstens verstehen.*

1. KAPITEL

Mit meinen Schlüsseln schließe ich erschöpft die Tür meiner Dachgeschosswohnung auf, meiner Lieblingswohnung, weil ich ungern viel Zeit bei meinem Vater verbringen möchte – nicht, nachdem er nun schon zum dritten Mal vor knapp einem Jahr geheiratet hat.

Erledigt und müde schlüpfe ich aus meinen Pumps, fahre mir über die Stirn und bewege mich barfuß durch meine Vierraumwohnung, die an den Richmond Park angrenzt und von der aus ich einen herrlichen Ausblick auf die alten Bäume und den Rasen vom Park habe, was mich etwas an mein Zuhause erinnert.

Meinen Koffer ziehe ich in mein Ankleidezimmer, das an mein Schlafzimmer angrenzt, und lasse ihn unausgepackt dort stehen. Anschließend gehe ich in die Küche, um mir einen Kaffee zu machen.

Länger als eine Woche war ich zusammen mit Leroy in Costa Rica und konnte nur mithilfe meines Vaters Marys Hotel ausfindig machen. Doch als wir ihr Zimmer – natürlich eine Luxussuite – vorgefunden haben, war von Mary und Garner nicht die geringste Spur. Aber ausgecheckt hatten sie nicht.

Leroy hatte schon nach vier Tagen keine Lust mehr darauf, in Limón die Hotels abzusuchen. Ich konnte es ihm nicht mal verübeln. Teilweise habe ich öfter mit dem Gedanken gespielt, nicht doch wieder nach London zurückzufliegen – denn Mary ist neunundzwanzig, zwei Jahre älter als ich und wird wohl wissen, was sie macht. Nur hat mich der Gedanke, sie in

Damian Garners Umgebung zu wissen, nicht beruhigt. Ganz im Gegenteil. Denn sein Ruf, er sei ein Aufreißer, der einen enormen Verschleiß an Frauen hat, eilt ihm voraus. Ich bin kein Mensch, der Gerüchten Glauben schenkt, denn ich bin ebenfalls mit den Medien groß geworden und war immer darauf bedacht, was ich von mir und meiner Familie preisgebe, nur als ich Leroys Erzählungen über Garner im Flugzeug gehört und selbst nach dem Womanizer recherchiert hatte, blieb mir ehrlich der Mund kurzzeitig offen stehen. Mein langjähriger Freund Leroy, den ich bei meinem Studium kennengelernt habe, genauso wie Mary und Isy besuchten dieselbe Privatschule wie Damian Garner. Von daher waren seine Informationen über den Typen nützlicher als die von der Presse.

Und diese Informationen bestätigten mir, was vorgefallen war, als wir am frühen Abend, kurz nachdem die Sonne hinter dem Karibischen Meer untergegangen war, Mary am Strand betrunken aufgefunden hatten. In Tränen aufgelöst saß sie auf einer Strandliege, nur in einem Bikini bekleidet, ein Handtuch über die Schultern gewickelt, und schluchzte jämmerlich – so wie ich sie nie zuvor gesehen habe. Und ich kenne sie nun schon mehr als vier Jahre.

Nachdem sie mehrfach angetrunken gejammert hat, sich wegen Garner das Leben zu nehmen – worüber Leroy nur grinst, sodass ich ihm gegen sein Schienbein treten musste –, erfuhren wir, dass sich Damian zwei Tage zuvor aus dem Staub gemacht hatte.

Ja, der Casanova hatte unsere Mary nach Costa Rica für eine romantische Reise mit Versprechungen auf eine Beziehung verschleppt und sie dann schon nach drei Tagen sitzen gelassen. Und nun kauerte Mary auf der Liege, betrunken, allein gelassen und aufgelöst, weil sie zu spät einsah, welchen Fehler sie gemacht hatte.

Florian wollte vorerst kein Wort mit ihr wechseln. Beide haben wohl kurz telefoniert – oder nein besser: Sie hat sich, nachdem sie am dritten Morgen allein im Bett aufgewacht war und vergeblich nach Garner gesucht hatte, bei ihm gemeldet und sich tausendmal entschuldigt. Dass Florian sie nach dem Vorfall nicht mit offenen Armen empfangen wollte, war selbst mir klar.

Beziehungen … Für mich ein Thema, das ich nie verstehen werde. Ich bin kein Mensch, der sich unüberlegt bindet, aber ich versuche Freunde und Menschen, die Beziehungen eingehen, zu verstehen. Doch warum Mary alles riskiert – ihren Ruf, ihr Ansehen in London (denn ihre Eltern sind nicht unbekannt) und dann noch ihre Hochzeit –, das, ja das kann ich nicht verstehen. Angeblich soll die heimliche Affäre auch nicht lang gedauert haben. Garner hat Mary in einem Club vor erst drei Wochen kennengelernt, sie haben sich gelegentlich abends in Bars oder Hotels getroffen, und sie nahm an, mit ihm glücklich zu werden, und riskierte deshalb alles, was sie sich aufgebaut hatte.

Nun gut, jetzt ist ihre Verlobung gelöst und sie ist für wenige Tage zu ihren Eltern, die ein Anwesen in Westminster besitzen, gezogen – wozu ich ihr geraten habe.

»Arme Mary, warum bist du so naiv, zu glauben, Garner wäre ernsthaft an einer Beziehung interessiert gewesen …«, murmle ich, warte, bis mein Kaffee fertig gebrüht ist, und greife nach der Milch im Kühlschrank, bevor ich am Tresen mit der Tasse auf einem Barhocker Platz nehme.

Erst jetzt gehe ich den Stapel der Post durch, den mir meine Nachbarin schon in die Wohnung hochgebracht haben muss. Außer Einladungen zu Sportevents und neuen Reitturnieren befindet sich unter der Post ein Klatschmagazin, das ich nicht bestellt habe.

Das muss wohl Miss White versehentlich mit meiner Post vermischt haben. Mit den Fingern tippe ich auf dem Hochglanzmagazin herum, nehme einen Schluck von dem noch heißen Kaffee und werde erst jetzt von den Buchstaben abgelenkt: Reicher, schöner, am schönsten, doch wohl gelangweilt. Damian Garner und seine neue Methode, die Frau fürs Leben zu finden.

Spinnen die? Warum lässt Damian Garner nur solch einen Blödsinn über sich berichten? Entweder steht er auf die schmutzige Presse, um sich wichtig zu machen, oder ihm ist es schlichtweg egal. *Einfaltspinsel!*

Doch neugierig, was über ihn berichtet wird, bin ich schon. Also blättere ich zu der Seite, auf der über ihn geschrieben wird. Nachdem meine Augen über die ersten Zeilen huschen, muss ich aufpassen, mich nicht an meinem Kaffee zu verschlucken, weil sich ein Lachen meine Kehle hocharbeitet.

»Bei Nero, Garner, was bist du für ein abgedrehter Vogel! Wie kommt man nur auf solch irrsinnige Ideen?« Ich pruste laut los, als ich lese:

Angeblich suche der dreiunddreißigjährige gut aussehende Juniorunternehmer, der in wenigen Jahren das millionenschwere Unternehmen seines Vaters John F. Garner übernehmen soll, vergeblich nach einer neuen Partnerin - so wird auf einem Blog berichtet. Er soll sich eine Art Challenge ausgedacht haben, bei der er Damen einladen möchte, um sie kennenzulernen.

Was früher als Speeddating auf Erfolg gestoßen ist, will Damian Garner als längere Version erproben. Ab nächsten Freitag wird ein Casting stattfinden, aus dem Damian Garner zwanzig Frauen auswählt, die ihm über einen Zeitraum von zwei Wochen zur Verfügung stehen. Nähere Informationen dazu können Sie auf dem Blog, der über die Reichen & Schönen Londons berichtet, nachlesen. Ob diese Ehestrategie Erfolg haben wird, bleibt abzuwarten.

»Das ist das Verrückteste, von dem ich je gehört habe. Erst vögelt er meine Freundin, lässt sie in Costa Rica sitzen, um nun eine Challenge zu veranstalten, die nur dazu dienen soll, weitere Frauen flachzulegen?«, wispere ich verblüfft, bis ich meinen Kaffee in einem Zug leere, um kurz darauf meinen Mac zu holen und weitere Informationen auf dem besagten Blog nachzulesen.

»Ich fasse es nicht!«, bringe ich leise hervor, als ich den Beitrag auf dem Blog lese und nach meinem Smartphone greife. *Davon sollte Leroy erfahren. Unbedingt sogar.* Nach dreimaligem Klingeln geht er ran und wirkt ziemlich in Eile.

»Was ist los, Dakota? Ich habe dich doch vor über einer halben Stunde vor deiner Wohnung abgesetzt«, höre ich seine tiefe Stimme, dann das Klappern von Schlüsseln auf einem Glastisch – vermutlich in seinem Büro.

»Stör ich dich gerade? Du bist schon im Büro, richtig?«

»Ja und ich möchte wenigstens den halben Tag nutzen, um meine Aufgaben nachzuholen, die ich wegen Costa Rica vernachlässigt habe.«

»Kann ich verstehen. Aber ich habe gerade etwas gelesen, wovon du erfahren solltest.« Erst jetzt fällt mir auf, dass die Zeitung sechs Tage alt ist. Also muss sich Garner direkt nach der Ankunft für die Challenge entschieden haben. Oder hat er sie vor Mary geplant? Kurz blinzele ich, denn dann würde schon dieser Freitag, der 5. Juni, also morgen, gemeint sein. *Meine Chance!*

»Und was? Ich hoffe, es ist wichtig. Sonst kann es auch bis heute Abend warten, oder?«, fragt er mich, stöhnt kurz und ich höre ihn leise – vermutlich mit seiner Assistentin – sprechen.

»Nein, es kann nicht bis heute Abend warten. Morgen will Garner eine Art Challenge veranstalten, um zwanzig Frauen auszuwählen. Und halte dich fest: Er will die Frauen auf die Megayacht seiner Eltern mit dem Namen ›Orion‹ mitnehmen und dann mit den Frauen verschiedene Städte und Länder anfahren. Die Veranstaltung soll zwei Wochen gehen.«

»Ist der Typ auf Drogen?«, fragt mich Leroy und muss lachen. »Aber die Idee ist genial. *Damn.* Warum komme ich nicht auf solche Ideen, um Frauen kennenzulernen?«

»Wie witzig. Der Typ ist einfach nur reich, dank seiner Eltern, und gelangweilt. Wahrscheinlich hat er nicht wie wir gelernt, was es heißt, zu arbeiten. Zumindest ist das meine Chance«, antworte ich entschlossen mit einem Lächeln und mustere das Gesicht von Damian, das zur Hälfte auf dem Blog zu sehen ist. Er hat dunkelblondes Haar, das er nur mit einem Handgriff aus der Stirn zu streichen braucht. Sein Profil ist ebenmäßig, gerade Nase, schöner Haaransatz, nicht zu grobes Kinn und leichte hervorstechende Wangenknochen. Er könnte fast als ein Model der Designermoden durchgehen, weil er verdammt gut aussieht. Was er leider zu seinem Vorteil nutzt.

»Was für eine Chance?«, hakt Leroy nach, und ich kann gerade bildlich vor mir sehen, wie er seine Augen skeptisch zusammenzieht.

»Denk nach.«

»Verdammt, Dakota, das hast du nicht vor!«, bringt er plötzlich mit einer strengen Stimme hervor. *Er kennt mich einfach zu gut.* So gut, dass eine Andeutung reicht, um zu wissen, was ich vorhabe.

»Doch, habe ich. Was habe ich schon zu verlieren? Ich könnte dort den Spaß meines Lebens haben und zugleich Garner die Hölle auf Erden bereiten, wenn wir auf See sind. Was ist dagegen zu sagen? Nur möchte ich nicht, dass Mary davon erfährt – bekommst du das hin?«, frage ich ihn, weil ich weiß, dass er gerne mal Informationen verrät.

Kurz räuspert er sich, als wäre er beleidigt. »Mann, ich wollte vormittags keinen Alkohol mehr trinken, aber du treibst mich mit deinen schwachsinnigen Ideen in den Wahnsinn. Du bist genauso abgedreht wie Garner, weißt du das?« Ich höre, wie etwas klirrt. *Genehmigt er sich wirklich einen Drink?*

Bloody, was ist schon dabei, wenn ich mich bei dem Casting bewerbe? Wer weiß, ob er mich überhaupt auswählt und ob ich sein Typ bin …

»Mit ihm verglichen zu werden, nehme ich mal nicht als Kompliment auf. Was mir nur Sorgen macht, ist das Turnier in drei Wochen.«

»Eben. Die solltest du dir auch machen, Dakota«, stimmt er mir zu und schluckt. Er trinkt wirklich, was mich zum Schmunzeln bringt, und ich betrachte weiter Damians Bild.

»Deswegen weihe ich dich ein, sonst würde ich dich nicht anrufen. Könntest du täglich bei Icaro vorbeischauen? Ich würde dir die Schlüssel geben und mich mit Philipp absprechen.«

»Du riskierst, das Turnier zu verlieren wegen einer schwachsinnigen Challenge? Dir ist schon klar, was der Typ vorhat? Er wird statt Prostituierte Frauen flachlegen, die diese Reise antreten. Dass ich das nicht gut finde, brauche ich wohl nicht zu sagen. Wenn dein Vater davon erfahren würde, wäre er der gleichen Meinung.«

»Ja, das brauchst du nicht. Und ja, ich weiß, wie wichtig das Turnier ist …« Aber mir diesen Garner ansehen und ihn für seine Taten bluten lassen, würde mir Genugtuung verschaffen. Wenn er nach der Reise aufhört, Frauen wie auswechselbare Massenware zu betrachten, würde ich mich besser fühlen.

»Du hast einen ausgeprägten Gerechtigkeitssinn, der dir irgendwann das Genick brechen wird, aber nimm an dem Casting teil. Ausreden kann ich es dir sowieso nicht. Wenn du mich brauchst, egal wann, bin ich für dich da«, versucht er mich trotzdem zu unterstützen, obwohl ich weiß, für wie blödsinnig er die Idee hält.

»Danke, das weiß ich zu schätzen. Warten wir ab, ob ich überhaupt die Reise antreten darf«, bringe ich mit einem Schmunzeln hervor und laufe in mein Schlafzimmer. Vor dem großen Spiegel an der Wand bleibe ich kurz stehen und blicke meinen grünen Augen entgegen. Mein langes dunkelbraunes Haar ist zu einem Pferdeschwanz aus der Stirn gebunden und ich trage immer noch die Hotpants und eine schwarze eng sitzende Bluse. *So werde ich sicher nicht bei dem Casting erscheinen – nein.* Aber auf morgen freue ich mich schon sehr.

»Du bist hübsch, ma cherie. Nur solltest du aufpassen, nicht zu viel von dir preiszugeben. Wenn ich vermuten dürfte, wird es auf dem Schiff Reporter geben.«

»Du meinst wie bei dieser Bachelor-Show?«

»Möglicherweise, ja. Denn ich denke nicht, dass sich Garner und Kresten, sein abgedrehter Freund, die Show nehmen lassen.« *Kresten?*

»Von ihm habe ich noch nie gehört«, wispere ich und drehe mich mit dem Smartphone in der Hand vor dem Spiegel, um mich zu betrachten und dann mein Haar zu öffnen.

»Kresten Hamilton. Er ist meiner bescheidenen Meinung nach der Schlimmere von beiden und Damian Garners bester Freund. Er ist Anwalt, vierunddreißig, verheirat, was kein Grund ist, sich weiter nach Frischfleisch umzusehen, und lebt in Mayfair. Mit Sicherheit wird er sich den Spaß nicht entgehen lassen. Möglich, dass weitere Männer an Bord gehen werden. Bitte versuch vorher alles herauszufinden, denn ich brauche keine zweite Mary, die sich das Leben wegen der Wichser nehmen will.«

Jetzt muss ich lachen, weil es wirklich niedlich ist, wie sehr sich Leroy Sorgen macht. »Das wird nicht passieren. Ich bin nicht Mary, sondern plane und behalte die Kontrolle über alles – versprochen, Leroy. Ich melde mich, wenn ich das Casting bestanden habe … oder eben nicht.«

»Schreib mir am besten, weil ich heute und morgen lange im Büro sein werde.«

»Wird gemacht. Und richte deinem Vater aus, er soll dich nicht mit Arbeit überhäufen.«

»Und du deinem, er hätte genauer auf deine Erziehung achten sollen.« Dann legt er auf. *Wie komisch. Aber was soll er auch denken?* Jetzt nehme ich an demselben Schwachsinn von Garner teil. Wenn mein Vater davon erfahren würde, würde er mich zu sich nach Hause holen und einsperren, damit ich unseren Ruf nicht ruiniere. Das wird unter keinen Umständen passieren!

2. KAPITEL

Damian

»Wo ist dein neues Spielzeug? Versteckt sie sich etwa, damit wir uns ungestört unterhalten können, und passt den Moment ab, in dem du den Raum verlässt, um über dich herzufallen?«

Fast wäre mir zum Lachen zumute, wenn Kresten nicht meine Fantasien aussprechen würde, denn das würde zu Chloé passen.

»Nein, sie ist gegangen.«

»Wann kommt sie wieder? Für mich ist sie die mit Abstand schärfste Braut, die ich je gesehen habe. Außerdem ist sie die Tochter eines Parlamentsabgeordneten.«

Ich verziehe mein Gesicht. »Als ob das eine Rolle spielen würde. Ich habe sie weggeschickt.«

Krestens amüsierte Gesichtszüge geraten ins Wanken. »War sie nicht deine Favoritin? Weshalb … weshalb hast du sie nicht an mich verwiesen?«, ändert er seine Frage und lacht. »Sie wäre eine nette Abwechslung zu meiner Frau gewesen. Reich, schön und sicher richtig versaut im Bett.«

»Sicher«, stöhne ich genervt, stütze meinen Ellenbogen auf die Knie und blicke mit einem Grinsen zum Parkettboden.

»Was ist los? Willst du mir sagen, dass du auch von ihr genervt bist? Hallo? Sie ist eine Frau, irgendwann beginnen sie immer, uns auf die Nerven zu fallen. Aber deiner Neuen … wie hieß sie noch mal: Ann, Sophie?«

»Chloé.«

»Ah, an Chloé war alles perfekt. Sie hatte einen Augenaufschlag, der mich sofort kommen lässt, Beine bis zum Himmel und einen Arsch …« Kresten verdreht die Augen zur Decke. »Was passt dir nicht?« *Kresten wird mich wohl nie verstehen. Verstehen, dass manche Frauen einen nerven können, noch bevor sie ihren Mund geöffnet haben.*

Ich nehme mein Sherryglas, schwenke es kurz vor den hohen Fenstern des Altbaus, bevor ich den hochprozentigen Alkohol hinunterschütte. Dabei behalte ich Kresten im Blick, der seine Rolex am Handgelenk dreht und die Brauen in die Stirn zieht.

»Was mir nicht passt? Schau sie dir an, alle Frauen glauben, sie hätten Einfluss, Geld und ein sorgenfreies Leben, wenn sie an mich rankämen. Genauso war es mit der letzten – Mary – ebenfalls. Mir reicht es nicht, wenn sie tun, was ich will. Wenn sie unter mir stöhnen: ›Oh Damian, ich komme‹, auch wenn es nicht so ist, und mir bei jeder Gelegenheit ihr Brüste ins Gesicht halten, damit ich über sie herfalle, sich an mich klammern, jede freie Minute mit mir verbringen müssen, immer aufgesetzt und gekünstelt wirken. Weißt du, was ich meine?« *Weiß er sicher nicht* – denke ich im gleichen Zuge. »Und sie glauben, sie gäben mir das, was ich will. Und nein, genau diese anstrengende Art Frau brauche ich nicht. Mit Mary, dachte ich, würde der Trip nach Costa Rica spaßig werden – und was ist passiert? Ich habe dort erfahren, dass sie vor ihrer Hochzeit geflüchtet ist. Was ist das für eine Frau? Und dann bildet sie sich ernsthaft ein, ich wäre der perfekte Mann. Wie verrückt ist das?«

Kresten hebt eine Augenbraue und blickt mir zweifelnd entgegen, weil er die Geschichte bereits kennt, aber sie nicht so tragisch findet. Ich finde es im Prinzip auch nicht tragisch, nur habe ich keine Lust, mich in irgendwelche unnützen Probleme verwickeln zu lassen.

»Ich will eine Frau, die weiß, was sie will, die unkompliziert und natürlich ist, eine, die sich nicht nach meinen Wünschen verbiegt, eine, die ihre Krallen zeigen kann und mit der es möglicherweise nach dem zwanzigsten Mal Sex immer noch wild und hemmungslos ist wie beim ersten Mal.«

»Wollen wir das nicht alle?«, hakt Kresten nach und muss fast lachen, bevor er sich über sein dunkles Haar fährt. *Seine Floskeln kann er sich sparen.* »Aber mal ehrlich, es ist doch immer so: Erst finden wir die perfekte Frau, sie ist scharf, geil und wir glauben, jeder Ritt ist vielversprechender. Doch mit der Zeit, Damian, ändert es sich. Wo andere Männer diese Veränderung nach einem halben Jahr herausfinden, findest du sie schon meistens nach vier Treffen heraus. Das hat auch wieder etwas Gutes.«

Etwas Gutes? Kresten kann sein amüsiertes Lachen nicht verkneifen. Er ist mein langjähriger Freund, den ich seit der Highschool kenne. Seit mehr als fünfzehn Jahren treffen wir uns fast täglich. Kresten Hamilton ist ein renommierter junger Anwalt, der in London nicht nur den Ruf hat, ein engagierter Anwalt zu sein, sondern dem im gleichen Zuge nachgesagt wird, etliche Affären neben seiner Frau zu haben, die angeblich nichts davon weiß. *Natürlich weiß Ann-Mary davon, aber sie wird sehr gut von Kresten ausgehalten. Warum ihn dann verlassen?*

»Dann soll ich mich glücklich schätzen, Frauen so schnell zu durchschauen? Zu wissen, ab wann sie nicht zu mir passen, ohne mir eines Tages verzweifelt im Badezimmer einen runterzuholen, weil meine Frau keinen Bock mehr auf mich hat?« entgegne ich ihm. »Danke, aber das weiß ich bereits, bevor ich die Frau vögele.«

Kresten hebt die Sherryflasche und gießt mir und sich selbst nach.

»Du klingst jetzt schon deprimiert, mein Freund. Los,

trink aus. Wir werden heute Nacht noch einen Club besuchen. Einen der besonderen Extraklasse.«

An diesem Abend habe ich nicht das geringste Bedürfnis, irgendeinen Club aufzusuchen. Aber um mich meinen Zukunftsvorstellungen nicht noch schneller zu nähern, nicke ich. Dann greife ich nach dem Glas, proste gelassen meinem Freund zu und trinke das Glas in einem Zug leer.

Die Musik dröhnt in meinen Ohren, der fünfte Scotch versetzt mich endlich in eine Stimmung, die mir für den heutigen Abend mehr verspricht. Blaue Lichter, die hinter milchigen Glaswänden angebracht sind, lassen den Raum voller Gelassenheit erstrahlen. Mein Blick gleitet durch den stilvoll eingerichteten Club im Loungebereich mit den weißen Couchen und Designertischen. Sofort wird mein Blick von mindestens fünf Frauen erwidert. Eine hübsche Braunhaarige mit schönen Augen und einem wirklich perfekt geschnittenen Gesicht am hinteren Tisch, die ihre Finger über die Wange eines Mannes gleiten lässt, der gerade mit einer anderen blonden schlanken Frau spricht, interessiert mich besonders. Einen Tisch weiter sitzt eine rothaarige Frau in einem dunklen freizügig geschnittenen Kleid, deren geschmeidige Bewegungen auf jeden Fall viel Abwechslung im Bett versprechen.

Wir befinden uns in einem der außergewöhnlichsten Anwesen Englands, in dem nur an bestimmten Wochenenden Veranstaltungen wie »Eight Nights« stattfinden, die man ohne Geld und Einfluss nicht besuchen kann. Gut, es handelt sich um keinen Edelpuff, aber um Frauen und Männer, die am Abend darauf aus sind, neue Partner kennenzulernen, oder besser – in den Nebenräumen oder im Park, der hinter dem Gebäude anschließt, zu vögeln oder sich zu amüsieren. Nun ja, das mag wohl jedem selbst überlassen sein.

Von Kellnerinnen im Club werden Einladungen in einem Briefumschlag überreicht. In den Umschlägen befinden sich für gewöhnlich Angebote zum Sex. Man kann es annehmen, ist aber nicht dazu verpflichtet. Heute Abend habe ich schon zwei Frauen näher kennengelernt, und so langsam vergeht mir die Lust darauf, unter den etwa hundert Frauen eine passende zu finden. Nein, möglicherweise sollte ich für heute die Suche einstellen und den Abend dem Alkohol und der Planung der Challenge widmen.

Ich behalte den Tisch, an dem die zwei Frauen und der Mann sitzen, kurz im Blick, bis ich mitverfolge, wie sich die Dunkelhaarige vom Tisch erhebt und in meine Richtung läuft. *Zu einfach* – denke ich, wende mich Kresten zu, der mich und meine Blicke beobachtet hat, und ziehe ein Zigarettenetui hervor.

»Genau das meine ich, Kresten. Viel zu einfach. Sie hat erkannt, wer ich bin, und nun denkt sie, statt mir eine einfache Einladung über einen Bediensteten zu schicken, mich persönlich ansprechen zu müssen«, spreche ich leise in seine Richtung, damit ihn die Fremde nicht hört. Aus dem Etui ziehe ich eine Zigarette und aus der Hosentasche mein Feuerzeug, als mir eine fremde feingliedrige Hand Feuer entgegenhält. Ohne die Geste der Fremden zu beachten, beuge ich mich mit der Zigarette zwischen den Lippen dem Feuer entgegen und streife gekonnt ihre Fingerknöchel. Dann nehme ich einen Zug und will mich umdrehen, doch ich blicke ins Leere, während Kresten leise feixt, als er zu den Toiletten deutet.

»Ein Dankeschön hätte sie sicher aufgehalten, Damian.« Das Letzte, was ich von ihr erhaschen kann, ist der dunkelblaue Stoff ihres Kleides. Und wenn schon … Sie hat sich, wenn sie etwas von mir möchte, nicht zu verstecken. *Nacheilen werde ich ihr sicher nicht.*

»Ah, sieh an.« Kresten stößt mich von der Seite an und deutet auf ein Kärtchen, das er wohl eben erhalten haben muss. Mit einem Grinsen klopft er mir auf die Schulter. »Ich gehe dann mal meiner Pflicht als potenzieller Traummann nach. Reiß dich am Riemen und such die Fremde. Wenn ich dich nicht in der nächsten Stunde beim Vögeln erwische, sondern dich hier an der Bar sitzen sehe, können wir die Challenge wohl absagen.«

»Sie war deine Idee. Ich kann auch ohne aufdringliche Begleitung auf der ›Canopus‹ verreisen.«

»Mach dich mal locker. Du wirst heute noch eine flachlegen, haben wir uns verstanden!« Schon hebt Kresten seine schwarze Karte mit der silbernen Schrift und wird von einem Angestellten zum Gang neben dem Hauteingang geführt. Von dem Gang aus gehen mehrere Zimmer ab, die in unterschiedlicher Art eingerichtet sind. Für diejenigen, die es romantisch mögen, finden sich mit Rosenblättern verzierte Betten wieder, in anderen gibt es die Möglichkeit, einen Chairdance oder Poledance zu genießen, in wieder anderen sind Billardtische aufgestellt, um an besonderen Orten Sex zu haben, dann welche mit Blick auf die Skyline Londons, mit Liebesschaukeln … Kurz, es gibt nichts, was diese Location nicht ermöglichen kann. Doch gerade habe ich nicht das Bedürfnis, eine Frau kennenlernen zu wollen. Soll Kresten sein Vergnügen haben, ich genehmige mir stattdessen einen weiteren Scotch.

Zur Hölle, wie ich es bereue, Krestens dämlichen Vorschlag angenommen zu haben. Gelangweilt stöhne ich über dem Glasrand, nehme aber mit meiner gewohnt gelassenen Miene einen Schluck von meinem Scotch, streiche dunkelblonde Haarsträhnen aus der Stirn und reibe anschließend meinen Zeigefinger über die Lippen. Plötzlich taucht neben mir eine Bedienstete in einem ziemlich knappen Outfit, bestehend aus einem glitzrigen BH und Slip mit Strümpfen und hohen Absatzschuhen, auf, die mir einen Briefumschlag auf den Tisch schiebt.

Nicht schon wieder …

Mit einem verhaltenen Lächeln weicht die junge dunkelhaarige Frau aus meinem Blickfeld und verlässt mit einem ansprechenden Hüftschwung auf den hohen Heels den Loungebereich, während ich die Augenbrauen zusammenziehe. Mit einem skeptischen Blick greife ich nach dem Kuvert. Als ich die Karte aus dem Umschlag ziehe, erkenne ich eine feminine Handschrift mit der klaren deutlichen Botschaft:

Triff mich im Garten am Teich!
D.C.

Meine Mundwinkel zucken kurz. *Nun, zumindest können wir uns das Essen mit langen Phrasen und Vorgeschichten sparen, die sonst Gewohnheit sind. Also warum nicht? Anschauen kann ich mir die Dame ja.*

Mit einem schwachen Lächeln auf den Lippen erhebe ich mich und verlasse den Loungebereich, um den Hinterausgang des Anwesens aufzusuchen. Über mir höre ich das neugierige Getuschel der anderen Gäste, die mich über das Geländer gebeugt im Blick behalten und mir aufreizende Blicke entgegenwerfen. *Natürlich haben sie mich bereits erkannt.* Ich ignoriere sie beflissentlich – denn mit ihren anschmachtenden Blicken werden sie sich bei mir keinen Vorteil verschaffen, auch nicht mit ihren freizügigen Dekolletés in den knappen Abendkleidern oder ihren langen Beinen in den knappen eng sitzenden Shorts.

In meinen Gedanken gehe ich die Namen der Frauen durch. *D.C.* Es sind eindeutig zu viele, als dass ich mich erinnern könnte, wer sich hinter dem Namen versteckt. Denn nur wenige Gäste sind wirklich neu auf der Veranstaltung. Meistens sind es Frauen, die ich bereits kenne.

Ruhig, ohne mir meine Neugierde anmerken zu lassen, durchquere ich die Eingangshalle des Herrenhauses, lasse mir die hohe knarrende Flügeltür zum Hinterausgang von einem Portier öffnen und steige die Steinstufen zum gepflegten Rasen hinab.

Sie soll nicht glauben, nur wegen ihrer Anweisung würde ich mich beeilen oder sie hätte mich damit in der Hand.

Eine milde Sommerbrise weht mein Haar über die Stirn, dann flacht der Wind ab. Als ich zum Himmel aufsehe, kann ich die glänzenden Sterne erkennen – es ist Neumond. *Wie offensichtlich. Eine Romantikerin* – denke ich mit einem schwachen Grinsen auf den Lippen. Mit gelassenen Schritten laufe ich weiter über den leicht feuchten Rasen auf den großen Teich zu, der vor mir pechschwarz schimmert und dahinter von alten hohen Bäumen umgeben ist. Mit zusammengekniffenen Augen suche ich den Rasen ab, der nahtlos in das Wasser übergeht, aber kann keine Frau entdecken. *Niemand ist hier!*

Wenige Meter vor dem Gewässer entfernt bleibe ich stehen und blicke mich weiter unauffällig um. *Will sie mich auf den Arm nehmen? Oder macht sie einen Rückzieher?*

Ich drehe mich zu dem großen Anwesen, das einem Schloss ähnelt und von gepflegten Buchsbaumhecken und hohen Laubbäumen umgeben ist, um. In einigen hohen Fenstern brennt hinter den hellen Vorhängen Licht, andere liegen in der kompletten Finsternis.

Zu Beginn war ich wirklich beeindruckt von der Botschaft der fremden Frau. Es war eine Abwechslung zu den vorherigen Frauen, die ich in den letzten Tagen und Stunden angetroffen habe. Aber gerade jetzt, wo sie mich warten lässt, spüre ich die Ungeduld. Was daran liegt, dass ich den Initialen kein Gesicht zuordnen kann, die Frau jedoch einen kleinen Vorteil hat – weil sie mich einschätzen kann, ich sie aber nicht.

Gut, fünf weitere Minuten werde ich ihr geben, dann hat sie ihre Chance vertan – beschließe ich, wende mich dem See zu und richte meine Anzugärmel, bevor ich etwas angespannt in einer geraden Haltung die Arme vor der Brust verschränke. Eine Minute vergeht, als ich einen flüchtigen Blick auf meine Rolex werfe.

Niemand ist zu sehen.

Eine weitere.

Nichts.

Dann glaube ich erst jetzt, jemanden am Teich sitzen zu sehen, wo zuvor niemand saß. Zuerst will ich die Person ansprechen, doch ich beschließe, lieber auf den Teich zuzugehen, um mir vorerst ein Bild von ihr zu machen. Einen Rückzieher kann ich immer noch machen, wenn mich ihr Aussehen nicht ansprechen sollte.

Als ich mich ihr langsam nähere, fällt mir ihr langes dunkles Haar auf, das der Frau in großen Wellen bis zur Hälfte über den Rücken fällt. Mit meinen Blicken wandere ich über ihren schlanken Körper und registriere, je näher ich ihr komme, dass ihr Rücken vollkommen nackt ist. Es sind keine Träger über ihren Schultern zu erkennen. *Wirklich mutig, hier draußen nackt herumzuspazieren, während man sie vom Anwesen aus beobachten könnte.*

»D.C., richtig?«, spreche ich sie an, als ich dicht hinter ihr stehen bleibe und davon ausgehe, sie habe mich nicht bemerkt. Ein leises Lachen ist von ihr zu hören, das belustigt und zugleich spöttisch klingt.

Anscheinend trägt sie nicht einmal einen Slip – oder er ist gekonnt vom Rasen versteckt. Die Haltung fasziniert mich, wenn ich es zugebe, weil sie etwas Erhabenes und zugleich Verbotenes ausstrahlt. Aber mich wirklich beeindrucken, tut sie nicht.

3. KAPITEL

Er kennt nicht einmal meinen Namen, weil er sich nicht die Mühe gemacht hat, die Liste der Frauen auswendig zu lernen, die an der Challenge teilnehmen wollen. Mein Vorteil.

Ich sitze mit leicht verschränkten Beinen auf dem feuchten Rasen und blicke mit einem amüsierten Gesichtsausdruck über die schimmernden Wellen des künstlich angelegten Teiches. Dabei spüre ich seine neugierigen Blicke auf meinem Rücken, aber wende mich nicht zu ihm um. Ich antworte ihm nicht – *warum auch?* Die Mühe, meinen Namen herauszufinden, will ich ihm nicht nehmen, indem ich ihm einfach verrate, wie ich heiße.

Zum ersten Mal habe ich Damian Garner auf der Veranstaltung gesehen und sofort meine Chance ergriffen, um ihn näher kennenzulernen. Ich wollte den Abend mit Isy, meiner Freundin, und Philipp, unserem Trainer, verbringen, aber die Möglichkeit, heute Abend Damian Garner bereits vor der Challenge kennenzulernen, lasse ich sicher nicht verstreichen. Nur so kann ich ihn einschätzen, nur so ihn näher kennenlernen, seine Gesten, Worte und Mimiken studieren. Und er dürfte nach zwei Gläsern Scotch, die er schon intus hat, etwas gelassener und gesprächiger sein.

Ein genervtes Stöhnen ist hinter mir zu hören. »Hat es dir die Sprache verschlagen?« Damian Garner macht einen Schritt auf mich zu, den ich über den feuchten Rasen hören kann.

»Wenn du nicht in der Lage bist, meinen Namen herauszufinden, dann suche dir einen anderen für mich aus«, biete ich ihm mit einem überlegenen Unterton an.

Langsam neige ich mein Gesicht zur Seite und schaue zu ihm auf, während ich beobachte, wie er die Augenbrauen in die Stirn hebt. Als er zu mir blickt, mein süffisantes zart schmelzendes Lächeln fixiert, weiß ich, dass er sich daran erinnern kann, dass ich ihm vor wenigen Minuten freundlicherweise ohne einen Dank mein Feuer angeboten habe. Aber gerade jetzt verstecke ich jede Gefühlsregung, lasse nicht hinter meine Fassade blicken und schaue ihm nur interessiert entgegen. Warum sollte ich mein Treffen mit ihm auch vermasseln, bevor wir zu dem schönen Teil übergegangen sind? *Nein, er soll ruhig sehen, welche anderen Seiten ich habe.*

»Also?«, hake ich mit einer erhobenen Augenbraue nach, um die Stille zu durchbrechen und um ihn davon abzubringen, mich weiter zu analysieren. In seinem schön geschnittenen Gesicht sehe ich, dass er sich wünscht, mich in der Lounge nach meinem Namen gefragt zu haben.

»Soll das ein Spiel werden?«, fragt er mich und wandert mit seinen Blicken über meine überschattete Haut, kann aber bis auf meine Beine, meine Füße und meinen Rücken wenig erkennen – so wie ich es geplant habe.

»Möglicherweise? Bei dem du verlieren wirst.« Leise lache ich, weil ich bereits jetzt weiß, wie der Abend verlaufen wird.

Das, was ich geplant habe, wird ihn hoffentlich mehr treffen als das, was er Mary angetan hat.

Doch in dem Moment wird mir bewusst, je länger ich ihn in seinem Anzug und seine einflussreiche Präsenz sowie seinen selbstsicheren Blick studiere – obwohl er keine Kontrolle über den Moment besitzt –, für wie überlegen er sich hält. Es ist eindeutig, dass er glaubt, die Lage im Griff zu haben. *Aber für wie lange?*

»Fein. Ich warte nicht ewig, Garner«, antworte ich ihm. »Dann nenne mich in deinen Gedanken Lady Chatterley, während du unter mir stöhnst und kommst. Aber ich warne dich, den Namen laut auszusprechen.«

Er schnaubt, als würde ich scherzen, löst aber seine verschränkten Arme, als ich mich geschmeidig vom feuchten Rasen erhebe und erkennen kann, dass er von der Romanfigur von Lawrence gehört hat. Der Tau klebt wie eine glitzernde Schicht auf meiner Haut und bringt sie herrlich zum Schimmern.

»Du planst sehr weit voraus.«

»Das tue ich immer, Garner.«

Er betrachtet meine langen Beine, mein leichtes Hohlkreuz und kann erst jetzt die zwei schwarzen Bänder, die ich um meinen Körper trage, die nicht breiter als eine Handfläche sind, sehen. So wie es von mir beabsichtigt war. Eines verdeckt meine Brustwarzen, das andere gerade so meine Pussy, aber sobald ich mich bewege, rutscht der Stoff etwas höher.

Auffällig wandern seine Blicke über meine Brüste, meinen Bauch, weiter über meine Hüftknochen bis zu meinem Tattoo, das zur Hälfte von dem Band verdeckt wird.

Mit einem verdorbenen Lächeln blicke ich ihm entgegen, bevor ich mich leicht zum Wasser drehe und er bloß den Ansatz meiner Pobacken sehen kann, die nur etwas unter dem knappen Stück Stoff verschwinden.

»Was, wenn ich Lady Chatterley laut aussprechen sollte?«, fragt er mich tatsächlich, während ich mich zu ihm umdrehe.

Er hat meine einfache Anweisung nicht begriffen. Nun, dann sollte er schnell lernen. Ich lächele ihm verwegen entgegen, erwidere seinen fragenden Blick, bevor ich unauffällig meine Hand hebe und eine feste Ohrfeige seine linke Wange trifft. *Klatsch!*

Wunderbar.

Mit einem verblüfften Gesichtsausdruck, der mich vermutlich am liebsten auf der Stelle getötet hätte, bleibt ihm der Mund offen stehen, bis er mit der Hand über seinen Kiefer reibt und ich ernst zu ihm aufblicke.

Das war für Mary!

»Besuchst du SM-Clubs, oder war das einfach deine Anspannung mir gegenüber?« Sofort kann ich erkennen, dass er vermutlich noch nie von einer Frau so fest ins Gesicht geschlagen wurde.

»Mach dich nicht lächerlich, Garner. Ich hatte einen der besten Lehrer. Ich weiß, wo und wie ich zuschlagen muss. Wovon du, wenn ich deinen Blick richtig deute, keine Ahnung hast.«

Verärgert mahlt er mit den Zähnen auf dem Kiefer, und ich kann sehen, dass ihm meine Antwort nicht gefällt. Doch bevor er mich zu fassen bekommt, weiche ich ihm geschickt aus und steige in den kühlen Teich.

»Aber du kannst mich gerne vom Gegenteil überzeugen. Schläge machen mich an. Sehr sogar.« Mit der Zunge fahre ich anregend über meine Lippen. »Weil sie das wahre Wesen eines Menschen herauskitzeln, weil sie zeigen, wer man wirklich ist«, locke ich ihn und winke ihn zu mir ins Wasser. *Er wird sich ausziehen, ganz ohne dass ich ihm dabei helfen muss.* Kurz schließe ich siegessicher meine Augen, weil ich den verletzten Stolz in seinem Blick erkennen kann, bevor ich mich von ihm abwende. Das kühle Wasser umspült meine Fesseln und mit jedem Schritt mehr meine Beine, sodass ich unauffällig gleichmäßig durchatme, um mir nicht anmerken zu lassen, wie kalt das Wasser ist.

»Los, komm! Du darfst dich gerne revanchieren«, fordere ich ihn auf. Mit einem Blick über die Schulter sehe ich, dass er kurz seinen Mund verzieht, sich aber dann das Jackett von den Schultern streift. Dem folgen seine Schuhe und Socken.

»Schneller, mir wird langsam kalt«, kommandiere ich ihn, während ich meine Finger durch das Wasser streiche. Mittlerweile stehe ich bis zur Mitte im Teich, während sich meine Brustwarzen von der Kälte hart zusammenziehen und die Abdrücke mit Sicherheit durch den Stoff über meinen Brüsten zu sehen sind. Je länger ich warte, desto mehr wird mein Körper von Gänsehaut überzogen.

Doch wie ein Lockruf befolgt er meine Anweisung und befreit sich schneller aus seiner Kleidung, als ich geplant habe. Das Hemd wirft er nachlässig auf den Rasen, dann streift er seine Hose aus. Die Genugtuung, sich gleich nackt vor mir zu präsentieren – das sehe ich ihm an –, will er mir nicht geben. Wir werden sehen, wie lange er seine Shorts noch trägt.

Trotzdem wandere ich mit meinen Blicken beeindruckt seine große Statur auf und ab, verfolge die ausgeprägten Muskeln über Bauch, Brust und seine Oberarme bei jeder seiner Bewegungen, bis er nur noch in schwarzen Shorts bekleidet auf der Wiese steht. Er hat etwas Athletisches, verboten Gutaussehendes an sich, was mich unkontrolliert schlucken lässt, bevor ich wieder Herr meiner Sinne werde. Etwas erinnert er mich an ein männliches Model der Boss-Werbung, das mich in den letzten Tagen auf Werbebannern begleitet hatte.

Er wirft mir tatsächlich *das* charmante Lächeln entgegen, das er jeder Frau schenkt, die er vögeln will. *Das werde ich ihm austreiben – beginnen wir mit seiner unverhohlenen Arroganz.*

Bevor er einen Fuß in das kühle Wasser setzt, gehe ich auf ihn mit einem leichten Hüftschwung zu. Das schwarze Band um mein Becken verrutscht bedrohlich mit jedem Schritt, den ich mache, aber legt sich wie eine zweite Haut über meine Hüfte.

Wieder wandern seine fast anzüglichen Blicke über meine Beine, meinen Venushügel, bis zu meinem Tattoo, das er nicht sehen kann.

Warum interessiert es ihn so sehr?

Als ich das Ufer erreiche, wringe ich mein nasses Haar mit dem Kopf zur Seite geneigt aus, aber behalte ihn weiter im Blick, bevor ich mit einem berechnenden Blick direkt vor ihm stehen bleibe.

»Keine Revanche?« Fast beleidigt hebe ich beide Augenbrauen, während ich mit meiner Hand über meine Arme fahre, um die Gänsehaut zu vertreiben. Meine Finger gleiten weiter über mein Schlüsselbein, an meinem Rippenbogen entlang über meinen Bauch, hinab zu dem dunklen Tattoo. Ich weiß nicht warum, aber ihn scheint die Tätowierung sehr zu interessieren. Es ist ein Wappen, das ich niemandem zeige, weil es mich mit Adrian verbindet. Es ist für mich ein Geheimnis oder wohl eine Schwachstelle, die ich ungern zeige.

»Ich schlage keine Frauen«, raunt er mir scharf entgegen und greift nach meiner Hand. Mit meiner Hand fährt er mit den Fingerspitzen unter das schwarze Band um meine Hüfte. »Aber ich würde sehen wollen, was du für ein Tattoo so nah über deiner Pussy trägst, Lady –«. Seine Hand rutscht auf meiner unter das Band, als ich rechtzeitig sein Handgelenk zu fassen bekomme, meine freie Hand zwischen seine Beine wandert und ich seine Hoden so im Griff behalte, dass ich ihm keine Schmerzen zufüge, ihn aber auf Abstand halte. Er zuckt unter dem Druck herrlich zusammen und bleibt wie versteinert stehen. Ich kann seine Erektion, seine Gier nach mir spüren.

»Ich habe die Kontrolle, Garner«, raune ich ihm gefährlich nah an seinem Gesicht zu, hebe mich auf die Zehenspitzen und streife mit meiner Wange seine. »Falls ich dir zu viel Schmerzen bereite, sag es.« Ein höhnisches Schnauben ist von ihm zu hören.

»So weit wird es nicht kommen«, antwortet er ruhig, während ich seinen schnellen Atem auf meiner Haut spüre. »Lady Chatt…«

Augenblicklich umfasse ich sein Handgelenk auf meiner Hüfte, drehe es und schiebe es weit seinen Rücken empor. Ich bin viel zu schnell, als dass er reagieren könnte.

Ein wütendes Fluchen ist zu hören, weil ich ihm fast die Schulter ausrenke. Er hätte mich mit der anderen Hand zurückstoßen können, tut es jedoch nicht. Stattdessen spüre ich in meiner Hand, dass es ihn anmacht, ihn mit meinen Griffen fixiert zu halten. In seinen Augen kann ich die Gier, was ich als Nächstes tun werde, sehen.

»Sicher?« Meine Lippen streichen zart über seine Wange. Ich spüre den kratzigen Bart, der mich ungemein antörnt. Dabei halte ich mein Handgelenk weiter auf seinen Rücken gepresst und in der rechten Hand sein Geschlecht. Ich fühle es pochen und erhöhe leicht den Druck, sodass er leise keucht. »Du solltest mich nicht unterschätzen. Und kommt noch einmal Lady Chatterley ausgesprochen über deine Lippen, werde ich deinen Rücken mit wunderschönen Kratzern verzieren.«

Spöttisch mit zusammengezogenen Augen hebt er sein Kinn. »Ich kann es kaum erwarten.« In seinem Blick steht der Stolz, mich um den Finger wickeln zu wollen – nicht ich ihn. Er dreht seinen Kopf etwas und beginnt mich unerwartet zu küssen, während ich ihn weiter im Griff behalte.

Zart schmunzele ich, erwidere den leichten Kuss und lockere zugleich meine Finger. Langsam zieht er seine Hände um meine Taille, was ich ihm gewähre. Ich will ihm den Vorsprung geben, den er später nicht mehr haben wird. Mit meinen Händen fahre ich seine Brust entlang, löse mich von seinen Lippen und wandere mit meinem Gesicht seine Brust weiter seinen Bauch herab. Mit meinen Lippen übersäe ich seine Haut mit Küssen, lecke über seine Lenden, während meine Hände sich langsam unter seinen Shorts vortasten. Die unübersehbare Erregtheit ist kaum zu ignorieren.

Trotzdem will ich mehr. Als ich seine Shorts herunterziehe und sein halb erigierter Schwanz sich mir entgegenstreckt, hebe ich eine Augenbraue. Flüchtig sehe ich zu ihm auf – so als wüsste ich nicht, was zu tun sei.

Er leckt über seine Lippen und kann es kaum erwarten, bis ich ihn in meinen Mund nehme. Ich zögere es heraus und blicke ihm intensiver entgegen.

»Hast du Angst, weil er zu groß für deinen Mund sein könnte?« Er hört von mir nur ein abfälliges »Pah«. Wenn er wüsste, welch große Prachtstücke ich schon in meiner Hand gehalten habe. Doch seiner hat auf jeden Fall eine ansprechende Größe.

»Schließ deine Augen und sieh zum Nachthimmel«, befehle ich ihm, bevor er weitere überhebliche Fragen stellen kann.

»Wozu, wenn ich dir dabei zusehen will, wie du ihn lutschst?«

Mein giftiger Blick trifft ihn unmittelbar, als sich meine Lippen auf der zarten Haut seiner Hoden befinden. Ein angenehmer Duft von Moschus fächelt mir entgegen. Mit der Zunge lecke ich darüber, während ich mit den Fingern über seinen Schaft reibe und sein Schwanz die volle Größe annimmt. Ein Keuchen ist von ihm zu hören, als seine Hände sich in mein Haar schieben. Ich spüre das Ziehen in meinen Brustwarzen und wie es mich anmacht, Damian Garner die Hoden zu lecken. Aber ich schiebe den Gedanken beiseite, hebe den Kopf und treffe seinen intensiven Blick, den er mir entgegenwirft.

»Heute noch!«, fahre ich ihn an. Zuerst schenke ich ihm

Vertrauen, pure Zärtlichkeit, damit er keine Zweifel hegt. Ich sehe ihm an, dass er nicht will. Sofort höre ich auf, ihn mit meiner Zunge zu verwöhnen.

Genervt verdreht er die Augen und legt den Kopf in den Nacken. *Geht doch!*

Ich widme meine Aufmerksamkeit seinem erigierten Glied, das in seiner vollen Größe vor mir aufragt. *Was für ein göttlicher Anblick!* Sein Schwanz ist groß und die schimmernde dicke Spitze reibt unbeachtet an meiner Wange. Ich nehme, als ich mir sicher bin, dass er wirklich nur zum Nachthimmel aufsieht, seine Hoden in den Mund, befeuchte sie und hebe meine Hand, um seinen Schwanz zu massieren, der schwer in meiner Hand liegt. Die weiche Haut streife ich über seine Eichel und umgreife den Schaft fester. In rhythmischen Bewegungen fahre ich fort, bis ich meine Lippen von seinen Hoden löse und kreisend über seine Eichel lecke. Das Pochen meiner Perle lässt mich meine Augen unmittelbar zusammenkneifen. Trotzdem wahre ich meine kühle Miene und ignoriere meinen verräterischen Körper, der sofort über den Mann hergefallen wäre.

Weiter umgreife ich seinen Schaft, lecke über seinen Schwanz – erst sanft, dann intensiver –, bis ich ihn in meinen Mund aufnehme und ein Stöhnen von ihm seinen Körper unter meinen Händen erzittern lässt. Immerfort massiere ich seine Hoden und wandere mit dem Mund in immer rhythmischeren Bewegungen fest über seinen Schwanz. Als ich ihn fast ganz aufgenommen habe, verharre ich wenige Sekunden, um seine Lust hinauszuzögern. Ich weiß, wie sehr es Männer lieben, mit anzusehen, wie weit sich ihr bestes Stück im Mund einer Frau vorwagen kann, ohne einen üblen Würgereflex auszulösen. Dabei blicke ich zu ihm mit einem überlegenen Funkeln in den dunklen Augen auf.

Augenblicklich starrt er mit einem finsteren Grinsen auf mich herab, als besäße er die Kontrolle über mich, bloß weil er meinen Hinterkopf hält und mir seine Hüfte entgegendrängt. Weil ich ihm kaum sagen kann, dass er einen Fehler begeht, lasse ich ihn vorsichtig meine Zähne spüren. Schlagartig verzieht er sein Gesicht und wirft den Kopf schnell keuchend in den Nacken.

Am liebsten hätte ich laut losgelacht, weil ich ihn mit seinem Glied im Mund im Zaum halten kann. Immer intensiver fahre ich mit meinen Bewegungen fort, greife nach dem Band um meine Brüste, ohne dass er es merkt, und löse den Knoten an der Seite. Schnell umfasse ich seine Hände, die in meinem Haar wühlen, dränge sie ihm hinter den Rücken und binde sie mit einem gekonnten Griff zusammen, ehe er eingreifen kann.

Viel zu spät spürt er, was ich gemacht habe, während mein Mund weiter seinen Schwanz lutscht. *Aus dem Kreuzknoten kann er sich nicht befreien, den er mit Sicherheit nicht kennt.*

Prüfend fahre ich mit den Fingern über das Band, um sicherzugehen, es nicht zu locker, aber auch nicht zu fest um seine Handgelenke gebunden zu haben. Er wehrt sich nicht. Anscheinend macht es ihn sogar an. Das Gefühl, die komplette Kontrolle über ihn zu haben, gefällt mir. Augenblicklich ziehe ich mit einer quälend langsamen Bewegung seinen Schwanz aus meinem Mund und erhebe mich geschmeidig.

»Hörst du jetzt einfach so auf?«

»Du hast mir keine Fragen zu stellen. Folge mir.« Wendig drehe ich mich um, bevor er einen Blick auf meine nackten Brüste erhaschen kann, während er meinen leichten Schritten über das unter meinen Füßen quietschende Gras folgt. Mit einer wendigen Umdrehung bleibe ich vor ihm stehen, gebe ihm einen Stoß, sodass er ins Wanken gerät, und lache leise.

»Du hast Power.«

»Die habe ich immer, Damian Garner. Ich will, dass du dich hinlegst, bevor ich …« Ich starre mit einem lasziven Augenaufschlag zu seinem Schwanz, dem die Kälte nicht ganz gefällt. »… mich um ihn kümmere. Lass dich einfach fallen«, singe ich fast die letzten Worte.

Immer noch wehrlos wegen der Fessel schiebt er sich näher an mich heran. Er wird zutraulich, was mir gefällt.

Doch sein Blick verrät, dass er mich am liebsten auf die Knie runterdrücken würde, damit ich das beende, was ich angefangen habe. Stattdessen leckt er über meine Wange, streift mit seinen Lippen meinen Mundwinkel und drängt mit seiner Zunge meine Lippen auseinander. Er schmeckt nach etwas süßlich Herbem, nach etwas, das mich magisch anzieht und genauso gut riecht. Kurz lasse ich ihn gewähren, erwidere den Kuss und umkreise verspielt seine Zunge. Dabei schmiege ich mich fest an ihn, sodass er meine vollen Brüste spüren kann – um ihn noch mehr zu reizen.

»Wenn ich nicht gefesselt wäre, würde ich deine Pussy, die bereits von meinem Anblick feucht sein dürfte, ficken, dass dir drei Tage dein laszives Lächeln vergeht.« Als ich seine Worte höre, spüre ich seine pralle Härte gegen meine Innenschenkel drücken, sodass ich siegessicher zu ihm aufblicke. Nur wenige Zentimeter und er würde in meiner Pussy zwischen den Schamlippen abtauchen. Und er würde spüren, wie feucht ich wirklich bin.

Nein! Das wäre zu früh. Dieses Privileg, mich zu vögeln, sollte sich Garner erst verdienen.

Spielerisch gleite ich mit den Fingerspitzen über seine Brust, wandere zu seinen gefesselten Handgelenken.

»Wirklich?«, hauche ich verführerisch und keuche gekonnt, als sein Geschlecht gegen mein Bein reibt. »Schade, dass du nicht spüren kannst, wie feucht sie ist, Garner«, säusele ich dicht vor seinen Lippen und beiße verwegen in seine Unterlippe. Süßes Blut benetzt meine Zunge und legt sich auf meine Lippen. Meine Augen ziehen sich genüsslich zusammen, als mir bewusst wird, dass ich mit ihm machen kann, was ich möchte. Gerade jetzt muss ich an Mary denken – Bilder von ihr kommen hoch, als sie tränenüberströmt auf der Strandliege gekauert hat, am Boden zerstört und kaum zu trösten war.

Verfluchter Scheißkerl!

»Und jetzt leg dich hin!« In meiner Stimme schwingt nun nichts Verführerisches mehr mit, denn es ist ein eiskalter Befehl.

»Du willst auf mir sein? Die Kontrolle haben? Mich ficken, um dir das zu holen, was du brauchst? Habe ich recht?« Verboten hebt er seine Augenbraue, während er sich näher an mich drängt, um mich mit seiner großen Präsenz einzuengen.

Lächerlich! Als ob ich vor ihm Angst bekäme, würde ich mich nicht an seine Regeln halten.

Denn bei meinen Worten muss ich aufpassen, nicht zu lachen. Da er nicht gehorcht und seine Blicke unverhohlen zwischen meinem Gesicht und meinen Brüsten hin und her wandern, deren Nippel von der Kälte und der Erregung verräterisch steif sind, trete ich zur Seite und verpasse ihm einen leichten Kick in seine Kniekehle, sodass er neben mir mit einem lauten Stöhnen nachgibt. Er fällt von dem unausweichlichen Reflex seines eigenen Körpers wie eine Schachfigur auf den Rasen. Wenn man weiß, wo man gewisse Reflexe auslösen kann, ist es spielend einfach, einen Mann in der Hand zu haben. Gleichzeitig gehe ich sicher, dass er nicht mit dem Kopf aufprallt, und lasse ihn gefesselt langsam zu Boden sinken.

»Verfluchtes Miststück!« Bei seinen Flüchen muss ich lachen, bevor ich mit gespreizten Beinen über ihm stehe und ihm einen amüsierten Blick herabwerfe.

»So gefällt mir die Perspektive gleich viel besser. Wie fühlt es sich an, Garner, unter einem zu liegen? Am Boden? Völlig machtlos?«

Seine eigenen Hände dürften fest gegen sein Rückgrat drücken, aber meine Anwesenheit sollte ihn den leichten Schmerz schnell vergessen lassen. Von dieser Perspektive aus kann er zwischen meine Beine sehen, wie ich es beabsichtigt habe.

Bei Nero, bin ich erregt, in dieser Position auf ihn herabzublicken und zu wissen, dass er zwischen meinen Schenkeln sehen kann, wie feucht ich bin. Der Anblick auf meine geschwollenen Schamlippen macht ihn augenblicklich geil, denn sein herrlicher Schwanz richtet sich wieder auf.

Tropfe ich? Oder liegt es am Wasser des Teichs, das in schlängeligen Bahnen aus meinen Haaren herabläuft? *Verdammt – ich sollte mich besser unter Kontrolle haben.*

»Die Aussichten sind großartig«, höre ich ihn spöttisch sagen. Langsam gehe ich über ihm in die Knie und fasse schnell nach seinem Kiefer.

»Du glaubst gar nicht, wie sehr ich dich mit einem Ritt um den Verstand bringen würde. Ich würde dir zeigen, was es heißt, mich zu besitzen.« Sein Kehlkopf bewegt sich, als er schluckt. Die Vorstellung lässt ihn mit offenem Mund lächeln. »Aber … ich habe eine bessere Idee«, raune ich dicht an seinem Ohr, während meine steifen Brustwarzen prickelnd über seine Haut reiben. Ich beiße in sein Ohrläppchen und ziehe die Zähne daran langsam herunter, sodass er eine Gänsehaut bekommt.

»Welche?« Ohne ihm zu antworten, erhebe ich mich und besehe ihn mit einem zynischen Lächeln. Ich gönne ihm weitere Blicke auf meinen halb nackten Körper, dann drehe ich mich über ihm um, lasse mich leicht auf die Knie fallen und strecke meinen Arsch seinem Gesicht entgegen. Dabei drücke ich meine Wirbelsäule durch und verfalle über ihm in eine devote Haltung. Mit meinen Händen fixiere ich seine Oberschenkel, die sich unter meinem festen Griff anspannen.

Zischend holt er tief Luft, als ich im nächsten Moment meine Lippen und meine Zunge um seinen Schwanz bewege.

»Verdammt, wie kannst du die Zunge so rau und fest zugleich bewegen«, keucht er unter mir, als spräche er zu sich selbst. Ich bewege mich schneller, mit mehr Nachdruck, sodass er mir sein Becken entgegenschiebt. »Was du mit deinem Mund anstellst, ist der reinste Wahnsinn. So tief wie du nahm ihn zuvor keine auf. Wären meine Hände nicht zusammengebunden, hätte ich meine Finger in deine Pussy geschoben, deinen angeschwollenen Kitzler verwöhnt. Im Gegenzug dazu, was du mit deinem Mund anstellst«, höre ich ihn sagen und muss bei der Vorstellung zischend ausatmen. Er versteht sich darin, mein Kopfkino noch weiter auf Hochtouren zu bringen.

Plötzlich stoppe ich in meiner berauschenden Bewegung, werfe einen Blick über die Schulter. Es bringt ihn offensichtlich jedes Mal um den Verstand, wenn ich aufhöre, seine Härte zu verwöhnen.

»Ehe ich es vergesse: Anfassen ist tabu!«, warne ich ihn, obwohl es mir schwerfällt, die Worte laut auszusprechen.

»Wie soll das auch gehen?«

»Zunge?« Ich hebe spöttisch eine Augenbraue. Es soll fast wie ein Befehl klingen, den er ausführen soll. Mal sehen, ob er es nicht doch macht. Wie er wohl lecken kann? In meinem Becken ist das Ziehen kaum mehr zu ignorieren, weil mich seine Worte, verflucht noch mal, ziemlich angemacht haben. »Ab jetzt wirst du alle Vor- und Nachnamen der Frauen, die du gevögelt hast, rückwärts aufzählen, während ich deinen Schwanz verwöhne«, ergänze ich, um wieder die Kontrolle zu haben, um mich selbst wieder zu beruhigen und die Gedanken, wie Garners Zunge über meine Klit kreist, auszublenden.

Mit einem unverhohlenen Grinsen schaut er mir entgegen.

»Was?« *Glaubt er, ich scherze?!*

Scharf setze ich die Spitzen meiner Fingernägel dicht neben seinem Geschlecht auf den Oberschenkel und versenke sie. Er biegt kurz nach Luft schnappend den Rücken durch.

»Sobald du ins Grübeln gerätst, eine längere Pause machst oder dich den Berührungen hingibst, beende ich es, an deinem Schwanz zu lutschen, Garner. Ich sehe in deinen Augen, dass du es liebst.« Auffordernd zwinkere ich ihm mit einem Lächeln entgegen. »Und keine Sorge, ich kenne deine Liste auswendig. Lügst du mich an, wirst du Schmerzen in Kauf nehmen, die du dir nicht vorstellen kannst. Du darfst jetzt beginnen!«

Damian

Die Kleine ist doch verrückt! Erst macht sie mich mit ihren Berührungen, ihren Bewegungen und ihrem erotischen Aussehen scharf, und jetzt soll ich an andere Frauen denken? Ihre wunderschöne Pussy reckt sich mir wie die blanke Versuchung entgegen, in die ich am liebsten meine Zunge versenken würde, um sie zu kosten.

Aber ich besitze ebenfalls Mittel, um sie gefügig zu machen, obwohl mir meine etwas missliche Lage gefällt. Ich habe diese Frau um Längen unterschätzt, als ich ihr das erste Mal begegnet bin.

»Los!«, kommandiert sie, als ich ihre vollen Lippen um meine Eichel spüre, mein Schwanz empfindlich zuckt. Rauschende Wellen durchfahren meinen Körper, wenn sie ihren Kopf senkt; der Hunger nach weiteren Berührungen von ihr wird größer. Am liebsten hätte ich laut gebrüllt, nicht aufzuhören.

Ich beginne wie im Rausch die Namen der letzten von mir gevögelten Frauen aufzuzählen. *Woher sie die Namen kennt? Oder blufft sie?* Sie lauscht den Namen und verzieht keine Miene. Während mein Schwanz in ihren Mund abtaucht, zähle ich die Namen der Frauen weiter auf. Sie schließt ihre Augen bei der Vorstellung, bei der Lust und der zerreißenden Qual, die sie mir zufügt und in mir hervorruft. *Fuck! Sie weiß wirklich, was sie macht.* Nur frage ich mich die ganze Zeit, ob sie mir mit ihrer strengen Art imponieren will oder sich mehr dahinter verbirgt. Denn in manchen Momenten erkenne ich, dass sie auch eine andere Seite hat.

Mit jedem Mal wird mir heißer, sodass Schweiß wie ein Film über meiner Haut liegt, der die kühle Abendluft vertreibt. Das heiße Blut rauscht in meinen Ohren, beeinträchtigt meine Konzentration. Meine Blicke können sich kaum von ihrem Arsch und ihren rhythmischen Bewegungen lösen.

Fuck! Ich ziehe scharf die Luft ein, aber zähle weiter die verfluchten Frauennamen auf, bis meine Stimme in ein abgehacktes Keuchen übergeht. Am liebsten will ich hinausbrüllen, wie geil sie mich macht, wie viel Macht sie über mich ausübt. Mein Becken spannt sich unter ihr an. Sie spürt sicher meine angespannten Beinmuskeln unter ihrem festen Griff, den sie verstärkt, sodass ich die Zähne zusammenbeiße. *Sechzehn Namen. Nicht mehr lange!*

»Chloé Hamilton, Mary … Felicitas Winter, Ann Golden …«

So ein Scheiß!

Nach jedem Namen hole ich tiefer Luft, während ich mich am liebsten dem betörenden Gefühl ihres Blowjobs völlig hingeben will, ohne die Namen anderer Frauen aufzählen zu müssen. Mein lautes Atmen geht verdammt noch mal in ein zittriges Stöhnen über. Aber ich will sie nicht unterbrechen, bis sie es zu Ende gebracht hat und sie meine Gier befriedigt hat.

»Marie Jane … Raven, Deborah … Kingston« *Ahr!* – Ich setze eine Pause ein, als mein Schwanz zu explodieren droht und ich die hitzigen Berührungen ihrer Lippen, ihrer flinken Zunge nicht mehr ertragen kann.

Instinktiv hebe ich meinen Kopf und lecke mit der Zunge hart über ihre Perle. Mein Kinn folgt meiner Zunge, das leicht mit dem Dreitagebart darüber streicht, was sie aufkeuchen lässt. Ich kann die Welle, die ihren Körper beben lässt, spüren. Gleichzeitig ihre vorgetäuschte Empörung und das Seufzen weiterzumachen.

Doch kurz bevor ich zum Orgasmus komme, versenkt sie ihre Finger kräftig in die empfindliche Innenseite meines

Oberschenkels – es verschafft ihr eine Scheißgenugtuung, das zu tun. Als ich ihre spitzen Nägel spüre und zugleich drohe zu kommen, drücke ich unter ihr meinen Rücken durch.

Ein quälend langsames Mal gleitet sie intensiv über meinen Schwanz und presst ihre Lippen fester zusammen. Zwischen ihren Lippen spüre ich mein Glied leicht pumpen, während sich meine Hoden zusammenziehen, bis sie sich plötzlich über mir erhebt.

So ein Mist!

Noch ein Stoß und ich wäre zum Höhepunkt gekommen.

»Nein, verflucht!«

Mit einem bittersüßen Lächeln, weil sie vermutlich in meinen Augen die unendliche Gier und das Verlangen nach ihr ablesen kann, beugt sie sich über mich, leckt mit ihrer Zungenspitze sinnlich über meine Lippen, bevor sie mit den Fingerspitzen fast zärtlich über meine Arme streichelt, weiter zu meinen Handgelenken und ihr Band wieder geschickt löst.

»Warum …«, will ich fragen, als sie mich unterbricht.

»Du musst dir meine Aufmerksamkeit verdienen, Garner. Und gerade jetzt habe ich keine Lust mehr, mich mit dir abzugeben. Du hast die Spielregeln missachtet, wozu sollte ich dann weitermachen?«

Rasch erhebt sie sich, befestigt das Band über ihren wunderschönen prallen Brüsten und lächelt mir gelangweilt – fast mitfühlend – entgegen.

»Ich wünsche eine gute Nacht, Damian Garner«, haucht sie mir verboten verführerisch entgegen.

»Das ist unmöglich dein Ernst!« Ich würde sie bei ihrem Namen nennen, wenn ich ihn wüsste – verdammt! »Du gehst?«

»Lerne mit der Demütigung zu leben, Womanizer«, antwortet sie mit einem leisen Lachen, als sie, kurz bevor sie unter dem Schatten eines Baumes verschwindet, im Gehen eine Hand hebt. Ihre Hüften schwingen verführerisch vor meinen Augen, und ich kann nicht glauben, dass sie geht, ohne ihr Spiel mit ihrem Mund zu Ende gebracht zu haben, bis ich zum verdammten Höhepunkt komme. *Und es wäre ein Leichtes für sie gewesen, es zu Ende zu bringen!*

Noch nie ließ mich eine Frau unbefriedigt zurück. Aber habe ich es nicht selbst ruiniert? Ich war zu weit gegangen, hatte ihre unmissverständlichen Regeln missachtet.

Mit einem fluchenden Knurren erhebe ich mich aus dem feuchten Gras, als grelles Licht in meinen Augen sticht und die Außenbeleuchtung im Park anspringt, die nur bei Veranstaltungen angeschaltet wird und nun prachtvoll die Farben wechselt. Von Gelb in ein warmes Orange zu einem glühenden Rot. *Verflucht! Dieses Biest!*

Neugierige Gesichter, die vom Farbenspektakel angelockt werden, starren aus den Fenstern, hinter denen die Vorhänge zurückgezogen worden sind, zu mir in den Park.

Einmalig!

Verärgert kralle ich meine Hände in den Rasen und erhebe mich, als ich die kreischenden Schreie der anderen Frauen höre, die mich nun nackt gesehen haben dürften. *Fuck – wen stört's!*

Mit einem diabolischen Grinsen im Gesicht, von jetzt an nur noch *eine* Frau schreien hören zu wollen, hebe ich meine Kleidung vom Rasen auf und verschwinde ebenfalls im Schatten.

»Dafür wirst du bluten, mein Herz«, knurre ich im Gehen und kann mir mein Grinsen nicht verkneifen.

4. KAPITEL

Wieder in der VIP-Lounge atme ich tief durch und verarbeite die Szene vor wenigen Augenblicken. Die Frau ist doch verrückt gewesen. So was ist mir noch nie passiert. Doch zugleich interessiert sie mich. Ich spüre, wie sie mein Interesse geweckt hat, auch wenn sie mich vor den anderen Gästen bloßgestellt hat. Zum Teufel, das nächste Mal schnappe ich sie mir. Dann steht Kresten neben mir und grinst breit. Hat er die Szene ebenfalls gesehen? Vermutlich ja. Kresten entgeht nie etwas.

»Das hast du nicht ernsthaft mit dir machen lassen, oder?«, fragt er mich direkt mit einer Zigarette zwischen den Fingern und einem Sherryglas in der anderen Hand, bevor er neben mir auf einem Barhocker Platz nimmt.

Er hat es mitverfolgt – stelle ich fest, doch im nächsten Moment betritt eine Blondine den Club, die in einem Gespräch mit ihrer dunkelhaarigen Freundin ist. *Louisa?*

Während ihre Freundin ihren Mantel von den Schultern streift und zu Kresten geht, wartet Louisa auf eine Geste von mir. Lange blicke ich ihr nur entgegen, bis ich sie nicht zu mir heranwinke, sondern mich erhebe und ihr ein charmantes Lächeln schenke.

»Louisa, wie schön, dich hier zu treffen.« Mit meinem Blick wandere ich über ihr ebenmäßiges Gesicht, das ich bis auf jeden Quadratzentimeter kenne, ihre scharf abgezeichneten Schlüsselbeine und ihre schlanken Arme. Ich kenne ihren Körper bereits hüllenlos bis ins kleinste Detail.

Vor knapp zwei Jahren waren wir ein Paar gewesen, danach trafen wir uns gelegentlich nachts, falls Louisa in London war, in Hotels und hatten so unsere Abwechslung. Für mich kam nie etwas Festeres infrage, was bei ihr, denke ich, genauso ist. Denn sie hält sich vorwiegend in Frankreich auf, was es uns erschwert, uns regelmäßig zu sehen. Und zurzeit habe ich nicht das Bedürfnis, mich wieder zu binden – was nur mit Verpflichtungen, unerfüllten Erwartungen und Streit einhergeht.

Louisa blickt mit einem niedlichen Lächeln meinen dunklen Anzug hinab und legt dabei ihren Kopf leicht schief, bevor ihre Hand über meinen Kragen streicht.

»Immer noch ganz der Gentleman. Und alleinstehend, wie es die Presse berichtet«, bemerkt sie mit einem scharfen Lächeln, bevor sie mir jeweils einen Luftkuss an jede Wange haucht. Dabei rieche ich ihr Parfüm, wie ich es aus der Vergangenheit kenne.

»Möglicherweise.« Ein verräterisches Zucken meiner Braue verrät mein Zeichen, das sie mit einem Lächeln erwidert. Wenn ich die Fremde im Park schon nicht haben durfte, dann Louisa. So wäre für mich der Abend vorübergehend gerettet, bis ich mehr über D.C. in Erfahrung bringen kann. Sie muss sich noch im Club aufhalten. Oder ist sie doch schon gegangen?

»Geh schon vor. Ich werde nur noch Kresten begrüßen.« Ich helfe Louisa, den Mantel abzunehmen, und sehe, wie Kresten nur mit dem Kopf schüttelt, weil er uns beobachtet hat. Über die Jahre kennt er unsere unauffälligen Angebote, und er weiß, dass ich einen kurzen Quickie mit Louisa sicher nicht ausschlagen werde.

Als ich Louisas Mantel bei der Garderobe abgegeben habe, biege ich in einen Gang ein, der zu den Toiletten und auch zu den anderen Clubräumen führt.

Während ich mir bildlich vorstelle, wie ich Louisa vögeln werde, und mein Schwanz meine Hose enger werden lässt, höre ich schon Louisas Absätze über das Parkett klappern. *Perfekt!*

Als ich hinter uns die Tür schließe und bereits mit meiner Hand durch ihr blondes offenes Haar fahre und sie näher an mich heranziehe, raune ich ihr leise ins Ohr: »Wie schön, dass du heute Abend im Club bist.«

Ich küsse sie – erst vorsichtig, dann stürmischer. Dabei schließe ich hinter ihrem Rücken ab und dränge sie an die Tür. Louisa lächelt, als sie sich von meinen Lippen löst. Mit einem knappen Blick über die Schulter wandere ich mit meinen Blicken den Raum ab, den ich schon von früher kenne. Der perfekte Rückzugsort, um meine Ex zu vögeln.

»Ich weiß immer, wo du dich aufhältst. Ich hoffe nur, du hast bisher keine Angebote erhalten?«

»Nein«, lüge ich. »Es ist fast so, als hätte ich den Abend nur auf dich gewartet.« Was nicht stimmt, weil ich wusste, dass sie heute Abend erscheinen wird.

Eine breite Ledercouch vor einem Balkonfenster. Davor steht ein Tisch und an der Wand gegenüber hängt ein Flachbildfernseher.

Im Nacken zieht sie mich kurz darauf zu sich, küsst mich leidenschaftlich und seufzt leise, als ich ihr Bein anhebe und um meine Hüfte lege.

Verdammt, ich wollte sie schon vor wenigen Wochen flachlegen, weil mit ihr der Sex wenigstens noch etwas Besonderes ist. Besitzergreifend küsse ich sie und halte sie weiterhin zwischen mir und der Tür gefangen. Ohne zu zögern, streift sie mein Jackett von den Schultern, öffnet mein Hemd und lässt es achtlos auf den Boden fallen. Ein Zeichen, dass sie mich in dem Moment ohne Kompromisse genauso sehr will wie ich sie.

»Wie früher. Du scheinst ausgehungert zu sein«, bemerkt sie, als sich mein Knie zwischen ihre Beine schiebt und ich es anhebe. Sie stöhnt, und ich spüre ihren warmen Atem auf meinem Hals, was mich noch gieriger macht.

»Nach dir immer, Liebes.«

Mit einem Mal greift sie nach meinem Gesicht, sodass ich von ihr ablasse. *Was ist jetzt?*

»Nenne mich nicht, wie deine anderen Geliebten, ›Liebes‹. Du musst mir nicht vortäuschen, mehr wert zu sein. Ich will nur Sex. Schnell, wild und ohne Rücksicht auf Gefühle.« Mit ihrer Hand streicht sie über meine Brust und schaut kurz auf mein dunkles Tattoo auf der linken Bauchhälfte.

»Wie du willst.« Wenn es ihr Wunsch ist, werde ich ihr sicher nicht widersprechen. Anscheinend weiß sie noch nichts von der Challenge, was wohl mein Glück ist. Denn Frauen reagieren, wie gerade eben, sehr empfindlich darauf, wenn andere Frauen im Spiel sind, selbst wenn man nicht gebunden ist.

Ich schiebe ihr kurzes Kleid hoch, während sie meine Hose öffnet. Mit einem fester werdenden Griff massiert sie meinen Schwanz, sodass ich keuche und sie gieriger küsse. Aber sie ist lange nicht so gut wie die Fremde im Park. *Zum Teufel, warum muss ich an sie denken!*

»Ja, genau so will ich es. Ich möchte etwas Besonderes für dich sein. Keine Frau, die du mal eben auswechselst oder nur für eine Nacht hast, denn das bin ich nicht.«

Ich befreie mich aus meiner Hose, meinen Schuhen und Socken und dränge sie zum Tisch. Mit einem amüsierten Lächeln lässt sie sich von mir führen.

»Nein, das bist du wirklich nicht.« Doch die perfekte Partnerin ist sie auch nicht, ansonsten hätte unsere Beziehung gehalten. Vor dem Tisch öffne ich ihr Kleid und lasse es über ihre Hüften rutschen. Zuerst sanft wandere ich mit den Fingern über ihre Hüfte, ihren Bauch, massiere ihre Brüste, um kurz darauf ihren BH zu öffnen und sie rücklings auf den Tisch zu legen. Louisa trägt nur noch ihren Slip und rekelt sich vor mir wie eine Göttin, sodass ich nur noch zu nehmen brauche, was ich will.

Sie winkt mich zu sich, als ich sie mit einem Grinsen warten lasse, um es hinauszuzögern. Mit einem intensiven Blick in ihr Gesicht knie ich mich zwischen ihre Beine, hebe ihren Fuß, den ich aus ihren hohen Schuhen befreie, und küsse ihren Knöchel aufwärts zu ihrem Innenschenkel, bis ich ihren bereits verräterisch feuchten Slip beiseiteschiebe. *Wie gern würde ich das bei der Fremden machen wollen. Nur wäre das zu einfach – sie würde sich sicher nicht so leicht um den Finger wickeln lassen. Und genau das liebe ich.*

Mit einem knappen Blick sehe ich, wie Louisa ihre Augen schließt, jede meiner Berührungen genießt, als gäbe es keinen anderen Mann in ihrem Leben. Dabei gleitet ihre Hand zwischen meine Haare, um mich fester an sie zu ziehen, als ich meine Zunge über ihre Haut entlanggleiten lasse, weiter zwischen ihre Beine, bis sie herrlich keucht und ihren Rücken auf dem harten Tisch durchbiegt. In dem Moment streife ich ihren Slip aus, umkreise mit meiner Zunge ihre Klit und schiebe mit den Fingern die Schamlippen auseinander. Sie ist herrlich feucht, praktisch bereit, um sofort hart gevögelt zu werden.

Mit meiner warmen Zunge reibe ich fester über ihre Perle, erst umkreise ich sie, bis ich in sie eindringe und sie sich entspannt zurücklegt.

»Wie ich deine Zunge vermisst habe, Damian. Glaub mir, du bist der Beste darin.« Tatsächlich? Aber anscheinend hat es ihr vor wenigen Monaten nicht genügt.

»Das höre ich gern, Darling.«

Der bekannte und zugleich angenehme Geschmack von ihr legt sich auf meine Zunge, als ich damit weiter in sie eindringe. Nachdem ich spüre, wie sie sich mir willig hingibt, und ich nicht länger mein Verlangen zurückhalten will, weil mein Schwanz sich heiß anfühlt und bereits hart ist, stehe ich geschmeidig auf, streife meine Shorts herab, greife nach ihrer Taille und schiebe sie dichter zu mir. Mit einem Glitzern in den Augen öffnet sie erwartungsvoll ihre Lippen, um mir zu signalisieren, mir zu nehmen, was mir gehört. Mit einer fast quälend langsamen Bewegung dringe ich in ihre feuchte warme Pussy ein.

»Oh Mann!« Louisa wirft den Kopf zurück, während ich lauter atme und in meiner Bewegung schneller werde. Immer tiefer dringe ich in sie ein, sodass ihre Atemzüge stocken. Sie hebt ihre Hüfte und spannt sie an, um mir Widerstand zu leisten und nicht nach hinten zu rutschen, während ich fester ihre Taille umfasse und sie härter nehme.

In der Bewegung greife ich nach ihrem Bein, um es um meine Mitte zu legen und sie daran zu hindern, mir auszuweichen. Ich liebe es, die Kontrolle zu besitzen, doch leider stört es mich, dass nicht auch sie einmal die Führung übernimmt.

Laut atmend werde ich immer wilder, hungriger und will sie ganz für mich. Doch nicht zu schnell. Ich ziehe mein Glied aus ihr heraus, fahre mit der Hand zwischen ihre Beine, um ihre Hitze zu spüren, und streiche über ihren flachen Bauch. Mit einer schnellen Bewegung drehe ich sie um, um sie von hinten zu ficken.

»Verdammt, zögere es nicht so lange hinaus und fick mich, Damian, wie kein anderer«, höre ich sie vor mir und zugleich spreizt sie verführerisch ihre Beine. Auf ihren Ellenbogen gestützt wirft sie mir einen lasziven Blick über die Schulter zu.

»Du brauchst nicht zögerlich zu sein. Ich will dich spüren. In jeder Faser meines Körpers«, raunt sie mir zu. »Los, vögel mich so hart du kannst.«

»Bist du dir sicher?«, hake ich nach, denn für gewöhnlich steht sie auf die softere Variante. Will sie mir etwas beweisen?

»Ja, bin ich. Tu es einfach.«

Fest umgreife ich ihre Hüfte, beuge mich ihrem perfekten Arsch entgegen und wandere mit der Zunge zwischen ihre Spalte, um den Geschmack auf der Zunge zu haben, der mich um den Verstand bringt. Schon im nächsten Moment schiebe ich mich zwischen ihre Beine und dringe mit einem Stoß in sie ein – so wie sie es will. Immer härter vögele ich sie, sodass sie sich mit den Fingern an der Tischkante festkrallt.

»Du brauchst es doch, wehrlos zu sein, nicht wahr?«, keuche ich und stoße fester zu. Obwohl ich viel lieber D.C. so vor mir stehen haben möchte, um mich zu revanchieren. Scheiße, die Vorstellung bringt mich um. Was hat die Kleine mit meinen Gedanken angerichtet?

Sie stöhnt laut auf. »JA, verdammt!« Plötzlich sehe ich statt blondem Haar braunes und D.C. mir einen durchtriebenen Blick über ihre Schulter zu werfen. *Zum Teufel – nein!*

Ich schließe die Augen, um die Vorstellung abzuschütteln, greife nach Louisas Schulter und dringe noch heftiger ein. Sie keucht, wimmert fast. Ihr Körper zittert, während ich spüre, dass sie feuchter wird, dass ihr Körper es will, nur von mir gevögelt zu werden. Mit jedem Stoß wird mein Schwanz heißer, mein und ihr Atem abgehackter, der in ein Stöhnen übergeht, als mein Schwanz pulsiert, sich meine Hoden zusammenziehen und ich mit geschlossenen Augen komme, weil ich immer noch das Bild vor mir habe, wie ich die dunkelhaarige Fremde von hinten nehme. Louisa schreit unter mir auf, ruft meinen Namen – wie ich es hasse – und streckt sich mir bereitwillig weiter entgegen. Meine Bewegungen werden langsamer, nachdem ich mich in ihr ergossen habe, sich mein Atem beruhigt hat und ich die Augen öffne. Ein Grinsen huscht kurz über meine Lippen, als ich zur Decke aufblicke.

Was für eine geile Revanche es mit D.C. gewesen wäre.

5. KAPITEL

Ich atme tief durch und verlasse den Gang, nachdem ich mich in einem der leeren Räume wieder umgezogen habe, um zu meinem Trainer und Isy zurückzugehen. Kurz rücke ich mein dunkelblaues Kleid zurecht und streiche mir eine dunkle Strähne hinter mein Ohr, als ich unüberhörbar ein leises Stöhnen hinter der letzten Tür des Ganges höre. Herrje, Garner muss es ja nötig haben, gleich die Nächstbeste zu vögeln, bloß weil er mich nicht haben konnte. Es ist eindeutig Garners Stimme, die ich höre, als ich mein Ohr an die Tür anlehne. Zumindest scheint ihn meine kleine Vorstellung um den Verstand gebracht zu haben, ich habe ihn kennengelernt und weiß nun, worauf ich mich während der Challenge einlassen werde. Ganz so übel ist er nicht, wäre da nicht Marys gebrochenes Herz.

Als ich an der Bar zwischen den anderen Gästen in der Lounge abbiege, erkenne ich den Freund von Garner; es kann nur dieser Kresten sein, der sich mit einer Frau, die ich nicht kenne, unterhält. Obwohl unterhalten wohl untertrieben ist, wenn man »sich mit der Zunge im Rachenraum des anderen befinden« als »sich unterhalten« bezeichnen kann.

Sein Freund hat dunkelbraunes leicht rötliches Haar, braune Augen und wirkt auf den ersten Blick auf mich wie ein Gentleman, wenn ich nicht seine Geschichten von Leroy kennen würde. Er muss in seiner Art weitaus eingebildeter, überheblicher und vor allem selbstsicherer sein als Garner.

Nachdem ich meinen Blick von dem Paar gelöst habe, sich die schwarzhaarige Frau in einem dunklen Kleid näher an diesen Kresten zieht, schaue ich zu Philipp und Isy, die sich am Tisch unterhalten. Philipp ist Isys und mein Trainer – seit über fünf Jahren, er ist jung, Mitte dreißig, ein Freund zum Weggehen und Spaß haben. Jedoch kann er im gleichen Zuge ziemlich streng sein, wenn es darum geht, eine Trainingseinheit vermasselt zu haben.

Als Philipp zu mir aufsieht, wandert sein Blick kurz zu Kresten hinter mir, was ich nicht verstehe. Dann zieht er seine hellblonden Augenbrauen zusammen und öffnet den Mund.

»Ah, nicht so schnell, junge Dame«, höre ich hinter mir, als zwei Hände sich auf meine nackten Schultern legen und ich augenblicklich herumfahre. *Was soll das werden?*

»Warum nicht? Kennen wir uns?«, frage ich ihn und schaue zu ihm auf, denn er ist über einen halben Kopf größer als ich. Hinter ihm sehe ich die dunkelhaarige Frau, die uns scharf im Auge behält und an ihrem Champagnerglas nippt. *Bloody! Ich werde diesem aalglatten Typen schon nicht an die Wäsche gehen* – würde ich ihr am liebsten sagen, stattdessen schenke ich ihr ein siegessicheres Lächeln, so als hätte ich es doch vor.

»Verzeihung. Ich heiße Kresten Hamilton, falls Sie schon von mir gehört haben«, will er sich bei mir mit einem schmeichelnden Ton vorstellen.

»Allerdings habe ich von Ihnen und Ihren Eskapaden gehört. Ihr Ruf eilt Ihnen wie der Ihres Freundes voraus. Aber was die Presse schreibt, interessiert mich nicht«, versuche ich umzulenken, denn nach dem kurzen Treffen mit Garner sollte ich mir überlegen, was ich sage.

»Interessant. Für gewöhnlich schrecken die Frauen meistens vor meinem Ruf zurück, um nicht wie ihre Vorgängerinnen in meinem Bett zu landen und als eine Nummer in meinem Kopf abgespeichert zu werden, aber du scheinst anders zu sein – was ich bisher beobachten konnte«, antwortet er tatsächlich und seine Händen wandern warm über meine nackten Oberarme. Seine dunklen Augen halten mich gespannt im Blick, während ich zum Boden lächele. Ah – er hat Garner und mich mit Sicherheit im Park gesehen, und ihm scheint meine Darbietung gefallen zu haben. Schade nur, dass ich an ihm kein Interesse habe. Obwohl er mir nützlich sein könnte, um an der Challenge teilzunehmen. Klingt berechnend, aber nur so habe ich eine reelle Chance, auf die Yacht zu kommen.

»Wer sagt schon, dass ich mich ihren Vorgängerinnen anschließen werde? Nein, Mister Hamilton, ich bin keine Frau für eine Nacht, aber wenn ich mich so umsehe …« Mit meinem Blick schweife ich durch die Lounge. »Heute Abend ergibt sich sicher ein weiteres Arrangement mit einer attraktiven Lady. Nachdem Sie schon ein Treffen hatten, scheint Ihnen eine Frau am Abend nicht zu genügen, wie?« Dem Typen fehlt es ebenfalls wie Garner nicht an Arroganz und Selbstüberschätzung. Doch als er sich ertappt fühlt, dass auch ich ihn vor einer Stunde mit einer Frau in ein Clubzimmer habe gehen sehen, geraten seine überlegenen Gesichtszüge ins Wanken.

»Sie haben …? Also, nein, ich habe nicht vor, eine Frau wie Sie nur für eine Nacht kennenzulernen. Wie ist Ihr Name? Denn mir kommt es so vor, als würde ich Sie kennen oder schon irgendwo gesehen haben«, stellt er fest und zieht seine Augen etwas zusammen, sodass sich eine Furche über seinem Nasenrücken abzeichnet. Für wenige Sekunden beugt er sich mir entgegen, als könne er aus meinen Augen lesen, wer ich bin, doch zugleich sehe ich seine Zweifel, ob er sich nicht täuscht. *Du wirst nie erfahren, wer ich bin, Kresten, auch wenn du im Park gesehen hast, wozu ich fähig bin.*

»Ich heiße Dakota Chessa, sehr freundlich«, stelle ich mich

bei ihm vor, schiebe langsam seine Hände von meinen Armen und hebe mich etwas auf die Zehenspitzen, um dicht neben seinem Ohr zu flüstern: »Mit dem Namen können Sie sicher nichts anfangen, doch es wäre gut, wenn Sie ihn sich merken würden, denn ich bevorzuge es, bei meinem Namen genannt zu werden, als weiterhin eine Nummer in Ihrem Kopf zu sein.«

Ein leises Lachen ist von ihm zu hören, während ich kurz an seinem Ohr knabbere, ohne dass es jemand sehen dürfte, und dabei seinen rauchigen Geruch einatme, der an ein teures Parfüm erinnert.

»Nicht auf den Mund gefallen. Schade nur, dass ich für heute Abend meine Wahl getroffen habe, sonst würde ich dich mitnehmen«, antwortet er, legt eine Hand knapp über meinen Poansatz und zieht mich näher an sich. Bevor er die Gelegenheit bekommt, mich zu küssen, drehe ich mich schnell aus seinem Griff. *Er will mich tatsächlich eifersüchtig machen. Mit der Dame an der Bar? Ehrlich?*

»Nicht so voreilig. Wo bleibt ansonsten der Spaß? Vögeln Sie die Lady hinter sich, denn ich bin nicht mit ein paar seichten Komplimenten, richtig platzierten Berührungen und heißen Versprechungen zu begeistern«, antworte ich und schaue ihm mit einem Lächeln entgegen. *Schachmatt* – denke ich, weil er genau so eine Absage verdient hat. Irgendwas in seinem Blick verändert sich, denn ich erkenne, wie seine Mundwinkel zucken, seine dunklen Augen kurz schimmern und er sein Gesicht stolz anhebt, um auf mich herabzublicken.

»Das werde ich tun, kleines Miststück. Man sieht sich immer zweimal im Leben. Das nächste Mal werde ich nicht so nachsichtig sein, dann werde ich dich bekommen Vögelchen«, raunt er mir zu, greift schnell, ohne dass ich es vorhersehen konnte, in meinen Nacken und gibt mir einen Kuss – nicht, wie von mir gedacht, auf die Lippen, sondern auf die Stirn. *Verdammt, was soll der Blödsinn!*

Jetzt werde ich von Kresten, dem Aufreißer des Reichenviertels, auf die Stirn geküsst. *Bei Nero! Reiß dich zusammen, fühl dich geehrt, denn ich will morgen das Casting gewinnen.*

Ein Schauder wandert über meinen Rücken, bevor ich eine Hand auf seine Brust lege, nur leicht den Kopf schüttle, als er mich freigibt und ich mich doch etwas verblüfft umdrehe.

Am Tisch ziehe ich mir skeptische Blicke von Philipp und Isy zu.

»Ich war jetzt nicht live dabei, als dich Hamilton umarmt hat, als wärt ihr Freunde? Das war eine Einbildung, ein Tagtraum oder so, stimmt's?«, fragt Isy, wirft ihr hellblondes Haar hinter die Schulter und lacht amüsiert über ihrem Cocktailglas. Dabei schaut sie flüchtig zu Kresten, der mit dem Rücken zu uns weiterhin auf dem Barhocker sitzt und im nächsten Augenblick mit der fremden Frau den Club verlässt.

»Dir ist schon bewusst, wer das war?«, fragt mich auch Philipp, während ich kurz zur Decke aufsehe und lächeln muss, bevor ich nach meinem Cocktail greife und unschuldig mit den Schultern zucke.

»Nein, wer denn?«, frage ich unschuldig.

»Oh, sie weiß es ganz genau. Sag nicht, du wolltest dich bei ihm einschmeicheln wegen des Castings?«, fragt mich Isy, nimmt einen Schluck von ihrem Cosmopolitan und schaut mir mit ihren blauen Augen erwartungsvoll entgegen. *Woher weiß sie davon? Hat Leroy doch geredet?*

»Möglicherweise. Aber es ist nicht so, wie ihr denkt. Ich sollte nur diesem aufgeblasenen Garner eine Lektion erteilen, wenn ich auf der Yacht bin«, antworte ich leise, als ich Damian mit der blonden Frau auf die Lounge zusteuern sehe. Schon wegen seines überheblichen Lächelns würde ich ihm ins Gesicht springen. Drei Tische weiter nehmen beide Platz und halten über den Tisch hinweg wie ein verliebtes Paar ihre Hände. *Er kennt sie definitiv länger. Nur warum veranstaltet er eine Suche nach seiner Traumfrau, wenn er* sie *haben kann? Das ergibt für mich keinen Sinn.* Außerdem ärgert es mich etwas, dass er sich für den Abend sehr schnell eine andere Ablenkung gesucht hat, statt weiter nach mir Ausschau zu halten.

»Hallo, Dakota, hörst du mir zu?«, fragt Isy, die in der Zwischenzeit weitergesprochen hat. Es fällt mir schwer, meinen Blick von der hübschen Blondine in dem weißen Kleid und Garner in seinem teuren schwarzen Anzug zu lösen. Als mein Blick kurz durch den schwach beleuchteten Club wandert, sehe ich, wie auch andere Gäste und vor allem Damen ihm flüchtige Blicke entgegenwerfen. Was ist an ihm so besonders, außer dass er sich gut darin versteht, Frauen um den Finger zu wickeln?

»Nein, habe ich nicht«, antworte ich Isy. »Was hast du gesagt?« Mit verschränkten Armen lehnt sie sich in ihrem schwarzen Tweetkleid auf der hellen Couch zurück und mustert mich eingehend.

»Isy hat gerade gesagt, sie will ebenfalls an dem Casting teilnehmen«, wiederholt Philipp für mich mit einem Blick zu Garner. *Bitte was?* Ich presse kurz die Lippen aufeinander. »Ihr seid verrückt, das muss ich euch lassen. Gerade von dir hätte ich nicht erwartet, dass du mitmachen würdest. Der Spaß im Garten okay, aber warum sich mit anderen Frauen auf eine Yacht begeben? Das habt ihr beide nicht nötig, und das wisst ihr«, sagt Philipp, legt eine Hand auf meine und streichelt über meinen nackten Unterarm. In seinen grauen Augen sehe ich seine Zweifel, aber auch ein Schimmern.

»Ich muss es tun.« Mein Blick wandert über seinen Unterarm, um den er ein breites Lederarmband trägt. »Außerdem kann mir etwas Ablenkung nach den letzten Wochen guttun, nicht wahr? Ich passe auf mich auf, und jetzt schaut nicht so, als würde ich in mein Verderben rennen. Isy kommt, wie du gerade gesagt hast, mit, und sollten wir beide eingeladen werden, hätte ich eine Verbündete.« Kurz geraten Isys Gesichtszüge ins Wanken, und sie blickt zu Garner, bis sie tief durchatmet.

»Ganz genau, wir werden die Reise genießen, Philipp. Ich pass auf Dakota auf, Harry und John sicher auch. Und ehe du dich's versiehst, stehen wir wieder vor dir und rauben dir den letzten Nerv.« *Warum nur glaube ich ihr nicht? Warum möchte sie wirklich mitfahren?* Isy ist eine aufgedrehte lockere Person, die gerne jeden Spaß mitmacht. Doch sie macht nichts ohne Hintergedanken. Will sie sich etwa auch an Garner rächen oder nur ihren Spaß haben? Sich ablenken? Das sollte ich sie in einem geeigneten Augenblick fragen.

»Wie ihr denkt; trotzdem muss ich eure Idee nicht unterstützen, ihr solltet das Training nicht vernachlässigen, und um ehrlich zu sein, gefällt es mir nicht, euch beide auf dem Schiff von Garner zu sehen. Ihm im Park den Kopf zu verdrehen, ist etwas völlig anderes, als ihn zwei Wochen auf eine Reise zu begleiten. Überlegt es euch noch mal«, antwortet Philipp und schaut von Isy zu mir, beugt sich zu mir vor und sieht mir länger in die Augen.

»Denn schon morgen wollten euch die Spender des Tur…« Gerade als ich Philipps Haar auf meiner Wange kitzeln spüre, weil er mir so nah ist, blendet mich ein grelles Blitzlicht. *Bei allen Geistern!*

»Miss Cadena, seit wann wussten Sie von dem Betrug Ihres Va…«

»Gehen Sie zurück!«, fährt Philipp den Reporter an, der wie aus dem Nichts aufgetaucht ist. Ich bin sofort von zwei

Bodyguards umgeben, die draußen gewartet haben. *Harry und John.* Wie konnten sie den Reporter übersehen? Obwohl, er ist ziemlich vornehm gekleidet, jung und fällt unter den Gästen kaum auf.

»Komm, Dakota!«, ruft John und umfasst meinen Arm, gleich neben mir steht Harry, der mich zum Ausgang führen will.

Schnell stehe ich mit Isy auf, verberge mein Gesicht hinter der linken Hand und eile auf die große Glasschiebetür des Anwesens zu. *Danke Vater! Jetzt setzen sie schon Reporter auf mich an.* Hoffentlich wurden nicht viele Bilder von mir gemacht. Während ich zügig mit Isy den Club verlasse, werfe ich einen kurzen Blick über die Schulter und sehe, wie sich Philipp mit dem Fremden herumstreitet, ihn anbrüllt und im gleichen Zuge wie Garner etwas verblüfft in meine Richtung blickt, ebenfalls nach der Hand seiner Begleitung greift und den Club verlassen will.

»Verdammt, verdammt, verdammt!«, fluche ich vor mich hin, als ich neben den runden Buchsbaumkugeln am Eingang des Anwesens stehe.

»Bleib ruhig, Dakota. Der Vogel konnte kaum Bilder machen, wir kriegen das hin und kaufen sie ihm ab, dann wird nichts veröffentlicht werden. Tief durchatmen, wie beim Yoga – das hilft«, will mich Isy beruhigen. Nur ist das nicht mein größtes Problem, sondern Garners neugierige Blicke. Was soll er verflucht von mir denken? Vorhin noch habe ich ihn im Garten zurechtgewiesen, und jetzt bin ich selbst ein Opfer der Presse geworden, weil ich mich habe ablenken lassen.

Vor dem Club steigen wir in Begleitung der Bodyguards die Stufen herunter, und schon werde ich von Scheinwerfern geblendet. Zügig werden meiner Freundin und mir die Türen der Limousine geöffnet. Und noch bevor hinter mir die Tür geschlossen wird, als ich auf den Ledersitzen Platz nehme, höre ich Garner: »Vielleicht will ich ja doch wissen, wer du bist, mein Herz«, rufen, bevor er mir breit entgegengrinst und die Tür zufällt, ehe ich auf seine Worte reagieren kann. *Er hat alles mit angesehen.*

»*Damn!* Verflucht. Ich muss raus.«

»Nein, du bleibst genau hier sitzen, Dakota. Er wird nichts erfahren. Philipp wird sich um alles kümmern«, hält mich Isy auf, als ich nach dem Türgriff fassen will. Die Bodyguards stehen vor der Limousine, als Philipp mit verärgerten Gesichtszügen weiter mit dem Reporter diskutiert, dann Geld aus der Tasche zieht und es ihm überreicht. Nero, das ist nicht seine Aufgabe.

Der Reporter nickt, doch mir entgeht sein durchtriebenes Grinsen unter dem Basecap nicht, als Philipp in seinem weißen Hemd, das Jackett über die Schulter geworfen, an Garner vorbeigeht, der ebenfalls seine Limousine aufsucht, und zu uns vor dem Personenschutz gelassen einsteigt.

»Alles gut, Dakota, es wird nichts veröffentlicht. Wenn doch, kann er sich mit den Anwälten deines Vaters herumschlagen und steht schneller ohne Job da, als ihm lieb ist«, versucht mich auch Philipp zu beruhigen, rutscht näher an mich heran und legt seinen Arm um meine Schultern.

»Ich hoffe es, denn wenn Reporter nun auch mich verfolgen …« Das darf nicht passieren, nicht wie nach dem Unfall meiner Mutter, als die Reporter wie Aasgeier unsere Villa belagert haben. Es war ein Kapitel in meinem Leben, an das ich ungern zurückdenke. Denn ich versuche seit dem Unfall vor fünf Jahren, soweit es mir möglich ist, in der Öffentlichkeit unerkannt zu bleiben. Dass sie bereits meinen Vater mit ihren Kameras und nervigen Fragen verfolgen, damit habe ich gerechnet, aber nicht auch mich, weil ich mit dem Skandal vor drei Wochen nichts zu tun habe – genauso wenig wie mein Vater. Doch die Medien schreiben darüber am liebsten, was sich am besten verkauft. Mord, Raubzüge, Betrug oder Hinterziehung von Steuergeldern, Prostitution – genau das sind die Schlagzeilen, die sich am besten verkaufen. Dass die Wahrheit womöglich komplett anders aussieht, das interessiert die Zeitungen und Online-Plattformen nicht.

»Das war leider abzusehen. Sie versuchen an jede Information über deinen Vater heranzukommen, Dakota. Nur ich werde den Gedanken nicht los, dass der Paparazzo von jemandem beauftragt wurde. Denn woher sollten sie wissen, wo du dich befindest? Wie sie unauffällig in den Club gekommen sind, ist mir auch ein Rätsel. Wir sollten vorsichtiger sein. Am besten, wir fahren zurück, du schläfst dich in Ruhe aus, und schon morgen ist alles vergessen«, will mich Philipp beruhigen, gibt mir einen Kuss auf die Wange und streichelt beruhigend über meine nackten Schultern. Er will mich trösten, wie er es meistens tut, wenn es mir schlecht geht, nur gerade breitet sich ein flaues Gefühl in meiner Magengegend aus. Wer sollte den Reporter beauftragt haben? Damian? Nein, er wirkte für den Bruchteil einer Sekunde selbst überrascht, bevor er wieder seine gelassene Miene aufgesetzt hat.

»Und schon morgen sehen wir beide uns beim Casting. Vielleicht ist die Idee, die nächsten zwei Wochen auf einem Schiff zu verbringen, gar nicht mal so übel. Du wärst abgelenkt, die Sonne wird uns knusprig braun braten, wir können weiterhin Sport machen – einen Fitnessraum wird es sicher auf der Yacht geben –, neue Städte erkunden und keine Reporter werden dich verfolgen.« *Oh Isy, das bezweifle ich.* Sie ist ein Optimist, der ständig jedem Fehler, jedem schlimmen Vorfall oder Erlebnis etwas Gutes abgewinnen kann. Mag sein, dass das Casting und auch die Yacht nicht von Reportern aufgesucht werden – nur so recht kann ich es noch nicht glauben. Denn Garner steht darauf, von ihnen verfolgt zu werden – das ist offensichtlich, auch wenn er ebenfalls den Club verlassen hat.

Nachdem ich zu Hause angekommen bin, versichere ich mich mehrmals, ob die Türen auch fest verschlossen sind. Auf dem Klingelschild ist ein anderer Name angegeben, doch sollten uns Reporter gefolgt sein, dürften auch sie herausfinden, wo ich wohne.

»Und ich dachte, ich hätte nach all den Jahren meine Ruhe vor ihnen …«, murmele ich verärgert, streiche Haarsträhnen aus meiner Stirn hinter mein Ohr, bevor ich mich im Umkleidezimmer ausziehe und nur in Slip und Top schlafen gehe. Sehr lange starre ich zur Decke auf, von der mir der Kristallkronleuchter entgegenblitzt, und denke über den Abend nach. Etwas Gutes hatte der Abend: So schnell dürfte ich für Damian nicht in Vergessenheit geraten.

Nachdem sich meine Gedanken mehrfach überschlagen, seufze ich, ziehe das Laken bis unter die Brust und schlafe endlich traumlos ein.

6. KAPITEL

Kurz nach ein Uhr mittags klingelt es an meiner Tür, während ich meine Sonnenbrille auf die Nase schiebe, in meine silberfarbenen Chanel-Schuhe schlüpfe und mein durchscheinendes Tuch zurechtzupfe, bevor ich die Tür öffne und in meinem grau-schwarzen Sommerkleid – denn ja, ich hasse grelle bunte Farben – und meiner Handtasche die Wohnung verlasse.

Trotz des Vorfalls gestern Nacht werde ich meine Pläne nicht ändern und fahre zusammen mit Isy zum Casting. Als wir gemeinsam die Limousine – die unauffällig in einer Seitenstraße vor dem Castingebäude, einem Nobelhotel in Notting Hill, parkt – verlassen und um die nächste Hausecke biegen, kann ich kaum glauben, was ich sehe. Mehrere teure Autos reihen sich auf dem Kopfsteinpflasterplatz vor dem weißen Reihenhaus.

»Wow, das sind, wenn ich zähle, schon allein dreißig Frauen«, stelle ich fest, als ich die Damen mustere, die zielstrebig über den Platz auf das Gebäude zulaufen, als würde eine Theatervorstellung stattfinden. *Bei Nero, wie kann das sein, dass es so viele Frauen gibt, die hinter Garner her sind? Die sich einbilden, bei ihm eine Chance zu haben?*

»Sicher sind die Hälfte der Kandidatinnen verärgerte Exfreundinnen, die sich vergeblich an den Versuch klammern, eine weitere Chance bei Garner, Hamilton und dem dritten geheimnisvollen Aufreißer zu haben. Also wenn wir die Hälfte der Damen abziehen, sehen unsere Chancen gar nicht mal so übel aus.«

Ihr Optimismus wieder. Bei Isys Vermutung muss ich leise lachen und ihr recht geben.

Kaum dass wir das Hotel durch eine goldene Drehtür, bewacht von Portiers, betreten, erhalte ich von herumlaufenden Damen in schwarzen Kostümen ein Klemmbrett mit einem mehrseitigen Dokument, das wir ausfüllen und unterzeichnen sollen.

Auf einer der schwarz-rot gestreiften Sessel im Foyer neben großen Fächerpalmen nehme ich mit Isy am Fenster Platz, die plötzlich nervös in ihren schwarzen Jeans und ihrem Blazer herumrutscht.

»Sind sie bescheuert, zu fragen, in welcher Stellung ich am liebsten Sex habe?«, fragt mich Isy so laut, dass uns andere Frauen empört entgegenblicken, und verzieht ihr Gesicht, als sähe sie etwas Ekeliges auf dem Dokument. »Wo bleibt da der Spaß, wenn die drei schon alles von uns wissen?«

»Nun, wenn man auf der Suche nach seiner Traumfrau ist, sind das sehr essenzielle Fragen, findest du nicht? Dabei sind Herkunft, Charakterzüge und Ausbildung nebensächlich«, bringe ich mit einem Schmunzeln hervor, bevor ich mit den Augen weiter über die Zeilen des Dokumentes husche.

Gut, Garner will alles von den Frauen wissen: Sehnsüchte, Vorlieben, Erfahrungen usw. Mal sehen, ob ihm meine Antworten gefallen.

Als ich die vorletzte Seite des fünfseitigen Dokuments ausfülle, streift ein warmer Hauch über meinen Nacken. Augenblicklich zucke ich zusammen.

»Ah, da ist Chessa. Ich hatte ja keine Ahnung, dass du so mutig bist und an der Challenge teilnehmen würdest«, erkenne ich die Stimme von diesem Kresten wieder, der tatsächlich seine Lippen auf meinen Nacken legt. Es können nur seine

Lippen sein, denn seine Hände wandern gerade meine Taille hinab. Zumindest scheine ich ihm zu gefallen, was wohl meine Chancen vergrößert, an der Challenge teilnehmen zu dürfen. *Ausgezeichnet.*

»Du glaubst gar nicht, wie mutig ich in Wirklichkeit sein kann«, reize ich ihn, als er seine Lippen von mir löst und plötzlich das Klemmbrett aus meiner Hand nimmt.

»Dann lass mal lesen.« Sofort drehe ich mich zu ihm um, als er das Klemmbrett vor sein Gesicht hält und eine Augenbraue in die Stirn hebt. »So, du magst Dominanz? Sehr interessant und Fesselungen«, liest er laut vor. »Oh und sieh an, auf Span…«

»Gib her! Du weißt ja nicht mal, wie das Wort buchstabiert wird«, fahre ich ihn an und reiße ihm, ohne zu fragen, das Klemmbrett aus der Hand. »Natürlich mag ich das – doch vorrangig, es selber umzusetzen. Du verstehst sicher, was ich meine«, bringe ich mit einem überlegenen Blick hervor und hebe meine Augenbraue, so wie er es selbst noch Sekunden zuvor getan hat. Sicher kann er sich an gestern Nacht erinnern. Sollte er Damian und mir im Garten zugesehen haben, weiß er eindeutig, was ich meine. *Herrlich, wie perplex der große Macho ist, als er meine Worte begreift.* »Mauerblümchen oder eingebildete Tussen sind sicher deine Zielgruppe, aber da muss ich dich leider enttäuschen, denn weder Isy noch ich gehören zu ihnen«, reize ich ihn. Seine Nase zieht sich kurz kraus, dann bleibt ihm zwischenzeitlich der Mund offen stehen, als hätte er mich nicht verstanden.

»Er ist sprachlos, wie niedlich«, höre ich Isy neben mir, die Krestens Wange streichelt. »Vermutlich ist er es nicht gewohnt, dass Frauen auch eine dominante Seite haben.«

»Das denke ich auch. Ich glaube, wir sind hier falsch. Anscheinend suchen die Herren Frauen, die sie dominieren dürfen, die sich immer ihren Wünschen fügen und am besten noch beim Sex nicht ihre Wünsche äußern. Wie langweilig«, sage ich, schiebe meine Sonnenbrille auf mein Haar zurück und lockere meine Hände um das Klemmbrett. »Dann sollten wir gehen, Isy, das ist wohl nichts für uns.«

»Du hast recht, ich habe anderes erwartet – wie schade«, stimmt mir Isy zu, sodass ich nur *Schachmatt!* denke, als ich Kresten sich räuspern höre.

»Ladys, ihr habt da etwas komplett missverstanden.« *Sicher* – denke ich und muss mich beherrschen, nicht zu lachen. Wir dürften wohl seine Neugierde geweckt haben. »Wir schätzen es außerordentlich, wenn es Damen gibt, die im Bett wahre Furien sein können, die wissen, was sie wollen, aufgeschlossen sind und experimentierfreudig. Was haltet ihr davon, wenn ich euch persönlich zum Saal, in dem die Vorstellungsrunde stattfindet, begleite?«, bietet er uns tatsächlich an, streicht sein rötlich-braunes Haar aus der Stirn und blickt uns erwartungsvoll entgegen.

»Wie liebenswürdig«, bringe ich mit einem Schmunzeln hervor und erhebe mich, während ich flüchtig die anderen Frauen mustere, die auf Garner fixiert sind, der nun die Drehtür passiert und nach jemandem Ausschau hält. Lässig schiebt auch er seine Sonnenbrille zurück und streicht seine Anzugärmel zurecht, als er mit einem knappen Nicken und einem eher gezwungenen Lächeln die Damen begrüßt. Mir kommt es fast so vor, als sei er bereits jetzt von dem Frauenauflauf genervt. Aber war es nicht sein Wunsch, seine Idee, die Frauen einzuladen?

»Dann folgt mir«, bietet Kresten seinen Arm Isy und mir an. Beide haken wir uns bei dem Anwalt in seinem grauen Anzug und dem gepflegten Aussehen unter. Auch wenn mir Kresten mit seiner großspurigen Art nicht gefällt, so haben wir hoffentlich jetzt schon einen klaren Vorteil.

Kurz kreuzen sich mein und Damians Blick, als wir zum Lift geführt werden. Er zieht unmerklich die Augenbrauen zusammen, dann wendet er sich von uns ab.

»Wer wird alles auf der Yacht mitfahren?«, erkundige ich mich, um mich abzusichern, dass keine Reporter oder andere Freunde von ihnen mitfahren.

»Außer den zwanzig Auserwählten werden Damian, Kylian und meine Wenigkeit von der Partie sein, nehmen wir die Angestellten aus«, erklärt uns Kresten und drückt die Taste des Lifts. Nicht lange und die Lifttüren öffnen sich.

»Interessant. Werden Reporter an Bord sein?«, will Isy wissen und schaut knapp an Krestens Brust vorbei in meine Richtung, um mir entgegenzuzwinkern.

»Nein, keine Reporter. Es sei denn, einige haben die Route herausgefunden, die wir befahren werden, und suchen uns an den Häfen auf. Und selbst darum haben wir uns gekümmert, dass niemand genauere Details erfährt – weder wer auf der Yacht mitreist noch wann wir ankommen oder losfahren. Beruhigt euch das?«, fragt er uns mit einem breiten Lächeln und schaut zu mir, dann zu Isy hinab. Ob Damian ihm gestern von dem Vorfall im Club erzählt hat, als er die brünette Frau in einem der separaten Räume näher kennengelernt hat? Und wenn schon.

Seine Worte beruhigen mich nicht wirklich, denn wenn auf einem Blog das Casting bekannt gegeben wurde, wird es wohl ein Leichtes sein, herauszufinden, wo sich die Yacht befindet.

»Welcher Kylian ist gemeint?«, hake ich nach und schaue zu Kresten auf, dessen Mundwinkel kurz zucken.

»Kylian Warren, der …«

»Der Erbe der Warren-Immobilien, der Warren, der

fünfunddreißig ist, durch die halbe Welt reist, um spektakuläre Videos über Segeltrips, Paragleiten, Sprünge in verschiedene Seen aus mehr als zehn Metern Höhe zu drehen und dem es dabei scheißegal ist, wer seine Aktionen nachmacht.«

»Lass ihn das nicht hören, Chessa. Du hast ein ziemlich loses Mundwerk, was mir schon gestern nicht gefallen hat. In Kylians Nähe würde ich mir deine Kommentare sparen, ansonsten wirft er dich schneller über Bord, als dir lieb ist, und verfüttert dich an die Haie.«

»Welch sinnlose Drohung«, reize ich ihn. »Vermutlich schafft es die Yacht innerhalb der zwei Wochen nicht einmal bis zur Karibik, also versuch mir keine Angst zu machen, Darling«, antworte ich ihm gelassen, weil ich bereits mehr als einmal auf einer Yacht mitgereist bin und weiß, wie viele Tage man braucht, um den Atlantik zu überqueren.

»Und ich nahm an, du seist eine Studentin, die versucht, an Damian heranzukommen«, stellt er fest, während vor uns die Fahrstuhltüren aufgehen und ich mir ein leichtes Kopfschütteln von Isy einfange, die verhindern will, dass ich weiter auf seine Vermutung eingehe. »Stattdessen scheinst du schon einmal – vermutlich auf einem Kreuzfahrtschiff – mitgereist zu sein und willst mich mit deinem Wissen beeindrucken. Niedlich, Chessa, wirklich niedlich. Aber du musst Damian von dir überzeugen, nicht mich. Also heb dir deine Vorzüge für später auf.«

Damn! Das war ein Schlag unter die Gürtellinie, sodass ich ihm am liebsten an den Kopf werfen würde, dass ich wohl mehr Zeit auf einer Yacht verbracht habe als er im Bett mit seiner Ehefrau. Entweder mag er es, mich vorzuführen, oder er kann schlecht Zusammenhänge feststellen. Warum sollte ich als gewöhnliche Studentin zum »Eight Nights« wie gestern eingelassen worden sein?

»Werde ich, keine Angst«, murmele ich verärgert und Isy streichelt beruhigend über meinen Arm.

»Die habe ich nicht. Nur habe ich meine Bedenken, ob ihr zwei die Reise antreten werdet«, bringt er trocken hervor, führt uns über den mit Marmor ausgelegten Gang zu einer großen dunklen Flügeltür, die er öffnet. Dahinter befindet sich ein Saal, in dem weitere schwere dunkle Türen abgehen und an dem sich am Ende ein langer Tisch mit drei Stühlen befindet. Der Saal ist wegen der hohen Altbaufenster hell beleuchtet, das Parkett knarrt leise unter unseren Füßen und das Erste, was unsere Füße betreten, ist ein dunkelblauer Teppich, der bis zu dem Tisch zur gegenüberliegenden Wand führt.

»Weswegen sollten wir die Reise nicht antreten?«, fragt Isy neugierig und zwinkert ihm verdutzt entgegen. Zugleich löst sie sich aus Krestens Arm und zieht ihre mit leichten Sommersprossen übersäte Nase kraus.

»Nun …« Er bleibt mitten im Saal stehen. Auf uns läuft eine Kellnerin mit einem silbernen Tablett zu, auf dem bereits gekühlte Champagnergläser stehen. »Ihr scheint von keinen einflussreichen oder namenhaften Familien abzustammen, also gewöhnliche Frauen, die ihr Glück versuchen. Nehmt es mir nicht übel, aber fünf Etagen unter euch warten Frauen, die nicht unbekannt sind – hier!« Zuvorkommend reicht er uns zwei Gläser. »Aber wenn ich ehrlich bin: Die Challenge war meine Idee, die allein zum Spaß dienen sollte. Also warum euch nicht mit an Deck schmuggeln? Du hast gestern bewiesen, dass du eine Vorliebe für Spielchen hast«, bringt er mit einem breiten Grinsen hervor, streift dunkle Strähnen aus der Stirn und stößt mit uns an, bevor er zu Isy blickt. »Und du siehst hübsch aus.« *Welch ein eingebildeter Vogel, der nicht genug Frauen auf die Yacht mitnehmen kann.*

Schnell leere ich in einem Zug das Champagnerglas, nicke

Isy zu, die ebenfalls ihr Glas zügig leert, und ehe Kresten seines austrinken kann, hat Isy sein Glas aus der Hand genommen, ich Kresten mit den Händen im Nacken näher an mich gezogen und lächele ihm durchtrieben entgegen.

»Fein, dann haben meine Freundin und ich wohl nichts auf der Yacht als gewöhnliche Studentinnen zu suchen«, raune ich ihm zu, lecke über seine Wange, während sich meine rechte Hand in seinem Hosenbund verliert und Isy von hinten sein Hemd aufknöpft. Als ich über Krestens Schwanz reibe, der sofort auf meine Berührungen anspricht, beginnt er zu keuchen. Isy leckt über seinen Nacken, beißt zuerst vorsichtig in seinen Hals, dann nachdrücklicher, während ich mit den Fingern seinen halb erigierten Schwanz umfasse und mit der Zungenspitze Krestens Lippen nachzeichne.

Auf meiner Haut spüre ich seine Bartstoppeln und sehe seinen verdorbenen Blick, bevor ich ihn küsse und mich enger an ihn presse. Isys Hände haben bereits Krestens Hemd geöffnet, der mit seinen Händen über meine Taille meine Hüften hinabwandert. Während wir uns küssen – und Kresten versteht sich sehr gut darin, mich mit seinem Kuss im Bann zu halten –, suchen seine Hände nach dem Reißverschluss meines Kleids.

»Verdammt, es sollte erst auf der Yacht losgehen, aber gegen einen Dreier hier im Saal hätte ich nichts einzuwenden«, raunt mir Kresten zu, küsst daraufhin meinen Hals und schiebt eine Hand unter mein Kleid zwischen meine Beine, während die andere meinen Reißverschluss öffnet.

»Aber ich hätte etwas dagegen einzuwenden«, höre ich hinter mir jemanden sagen, sodass ich mit einem Schmunzeln einen Schritt zurücksetze und Kresten unschuldig entgegenblicke, der nun versucht, unbeeindruckt sein Hemd wieder zuzuknöpfen. Ich reiche Isy ein zweites Glas Champagner und drehe mich mit einem strahlenden Lächeln zu Damian um, der mit verschränkten Armen in der Tür steht, hinter ihm um die vierzig Frauen, die uns in ihren Haute-Couture-Kleidungsstücken etwas fassungslos anstarren, leise flüstern und kichern.

»Sehr gut, Dakota. Wir sind so gut wie an Bord – ob namenlos oder nicht«, flüstert mir Isy zu, mit der ich auf eines der hohen barocken Fenster zugehe, um abzuwarten, was als Nächstes passieren wird.

Damian ist mit wenigen Schritten bei seinem Freund, den es nicht im Geringsten stört, beobachtet zu werden. Gelassen schließt er seine Knöpfe, richtet den Kragen und grinst seinem Freund entgegen, bevor er sich vorbeugt, um ihm etwas entgegenzuflüstern.

Kurz blickt Damian aus den Augenwinkeln zu uns, während ich mich mit Isy leise unterhalte. Das Funkeln in Garners Augen ist kaum zu übersehen, als er in meine Richtung schaut. Freut er sich, mich hier anzutreffen?

»Gleich beginnen die Vorstellungen. Hast du dir schon Antworten parat gelegt?«, fragt mich Isy und schaut mir mit ihren blauen Augen lange entgegen. Dabei mustere ich ihre hübschen Sommersprossen, die von der Sonne, die durch die hohen Fenster scheint, beleuchtet werden.

»Ich habe immer einen Plan, mach dir keine Gedanken, Isy.«

Und schon im nächsten Augenblick, nachdem jede der um die vierzig Frauen ein Glas Champagner in der Hand hält, begrüßt uns Damian mit einem charmanten Lächeln an Krestens Seite, der uns verstohlene Blicke zuwirft. Aus einer der hinteren Türen tritt Kylian Warren hervor, der seine schwarzen Hemdärmel hochkrempelt und ebenfalls zu seinen Freunden geht. Kylian hat braunes Haar, das leicht schräg auf seinem Kopf in Strähnen fällt, einen gepflegten Dreitagebart und grünbraune Augen wie Kresten, nur strahlen sie keine pure Berechnung wie die von Kresten aus, sondern wirken wärmer.

Zugleich zieren seine beiden Unterarme Tattoos, die von breiten Ringen, die Schlingen ähneln, umgeben sind, und anderen Motiven, die ich nicht genau erkennen kann. In seiner dunkelblauen Hose mustert er die Frauen und kann sein Grinsen kaum verbergen. Auch wenn ich ihn nur von den Videos kenne und Leroy mir ein paar Dinge über ihn erzählt hat, weil er dieselbe Highschool wie auch Damian und Kresten besucht hat, wirkt er ruhiger, aber zugleich undurchschaubar. Er liebt Risiken, muss an der Börse aktiv sein und war noch vor einem halben Jahr mit dem berühmten amerikanischen Model Céline Cunningham verlobt. Zumindest habe selbst ich darüber gelesen. Insgesamt macht er einen anständigen Eindruck, was wiederum nicht mit dem Trip auf der Yacht zusammenpasst.

Da Isy und ich etwas abseits stehen, beschließen wir, uns unter die anderen Frauen zu mischen, als ich Damians Begrüßung lausche.

»Schön, dass ihr erschienen seid, um an der Challenge teilzunehmen. Ich will es kurz machen. Wir möchten jede einzeln von euch kennenlernen, eure Vorlieben, Hobbys und, wie ihr sicher in den Paragrafen der letzten Seite gelesen habt, andere Vorzüge von euch sehen. Dazu könnt ihr eure Sachen in den Nebenräumen ablegen und wir rufen euch einzeln auf. Sollten welche unter euch die Paragrafen nicht zusagen, verlasst das Casting, denn die Regeln sind eindeutig und werden auch nicht für Ausnahmefälle abgeändert. Nach dem Casting werden die Damen morgen von uns benachrichtigt, die am Sonntag die Rundreise antreten dürfen, die noch geheim bleibt, um keine ungebetenen Reporter anzulocken«, spricht Damian in einem ruhigen samtigen Ton, dem ich ewig zuhören könnte, bis sein Blick auf mich trifft und er süffisant einen Mundwinkel hebt. »Diejenigen, die uns begleiten werden, erhalten einen schwarzen Brief, diejenigen, die einen weißen erhalten, werden die Reise nicht antreten. Einfache Regeln, und so hoffe ich, wird es zu keinen Missverständnissen kommen. Ihr dürft, wenn ihr so weit seid, die Räume aufsuchen, wo euch Angestellte gerne behilflich sein werden, eure Kleidungsstücke abzulegen«, beendet er seine Rede, während ich den letzten Schluck des Champagners runtergespült habe. *Einfache Regeln … tzzz – wenn es zu keinem Krieg unter Frauen kommt, kann ich mir nicht helfen.*

Nachdem die ersten Frauen, als ginge es um einen Wettkampf, die Räume aufsuchen, stelle ich mit Isy unsere Gläser gelassen auf dem Tablett einer herumlaufenden jungen Bedienung ab.

»Was, wenn nur eine von uns genommen wird?«, fragt mich Isy leise und streift ihren Blazer von den Schultern.

»Dann wird nur eine mitfahren. Dass wir zusammenbleiben, wäre mir jedoch lieber«, antworte ich ihr ehrlich.

»Gibt es noch Fragen, Lady Chatterley?«, hakt Damian nach, und ich bemerke erst jetzt, dass ich mit Isy und den drei Männern allein im Saal stehe. Er hat sich meinen Namen gemerkt, wie schön. Und das Interesse, wer ich wirklich bin, liegt tief verborgen hinter seinen graublauen Augen, die zugleich sanft und hart blicken können.

»Doch«, antworte ich. »Wo ich schon so höflich gefragt werde, Mister Garner. Wie sieht es aus im Falle eines Abbruchs?«

»Du meinst, ob du während der Fahrt aussteigen kannst, falls es dir nicht gut gehen sollte? Falls du keine Lust mehr haben solltest? Dich langweilen solltest oder Ähnliches?«, will Damian wissen. Warum nur kommt es mir so vor, als würde er mich nicht ernst nehmen? Ich zucke mit den Schultern und drücke mein Rückgrat durch, damit ich nicht eingeschüchtert wirke. Damian schaut zu Kresten, der leise lacht, und Kylian, der seine Stirn runzelt, als sei die Frage nicht wichtig.

»Du hast die Regeln nicht gelesen, nicht wahr? Sonst würdest du mir diese Frage nicht stellen«, antwortet mir Damian mit einem spöttischen und zugleich eingebildeten Blick.

»Nein, haben wir nicht, weil uns dein zuvorkommender Freund abgelenkt hat, als wir sie studieren wollten«, mischt sich Isy neben mir ein und stemmt ihre Hände in die Taille.

»Ach, ist das so?«, fragt Kresten und hebt beide dunkle Brauen in die Stirn. »Es sah vorhin doch wohl eher so aus, als wolltet ihr meine Anatomie studieren als die Regeln der Challenge.«

»Habe ich etwas verpasst?«, fragt Kylian und schaut von Kresten zu uns, während ich die Lippen aufeinanderpresse, um nicht leise zu schnauben.

»Allerdings, mein Freund. Die Damen konnten es nicht abwarten, über Kresten herzufallen, während ich noch damit beschäftigt war, die anderen Damen zum Saal zu führen«, erklärt Damian, hebt seinen Handrücken zum Kinn und hält mich ungewöhnlich lange im Blick – so als würde er auf meinem Gesicht ablesen wollen, wer ich wirklich bin. »Und wie ich sehe, sind eure Klemmbretter nicht da, wo sie sein sollten.«

Oh! Da hat er recht. »Wo sind sie, Isy?«, zische ich ihr leise entgegen, als ich mich von Damians Blick loseisen kann.

»Keine Ahnung. Noch unten, vermute ich.«

»Verdammt!« *Dieser verfluchte Kresten hat uns abgelenkt, oder hat er die Klemmbretter noch?*

»Es scheint fast so, als würdet ihr das Casting nicht ernst nehmen. Zuerst umgarnt ihr meinen Freund, um ihn in seiner

Wertung zu beeinflussen, und nun habt ihr eure ausgefüllten Dokumente herumliegen lassen«, stellt Damian fest und macht einen Schritt auf mich zu. »Glaubt mir, es gibt unter den Kandidatinnen welche, die das Casting ernst nehmen. Ich habe hier keine Damen eingeladen, damit sie kostenlos Champagner schlürfen und zum Vergnügen hier sind.«

»Vergnügen? Die Reise *soll* ein Vergnügen darstellen, und ich nehme das Casting ernst. Sehr ernst sogar, sonst stände ich nicht hier!«, versichere ich Garner, der sein Kinn hebt und auf mich herabblickt. Dabei atme ich einen weichen Geruch von Amber ein, der Gänsehaut über meinem Körper ausbreitet. Sein hübsch geschnittenes Gesicht ist nur auf mich fixiert, sodass ich am liebsten nichts mehr sagen möchte, mich aber dennoch durchringe. »Wir finden die Klemmbretter und ziehen uns dann aus, wie ihr wünscht«, setze ich hinzu, greife nach Isys Handgelenk und will mit ihr den Saal verlassen, als ich ein Räuspern höre.

»Ich werde sie holen, ihr geht in die Räume«, höre ich Krestens Stimme. »Denn ich würde ungern euren Auftritt verpassen wollen, nur weil die Zeit abgelaufen ist.«

Neben Kylians Lachen höre ich nun auch Krestens, als ich mich umdrehe. Solche Schwachköpfe, als wären wir zu ihrer Belustigung da. Gott, will ich an dieser dämlichen Challenge überhaupt noch teilnehmen? Wenn mein Vater davon erfahren würde, würde er mich wegsperren, bevor ich mit Garner per Zufall zusammen auf einem Foto zu sehen bin.

»Sehr freundlich. Dann werden wir das wohl tun. Also … unseren Auftritt vorbereiten«, antworte ich Kresten zynisch. »Obwohl ich mir einige Überraschungen für die Yacht bereithalten wollte«, kann ich mir meine Bemerkung nicht verkneifen.

»Komm, Dakota«, sagt Isy. »Denn wie ich die drei kenne,

werden sie uns gleich als Erste aufrufen.«

»Das könnte unter Umständen passieren, wenn deine Freundin nicht ihren Mund hält«, antwortet Damian mit einem abfälligen Grinsen und nickt zur Tür, hinter der die anderen Frauen verschwunden sind. *Das lasse ich mir nicht von ihm sagen.*

Schnell eise ich mich von Isy los und bin mit vier Schritten bei Garner, um in einer schnellen Bewegung nach seinem Kinn zu greifen.

»Das hast du nicht gesagt. Ich lasse mir von einem eingebildeten Juniorunternehmer nicht den Mund verbieten, auch nicht von einem, der Damian Garner heißt und glaubt, jede Frau um den Finger wickeln zu können«, fahre ich ihn an. Doch er ist nicht lange erstaunt, da er rasch nach meinem Handgelenk greift, mich in einer schnellen Bewegung umdreht und meine Hand hinter meinem Rücken hält, während ich seinen Bart auf meinem Ohr kratzen spüre. »Und ich lasse mich nicht von einer Fremden anfassen, ohne es gewünscht zu haben. Wer auch immer du bist und warum auch immer dieser Reporter gestern aufgetaucht ist, es ist mir egal, Dakota. Wenn du dich nicht an meine Regeln halten willst, kannst du vorzeitig gehen, verstanden?«, fragt er mich eindringlich und ich fühle seine Zähne an meinem Ohr. Dicht spüre ich seinen Körper an meinem Rücken, als ich schneller atme und nicke.

»Gestern noch hat es dir gefallen, als ich dich angefasst habe, Garner.«

»Gestern wusste ich auch nicht, auf wen ich mich einlasse.« Ich schmunzele dem Parkettboden entgegen, während Isy sprachlos vor mir steht.

»Dann solltet ihr zwei euch beeilen. Denn als Dritte wirst du aufgerufen, Chessa, nicht weil ich dich verärgern will, sondern weil wir alphabetisch vorgehen. Kresten, hol ihre

Klemmbretter«, weist Damian seinen Freund an, als er mich freigegeben hat und ich ihm einen finsteren Blick zuwerfe.

Eines verspreche ich dir, Garner: Mit dieser Aktion werde ich dich weitaus mehr bluten lassen, als ich es geplant habe.

»Ich sage es dir ungern, aber ich denke, wir haben es uns verscherzt«, stellt Isy neben mir fest, als sie nur noch in schwarzer durchscheinender Designer-Unterwäsche vor mir steht und in ihre Schuhe schlüpft.

»Nein, das haben wir nicht. Er ist neugieriger geworden, glaub mir«, antworte ich ihr leise und schaue dabei zu den anderen Frauen, die sich entweder unterhalten, sich mit Haarspray einnebeln, ihren Lidstrich nachziehen oder nervös auf und ab gehen, um ihren Gang einzustudieren, als befänden wir uns auf einem der Mailänder Laufstege. Ich bin als Nächste dran und bin schon jetzt auf die Fragen gespannt, die mir die drei stellen werden.

Neben mir betritt eine niedliche dunkelblonde Frau mit Pony den Raum und lächelt, als hätte ihr einer der Männer einen Antrag gemacht, bevor die Tür von einer Assistentin geöffnet und mein Name ausgerufen wird.

»Dakota Chessa, sind Sie so weit?«, fragt sie mich, während ich flüchtig über meine schwarze, mit gold schimmernden feingliedrigen Ketten besetzte Unterwäsche herabblicke. Isy gibt mir einen Kuss auf die Wange und streichelt über meine Oberarme.

»Los, überzeuge sie, und zeige ihnen, wie unberechenbar eine Cadena sein kann, Dakota«, flüstert sie mir zu und gibt mir einen Klaps auf meinen Po. »Schön die Hüften schwingen. Dein Arsch wird sie umstimmen, das versichere ich dir.«

Während ich die Augen mit einem Schmunzeln verdrehe und von den musternden Blicken der anderen Frauen verfolgt werde, betrete ich den Saal hinter der Assistentin und muss weiterlächeln. Noch nie in meinem Leben habe ich an solch einem verrückten Casting teilgenommen. Drei-, viermal gemodelt, aber mich nicht auf diese Art verkaufen müssen.

»Dakota Chessa, richtig?«, fragt mich Kylian, der vom Tisch abgerückt sitzt und den Fußknöchel auf sein Knie gelegt hat. Damian hingegen hat sein Kinn auf seinen verschränkten Fingern abgestützt und starrt mir erwartungsvoll entgegen, während Kresten seinen Kuli zwischen den Fingern dreht.

Falsch – denke ich.

»Richtig.«

»Siebenundzwanzig Jahre, geboren in Schottland. Wirklich?«, fragt mich Kylian mit gerunzelter Stirn, was niedlich aussieht. Er schaut dem Stück Papier vor sich entgegen, als könnte er seinen Augen nicht trauen.

Nein – antworte ich in Gedanken, denn ich bin in Frankreich geboren. »Den schottischen Akzent hört man gar nicht.« *Cleverer Junge.*

»Oh, meine Eltern stammen nicht aus Schottland, deswegen habe ich den Akzent kaum angenommen«, erkläre ich ihnen und winke mit der Hand ab.

»Na gut. Dreh dich mal«, weist mich Kresten an. »Und lauf bis zur Saaltür und wieder zurück, damit wir sehen können, was du zu bieten hast.« Er hebt eine dunkle Augenbraue und nickt mit dem Kinn zur Tür. *Meinetwegen.*

»Gerne«, antworte ich freundlich, obwohl ich mir jetzt schon vorstellen kann, wie hilflos sie meinen Befehlen folgen werden, wenn ich sie erst einmal ans Bett gefesselt habe.

In einem gelassenen und zum Teil geübten Gang laufe ich

mit durchgedrücktem Rücken, die Schultern leicht herabgesenkt, auf die Tür zu, damit sie meinen Hintern ganz genau von allen Seiten und lange genug betrachten können.

Hinter mir höre ich, wie sie meine Daten austauschen: »1,68 Meter groß, Körbchengröße C, schmale Taille, geiler Arsch.«

»Was ist mit ihren Haaren?«

»Sie hat sehr helle Haut und grüne Augen.«

»Habt ihr die Narbe schon gesehen?«

»Ich befinde mich im selben Raum. Entweder ihr fragt mich oder tauscht die Daten so leise aus, dass ich es nicht höre, aber betrachtet mich nicht als eure Ware«, will ich mit einem bezaubernden Lächeln klarstellen.

»Da hat sie recht«, stimmt mir Kylian zu. »Nur bei den anderen Damen hat es sehr gut geklappt, sie damit zu verunsichern. Also gut, Dakota, was ist das für eine Narbe rechts an deinem Unterschenkel?«, will er von mir wissen, und ich bleibe inmitten des Saals umgedreht vor ihnen stehen, weil ich mit der Frage nicht gerechnet habe.

»Ähm … also …« Ich senke meinen Blick und fahre über meine Stirn, um mir in den wenigen Sekunden eine passende Antwort zurechtzulegen.

»Du musst es uns nicht sagen«, mischt sich Damian ein und schenkt mir für einen winzigen Moment einen weichen Blick, so als könnte er meine Lage verstehen. »Es ist auch nicht so wichtig.«

»Doch, wenn ihr es wissen wollt. Sie stammt von einem Unfall, einem Sturz. Reicht die Antwort?«, hake ich nach und schaue kurz verunsichert zu ihnen.

»Klar, und was ist das für ein Tattoo?«, will Kresten wissen und schaut zu meiner rechten Hüftseite, auf der ein Teil meines Tattoos zu sehen ist. Der Rest wird von meiner Unterwäsche verdeckt. Sofort fängt Damian mit einem breiten Grinsen meinen Blick auf. Warum nur wollen sie wissen, was das für ein Tattoo ist? Spielt es eine Rolle, ob ein Delfin oder Totenkopf in meine Haut gestochen wurde?

»Ja, was ist das für ein Tattoo so nah an deinem Venushügel?«, wiederholt Damian seine Worte von letzter Nacht in seinem samtigen Ton.

»Geheimnis. Solange ich mich euch nicht nackt zeige, bleibt dieses Tattoo ein Geheimnis«, antworte ich entschlossen und streiche mit den Fingerspitzen über die sichtbaren Konturen des Wappens. Enttäuscht verzieht Kresten sein Gesicht, aber nickt.

»Ihr müsst euch ihre Vorlieben ansehen«, antwortet er schließlich, als er ein Klemmbrett in die Mitte schiebt und auf meine geschriebenen Zeilen deutet.

»Interessant«, murmelt Damian, bevor er sich zu Kylian beugt und ihm etwas zuflüstert, woraufhin er nickt und leise amüsiert lacht. *Verdammt, was soll das werden?*

»Gut, wir haben nun alle Infos. Du bist sicher, dass deine Angaben richtig sind, Dakota? Eine falsche Angabe, wie zum Beispiel die im Teil der Personalien oder die über deinen Gesundheitszustand, führt zum sofortigen Ausschluss der Reise«, erklärt mir Damian, und augenblicklich sind drei Gesichter auf mich gerichtet, sodass ich tief Luft hole, ihnen aber eiskalt entgegenblicke und mit einem »Ja, meine Angaben treffen zu« antworte, was natürlich zu meiner Sicherheit gelogen ist. Wenn ich wegen meiner Personalien rausgeworfen werde, muss ich das in Kauf nehmen. Denn die Hälfte meiner Angaben ist gelogen. Mich nackt vor den drei Männern ausziehen ist eine Seite, aber jedes Geheimnis von mir zu entlüften, eine ganz andere.

»Sehr gut«, antwortet Damian etwas mürrisch, so als hätte

er meinen Gedanken mitverfolgt, bevor er seinen Blick senkt und unerwartet grinst. »Dann folgt Teil drei.«

Teil drei?

»Möchtest du zuerst, Kresten, da du dich vorhin schon mit den Damen aufwärmen konntest?«, fragt er seinen Freund, der mit einen verschmitzten Grinsen zu mir blickt, sich dann in seinem grauen Anzug erhebt, die Finger ineinander verschränkt und sie vor seinem Jackett dehnt. *Das verspricht, interessant zu werden – egal was kommt.*

»Aber gerne.« Dass er verheiratet ist, stört mich am allermeisten an seiner fast berechnenden Art und Weise. Wie kann er eine Frau zu Hause sitzen haben, die er ständig hintergeht? Hat er kein Gewissen?

Schon steht er vor mir, legt seine Hände um meine nackte Taille, schenkt mir ein knappes Lächeln – und noch bevor ich reagieren kann, senkt er seinen Kopf, und seine Lippen treffen auf meine. Wieder atme ich sein angenehmes männliches Parfüm ein, seine Zunge schiebt sich zwischen meine Lippen, und ich erwidere den Kuss zuerst zurückhaltend, dann intensiver, während meine Hände über sein Hemd wandern und ich seine Muskeln spüren kann. Langsam verirrt sich Krestens Hand auf meine rechte Pobacke, die er massiert, sodass ich keuche, bis er von mir ablässt.

»Kylian, überzeug dich, sie schmeckt gut«, raunt Kresten seinem Freund zu, bevor er mich freigibt und Kylian Warren etwa zehn Zentimenter größer als Kresten vor mir steht, mir ein Lächeln schenkt und etwas vertrauter wirkt. Seine Finger streichen eine Haarsträhne hinter mein Ohr, so als wollte er mich beruhigen. Mein Blick fällt auf seine geschwungenen Lippen, die ein leichtes Lächeln abzeichnen, bis er mich zuerst flüchtig, dann leidenschaftlicher küsst – anders als Kresten. Kresten ist stürmischer, während Kylian einfühlsamer vorgeht, dabei liegen seine Hände um meine Hüften und streicheln dann über meinen Rücken. Unsere Zungen bewegen sich gleichmäßig, und ich lege meine rechte Hand um seinen Nacken, um mich an ihm hochzuziehen. Damit ich den Halt nicht verliere, hält er mich fest und unser Kuss geht länger als der mit seinem Freund.

»Herrlich. Du gefällst mir, Dakota. Auch wenn ich die Show vorhin verpasst habe, konnte ich mir ein Bild von deinen Künsten verschaffen«, sagt er und zwinkert mir zu, bevor er mir einen Kuss auf mein Haar gibt. »Und du riechst gut«, flüstert er leise, sodass nur ich es hören kann.

Dann gibt er mich frei und ich lasse mich wieder auf die Absätze sinken. Noch bevor ich mich vorbereiten kann, steht Damian vor mir. Ihn zu küssen, so dachte ich, würde mich am meisten Überwindung kosten, weil ich weiß, wie viele Frauen auf ihn reingefallen sind. Ohne klar denken zu können, setze ich einen halben Schritt zurück, als sei ich verängstigt. Seine in dem Licht silbergrauen Augen halten meine gefangen. Während er seinen linken Mundwinkel etwas hebt und ich nur darauf achte, geht der Rest viel zu schnell.

Seine Hand liegt besitzergreifend auf meiner nackten Pobacke. Die andere streichelt über meine Schulterblätter und weiter hinab. Er küsst mich sinnlich, dann verlangender. Ich will mich nicht mehr zurückhalten und lege meine Hand auf seine Wange, bis meine Finger in sein dunkelblondes Haar gleiten. Kurz erinnert mich der Moment an gestern Nacht, als ich mit ihm am Teich stand, als er mich ebenso bedrängend geküsst hat, als sei ich seine Beute. Er duftet magisch anziehend. Unsere Zungen umkreisen sich wie bei einem Spiel – so als gehörten sie zusammen, so als würden wir uns nicht das zweite Mal küssen.

Als er mich ein Stück näher an sich zieht und ich mich

auf die Zehenspitzen stelle, lässt er abrupt von mir ab und grinst spöttisch auf mich herab.

»In der Tat, sie küsst ganz gut für eine Studentin. Nicht übel«, stellt er fest, und ich sehe in seinen blaugrauen Augen, welche Freude es ihm bereitet, mich zu reizen. Mit offenem Mund hole ich Luft und atme seinen warmen angenehmen Duft ein. Dann wendet er sich um und geht auf seinen Platz zu.

»Das war es auch schon, Dakota Chessa. Sollten wir weiteres Interesse an dir und deinem losen Mundwerk haben, findest du morgen ganz sicher einen schwarzen Umschlag in deinem Briefkasten vor«, erklärt mir Damian mit einem Lächeln und weist dann mit einer lockeren Handbewegung zur Tür, aus der ich gekommen bin.

Das war es schon …

Nun heißt es abwarten.

7. KAPITEL

Am nächsten Morgen wache ich mit einem unruhigen Gefühl auf. Einerseits habe ich mir unnötig viele Gedanken wegen des Castings gemacht – die ich mir nicht machen sollte –, auf der anderen Seite ist mir aufgefallen, dass sich Mary seit drei Tagen nicht – wie versprochen – bei mir gemeldet hat.

Ich weiß, dass sie gut bei ihren Eltern aufgehoben ist, aber ich kenne ihr Schwächen und weiß, dass es ihr nicht gut geht.

Ich schiebe meine Bettdecke zurück und steige barfuß nur in Pantys und einem Tanktop aus meinem Bett. Noch bevor ich mir einen Weg zur Kaffeemaschine bahnen kann, klingelt es an meiner Tür. *Nicht am Morgen* – denke ich.

Harry müsste da sein – wie meistens –, der von meinem Vater bezahlt wird, um alles rund um mein Wohnhaus zu überwachen. Er war es auch, der mich zum Club mit John begleitet hat. Für gewöhnlich kommt es selten zu Übergriffen oder unangemeldeten Paparazzi, doch seit dem letzten Vorfall öffne ich keine Türen mehr – es sei denn, die Person hat sich angemeldet. Schnell tippe ich eine Nachricht in mein Handy ein, um Harry zu fragen, wer vor meiner Tür steht, noch bevor ich zum Display neben der Tür gehen kann, um selbst nachzusehen.

Die Post. Ein Einschreiben, wie es aussieht.
Gefahrenstufe 0, Dakota.

Mit einem Lächeln, weil er mich zu gern mit den Gefahrenstufen aufzieht, lasse ich den Postboten eintreten, der zwei

Minuten später mit hochrotem Gesicht in meiner Etage, der sechsten, angekommen ist. Da es keinen Lift gibt, muss er die Treppe nehmen.

»Miss Chessa?«, fragt er mich, weil ich unter dem Namen in der Straße wohne.

»Richtig.«

»Ich habe ein Einschreiben für Sie; wenn Sie bitte unterschreiben würden.« Der junge Mann überreicht mir einen Stift, ich unterzeichne auf seinem Gerät und erhalte ein weißes großes Kuvert.

Als ich die Tür hinter ihm schließe, stöhne ich etwas enttäuscht, weil ich auf dem Kuvert die Agentur des Casting-Unternehmens KDK lesen kann, was sich die Jungs wohl selbst ausgedacht haben.

»Klasse, ich bin dann wohl raus«, wispere ich enttäuscht, gehe in die Küche und öffne mit einem Messer das Kuvert, in dem ein weiterer Brief mit einem Zettel enthalten ist, auf dem steht:

Wie schade, dass ich dein enttäuschtes Gesicht nicht persönlich sehen durfte.
Das nächste Mal sicher. Freu dich, Chessa, du bist an Bord. Du darfst dich mir jederzeit, ohne mich fragen zu müssen, nähern.
Wir sehen uns morgen früh.
Kresten

»Was für ein Idiot!«, bringe ich mit einem Lächeln hervor, als ich in dem weißen Kuvert einen schwarzen Briefumschlag vorfinde. Zügig öffne ich ihn und halte kurz darauf die Einladung auf die Yacht auf schwarzem Papier mit goldenen Lettern in der Hand. Inklusive der Route, die geheim bleiben soll.

Soweit die Route auf der Landkarte erkennen lässt, beginnt die Reise ab Tilbury, weiter entlang des Ärmelkanals an Calais vorbei, entlang der französischen Atlantikküste. In Le Havre ist der erste Stopp nach drei Seetagen vorgesehen, dann durch den Golf von Biskaya – ich kann jetzt schon die sich über die Reling übergebenden Frauen sehen, wegen der harten Wellen, für die der Golf berühmt ist. Dann geht es weiter nach Vigo in Spanien, die portugiesische Atlantikküste entlang, durch die Straße von Gibraltar ins Mittelmeer. Ich sagte ja, es wird keine Fahrt über den Atlantik nach Mittelamerika geben.

Dann haben sie die Südroute nach Griechenland durch die Adria mit einem Abstecher nach Rimini gewählt. Interessant – ich hoffe nur, sie legen keinen Stopp in Marokko ein.

Doch bevor ich mich weiter mit der Route vertraut mache, werfe ich meine Kaffeemaschine an, schreibe Isy eine Nachricht, dass ich an der Reise teilnehmen darf, und rufe Mary an.

Erst nach dem zweiten Versuch geht sie mit kratzigen Stimmbändern an ihr Handy.

»Ja, Dixon«, murrt sie ins Handy. »Warum rufst du an, Dakota, es ist mitten in der Nacht.«

»Nein, ist es nicht, Mary. Zieh die Jalousien auf, dann weißt du, dass strahlender Sonnenschein draußen ist und es bereits zehn Uhr morgens ist.«

Ein leises Knurren ist zu hören, dann das Rauschen von weichen Daunendecken, bevor etwas klirrend zu Boden fällt und entlangrollt.

»Scheiße«, raunt sie ins Telefon.

»Das waren jetzt aber keine Flaschen?«

»Nein, es war mein Wecker«, lügt sie mich tatsächlich an. Ich sollte wirklich zu ihr fahren, falls sie sich weiter betrinkt.

Dann muss sie gerade einen heftigen Kater haben, dem ich aus dem Weg gehen sollte.

»Weißt du was? In einer Stunde bin ich bei dir.«

»Was? Nein, ich brauche keinen Besuch …« Sie schnieft kurz, und wieder raschelt etwas. »Mir geht es gut … ehrlich. Bleib zu Hause und kümmere dich um … was auch immer du dich kümmern musst … Galaeinladungen … Turniere … Icaros … Parlamentsarbeiten für deinen Vater … auch egal, komm nur nicht zu mir.«

»Wir sehen uns gleich, bis später«, antworte ich auf ihre verdrehten Sätze, bevor sie weitere Ausreden findet, und lege mit einem nachdenklichen Gesicht auf. *Herrje, ihr scheint es wirklich übel zu gehen, wenn sie keine Freunde mehr empfängt.*

Eine knappe Stunde später steige ich in Westend London aus der Tür der Limousine, die mir Harry aufhält, aus und schaue zu dem Altbau-Reihenhaus, in dem Marys Familie wohnt, auf.

Ich war schon öfter zu Besuch, sodass mir der Portier mit einem freundlichen Lächeln entgegennickt und sogar seinen Hut zieht.

Als ich das Foyer betrete und auf Mary warte, die sicher verärgert sein wird, einfach ohne ihre Zustimmung aufgetaucht zu sein, tripple ich in meinen Ballerinas auf dem Parkettfußboden herum, mustere die zwei Treppenaufgänge, lasse meine Blicke über die Spiegel und teuren modernen Gemälde und großen Blumenvasen wandern, bis ich von einem Schatten an der Geländerbrüstung abgelenkt werde.

»Du solltest nicht kommen, Dakota! Habe ich das nicht

klar und deutlich gesagt?«, fährt sie mich nur in einem roten leicht geöffneten Satinmantel, weißen Shorts und einem weißen Top darunter an. Ihr dunkelrotes Haar, das sonst in leichten Wellen über ihre Schulter fällt, ist zerzaust. Sie sieht sehr mitgenommen, verweint und ungepflegt aus – wie ich sie sonst nicht kenne.

»Gott, ich wusste, warum ich kommen wollte. Deine Füße sehe ich zum ersten Mal unlackiert, dein Haar …« Verdammt, ich sollte sie nicht darauf hinweisen, wie übel sie aussieht, hinterher wirft sie mich sofort raus. Langsam steige ich die breite Treppe über den hellen Teppich zu ihr empor.

»Es kann nicht jeder so stylish in einem Rock, Bluse und Strumpfhosen mit einer perfekt sitzenden Frisur herumlaufen wie du«, meckert sie und muss selbst über ihre Worte lachen. »Und das muss gerade ich sagen, was? Die, die … die immer gestylt war, selbst wenn es nur zum Supermarkt ging oder in die Mall. Scheiße, was ist aus mir geworden.«

Sehr gut, dass sie sich das selber fragt. Als ich den Absatz erreicht habe, streichele ich über ihren Arm und presse die Lippen bei dem beißenden Alkoholgeruch, den sie verströmt, zusammen. *Sprich sie bloß nicht darauf an, das würde es nur schlimmer machen* – ermahne ich mich. *Damn, wer soll auf sie aufpassen, während ich auf der Yacht bin?* Wenn sie es herausfindet, bin ich erledigt.

Mit den Fingern streiche ich zerzauste rote Haarsträhnen hinter ihr Ohr und ziehe sie in meinen Arm. »Was hältst du davon, wenn du ein Bad nimmst und wir später nach Westminster fahren? Uns etwas die Zeit vertreiben? Ablenkung täte dir gut«, spreche ich einfühlsam, während sie nickt, schnieft und mich plötzlich umarmt.

»Was habe ich nur gemacht, Dakota? Warum bin ich bloß auf diesen Arsch reingefallen? Warum habe ich deswegen Florian am Altar stehen lassen? Ich bin eine Schlampe, nicht wahr? Jetzt weiß ich, wie es sich anfühlt. Schrecklich, Dakota …« Mit der Hand wischt sie sich über ihre Nase, als sie sich von mir löst. »Wie soll ich mich noch vor die Tür trauen? Meine gesamten Verwandten … die Kollegen, scheiße, selbst Freunde reden über mich … Ich bin so gut wie tot. Meine Mutter redet seit dem Vorfall kaum ein Wort mit mir … Ich habe den Ruf unserer Familie zerstört, oder? Es ist doch so, Dakota? Warum triffst du dich noch mit mir? Keiner will mit mir reden. Keiner interessiert sich nach den neugierigen Fragen, die meiner Mutter gestellt wurden, für mich. Nur diese abartigen Gerüchte kursieren und Florian … er will nicht mit mir reden, für ihn ist unsere Beziehung ein Fehltritt gewesen, und er dankt Gott dafür, mich nicht geheiratet zu haben.«

Autsch, das ist hart … »Sch, wir bekommen das wieder hin. Zuerst das Bad, dann die Ablenkung. Wenn du dich jetzt verkriechst, zeigst du nur jedem, der über dich redet, dass du schwach bist. Geh mit mir raus, und wir zeigen ihnen, dass du dich nicht länger einsperrst und Angst vor den Gerüchten hast. Was hältst du davon?«, hake ich nach, umfasse ihre Hand und führe sie langsam in der ersten Etage zum Bad. Himmel, man könnte meinen, sie hätte im Alkohol gebadet oder die halbe Nacht neben einem Alkoholiker in einem Schlafsack gelegen, so sehr stinkt sie danach.

»Nein, Dakota, wir bekommen das nicht hin, denn …« Wieder schluchzt sie und schaut im Gehen zur Decke auf, so als versuche sie ihre Tränen wegzublinzeln.

»Denn was?«, möchte ich wissen und schiebe die weiße Badtür auf, um sie über die Stufen hinab in das große Bad zu führen.

»Denn Damian … Hast du es schon mitbekommen? Er will, er will …«, stammelt sie. »Dieser Scheißkerl wird mit

Freunden Frauen auf eine Yacht einladen und sich mit ihnen amüsieren, sie flachlegen und nein … sich vielleicht in eine verlieben. Ihm bin ich scheißegal, er hat mich nach sechs beschissenen Tagen vergessen. Ich bin nichts weiter als eine Abwechslung in seinem Bett gewesen. Er hat bloß meine Verlobung zerstört, dieser Arsch!«

Warum sieht sie nicht ein, selbst einen Fehler gemacht zu haben, weil sie sich auf ihn eingelassen hat? *Oh Mary, ich wünschte, ich könnte dir sagen, wie gerne ich Garner in deinem Namen einen Tritt in seinen Hintern verpassen will.* Aber wenn sie davon erfährt, wird sie vermutlich überreagieren und alles versuchen, um auch an Bord zu gelangen.

Nein, sie sollte davon nichts wissen. Es reicht schon, dass Isy, Philipp und Leroy eingeweiht sind.

»Warum hast du Leroy, Isy oder mir nicht erzählt, dass du mit Garner eine Affäre hast?«, will ich wissen, weil ich ansonsten früher eingelenkt hätte – oder es zumindest versucht hätte.

»Warum? Weil er mir verboten hat, darüber zu reden. Es sollte geheim bleiben. Dieses Geheimnis hat alles um einiges spannender gemacht, wenn wir uns abends ein Hotel genommen haben, wir nach Costa Rica geflogen sind. Uns waren in dem Moment die anderen egal. Derweil wollte er nur verhindern, dass andere Frauen mitbekommen, wie er mich vögelt. Scheiße, was ist aus mir geworden?«, bemitleidet sie sich weiterhin, während Tränen den Mascara um ihre Augen verschmieren. »Noch vor vier Wochen war alles in Ordnung und jetzt … und jetzt jammere ich hier auf der Badwannenkante wie ein kleines Mädchen.«

Ich drehe neben ihr die Wasserhähne auf und fülle den Badzusatz in die Wanne, während sie zum Toilettenpapier greift, um geräuschvoll auszuschnauben.

»Könntest du vielleicht den Whisky aus meinem Zimmer

holen? Mit dem geht es mir besser und ich kann abschalten«, höre ich sie neben mir. Sofort schnellt mein Kopf in ihre Richtung.

»Nein, auf keinen Fall. Du hast mehr als genug. Hör auf zu trinken, dich weiter herunterzuziehen und zu bemitleiden.«

»Der Whisky zieht mich nicht herunter, er tröstet mich.«

Mit einem Seufzen setze ich mich zu ihr auf den Wannenrand, während das Wasser hinter uns weiter rauscht.

»Ich bin da, um dich zu trösten, Mary. Und wenn ich sage, wir bekommen das wieder hin, dann bekommen wir das auch wieder hin. Nur hör mir zu …« Mit beiden Händen umfasse ich ihr Gesicht, damit sie mir trotz Kater folgen kann. »Ich werde für wenige Wochen kaum erreichbar sein …«

»Warum nicht? Dein Vater schickt dich wieder nach Frankreich?«

»Ähm … ja, genau. Deswegen kann ich dich nicht ständig besuchen. Aber wir telefonieren, und ich hetze dir Leroy auf den Hals.«

»Isy wollte auch vorbeikommen.« *Wenn das wirklich geht.* Bisher habe ich keine Antwort von ihr.

»Ja, sie auch. Zumindest bist du nicht allein, auch wenn ich nicht bei dir bin. Tu mir den Gefallen und trink nichts mehr, heule nicht mehr wegen Garner herum, und gib Florian Zeit, sich alles zu überlegen. Versprich es mir.«

Sie lächelt bitter, bevor sie auf den Fliesenboden starrt und mit zusammengepressten Lippen entschlossen nickt. »Kriege ich hin …«

»Das wirst du ganz sicher, Mary«, spreche ich ihr Mut zu. »Denn irgendwann rächt sich das Schicksal, glaub mir.«

Damian

»Ich weiß nicht, Kyl. Sie einzuladen, bedeutet, dass der Trip anstrengend wird«, erkläre ich Kylian, der einen Narren an Dakota gefressen hat. Obwohl ich zu hundert Prozent weiß, dass Dokata Chessa nicht ihr richtiger Name ist, will ich die Angelegenheit mit ihr selbst klären. Eigentlich wollte ich die Angelegenheit gar nicht klären, weil sie nicht auf der Yacht meiner Eltern mitreisen sollte. Das war der Plan.

Als ich vorhin nach ihr recherchiert habe und unter dem Namen Dakota Chessa keine bekannte Person, keine Schauspielerin, Musikerin, Anwältin oder sonst was ausfindig machen konnte, sie aber gestern Abend unmissverständlich von einem Paparazzo aufgesucht wurde, bin ich mir trotzdem ziemlich sicher, dass sie eine Person der Öffentlichkeit sein muss. Selbst ihre Bodyguards haben sie verraten, die sie auf der Straße hat positionieren lassen müssen. *Warum? Wird sie bedroht?*

Die einzige Bedrohung, die sie erwartet, werde ich sein, wenn ich sie näher kennengelernt habe und mich für den anregenden Abend von gestern bedanken kann. Aber ich wollte sie nicht auf Vaters Yacht mitnehmen. Wenn nur nicht dieses Interesse an ihr wäre … Die halbe Nacht habe ich versucht, mich mit Louisa abzulenken – ergebnislos. Ich bekomme die Fremde nicht aus dem Kopf – zumindest reimen sich mir nun ihre Initialen D.C. zusammen. Dakota Chessa.

Wenn mich nur nicht diese Bilder von letzter Nacht verfolgen würden, wie sie tropfnass aus dem Teich über den Rasen auf mich zugelaufen ist. Wie sie über mir gekniet hat, meinen Schwanz gelutscht und mir mit einem Glitzern in ihren dunklen Augen entgegengeblickt hat, ihre feste, entschlossene Stimme, ihr weiches Lächeln und ihr Duft, der mich an etwas Zartes, Zerbrechliches erinnert. Oder als ich auf dem feuchten Rasen lag, kurz vor dem Orgasmus, und die Frau nichts weiter zu tun hatte, als mir den Rücken zuzuwenden. *Nein, die Demütigung lasse ich nicht auf mir sitzen.*

Weder Kresten noch Kylian habe ich von dem Vorfall beim »Eight Nights« erzählt. Und im Prinzip kann es mir egal sein, wer sie ist, wenn Kresten nicht von ihren ausgefallenen Qualitäten schwärmen würde und Kylian nicht ihr Aussehen ansprechend fände. Zwei gegen einen, also bin ich wohl raus. Auch wenn die Reise über meinen Namen läuft, so wollte ich den Sommer gemeinsam mit meinen Freunden verbringen.

»Gut, wir sind durch. Laden wir beide Mädels ein. Aber eins steht fest: Geht sie mir mit ihrem losen Mundwerk irgendwann auf die Nerven, setze ich sie freiwillig in Margate aus, noch bevor wir England verlassen haben.«

»Ach, komm schon. Gib zu, dass dir ihre ungezähmte Art gefällt, auch wenn sie gestern mit dir im Park gespielt hat. Du wolltest Spaß, Damian. Mit ihr wirst du Spaß haben«, versichert mir Kresten mit einem verschmitzten Grinsen und lehnt sich entspannt im Sessel vor dem Fenster zurück, als ginge es um einen Klienten, den er von einer Verhandlungsstrategie überzeugen will.

Aber natürlich werde ich meine Freude mit ihr haben, wenn sie mir ständig in die Parade fährt. Da ist selbst eine 125 Meter lange Yacht noch zu klein, um ihr aus dem Weg zu gehen. *Aber möchte ich das überhaupt?*

»Ich stimme Kresten zu. Nimm sie mit, es wird sicher unterhaltsam werden. Benimmt sie sich nicht, setzen wir sie aus, so wie es im Vertrag steht. Also alles ist lösbar und entspannt. Und seien wir ehrlich: Langweilig wird uns mit den beiden Damen nicht werden. Sie versprechen Abwechslung, die wir gesucht haben, also warum ihnen aus dem Weg gehen und sie nicht einladen?«, entgegnet uns Kylian, der einen Tennisball geschickt zwischen den Fingern dreht, wieder in die Luft wirft und kurz zu mir blickt. »Es steht fest: Sie werden uns begleiten. Denn sie haben alles, was wir gesucht haben.« Mit einem geübten Wurf fliegt mir der Tennisball entgegen, den ich mit einem einfachen Griff auffange und ebenfalls zwischen meinen Fingern drehe.

»Fein, schickt ihr einen Brief«, entscheide ich und schaue aus dem Fenster auf den Innenhof, auf dem ein weißer Porsche vorfährt. *Louisa? Sollte sie nicht noch mit Sydney in ihrem Hotel sein?*

»Das übernehme ich persönlich«, höre ich Kresten, bevor ich mich von beiden verabschiede und den Salon meines Appartements verlasse. Noch bevor der Portier Louisa ankündigen kann, stehe ich in der Vorhalle an der dunkelblauen Mosaikwand angelehnt und beobachte, wie sie durch die Glastür in einer engen Jeans, einem flatternden weißen Tuch um den Hals und einem roten Blazer eintritt. Ihr blondes Haar fällt in leichten Locken über ihre Schultern, und mit einem erwartungsvollen Lächeln unter ihrer großen Sonnenbrille tritt sie auf mich zu.

»Hast du mich bereits erwartet, weil du in der Halle stehst?«, fragt sie mich, bevor sie sich kurz umsieht. »Oder hast du gerade eines deiner Betthäschen verabschiedet?«

»Nein, ich habe dich aus dem Fenster vorfahren sehen«, antworte ich, und plötzlich wird ihr Lächeln breiter. Nur was möchte sie bei mir zu Hause? Dass wir uns in Clubs oder Hotels verabreden, ist nicht unüblich, aber seit unserer Trennung wollten wir uns weder bei ihr noch bei mir treffen, um so neugierige Journalisten fernzuhalten, die daraus falsche Schlüsse ziehen würden. *Es ist etwas Wichtiges.* Warum nur habe ich die Vorahnung, sie hat von der Challenge erfahren? Und wenn schon.

»Wollten wir uns nicht weder bei mir noch bei dir treffen? Das war eine Vereinbarung.«

»Richtig, das war unsere Vereinbarung«, stimmt sie mir zu und kommt bis auf einen Schritt auf mich zu, sodass ich ihr süßes Parfüm einatmen kann, was mich an früher erinnert. »Nur wollte ich mich selber bei dir erkundigen, ob es stimmt, dass du ein Casting veranstaltest.« *Ich wusste es doch.* Langsam löse ich mich von der Wand und grinse dem Steinboden verräterisch entgegen.

»Es stimmt, wir haben ein Casting veranstaltet«, antworte ich ihr trocken und blicke auf meine Uhr, denn bald wollten Kresten und Kylian gehen.

»Sag nicht, Kylian und Kresten machen bei der idiotischen Reise mit?« Ihre Augen werden schmal, während mein Grinsen breiter wird. »Wenn ich raten müsste, war es Krestens Idee.« Ihr Blick ruht auf meinem Gesicht. Sie kennt mich zu gut, um nicht zu erraten, dass es so ist. »Ah … Nein, ich habe recht. Warum? Warum veranstaltet man solch einen Zirkus?«

»Warum, Louisa? Weil wir den Sommer unseren Spaß haben wollen, die Frauen sich freiwillig auf die Sache einlassen und wir so Urlaub in besonderer Begleitung haben werden.«

Ich erkenne an ihrem Blick, wie sie sich darum bemüht, weiterhin zu lächeln. »Sehr gut, dann habt ihr sicher noch eine Suite für mich. Ich könnte auch eine Auszeit gebrauchen.«

Das ist nicht ihr Ernst! Ich nehme sie nicht mit. Nicht, nachdem ich alles mit Kresten und Kylian organisiert habe, die beide nicht gut auf Louisa zu sprechen sind – vor allem Kylian nicht.

»Das geht leider nicht mehr, denn es war eine Vereinbarung: keine Exfreundinnen mitnehmen. Außerdem kann ich mir nicht vorstellen, dass du so kurzfristig freibekommst.

Schon deinen Chef gefragt?«, versuche ich sie schonend abzuweisen.

»Ach komm, dir tut es kein bisschen leid, Hon. Natürlich habe ich Steward noch nicht gefragt. Aber darum geht es nicht, habe ich nicht recht?« Mit ihrer ringbesetzten rechten Hand schiebt sie die Sonnenbrille zurück auf ihr hellblondes Haar, sodass ich in ihre blauen verärgerten Augen blicke. *Hoffentlich macht sie keine Szene.* »Was waren unsere Treffen für dich in den letzten Monaten? Reihst du mich ebenfalls zu den anderen Frauen in die Kategorie ›Schon benutzt‹ ein?« Macht sie mir tatsächlich Vorwürfe? Kurz geht mein leises Lachen in ein gespieltes Räuspern über, um sie nicht weiter zu reizen.

»Ich sollte wirklich solch eine Liste führen, somit würde es mir leichter fallen, zu wissen, welche Frau ich schon *benutzt* habe. Nur vergiss nicht, du warst diejenige, die mir angeboten hat, uns weiterhin zu treffen. Es war nicht mein Vorschlag. Du wusstest, wir befinden uns in keiner Partnerschaft, also muss dir klar gewesen sein, dass ich weiterhin Reisen, Treffen und Veranstaltungen mit anderen Frauen organisieren und besuchen werde.«

Ihre Gesichtszüge werden steinhart, als sie meine Worte hört. Ich kenne diesen Blick, denn gleich wird sie ihrem Ärger freien Lauf lassen, worauf ich nicht die geringste Lust habe. Die Frau mag einen optischen Anreiz haben, einen mit Worten schnell überzeugen können, doch zugleich hat sie eine unbezähmbare Seite in sich, die ich abgrundtief hasse.

»Du!«, fährt sie mich an, als ich mich schnell an ihr vorbei drehe und rückwärts die Vorhalle entlanglaufe, ohne mir ein Grinsen verkneifen zu können, und sie dabei trotzdem im Blick behalte, während sie mir mit ihren klappernden Absätzen folgt. »Hätte ich gewusst, dass du hinter meinem Rücken solch eine hinterfotzige Reise planst, dann –«.

»Ja?«, will ich wissen, drehe mich zu ihr um und weiß, sie damit nur noch weiter zu reizen.

»Dann hätte ich mich nicht mehr auf dich eingelassen. Ich dachte, ich bedeute dir etwas, mehr als die anderen Schlampen, die für dich nach ein paar Nächten austauschbar sind. Ich dachte – bescheuert, wie ich bin –, wir könnten einen Neuanfang starten, du Scheißidiot!«

»Ich wusste es. Du hast dir mehr erhofft. Deine Worte, *ich möchte nichts Verbindliches,* habe ich dir schon vor einem halben Jahr nicht abgekauft. Und jetzt stehst du hier und machst mir Vorwürfe?«, frage ich sie ironisch mit hochgezogenen Augenbrauen. »Mir?«

»Ja, ich habe jedes Recht dazu, weil du mich und meine Zeit ausgenutzt hast.«

»Solch ein Schwachsinn. Es war dein Vorschlag, Louisa! Jetzt mach mich nicht dafür verantwortlich, dass du mehr wolltest. Ihr Frauen seid einfach nicht zu verstehen«, bringe ich zähneknirschend hervor. »Am besten, du gehst jetzt«, ergänze ich, um die Szene zu beenden. Denn an ihrem scharfen Blick erkenne ich, dass sie mich mittlerweile mit zehn Messern im Rücken tot sehen will. Mit ihr ist einfach nicht mehr zu reden. »Mein Portier bringt dich raus. Henry!«, schnippe ich mit den Fingern nach ihm, der sofort auf uns zukommt. Mit einem gespielt freundlichen Lächeln nicke ich Louisa entgegen. Für mich hat sich die Angelegenheit mit ihr erledigt. Ich wollte ihr eine Chance geben, mir zu beweisen, dass sie sich geändert hat, ihren Jähzorn im Griff hat, nicht ständig mit Vorwürfen um sich wirft, aber die Frau ist nicht heilbar – was sehr traurig ist.

Schade, dass sie sich immer wie eine Furie benehmen muss, sobald es nicht nach ihren Wünschen geht. Denn mit dieser Frau hat mich mehr als nur Sex verbunden. Noch vor zwei Jahren hatten wir eine anderthalbjährige Beziehung, aber sie war es, die sich anderweitig umsehen musste, um mich eifersüchtig zu machen, es zutiefst bereut hat und eines Nachts vor meiner Tür stand und um einen Neuanfang gebettelt hat. Schon da hätte ich sie abweisen sollen – aber nein, ich habe sie reden lassen.

Ich wollte ihr eine Chance geben, und genau das war sie … Auch für mich sinnlos vergeudete Zeit. Ein Grund mehr, sich nicht längerfristig an eine Frau zu binden.

Gelassen steige ich die dunklen Stufen zur ersten Etage hoch, als den Lift zu benutzen, und höre Henry auf Louisa einreden, bis etwas an meinem Ohr entlangrauscht.

Fuck, ist sie irre?

Sofort klirrt eine Skulptur gegen die Wand gegenüber der Treppe knapp neben mir, und das Chagall-Gemälde fällt polternd von der Aufhängung, begraben von unzählig vielen Scherben. Das geht zu weit!

Augenblicklich fahre ich herum. »Was soll der Unsinn?«, frage ich, als ich sie zehn Stufen unter mir nach einer großen Vase greifen sehe. *Fuck, nein!*

»Das fragst du mich noch, du verfluchter Mistkerl! Ich rechne mit dir ab, Stück für Stück!«, schreit sie durch die Halle, während Henry versucht, wie im Kindergarten die Vase aus ihren Händen zu angeln, sie aber schnell genug ist, sich ein wenig aus seinem Griff zu drehen, und sein Alter gegen ihn verwendet.

»War das nicht die Vase, die deine Mutter zu einer Preisverleihung in Paris vor vier Jahren bekommen hat und die du so hasst?« *Verdammt, ja.* »Hier!« Schon wirft sie mir die etwa dreißig Zentimeter große Kristallvase entgegen, sodass ich mich rasch darunter hinwegducken muss, um nicht getroffen zu werden. »Denn ich hasse dich auch wie diese hässliche

Vase! Und ah – Da!« Sie dreht sich aus Henrys Griff und geht auf ihren hohen Absatzschuhen zu einem Metallpokal, der auf einer Steinsäule im Foyer steht. Henry eilt ihr nach, aber sie drängt ihn zur Seite. »Ein schönes Stück, nicht wahr? Gewonnen, als ich dir bei einem Scheißgolfturnier zugesehen habe, als ich bereits eine Affäre mit Nathan hatte, wir uns jeden zweiten Abend heimlich getroffen haben und ich in so vielen Stellungen von ihm gevögelt wurde, während du nichts geahnt hast. Na, wie fühlt sich das an!«

Im nächsten Moment saust auch der Pokal durch die Luft. In einem schnellen Reflex fange ich ihn mit beiden Händen auf, bevor er mir meinen Schädel einschlägt. Dann höre ich ein »Bing«. Der Lift.

»Scheiße, was treibt ihr hier?«, fragt Kylian und tritt aus dem Fahrstuhl. *Keine gute Idee* – denke ich, als ich sehe, wie er und auch Kresten verblüfft von Louisa zu mir hochschauen.

»Ah, Kylian, schön, dich anzutreffen, mit dir habe ich auch noch eine Rechnung offen«, fährt sie ihn an und geht auf ihn zu, bevor ich die Stufen heruntereile, um ihren Auftritt endlich zu beenden. Ich werde sicher nicht handgreiflich, aber nach der Show sollte ich sie rauswerfen.

»Allein deinetwegen, weil du Damian überzeugen musstest, dass ich nicht die passende Frau an seiner Seite bin, ist unsere Beziehung gescheitert«, geht sie Kylian tatsächlich an, als ich Louisas Handgelenk zu fassen bekomme.

Kresten beginnt neben Kylian herzlich zu lachen und schüttelt mit belustigten Augen seinen Kopf.

»Du wolltest eine Raubkatze, Damian. Ich habe ja nicht ahnen können, was für Potenzial in Louisa steckt.«

»Lass die Scherze, sie ist nicht mehr sie selbst«, knurre ich ihm entgegen.

»Tut mir leid, Louisa, aber du lieferst gerade den Grund,

weswegen ich Damian von dir abgeraten habe. Du hast dich nicht unter Kontrolle. Und solange du deine Wut- und Eifersuchtsanfälle nicht im Griff hast, solltest du gehen«, versucht Kylian auf sie einzureden und nickt mir entgegen.

Mit Kylian zusammen hebe ich Louisa um ihre Mitte an, die wie wild zwischen uns zappelt und mit ihren Fingernägeln wie eine Irre versucht, mein Gesicht zu zerkratzen. Sie braucht dringend eine Therapie, denn mit Sicherheit will ich sie davor nicht mehr wiedersehen.

Irgendwie trifft es mich, sie so zu sehen, denn wenn ich mich an die Anfangszeit mit ihr erinnere, war sie tatsächlich die Frau, die ich wollte. *Nur gerade jetzt …*

»Scheiße, lasst mich runter, ihr Scheißkerle«, kreischt sie laut und verpasst mir mit ihren verflucht langen Nägeln einen beißenden Kratzer quer über die Wange.

»Nein, Louisa, beruhig dich. Am besten, du lässt dich nach Hause fahren«, bestimmt Kylian und nickt Henry zu. »Ein Taxi wird gleich kommen.«

»Ach was«, mischt sich Kresten hinter uns ein. »Sie wie eine gesengte Sau durch London brettern zu lassen, wäre sicher ein interessanter Anblick.« *Ist er lebensmüde?*

Am liebsten hätte ich ihm für seine unüberlegte Bemerkung einen Haken verpasst, wenn ich nicht Louisa tragen müsste.

»Du, Hamilton, bist das allergrößte Schwein von allen!«, schreit sie, als sie den Kopf nach Kresten reckt. »Du hast kein Gewissen und reißt Damian mit in den Mist rein! Vögelst andere Frauen, während Ann-Mary schwanger ist und auf dich wartet!«

Schon öffnet Henry die Glastür vor uns, nachdem er sein Handy beiseitegelegt hat, um ein Taxi zu rufen.

»Beruhige dich, Louisa, warte auf das Taxi und komm

nicht mehr zu mir. Es war eine schöne Zeit mit dir«, erkläre ich ihr auf der Auffahrt, während Kylian ihre Handgelenke hinter ihrem Rücken festhält. »Es ist vorbei, seit mehr als einem Jahr. Fahr nach Hause. Ich will dich vorerst nicht mehr sehen.«

Dann nicke ich meinem Freund zu, der seine Mundwinkel verzieht und etwas einfühlsam auf Louisa herabblickt, die plötzlich beginnt, auf der Auffahrt unter den Bäumen zu weinen. *Nein, den Anblick ertrage ich nicht.*

Mit schnellen Schritten gehe ich auf die Glastür zu, warte auf Kylian, der ihr etwas sagt, bis er mir folgt und ich erleichtert die Tür hinter ihm schließe.

»Geiler Auftritt. Wenn wir solch ein Geschöpf auf der Yacht haben, wird es sicher nicht langweilig werden.«

Die Befürchtung habe ich auch. Doch sollte es dazu kommen, würde ich sie auf einer Insel aussetzen, noch bevor sie die gesamte Yacht demoliert.

8. KAPITEL

Es ist halb vier Uhr morgens, alles ist noch dunkel und ich stehe mit halb geöffneten Augen, dafür top gestylt neben Harry und John, die, statt wie gewohnt in ihren dunklen Anzügen und Sonnenbrillen, alltägliche Kleidung – also Jeans und Jeansjacken – tragen, und man kann ihnen nicht mehr ansehen, dass sie mich für Geld beschützen.

»Und ihr wisst mit Sicherheit, dass es funktionieren wird?«, erkundige ich mich bei den Riesen und schaue zu ihnen auf.

»Darauf hast du mein Wort. Wir werden auf dich aufpassen, so gut es geht, und falls ungewöhnliche Vorfälle passieren, greifen wir ein. Vormittags wird John ein Auge auf dich haben, abends und nachts ich. Bei Landgängen sind wir ständig in deiner Nähe«, erklärt mir Harry und fährt sich über seine Glatze, bevor er sein schwarzes Basecap aufsetzt. Das beruhigt mich, denn heute Nacht hatte ich seit Monaten wieder einen üblen Albtraum von meiner Mutter, sodass ich schweißgebadet seit halb drei wach lag. Weil ich nicht wieder einschlafen konnte, bin ich aus dem Bett gestiegen und bin meine gepackten Koffer durchgegangen, um ja nichts zu vergessen.

»Genau das waren die Anweisungen deines Vaters, falls du die Stadt verlässt«, stimmt John mit seiner tiefen brummigen Stimme zu, während ich nicht sicher bin, ob mein Plan aufgeht. Vater habe ich erzählt, außerhalb Londons mit Philipp für ein Turnier zu trainieren. Harry und John haben mir hoch und heilig, trotz mehrfacher Einwände, zugesagt, meinen Vater nur im Ernstfall zu unterrichten, wo ich mich befinde.

Nun stehen wir zu dritt vor Isys Penthouse, die sich erstaunlich viel Zeit lässt. Wie ich sie kenne, wird sie verschlafen haben – das passt zu ihr. Sie ist manchmal etwas schusselig, dafür nicht auf den Mund gefallen, aber mit der Pünktlichkeit hat sie es nicht gerade. Doch Licht brennt in ihren breiten Fenstern, und ein Schatten ist zu erkennen, der sich durch die Räume bewegt. Auf ihrer Auffahrt befindet sich ein neuer silbergrauer Mercedes. Wenn sich ein Liebhaber zu ihr verirrt haben sollte, werde ich es als Erster wissen. Oder aber der Wagen gehört einem Nachbarn, was ich mir nicht vorstellen kann.

Als ich meinen Kopf nach einigen Minuten an Johns Oberarm anlehne, öffnet sich die Haustür von Isy und sie wuchtet zwei riesige Koffer auf die Auffahrt.

»Ich helfe Ihnen«, höre ich Harry neben mir, der sofort mit wenigen großen Schritten bei meiner blonden Freundin im Hauseingang ist, die strahlt, als würden wir heute etwas zu feiern haben.

»Nicht so förmlich, Harry. Ihnen? Ich bin achtundzwanzig, keine vierzig.« Harry grinst ihr verschmitzt entgegen, dann nimmt er ihren Koffer ab.

»Es geht los, ich fass es nicht. Hast du heute Nacht auch so schlecht geschlafen? Ich habe fast kein Auge zubekommen«, redet sie auf mich ein, während Harry und John die Koffer in den Land Rover verfrachten.

»Wirklich? Redest du von der Reise oder dem Typen, der oben noch in deinem Bett schläft, wegen dem du kein Auge zubekommen hast?« Knapp nicke ich zu dem teuren silbernen Wagen auf der Auffahrt.

»Typen?« Wendig dreht sich Isy zum Auto um, dabei schwingt ihr blonder Pferdeschwanz in der Luft. »Ach so, wenn du das Auto meinst. Das gehört …«

»Sag nicht dem Hausmädchen oder der Putzfrau«, bringe ich lachend hervor.

»Nein … das nicht. Ach Mist, ich bin schlecht in Ausreden. Es gehört Peter.« *Peter – ihre Gelegenheitsliebe? Interessant.* Sie hat ihn mehr als zwei Monate nicht mehr getroffen. Brauchte sie heute Nacht Sex, um ihre Nerven zu beruhigen?

»Musstest du dich die letzte Nacht vor der Reise von ihm in den Schlaf singen lassen? Niedlich, Isy. Wirklich. Am besten, wir reden auf der Yacht darüber, oder willst du …« Ich schaue zu ihrer Wohnung auf, in der das Licht ausgeschaltet wird. »… lieber hierbleiben? Bei deinem Herzblatt, der dein Bett warm hält?«

»Oh, was, nein. Ich fahre mit, was denkst du denn! Es war nur eine Nacht seit acht Wochen, und er weiß nicht, dass ich auf Damians Yacht mitfahre. Besser, du erwähnst es nicht vor ihm, sonst wird er eifersüchtig«, flüstert sie mir zu und wir steigen in den dunklen mit Panzerglas geschützten Wagen ein.

»Versprochen, Isy, weil ich Peter ja so oft über den Weg laufe«, bringe ich mit einem Schmunzeln hervor und rücke meine Lederjacke zurecht. Peter treffe ich nur in Isys Begleitung an, also werde ich keine Gefahr für sie und ihr Techtelmechtel darstellen.

Nachdem Harry und John die Türen hinter uns geschlossen haben und ebenfalls eingestiegen sind, fahren wir durch halb London nach Tilbury zum Hafen, wo uns die Yacht erwartet.

Etwas aufgeregt bin ich schon, auch wenn es nicht meine erste Mittelmeerrundfahrt ist. Eine halbe Stunde später, mit einem Kaffeebecher von Starbucks in der Hand und nur leicht beeindruckten Blicken, weil Isy und ich bereits auf mehreren Yachten gereist sind, fahren wir in den Hafen ein, der von hohen Scheinwerfern beleuchtet wird.

Einige Limousinen, Taxen und private Wagen fahren auf der Pier vor, aus denen die Frauen in bunten Kleidern, Kostümen oder in engen Röhren und Blusen aussteigen. Vor uns kann ich neben den kleineren Yachten die riesige und beeindruckende Yacht »Bright Canopus« erkennen, die, wie ihr Name schon verrät, weiß ist, bis auf die oberen drei Decks, die dunkel gehalten sind. Neben der Gangway warten bereits der Kapitän, Security-Personal und natürlich Kresten und Kylian auf die eingeladenen Gäste. Doch Garner kann ich nirgends finden.

»Ich kann es kaum glauben, Dakota, dass wir gleich London verlassen werden. Ich habe bereits viel über die Yacht gelesen, aber so groß hätte ich sie nicht eingeschätzt. Selbst meine Eltern mieten sich nur eine, wenn sie Urlaub machen wollen. Das Schiff ist gigantisch. Wahnsinn«, sagt Isy neben mir fasziniert von dem imposanten Anblick der Megayacht, schultert ihre Handtasche und geht, gefolgt von Harry und John und mir, mit den Rollkoffern auf die Yacht zu. Der Wagen bleibt auf dem Parkplatz zurück, wo er zwei Wochen auf uns warten wird. Isy und ich ziehen wie gewöhnliche Studentinnen unsere Koffer selbst über den Asphalt, während die anderen Damen ihre eigenen Gepäckträger haben. Kurz wirft Harry mir unter seinem Basecap einen fragenden Blick zu, den ich mit einem Lächeln erwidere.

»Wir gehen voraus, um uns anzumelden«, erklärt John, setzt trotz der Dunkelheit seine Sonnenbrille auf, reibt sich über sein drei Millimeter kurzes dunkelblondes Haar und geht auf die Personenschützer neben der Gangway zu. Ich nicke ihnen entgegen, bevor sie sich unter die Gäste mischen, aber sicher ein Auge auf mich haben.

Sie haben sich bei der Agentur beworben, die Bodyguards

für die Reise gesucht haben. Somit dürfte es nicht auffallen, wenn sich beide in meiner Nähe befinden. Und mir verschafft es ein ruhiges Gefühl, von ihnen im Blick gehalten zu werden.

»Sieh an, unsere zwei Lieblingsdamen sind pünktlich in Tilbury eingetroffen. Ich habe schon mit Kyl gewettet, dass ihr die Einladungen nicht richtig gelesen habt und zum falschen Hafen vorfahrt«, amüsiert sich Kresten, der in einem Poloshirt, Lederjacke und dunklen Jeans in der Nähe von Kylian steht, der sich mit drei Damen unterhält, die sehr interessiert an seinen Lippen hängen.

Eine von ihnen kommt mir bekannt vor. Sie trägt einen dunklen Bob und erscheint mir in ihrem lockeren dunkelroten Kleid etwas sehr dünn. *Ist sie ein Model?*

»Für wie beschränkt hältst du uns?«, frage ich Kresten und schüttele den Kopf, bevor ich eine lose Strähne meines Zopfs hinter mein Ohr streiche und hinter ihm auf die Yacht schaue.

»Vermutlich muss er sein Ego aufpushen, indem er uns für dumme Blödchen hält«, fügt Isy leise hinzu, gerade so, dass es Hamilton verstehen kann.

»Ganz und gar nicht, Ladys«, will Kresten uns mit einem Lächeln beruhigen und streichelt über Isys Schulter. »Es wäre nur zu einer Zeitverzögerung gekommen, hätten wir euch suchen müssen. Denn so oder so wollen wir euch an Bord sehen.«

Ist das so? – denke ich. Dann scheinen wir wohl Eindruck hinterlassen zu haben. »Hier, für euch.« Kresten nimmt zwei schwarze Broschüren aus den Händen der Angestellten auf dem Pier und reicht uns je eine. »Damit ihr euch nicht verlauft und wisst, wann wir uns treffen. Eine angenehme Zeit wünsche ich euch.« Mit einem Klaps auf meinen Hintern begrüßt Kresten eine Frau mit einem leicht asiatischen Aussehen in hellen Jeans, einem weiten Poncho um die Schultern und einem Tuch, das im Wind flattert. »Hallo, Sarah, wie schön, dich zu sehen«, umgarnt er sein nächstes Opfer, während wir den dunkelblauen Teppich der Gangway betreten.

Nachdem unsere Koffer von Stewards abgenommen wurden, wir auf der Megayacht sind, mustere ich gespannt, aber ohne beeindruckt zu wirken, die Gänge des Oberdecks. Natürlich wurde für die Inneneinrichtung nur das Teuerste verwendet. Nussholz und goldene Zierelemente an den Wänden, Stuck an der Decke. Ein dunkelroter, mit hellen Streifen an dem Rand gewebter Teppich, der durch die Gänge führt. An den Wänden hängen moderne Wandleuchten aus geschliffenem Kristall, Gemälde und links und rechts des breiten Ganges gehen unzählig viele Türen ab.

Während wir von einem Angestellten zu unseren Räumen gebracht werden, erkenne ich zwei Lifte auf dem Weg, eine Treppe, die zum Oberdeck führt, und eine Glastür, auf der »Fitness Room«, dann weitere auf denen »Tea Room«, »Dining Room« und »Spa« steht – und das ist der erste Eindruck, den ich mir verschaffen konnte.

Kresten ist weiterhin an der Pier geblieben, um die letzten Gäste einzuweisen oder wohl eher den Frauen an den Arsch zu gehen, einen Blick auf ihre hochgepushten Brüste und tiefen Ausschnitte zu werfen. Genauso habe ich ihn mir vorgestellt: großspurig, von sich eingenommen und immer nur auf seine Vorteile bedacht.

»Und hier sind Ihre Kammern, Miss Dixon«, zeigt uns der junge Steward Anfang zwanzig in seinem Anzug unsere Zimmer. Als er die weiße Tür öffnet, erkenne ich sofort, dass der Raum mit mehreren verbunden ist. »Das ist Ihre, Miss Chessa«, deutet der Steward auf die nächste Tür.

Ich nicke Isy zu, die durch ihre Tür geht, an der sogar wie bei mir ihr Name in goldenen Buchstaben steht. Also das ist der Freifahrtschein, damit die Jungs unsere Zimmer nicht verwechseln.

Kaum dass ich meine Koffer in den Raum vor einem riesigen polierten Schrank erkenne, finde ich ein Kingsize-Bett vor, ein großes Fenster und sogar einen Ausgang zum Oberdeck, von dem aus ich den beleuchteten Hafen erkennen kann. *Oh Garner, du willst uns beeindrucken – wie niedlich*. Aber etwas anderes habe ich nicht erwartet.

Inmitten des großen Zimmers bleibe ich stehen und atme durch. *Wenn das Mary sehen würde:* dunkelbraune Wandverkleidung, Marmorfußboden, auf dem ein runder heller Teppich liegt, und Möbelstücke von namenhaften Innendesignern mit den teuersten Stoffen und Holzelementen.

Nach gestern habe ich Mary nur schweren Herzens verlassen, weil ich mir nicht sicher bin, ob sie sich an meine Versprechen halten wird. Trotzdem konnte ich ihr den Tag verschönern – hoffe ich zumindest.

Es ist halb sechs Uhr früh, als ich auf mein Smartphone schaue, und noch jetzt bin ich müde. Nach einem Blick in das große mit dunklen Fliesen verkleidete Badezimmer, in dem ich eine Eckbadewanne, Dusche, WC, zwei Waschbecken aus Onyx, darüber mit filigranen Mustern eingravierte ovale Spiegel, einen Flachbildfernseher über Wanne und Korbstühlen, vorfinde, öffne ich die anderen beiden Türen. Zuerst öffne ich die rechte Tür gegenüber von meinem Bett zwischen dem schweren Schiebetürschrank und dem Schreibtisch. Und wie erwartet befindet sich Isys Suite neben meiner.

»Verdammt, erschreck mich nicht so«, höre ich sie, als sie sich – über ihren Schalenkoffer gebeugt, den sie auf dem breiten Bett aufgeklappt hat – erhebt und über der Schulter zu mir blickt.

»Schon Angst gehabt, Kresten könnte dich anfallen?«,

bringe ich mit einem belustigten Unterton hervor, um sie zu necken.

»Nein, noch nicht. Aber wir haben keine Schlüssel. Schon gesehen?«, fragt sie mich und deutet zur Tür. *Oh nein!* Das ist ein Nachteil, aber kein unlösbares Problem. Darum kümmere ich mich nach dem Frühstück, das wie im Programmheft um neun Uhr stattfinden soll.

»Wir sollten sehen, ob die Verbindungstüren abzuschließen gehen«, bestimme ich und – ah! Es gibt einen Riegel, der die Türen absperrt. Sehr gut, denn auf ungebetenen Besuch hätte ich keine Lust. Schließlich weiß ich nicht, wer im anderen Zimmer wohnt.

»Was, denkst du, wird als Nächstes stattfinden?« Isy sortiert weiter ihre Kleidungsstücke in den hohen polierten Schiebetürschrank aus dunklem Holz ein.

»Das Frühstück, laut Programmheft. Bald wird die Yacht losgemacht werden und ich werde mich bis zum Frühstück hinlegen. Weckst du mich, falls ich verschlafen sollte?«, frage ich sie, während sie ihre dunkelblonden Augenbrauen zusammenzieht, aber nickt.

»Werde ich machen, nur werde ich mich in der Zwischenzeit auf den Decks umsehen und möchte unbedingt mit zusehen, wenn die Yacht ablegt. Du kennst es ja bereits, aber ich bin nicht jedes Jahr auf einer Yacht.«

Das stimmt, für mich ist es nichts Besonderes, für Isy, deren Eltern kaum auf dem Meer unterwegs sind, schon.

»Gut, dann bis später. Und vertrödle es nicht, halb neun stehst du in meinem Zimmer.«

»Zu Befehl.«

In meinem Zimmer schlage ich die dunkle Tagesdecke zurück, dann die helle Bettdecke und ziehe mich davor aus. Nur in Unterwäsche tripple ich auf die Haupteingangstür meiner

Suite zu und ziehe den schweren schwarzen Metallkoffer davor. Falls jemand reinkommen sollte, werde ich es sofort hören.

Dann lege ich mich nach einem kurzen Blick aus dem Fenster, von dem aus ich den Hafen, die Kräne und die Pier der kleineren Privatyachten sehen kann, ins Bett, um Schlaf nachzuholen, den mir der Albtraum geraubt hat.

Damian

Mit Kapitän Johnson gehe ich alle Pläne durch, nachdem sich jede Dame in ihren Räumlichkeiten befinden dürfte oder neugierig die Yacht erkundet. Nach dem Auftritt von Louisa ist die Reise eine Abwechslung, die mir guttun wird – hoffentlich, denn auf Generve, Streitereien oder Eifersuchtsszenen habe ich keine Lust. Während Kylian und Kresten die Frauen empfangen haben, habe ich meine Suite bezogen.

Schon in wenigen Minuten laufen wir aus, und es ist immer wieder ein Erlebnis, dabei zuzusehen. Nachdem ich dem Kapitän und seiner Crew zusehe, wie wir uns allmählich vom Hafen entfernen, dürfte bald der erste Termin: die Vorstellung um acht Uhr stattfinden, bevor das Frühstück startet und heute Abend die ersten Damen, Hilaria und Corvina auf die Probe gestellt werden.

Mit einem Händedruck verabschiede ich mich von Kapitän Johnson, werfe einen letzten Blick auf die Brücke und Offiziere, dann suche ich den Versammlungsraum im Oberdeck auf, in dem die anderen Frauen wenige Minuten später eintreffen dürften.

»Es sind wirklich alle gekommen«, höre ich Kresten hinter mir, der den Raum betritt, in dem ich eine große kreisrunde Tafel vorfinde, an dem dreiundzwanzig Stühle stehen, und der von vier Bediensteten eingedeckt wurde, die nun an den Türen rechts und links auf unsere Wünsche warten.

»Natürlich sind sie alle gekommen, und das nur deinetwegen«, antwortet Kyl in seiner meistens gut gelaunten Art und klopft mir auf die Schulter. »Da fällt einem die Entscheidung schwer, welche Frau ich zuerst kennenlernen möchte. Lara mit den dunklen Haaren wäre mein Fall, aber die Dunkelrothaarige mit den großen Augen finde ich auch zum Anbeißen.

Alexis Newman heißt sie. Sie bewegt ihre Hände niedlich, wenn sie redet.«

Ich schaue mit einem Grinsen auf den Marmorboden und drehe mich zu den beiden um.

»Ihr habt mehr als eine Woche Zeit, euch zu entscheiden und ihre Vorzüge zu erkunden«, mische ich mich ein. »Also lasst euch Zeit mit eurer Entscheidung.«

»Brauche ich nicht, denn ich hab mir schon Dakota und Isy ausgesucht. Keine der anderen Frauen sind so aufgeschlossen wie sie. Was Dakota mit dir im Park gemacht hat, war mehr als überzeugend«, legt Kresten fest, geht zum Tisch, greift nach einem Sektglas und lässt sich von einem Kellner Champagner einfüllen. Was gefällt ihm an ihr? »Die beiden gehören mir, bis sie mich langweilen.« Mit einem schiefen Grinsen nimmt er einen Schluck aus seinem Glas.

»Sicher, als würde ich zulassen, dass du dir die Begehrten heraussuchst«, unterbreche ich seine Schwärmerei, denn er sollte wissen, dass geteilt wird – das war die Vereinbarung.

»Ah, da kommen schon die Ersten zur Besprechung, also haltet euch zurück, bevor ihr sie verschreckt«, sagt Kylian und geht in seinem schwarz-weiß karierten Hemd und seiner Anzughose auf die ersten sieben Frauen, die den Versammlungsraum betreten, zu und weist sie zum Tisch – ganz der Gentleman – was mich leise schnauben lässt. Er wird umringt von einer Frau, die ich im Golfclub gesehen habe und die in meine Richtung schaut. Theresa heißt sie, hat dunkles zu einem Knoten zusammengebundenes Haar und scheut sich nicht vor Körperkontakt, weil sie Kyl sofort mit ihren Händen über den Arm streichelt. Mit ihren hervorstechenden Wangenknochen, einem schmalen Gesicht, roten Lippen, einem offenen Blick und einer ziemlich dünnen Figur trifft sie nicht meinen Typ, aber Kylians. Sie ähnelt Céline, seiner Ex-Verlobten. Vermutlich erhofft er sich von der Reise mehr als nur Sex.

Ungeduldig blickt Kresten auf seine dunkelsilberne Corum, als alle Frauen erschienen sind. Nur zwei Plätze bleiben leer.

»Das ist nicht ihr Ernst, oder?«, frage ich Kresten, der seinen Mund verzieht, als die Tür hinter uns geöffnet wird und die blonde Freundin von Dakota erscheint. Zumindest hat sie Manieren und kommt nicht zu spät.

»Passt zu Chessa, sie muss immer eine Ausnahme sein«, antwortet Kresten und verfolgt mit seinen Blicken die blonde Frau.

»Oh nein, es geht jetzt schon los?«, fragt die Blonde, holt tief Luft und wirkt kurz perplex. »Aber es stand im Heft, dass 9 Uhr das Frühstück sei, keine Versammlung um 8 Uhr.«

»Allerdings. Wo ist deine Freundin?«, frage ich sie, gehe auf sie zu, während die anderen Frauen zu ihr schauen oder sich leise unterhalten. Man kann ihr ansehen, wie sie am liebsten im Boden versinken würde, denn ihre Wangen röten sich und sie wandert mit ihren Blicken von einem Gesicht zum nächsten.

»Noch in ihrer Suite, wo sonst? Wir wussten nichts von einem Treffen um 8 Uhr.«

»Ich geh sie holen«, bestimmt Kresten und überholt mich mit einem Grinsen, das ich zuerst nicht deuten kann, bis ich mir alles zusammenreimen kann.

»Aber … aber«, stammelt die Blonde, bevor sie sich gesammelt hat. »In unseren Heften stand als erster Punkt das Frühstück gegen 9 Uhr.«

»Kann nicht sein«, antwortet Kylian und erhebt sich zwischen zwei Frauen. Verdammt, das fängt gut an; mir fällt Krestens durchtriebener Blick auf und ich gehe auf ihn zu.

»Solltest du den Plan für sie geändert haben, wirst du heute keine Frau abbekommen, das verspreche ich dir, Kresten«, gehe ich meinen Freund mit einem finsteren Blick an und stoße kurz gegen seine Brust. Ich kenne seinen Plan. Er hat ihr Programm geändert, um nicht an der Versammlung teilnehmen zu müssen, weil sie ihm zu öde und unwichtig erscheint, um so Dakota selbst zu »holen«. *Clever, nur kenne ich Krestens durchtriebene Pläne mittlerweile zu gut.*

»Ich hole sie, während du hierbleibst. Kyl, ich bin gleich zurück, du darfst mit der Vorstellung beginnen«, weise ich ihn an. »Wenn ich etwas Wichtiges verpasst haben sollte, informiert mich einfach«, beschließe ich.

»Ich komme mit, ich muss mir diese albernen Vorstellungen nicht geben.« Kresten versperrt mir tatsächlich die Tür.

»Nein, das denke ich nicht. Du darfst gern zuhören, was die anderen Frauen zu erzählen haben, während ich die Hälfte verpassen werde, dank dir!«, knurre ich ihm entgegen, dränge ihn zur Seite und hole Dakota lieber selbst, bevor Kresten sie in seine Räume verschleppt und flachlegt.

»Ahr! Fein, dann hol sie selber«, entgegnet er mir mürrisch und kneift seine Augen verärgert zusammen, bevor er sich umdreht und seine Lederjacke über einen Stuhl wirft. Die anderen Frauen: Sarah, Zynthia und July, deren Namen ich mir merken konnte, schauen mir fast enttäuscht entgegen, und ich höre ihr Gemurmel.

»Sie muss immer ihren Extra-Auftritt haben …«

»Jetzt wird Damian nicht bei der Vorstellung dabei sein, bloß weil eine fehlt … Ärgerlich.«

»Nein, sie zieht eine Show ab, um sich einen Vorteil zu verschaffen, da bin ich mir sicher. Warum nur bin ich nicht selbst auf die Idee gekommen …?«

Ihnen würde ich zustimmen, wenn Kresten nicht hinter der Sache stecken würde. Mit schnellen Schritten laufe ich zum Lift und fahre ein Deck runter zum Hauptdeck, auf dem die Damen wohnen. Unruhig fahre ich durch mein Haar. Als ich aussteige, gehe ich die Namen auf den Türen durch und erreiche im hinteren Teil des Schiffs ihre Kabine.

Zuerst klopfe ich an, aber als ich keine Antwort erhalte und mir bereits der Gedanke, sie könnte sich auf dem Schiff umsehen, durch den Kopf geht, schiebe ich die Tür auf. Nur leider befindet sich direkt hinter der Tür etwas Schweres.

»Zum Teufel, was ist das?«, knurre ich, als ich aus den Augenwinkeln Stewards und eine Person der Security erkennen kann, der mich im Visier behält. *Warum? Haben sie nicht die Anweisung, auf den Außendecks zu sein?*

»Chessa, verdammt, mach die Tür auf«, fordere ich von ihr, bis ich meine Schulter gegen die Holztür lehne und die Tür aufgeschoben bekomme.

Wer – verdammt noch mal – stellt einen Koffer hinter die Tür?

Als ich mich im Raum befinde, sehe ich mich um und kann braunes langes zu einem Zopf zusammengebundenes Haar auf dem weiß bezogenen Bett vor mir erkennen. *Sie schläft? Jetzt? Und hat mich nicht gehört?*

Leise schließe ich die Tür hinter mir und gehe über den hellen Teppich, der meine Schritte erstickt, auf das große Bett zu. Zwiegespalten, ob ich sie wecken oder lieber schlafen lassen sollte, umrunde ich das Bett. Mein Blick fällt auf ihr helles, weiches Gesicht, das halb unter der Bettdecke vergraben ist; ich fahre über meine Stirn und kann nicht glauben, was ich sehe. Mit leicht geöffnetem Mund höre ich sie keuchend atmen, als sei sie in Eile, Strähnen fallen über ihre Wange, und während ihre linke Hand locker auf dem Laken liegt, umfasst die andere ihre Decke, als würde sie sich daran festkrallen. Leise höre ich sie etwas murmeln, aber verstehe kein Wort. Spricht sie etwa französisch?

9. KAPITEL

Von einem Schatten, der sich vor mir bewegt, aufgewacht, öffne ich langsam die Augen und blinzle gegen die hellen Sonnenstrahlen, die durch das zugezogene Fenster direkt auf mein Bett fallen, bis ich eine dunkle Kontur an der Wand direkt neben dem Fenster erkenne.

Es erinnert mich an den Schatten, den ich im Traum gesehen habe, der hoch über mir auf einer Brücke zu erkennen war, bevor er eine Sekunde später dicht vor mir stand – so nah, viel zu dicht. Ich konnte kein Gesicht erkennen, nur Umrisse einer Waffe. Sofort bin ich losgerannt. Gerannt … immer schneller, doch ich konnte mich keinen Meter vorwärts bewegen, der Tunneleingang hinter mir entfernte sich nicht, die Bäume zogen nicht an mir vorbei. Ein Blick über meine Schulter verriet mir, dass die Person hinter mir stehen blieb und dunkel lachte. »Wo willst du hin, Cadena? Du kannst dich nicht verstecken.« Die Stimme ist rau und erinnert mich an jemanden, aber ich kann sie keiner Person zuordnen.

Allmählich verschärft sich mein Blick, mein Herz pocht auffällig laut, als ich dunkelblondes Haar und hellgraue Augen über mir erkenne. In einem Anzug geht er neben mir in die Knie. *Wo bin ich?*

»Habe ich was verpasst?«, murmele ich und denke im ersten Moment, es wäre Harry neben meinem Bett, weil ich nur einen Anzug erkenne.

»Allerdings. Während du, Cinderella, schläfst, befinden sich die anderen Damen ein Deck über dir und stellen sich vor«, erkenne ich die Stimme von Damian Garner. *Nein, das kann nicht sein.*

»Nicht wahr, oder?«, fluche ich laut und fahre im Bett hoch. Kurz schwankt der Raum um mich, bevor ich begreife, mich auf einer Yacht zu befinden. Blaues Meer glitzert hinter Damian, das ich vom Fenster aus erkennen kann. »Verflucht, das kann nicht sein. Ich glaub, ich träume.«

»Es ist so, glaub es mir, sonst würde ich mich nicht in deiner Gästesuite befinden.« Sein spöttischer Blick verfolgt meine Versuche, wach zu werden, als ich die Decke zurückschlage und nur in Unterwäsche aus dem Bett steige.

»Gib mir fünf Minuten, dann bin ich fertig.« *Scheiße, verflucht, wie soll ich die Zeit aufholen!* Die versilberte Uhr über der Tür zeigt Viertel nach acht an. Wenn ich raten dürfte, wollten sich alle um acht treffen. *Aber wo?* Schnell husche ich zu meinem Koffer, in dem ich nach frischen Kleidungsstücken suche, als es an der Tür klopft und ich bei dem Geräusch zusammenzucke.

»Wer ist das? Findet die Versammlung jetzt in meinem Zimmer statt?«, frage ich ihn und erwische Garner, wie er auf mich zugeht und dabei von meinem Hintern zu meinem Gesicht aufblickt.

»Woher soll ich das wissen? Vielleicht solltest du deinen Koffer von der Tür wegräumen? Dann würden wir es erfahren«, bringt er mit einem charmanten Lächeln hinter mir hervor, während seine Blicke weiterhin auf meiner nackten Haut kleben.

»Danke, dass du mir deine Hilfe anbietest, ihn für mich wegzutragen.« Mit der Hand deute ich auf den Koffer auf dem Teppich und schmunzele Garner entgegen.

»Sei nicht albern. Ich trage rein gar nichts von dir. Du hast ihn so geschickt vor die Tür geschoben, dann rücke ihn auch wieder zurück.«

»Ah!«, fahre ich ihn an und tippe mit dem Zeigefinger auf seine Brust. »Und wie ist der Herr in mein Zimmer gekommen? Oder bist du eine Erscheinung von dem eingebildeten Zwill…« Wieder klopft es.

»Wo bleibt ihr?«, erkenne ich die männliche Stimme von … *Kylian?*

»Ich bin gerade dabei, Dakota zu erziehen, die nichts Besseres zu tun hat, als unsere Regeln zu missachten, frech zu werden und ihre Zimmertür vor uns zu versperren«, antwortet Garner über mir und schaut dann mit einem berechnenden Grinsen auf mich herab. *Eingebildeter Esel!*

»Wenn du einen Schlüssel willst, Dakota, dann solltest du ihn dir verdienen.« Höhnisch hebt er eine Augenbraue, bevor er an meinem Koffer vorbeigeht, ihn beiseiteschiebt und die Tür öffnen will.

»Nein!«, protestiere ich. »Du lässt ihn nicht rein.«

»Aber sicher werde ich das tun.« *Was soll der Schwachsinn?* Warum habe ich die Versammlung verschlafen, von der ich nichts wusste? Warum sind jetzt die Männer bei mir, statt die anderen Frauen zu beglücken? Schnell umfasse ich selbstsicher Damians Mitte und ziehe ihn von der Tür zurück.

»Du lässt ihn nicht rein, verstanden!«, fauche ich seinem Rücken entgegen, während er die Hand zum Türknauf ausstreckt.

»Und du sollst mich nicht anfassen, wenn ich es dir nicht erlaube«, knurrt er mir über die Schulter entgegen, aber öffnet wirklich die Tür, sodass Kylian etwas verblüfft von Damian zu mir blickt.

»Interessant, was treibt ihr hier?«, erkundigt er sich und schaut an mir vorbei zum Bett. »Sag nicht, du bist schon mit ihr fertig? In zehn Minuten?«

»Das zerwühlte Bett hat die verzogene Prinzessin selber

hinbekommen, als sie hier ihren Schönheitsschlaf abgehalten hat. Lass los, Chessa!« Ich lockere meine Hände um seine Mitte und klopfe ihm auf die Schulter, obwohl ich ihm ganz woanders hinschlagen würde.

»Gut ich habe verschlafen, das haben nun alle gesehen. Wenn ihr beide nun gehen würdet, damit ich mich umziehen kann, wäre ich euch sehr verbunden.« Ich drehe mich um, hebe lässig meine Hand und gehe zum Schrank, damit sie endlich mein Zimmer verlassen.

»Zuerst höre ich eine Entschuldigung«, antwortet mir Damian mit einem finsteren Blick, während Kylian mit seinen Augen meinen Körper entlangwandert, was ich aus den Augenwinkeln beobachten kann.

»Im Leben erhältst du keine Entschuldigung von mir. Warum sollte ich das tun?«, frage ich ihn schnippisch, schiebe die Schranktür auf und angele mir meine vorhin schon getragenen Hosen und mein Top aus dem Schrank, weil ich noch nicht zum Auspacken gekommen bin.

Doch noch bevor ich nach der Hose greifen kann, werde ich von hinten hochgehoben und alles vor meinen Augen verdunkelt sich. Reflexartig hebe ich meine Hände zu der Augenbinde. Als ich den Stoff ertasten will, greifen Hände um meine und ziehen sie zurück.

»Was soll das werden? Bloß weil ich mich nicht entschuldige?«, frage ich, suche mit den Fingern nach ihrer Kleidung, ihren Gesichtern und Händen, als ich spüre, wie ich aus meinem Raum getragen werde. »Ich kann selber gehen. Wohin bringt ihr mich?«

»In den Kerker, Dakota«, antwortet Kylian mit einem leisen amüsierten Schnauben. »Oder nein, vielleicht sollten wir dich auf dem obersten Deck festbinden, damit du lernst, wie du mit uns zu reden hast.«

»Was für eine schwachsinnige Idee. Es ist kurz nach acht Uhr, verdammt kalt auf der See und …«

»Nicht mehr, es dürften wohl um die 18 Grad sein. Warte, öffne die Tür, Kyl«, erkenne ich Damians Stimme, bevor ich mit Schwung über eine Schulter geworfen werde, sodass ich nach Luft schnappe. *Nein! Wohin bringen sie mich?* Harry oder John sehen mir sicher zu … Nur wenn ich nicht unser ausgemachtes Codewort »ma mère« rufe, werden sie nicht einschreiten, das war unsere Vereinbarung. Und das Wort wird sicher nicht über meine Lippen kommen.

»Oh, ihr wollt spielen? Leider habt ihr euch den falschen Moment ausgesucht, denn wenn ich noch nicht länger als eine Viertelstunde wach bin, kann ich unausstehlich sein.«

»Tatsächlich? Das stört uns nicht, nicht wahr, Damian?«, höre ich Kylian lachen, der über meinen nackten Po streichelt, weiter über meinen Rücken und dann mein Gesicht umfasst. Ich muss von Damian getragen werden, weil ich Kylians Duft vor mir erkennen kann. Kurz bleiben wir stehen, und Lippen küssen meine, reiben zuerst zärtlich über meine Mundwinkel, bevor jemand in meinen Nacken greift und mich näher an sein Gesicht zieht. Ich spüre eine Nase neben meiner, Bart über meine Wange kratzen und zugleich Finger über meinen Po wandern, die meinen Slip zur Seite schieben.

»Nimm es nicht persönlich, mein Herz, aber du solltest mich kennenlernen. Du hast gezeigt, wer du bist, nun bin ich dran. Es wird dir gefallen«, erkenne ich Damians amüsierte Stimme.

»Was gefallen?«, frage ich, als ich mich schnell von den Lippen löse.

»Das hier.« Ich höre eine Tür in ein Schloss fallen, als ich auf etwas Weichem abgelegt werde, sich dann etwas zuerst Festes, Breites, das sich kühl anfühlt, um meine Gelenke legt, dann um meine Füße. *Oh nein, sie wagen es nicht, mich zu fesseln.* In welchem Raum bin ich überhaupt? Unruhig recke ich meinen Kopf, um so Licht zu suchen, um herauszufinden, in welchem Raum ich mich befinde.

»Weißt du, Dakota, um Missverständnissen aus dem Weg zu gehen: Ich wollte dich nicht auf die Yacht mitnehmen«, höre ich Damians raue Stimme, die sich hinter mir befindet, als Hände – vermutlich von Kylian – meine in Manschetten gelegten Handgelenke über meinen Kopf heben und ich Haken einrasten höre. Ich lasse sie nur gewähren, um zu sehen, wie gut sie darin sind, mehr nicht, denn sie würden mich nicht festhalten. Oder doch?

»Wolltest du nicht, Garner? Wieso glaube ich dir das nicht? Dir hat unsere erste Begegnung gefallen«, bringe ich mit einem Schmunzeln hervor.

»Jetzt sei etwas freundlicher zu ihr, Damian«, antwortet Kylian direkt vor meinem Gesicht, sodass ich seinen warmen angenehmen Atem auf meinem Gesicht spüren kann. »Ist es so für dich auszuhalten?«, fragt er mich, während ich blind hochschaue, aber nicke. »Nicht jede war im ›Noir et Blanc‹, sonst würden wir den Versuch nicht mit dir wagen. Aber wenn du uns so offenkundig deine Erfahrungen hast mitteilen können, kann es dir nur gefallen. Damian«, ruft er nach seinem Freund.

Sie kennen den Club? Waren sie dort ebenfalls? Ich bin davon ausgegangen, auf ein Fragezeichen in ihren Köpfen zu stoßen, wenn sie davon in meinen Dokumenten lesen würden.

»Ah, bei den anderen Frauen wollt ihr euch auf diese Weise nicht vorstellen? Mich aber legt ihr sofort in Manschetten und hängt mich auf?«, frage ich spöttisch.

»Du wirst es lieben, mein Herz. Nun, wo war ich stehen geblieben?«, geht Damian meiner Frage aus dem Weg, meine

Handgelenke werden mit einer klirrenden Kette verbunden und über meinem Kopf hochgezogen, sodass ich nur noch auf den Zehenspitzen auf dem weichen Teppich stehe. »Sieht schon viel appetitlicher aus, findest du nicht auch, Kyl? Am besten, wir erzählen Kresten nichts davon, damit er kein weiteres Mal Frauen vor uns auswählt.«

»Was soll das bedeuten?«, frage ich und drehe meinen Kopf nach hinten, als Finger über meinen Rücken streicheln, ein angenehmer Schauder über meinen Rücken wandert und sich Gänsehaut über meinen Körper zieht. So sanfte Berührungen in der Fesselung sind eine Mischung aus Feuer und Eis, zusammen wunderschön. Dann wird mein Slip heruntergezogen, Lippen legen sich auf meine und Hände wandern von meinem Bauch aufwärts zu meinem Rücken, um meinen trägerlosen BH, wie ich ihn meistens trage, zu öffnen.

»Es soll bedeuten, dass Kresten dein Programmheft wie auch das deiner Freundin leicht abgeändert hat, um euch einen netten Besuch abzustatten. Doch nun sitzt er bedauerlicherweise mit neunzehn Frauen in einem Raum fest und darf sich die Vorstellungen von ihnen anhören«, lacht Damian hinter mir, Finger streichen durch meine Pospalte, bis sich ein angenehmes Ziehen in meinem Becken ausbreitet.

»Irgendwie finde ich die Vorstellung sehr amüsant. Neunzehn Frauen und keine kann er flachlegen. Ironie des Schicksals würde ich sagen«, antwortet Kylian, als er sich von meinen Lippen löst, mir dann einen Kuss auf die Wange gibt und seine Hände über meine Brüste wandern. Sofort ziehen sich meine Brustwarzen zusammen, während ich von hinten am Becken angehoben werde und meine Füße auf etwas Weichem, Höherem stehen, was eine Art Hocker oder Bank sein muss.

»Nicht bewegen, Chessa«, befiehlt mir Damian. »Ansonsten stürzt du ab.«

»Stimmt nicht. Er spielt nur gern mit den Ängsten der Frauen«, raunt mir Kylian zu, sodass ich schmunzele. *Er wird noch erfahren, wie es sich anfühlt, wenn ich wieder mit ihm spiele – wenn ich mit ihm fertig bin.*

Mit seinen Händen schiebt er meine Fußknöchel auf dem Hocker auseinander. Es muss eine mit Stoff bezogene Bank sein, breiter als ein Hocker, doch nun höre ich Haken einklinken.

»Du hast meine Füße nicht an dem Hocker befestigt!«, fahre ich Damian an, als ich nur ein spöttisches Schnauben höre.

»Nein, wie kommst du nur auf so was, mein Herz? Achtung.« Idiotische Fragen bekommen eben dumme Antworten. Mit einem Ruck wird die Bank unter meinen Füßen zurückgezogen, Finger halten meine Knöchel fest und im gleichen Zug drücke ich automatisch meinen Rücken durch. Mein Becken ist so nach hinten gerückt, dass ich die Finger um die Kette, die über mir angebracht ist, klammere, um den Halt nicht zu verlieren – den ich theoretisch nicht verlieren kann. Durch die gespreizten Beine kann Damian nun mit mir machen, was er will.

Etwas perplex, mich so schnell in dieser misslichen Lage zu befinden, kribbelt es voller Erwartung in meinem Bauch, und zugleich breitet sich die Sehnsucht nach einer bittersüßen Rache, die ich an beiden ausüben werde, umso mehr in meinem Kopf aus. Nicht mehr lange und ich werde diejenige sein, die Garner mit einem Lächeln auf den Lippen von der Bettkante stößt – genauso wie er es bei den Frauen zuvor getan hat.

Lippen saugen an meinen Brustwarzen, zuerst liebevoll, dann fester, sodass ich keuche, während eine Zungenspitze und Finger meine Pussy erkunden, die mit ihrem verräterischen Pochen mein Verlangen ankurbelt. Völlig blind atme ich den Duft von Kylian ein, der sich mir am Nächsten befindet. Sein Duft ist warm, sportlich und rauchig.

»Ihr scheint unsere kleine Entführung zu gefallen, denn ihre Pussy kann es kaum erwarten, gevögelt zu werden, Kyl«, sagt Damians Stimme hinter mir, sodass ich den Kopf schüttle.

»Nicht von dir!«, bringe ich instinktiv hervor, weil ich sofort an Mary denken muss, wie er sie benutzt hat. *Bei Nero, um jetzt einen Rückzieher zu machen, ist es wohl zu spät.* Er weiß nicht, wer ich bin, ansonsten hätte er sicher mehr Achtung.

»Dann von mir. Pech für dich, Damian. Ich sage dir ja immer wieder, es zahlt sich aus, die Damen wie Ladys zu behandeln, nun darfst du ihre Pussy nur vorwärmen, während ich sie vögeln darf«, muss Kylian vor mir lachen und ein genervtes Stöhnen ist hinter mir zu hören.

»Vielleicht überlegt sie es sich noch mal.« Kaum hat Damian die Worte gesagt, verteilen Finger Feuchtigkeit über meine Klit, die mich bei jeder der Berührungen keuchen lässt. Ich beiße auf die Zähne, um mir nichts anmerken zu lassen, aber Kylians Worte an meinem Ohr: »Du brauchst deine Lust nicht zu verbergen, denn ich weiß, wie gut Damian ist«, lassen mich ungebremster stöhnen.

Nachdrücklicher umspielen Damians Finger meinen Kitzler, seine Zunge drängt meine Schamlippen auseinander und taucht in mich ein. Himmel, er fickt mich mit seiner Zunge, während Kylian fest an meinem Hals saugt, seine Hände über meine Rippenpartie wandern, als sei ich sein Besitz, und meine Brüste massiert – dabei in Abständen meine Brustwarzen mit Daumen und Zeigefinger zwirbelt. Sofort wandert der prickelnd beißende Impuls in mein Becken, und ich spüre, wie ich feuchter werde. Warum nur muss mein Körper so verräterisch reagieren wie schon im Park beim »Eight Nights«?

»Gott«, bringe ich halb keuchend, halb fluchend hervor, weil ich damit niemals gerechnet habe.

»Ah, sie knickt ein und lässt sich fallen. So ist es gut, Chessa. Blende deine Gedanken aus, und genieße, was wir mit dir machen.« Damian zieht sich von mir zurück und streichelt mich nur flüchtig zwischen meinen geschwollenen Schamlippen. *Nein, wenn er aufhört, dann … Atme gleichmäßig durch und versuche wieder die Kontrolle zu bekommen* – motiviere ich mich gedanklich, als jemand nach meinem Zopf greift und meinen Kopf nicht zu derb zurückzieht.

»Leg es ihr um, wenn sie zustimmt«, befiehlt Damian hinter mir, dann höre ich Metall aufeinanderschlagen.

»Was zustimmen?«, frage ich ihn und kann meinen Kopf in seinem Griff nur etwas drehen.

»Wenn ich die Ehre habe, dich zu vögeln, darfst du als Einzige ein Halsband von mir tragen. Leg es ab, wann du möchtest, aber nur du wirst es tragen. Also? Wie lautet deine Entscheidung?«, fragt er mich fast schmeichelnd, während eine Hand mein Haar festhält, die andere wieder über meine Klit streichelt, sie umkreist und seine Finger erneut in mir eintauchen. Bei jeder Berührung zittern meine Oberschenkel unkontrolliert. Welch hinterlistiges Abkommen.

»Glaubst du tatsächlich, du kannst mich mit einem billigen Halsband kaufen, Garner?«

»Falsche Antwort«, höre ich seine verärgerte Stimme knurren, als sich seine Finger augenblicklich aus mir zurückziehen, meine Haare freigegeben werden und ein Schlag mit der bloßen Hand meine rechte Pobacke erwischt, die himmlisch heiß brennt.

»Verdammt!«, rufe ich und zerre an den Fußmanschetten.

»Nimm es ihm nicht übel. Er ist es nicht gewohnt, abgelehnt zu werden«, flüstert mir Kylian mit einem leisen Lachen ins Ohr, bevor er in mein Ohrläppchen beißt und es langsam zwischen seinen Zähne zieht. »Dann werde ich tauschen. Ihr solltet euch aussprechen.«

Schon ist Kylian vor mir verschwunden. »Was? Ich will nicht mit Garner reden, der mich nicht an Bord haben will, bloß weil er keine Demütigung vertragen kann«, zische ich, als Hände meine Wange umfassen.

»So, du willst schweigen? Mir ist es sogar lieber, Chessa. Kylian, fang an, dass sie ihre Zähne auseinanderbekommt«, raunt mir Damian entgegen, streichelt fast liebevoll über meine Wange. Ich höre das Klappern einer Gürtelschnalle, dann Sachen leise zu Boden fallen. Die Vorstellung von Warren, dem Warren, dem Berge nicht hoch genug sein können, Seen nicht tief genug, Schluchten nicht gefährlich genug und Wellen nicht halsbrecherisch genug sein können, mich gleich ficken wird. Mich.

Eine Schwanzspitze streicht über meine Schamlippen, drängt sie langsam auseinander, während Kylians Hände meine Pobacken auseinanderdrücken, ich etwas Feuchtes fühle. Mit dem Daumen massiert er meinen Anus in einer kreisenden Bewegung.

»Denn ich höre ungern Lügnerinnen zu, Dakota. Aber sie beim Sex zu befragen, wenn sie gefangen in Fesseln sind, macht mir am meisten Freude, weil sie plötzlich in ihrer Hilflosigkeit so gesprächig sind«, erklärt er mir, bevor seine Lippen meine Mundwinkel küssen.

»Dir war es am Freitag noch egal, wer ich bin«, keuche ich, als erst ein, dann zwei Finger in meinen Anus eindringen, sodass ich zittere, mich aber weiter an der Kette festhalte. In weichen Stößen dehnen sie mich, während Kylians praller Schwanz, den ich nicht sehen kann, über meine Klit reibt.

»Vorgestern war vorgestern, heute ist heute, mein Herz.« Mit seinen Zähnen zieht er meine Unterlippe quälend langsam zu sich, während Kylian sich Zeit lässt, Stück für Stück kühle Kugeln in meinen vorgedehnten Anus zu schieben. Bei seinen Berührungen krümme ich meine Fußzehen in das weiche Polster der Bank, aber strecke ihm meinen Arsch entgegen, damit er weitermachen kann. Er ist wirklich vorsichtig und geduldig – sicher weiß er von meiner Vorliebe dank der Dokumente. Doch woher hätte ich ahnen können, wie weit sie gehen? Wie weit sie bereits am ersten Tag der Reise gehen würden?

»Sie ist wirklich gut dabei«, höre ich Kylian, als er das Analtoy in mich eingeführt hat, so, dass ich es spüre, es mich aber nicht unangenehm stört. Ganz im Gegenteil, weil es noch mehr meine Lust ankurbelt. *Bloody, fick mich endlich, Warren, auch wenn ich sein Prachtstück nicht sehen kann, aber verdammt noch mal spüren will* – denke ich, ohne meine Worte laut auszusprechen.

»Das bist du wirklich«, gibt Damian seinem Freund recht. Küsse bedecken meinen Hals, bevor ich Zähne um meine Brustwarzen spüre, die herrlich prickeln. Mein Keuchen wird lauter, als Kylian hinter mir seine Eichel von meiner Klit nimmt und sie langsam in mich eintaucht. Eine angenehme Hitzewelle breitet sich in meiner Magen- und Beckengegend aus, als ich seinen Schwanz in mich eindringen spüre, zugleich jede einzelne Kugel in meinem Anus, durch seine Bewegung ausgelöst, wahrnehmen kann.

»Verflucht …«, wimmere ich fast vor Verlangen.

»Er ist gut, nicht wahr?« *Gott im Himmel, er ist perfekt* – würde ich laut stöhnen, weil er weiß, was er macht, und das so schonend.

Ich nicke bloß und lege meinen Kopf in den Nacken, bevor Kylian seinen Schwanz komplett in mich gestoßen hat und mich dehnt. Langsam zieht er sich zurück und dringt in immer schneller werdenden Bewegungen in mich ein. Ich weiß, dass Warren groß ist, nicht aber, wie groß sein Phallus ist – den ich nur spüren kann, der mich komplett ausfüllt. Mit jedem Stoß bewegt er die Kugeln in mir, während Damian lose Haarsträhnen hinter mein Ohr schiebt und mit den Händen über meinen Körper streichelt. Dann ist er fort.

Ich kann ihn weder hören noch seinen Duft von Sandelholz riechen. Doch mir ist es gleichgültig, weil mich Kylian weiter von hinten nimmt und seine Fingerspitzen in Kreisen über meine Klit reiben.

»Du fühlst dich wahnsinnig gut an, Dakota«, höre ich Kylian keuchen. »Heftig, sie vögelt sich in dieser Stellung besonders geil.«

»Das nächste Mal werde ich es testen, ganz sicher«, antwortet Damian. *Im Leben nicht!*

Ich keuche und winde mich in den Fesseln, die mir Halt geben, als weiter auf das Gespräch der Männer zu hören. Viel zu lange ist es her, dass ich solchen Sex hatte, und bei Nero, ich werde jede Minute genießen, die sie mir schenken.

Mein Becken schiebe ich Kylian weiter entgegen, der meine Hüften umfasst, damit er tiefer in mich eindringen kann. Mein Körper steht so unter Strom, dass ich lauter stöhne, meine Augen unter der Augenbinde schließe und mich ihm so hingebe. Als Kylians Schwanz in mir zuckt, vermischt sich sein lautes Knurren mit meinem Stöhnen, die Hitze rauscht durch meinen Körper und meine Beine zittern von dem Orgasmus. Kylian kommt in mir. Meine Klit und Schamlippen fühlen sich überreizt und geschwollen an, dass sie mich bei jeder noch so leichten Berührung wimmern lassen.

In dem Moment schätze ich die Fesseln, weil ich ohne sie

zusammengesunken wäre. Schnell atmend lächele ich, bevor ich etwas nah an meinem Ohr klicken höre.

»Bezaubernd, dir zuzusehen, wie du dich fallen lässt. Das kann nicht jede Frau, aber du …«, haucht mir Damian fast schmeichelnd und zärtlich entgegen. Erst jetzt spüre ich das kalte Metall auf meiner Haut. Kylians Schwanz zieht sich gleichzeitig mit den Analkugeln aus mir zurück. Bei jeder seiner Bewegungen zittere ich erneut, auch während Kylian mir einen Kuss auf meinen Hintern gibt.

»Ich habe meine Favoritin jetzt schon«, höre ich Kylian hinter mir sagen.

»Wie bitte? Du wolltest die Blonden – wie hießen sie? –, ah Cathy und Alexis testen. Warum Dakota?«, fragt Damian Kylian fast vorwurfsvoll, was ich nicht verstehen kann.

Als ich meinen Hals etwas drehe, spüre ich, dass ich ein Halsband trage.

»Bei allem, was mir heilig ist, nein, du hast mir nicht doch ein Metallband umgelegt?«, frage ich Damian, der vor mir verschwunden ist, weil ich beide hinter mir reden höre.

»Ich werde sie auch testen, aber ich hab gesehen, wie sie sich hingibt und nicht verkrampft, nur alles über sich ergehen lässt. So was findet man nicht oft. Du merkst vielleicht keinen Unterschied, ich schon.«

»Was findet ihr an ihr?«, raunt Damian ihm entgegen und ich rolle mit den Augen. »Warum legt sich sowohl Kresten als auch du dich schon heute fest, obwohl die Reise erst seit vier Stunden begonnen hat?«

»Es wäre sehr freundlich von euch, wenn ihr mich losbinden würdet und ich etwas sehen könnte«, mische ich mich ein. »Und im Anschluss werden mir *alle* Fesseln abgenommen«, bestimme ich.

»Klar, ich helf dir.« Schon ist Kylian vor mir und öffnet die

Fesseln um meine Gelenke, während Damian mich mit dem Hocker vorschiebt, die Manschetten um meine Knöcheln löst und mich langsam mit einem Griff um die Taille auf den weichen Teppichboden absetzt. Erst jetzt wird die Augenbinde von mir abgenommen.

Der Raum liegt bis auf zwei gedimmte Wandleuchten im Dunkeln. Die schweren dunkelblauen Vorhänge sind zugezogen und ich sehe rechts neben mir ein großes Bett stehen. Insgesamt ist der luxuriös eingerichtete Raum viel größer als meiner, geht in einen weiteren Raum vor und hinter mir über. Da die Tür nur angelehnt ist, erkenne ich nur Bruchstücke eines Sesselrückens. *Ich befinde mich im Schlafzimmer von einem der beiden.*

»Du hast ihr das Halsband umgelegt?«, fragt Kylian komplett nackt vor mir und zieht seine dunklen Augenbrauen zusammen. Da durch die Schatten im Raum nur Konturen auszumachen sind, aber nicht alles genau zu erkennen ist, kann ich bloß ansatzweise Kylians durchtrainierten athletischen Oberkörper und seine dunklen tätowierten Ringe um seine Unterarme betrachten. Verflucht, mein Tattoo.

Mit einer Hand halte ich das Tattoo bedeckt und finde neben mir meinen Slip vor, den ich zügig, aber leicht wankend überstreife. Kaum habe ich mich erhoben, greift Kylian nach meinen Schultern und dreht mich zu Damian, der nur oberkörperfrei nach seinem Hemd, das über dem Bett liegt, greift.

»Löse es von ihr, bevor die Frauen davon erfahren.«

»Nein, Kyl. Ich will, dass sie es trägt. Wann sie es ablegt, ist ihre Entscheidung.«

»Wirklich?«, hake ich nach und verschränke meine Arme unterhalb meiner Brüste.

»Wirklich«, wiederholt Damian trocken, streift sein Hemd über und mustert meine Brüste länger mit einem schiefen Grinsen, als mein Blick über seinen Oberkörper wandert, weiter zu seiner etwas tief sitzenden Hose, unter der ich den Bund seiner schwarzen Shorts erkennen kann.

»Dann nimm es jetzt ab. Ich bin nicht dein Eigentum.«

»Wenn du jetzt von mir gevögelt werden willst, gerne.« Spöttisch hebt er eine Augenbraue und neigt seinen Kopf mit einem triumphierenden Grinsen zur Seite. Erst dann schaut er zu Kylian, der mich freigibt.

»Ein Spiel? Sie soll so lange das Halsband tragen, bis sie zustimmt, mit dir zu schlafen?«, fragt Kylian perplex und schlüpft neben mir in seine Hose. »Dann hoffe ich, du hast einen Schal dabei, Dakota, denn das Halsband fällt auf. Sehr sogar«, sagt Warren, bevor er sich vor mich stellt und mein Kinn anhebt, um es näher zu betrachten.

»Es wird aber kein Grund sein, dich nicht öfter zu treffen.« Seine Worte klingen fast so, als wollte er mich trösten. Mit einem Zwinkern küsst er meine Lippen, und schon im nächsten Moment hat er die Räume verlassen. Allein mit Damian, dem ich einen finsteren Blick zuwerfe, greife ich nach meinem BH, der auf dem hellen Teppich liegt, und will sein Schlafzimmer verlassen. Ich komme nicht weit, als mir ein Arm den Weg zur Tür versperrt.

»Nicht so schnell, mein Herz«, hält mich Damian mit einem amüsierten Lächeln auf, sodass ich in seine graublauen Augen aufsehe. Seine Hand streichelt meinen linken Arm entlang. »Es ist ein Spiel, vergiss das nicht.«

»Wie sollte ich das vergessen, Herzensbrecher?«, antworte ich ihm mit einem Schmunzeln. »Ich werde mich an die Regeln halten, doch von dir flachlegen lassen …?« Ich ziehe mit einem berechnenden Lächeln die Augenbrauen zusammen.

»Vorerst nicht, Casanova. Mir reichen deine Freunde. Au revoir!«, verabschiede ich mich von ihm, schiebe seinen Arm beiseite und öffne die Tür.

Im Gang schaue ich mich um. Hoffentlich erwischt mich keine Rivalin nur in Unterwäsche bekleidet auf dem Ownerdeck. Aber kann mir das nicht egal sein? Und wie egal mir das sein kann! Er wird mich niemals flachlegen, weder mit Spielchen noch mit schwachsinnigen Regeln oder unglaubwürdigen Versprechungen.

Kresten

Wahnsinnig spannend, was Katelyn mir und den anderen zu erzählen hat. Von ihren Großeltern, die angeblich schon den Zweiten Weltkrieg miterlebt haben und aus nichts eine Hotelkette aufgezogen haben, darüber wollte ich weniger wissen als über ihre Vorzüge im Bett. Nennt mich gelangweilt, aber ein Blick auf meine Uhr zeigt mir, dass ich endlich in drei Minuten von dem Gefasel erlöst werde.

Plötzlich geht hinter mir die Tür auf. Kylian erscheint mit einem breiten Grinsen im Versammlungsraum – der endlich für das Frühstück eingedeckt wird –, als hätte er gerade eine gute Nachricht erhalten.

Einige Frauen drehen sich nach ihm um, und sogar Damian lässt sich endlich wieder blicken. *Halleluja, wurde auch Zeit!*

»Was soll der Scheiß? Wo wart ihr die gesamte Zeit?«, frage ich beide, die links und rechts neben mir Platz nehmen. Damian fährt sich durch sein Haar und wirkt etwas abgelenkt, während sich Kyl auf der Tischplatte aufstützt und die Frauen uns gegenüber am Tisch mustert.

»Eine Frau glücklich machen«, raunt mir Kyl so leise zu, dass es die anderen Frauen nicht hören können.

Wenn es das ist, was ich denke, vierteile ich sie. »Ihr habt nicht gerade … während ich hier mit den Damen zusammensitze, Dakota gevögelt?«

»Ich nicht. Kyl schon«, korrigiert mich Damian mit einem finsteren Blick, bevor die Tür erneut aufgeht und Chessa in einer Jeans, hohen Stiefeletten und einem dunkelvioletten Top den Saal betritt. Das schwarze Tuch um ihren Hals rückt sie kurz zurecht, bevor sie giftig in Damians Richtung blickt, der plötzlich schief grinst.

Was geht hier ohne mich vor!

Isy, ihre Freundin, winkt sie zu sich an die eingedeckte Tafel, neben der die Angestellten in der Zwischenzeit ein Büfett an der Wand aufgebaut haben.

»Schau ihre geröteten Wangen an. Sie hat Farbe bekommen«, stellt Kyl mit einem leisen Lachen fest und schiebt seine karierten Hemdärmel zurück.

»Die hätte sie von mir bekommen müssen«, knurrt Damian hinter meinem Rücken gebeugt Kylian entgegen. »Das nächste Mal wird sie sich nicht so zieren.«

Das nächste Mal? Okay, sie ziehen hier ohne mich ab, legen Chessa, die nur meinetwegen auf dieser Yacht ist, flach, und jetzt regeln sie bereits die Termine, wer sie zuerst bekommt? *Nein, so läuft das nicht. So läuft das sicher nicht ab!*

»Stopp! Wenn sie als Nächstes gefickt wird, dann von mir, in Begleitung ihrer Freundin. Bevor ihr mich das nächste Mal hier sitzen lasst und du die Kleine holen willst, während Kyl angeblich dich holen will, gehört sie mir – damit das klar ist.« Mein verärgerter Unterton ist kaum zu überhören.

»Sie vögelt sich gut, Kresten«, ergänzt Kyl neben mir. »Während Damian nur zusehen durfte.« Er lacht neben mir, während ich nach meinem Teller greife, kurz zu Dakota blicke, die sich mit ihrer Freundin unterhält, und dann aufstehe.

»Ihr Verräter!«, knurre ich und gehe auf das Büfett zu, um eine große Portion von *Bacon and Egg* aufzufüllen. Die anderen Damen haben sich ebenfalls von ihren Stühlen erhoben, und Katelyn schaut mir durch ihre Designerbrille entgegen, als hätte sie mich vorhin mit ihrer Familiengeschichte beeindrucken können. Ich lächele ihr nur knapp entgegen, obwohl ich wütend bin.

Kylian und Damian wollen eine Challenge während der Challenge veranstalten? Da sage ich doch nicht Nein. Ich werde Chessa-Schatz schon von mir überzeugen, bevor sie beide das nächste Mal an sich ranlässt.

10. KAPITEL

In der wohlig warmen Sonne gleitet die Yacht über das Meer, dass ich kaum ein Schwanken unter meinen Füßen auf den Planken wahrnehmen kann. Als wir schon seit einer Stunde England verlassen haben und nun den Ärmelkanal passieren, strahlt die Sonne ohne Unterbrechung. Keine Wolken sind am blauen Himmel zu erkennen, als befänden wir uns im Karibischen Meer und nicht auf dem Atlantik. Es muss bereits um die achtundzwanzig Grad haben, doch der Wind auf dem Außendeck weht immer wieder dunkle Strähnen in mein Gesicht, sodass ich neben der Liege nach meiner Sonnenbrille greife. Währenddessen schaue ich den anderen Frauen zu, die im Pool auf dem Außendeck schwimmen oder sich auf den Liegen bräunen.

Was mich stört, ist das nervige Tuch, das ich dank Damian tragen muss. Er wirft mir jedes Mal, wenn wir uns begegnen, belustigte Blicke zu und hebt seine Augenbrauen, wenn seine Augen an meinem Hals hängen bleiben. *Spinner! Als könnte er mich mit seinen auffordernden Blicken provozieren.*

Wenn er denkt, mich davon zu überzeugen, von ihm gevögelt zu werden, täuscht er sich. Erst in meiner Suite konnte ich in einem der Badezimmerspiegel erkennen, was er mir für eine Fessel umgelegt hat. Es ist ein Stahlhalsband mit dunklen Kristallen, das natürlich nur mit einem Schlüssel, den ich nicht besitze, geöffnet werden kann. Was, wenn ich mir den Schlüssel besorge, wenn er schläft? An dem Plan tüftle ich mit Isy bereits seit dem Frühstück.

Während des Lunchs habe ich gesehen, dass Kresten kein

Wort mit seinen Freunden gewechselt hat, so als hätten sie was verbrochen. Man könnte meinen, er sei beleidigt, weil die anderen sich in der Zwischenzeit mit mir amüsiert haben.

Mein Blick fällt zu Damian, der sich mit Zynthia, in einem knappen roten Bikini und mit dunkelbraunen zu einem Knoten zusammengebundenen Haar, und Daria, die zierliche Dunkelhaarige mit dem Bob in einem schwarzen Badeanzug mit glitzernden Pailletten, unterhält. *Pah, es stört mich nicht!* Ich sollte nur langsam die Kontrolle wiedergewinnen, bevor Garner meine ursprünglichen Pläne durchkreuzt.

»Lächeln, Püppchen!«, höre ich eine Stimme hinter mir, als ein Cocktailglas vor meinem Gesicht auftaucht. »Für dich.«

Schon hebe ich den Kopf und schaue zu Kresten auf, der unter meinem Sonnenschirm über mir gebeugt steht. Noch vor wenigen Minuten hat er sich mit Julia, einer hübschen kleinen Rothaarigen, und Flora, die in ihrer Art doch sehr aufdringlich sein kann, weil sie ihn ständig anfassen musste, an der Außenbar unterhalten.

»Ich bin nicht dein Püppchen«, fahre ich ihn leise an, obwohl er nichts für meine schlechte Laune kann.

»Bissig wie eine Schlange. Was habe ich dir getan?«, fragt er fast unschuldig. Oh, da würden mir ein paar Dinge einfallen, die er anderen Frauen angetan hat – aber das sollte wohl nicht mein Problem sein.

»Nichts.«

»Dann sei freundlich. Wenn die beiden etwas gemacht haben, was dir nicht gefällt, darfst du dich mir gerne anvertrauen«, haucht mir Kresten entgegen, küsst meine Schläfe und streichelt über meine Schulter, bevor er sich neben die Liege kniet.

Mit einer Pilotenbrille, in dunkelblauen Badeshorts und seinem nach oben aufgestellten Haar schaut er in mein Gesicht. Oder nicht? Die Brille verbirgt seine Blicke sehr geschickt.

Ich nehme einen Schluck von dem fruchtigen Cocktail mit einem Hauch von Rum und schaue mit einem Lächeln zu ihm. »Glaub mir, ich habe Vertrauensberater für solche Angelegenheiten. Du sahst vorhin im ›Dining Room‹ mehr danach aus, als seist du verärgert. Aus welchem Grund?«, frage ich ihn, dabei beuge ich mich näher zu seinem Gesicht.

Aus den Augenwinkeln kann ich erkennen, wie mir Damian kurz Blicke entgegenwirft, sich aber nichts anmerken lässt. Der süße Cocktailgeschmack breitet sich auf meiner Zunge aus, als Kresten die Nase rümpft.

»Dir entgeht auch nichts. Nun, die Vorstellung, du hättest dich auf der Yacht verlaufen, als wir uns zum Vorstellungsgespräch getroffen haben, hat mich etwas verstimmt.«

»Aber sicher. Du warst es, der Isys und mein Programmheft abgeändert hat.« Er verzieht unmerklich seinen rechten Mundwinkel.

»Aber nur, um dir und deiner Freundin allein die Decks der Yacht zu zeigen.«

»Das soll ich dir glauben? Du wolltest eher dafür sorgen, mich allein anzutreffen, um ganz andere Dinge von dir zu zeigen.«

»Für wie durchtrieben hältst du mich, Chessa? Ich würde niemals Dinge tun, die dir schaden würden«, antwortet er verschwörerisch und seine Finger gleiten über mein Dekolleté zu meinem dunkelblauen Bikiniträger, den er etwas zur Seite schiebt.

»Das bezweifele ich auch nicht. Ich halte dich nicht für durchtrieben, eher für berechnend. Du sicherst dich gerne ab, nimmst das Risiko in Kauf und nutzt jede Möglichkeit, Frauen, die du ansprechend findest, flachzulegen, nicht wahr?«, hake ich mit einem Schmunzeln nach, stelle nach einem weiteren Schluck den Cocktail auf den niedrigen Holztisch neben der Liege ab und beuge mich ihm entgegen. Krestens Grinsen wird breiter, als er eine Braue über der Sonnenbrille hebt.

»Möglicherweise. Nur wäre es ein Vorteil für beide. Die Damen, die ich treffe, haben es, ob du es glaubst oder nicht, gut bei mir.«

Und das glaube ich ihm auf seine verdrehte Art und Weise sogar. Die Frauen haben es bei allen drei Männern gut, solange sie sich in ihren Betten befinden – doch sollten sie im Anschluss den Ausgang vom Bett finden, sieht es ganz anders aus.

Krestens Finger wandern meinen Bikiniträger höher, bis er zu meinem Tuch stößt und ich mich ihm weiter entgegenbeuge. Sanft treffen meine Lippen kurz, nur hauchzart, auf seine, als ich seinen Atem auf meinen Lippen spüre, nicht aber seine Haut – wie in einem Spiel.

Meine Hände wandern über die ausgeprägten Muskeln seiner Brust, was mich zum Lächeln bringt. »Ich glaube es dir, Hamilton. Ja, wirklich. Nur gerade fühle ich mich von deinem Freund Damian etwas hintergangen.«

»Wieso?«, haucht er vor meinem Gesicht. Noch immer kann ich seine Augen durch die dunkel verspiegelte Sonnenbrille nicht erkennen.

»Fühle es«, antworte ich ihm mit einer schmeichelnden Stimme, umgreife sein Handgelenk und lasse seine Finger weiter hoch zu meinem Hals unter das Tuch gleiten. Seine Gesichtszüge geraten ins Wanken, als er das breite Metallhalsband spürt.

»Er hat dich wie einen Hund als Eigentum markiert?« Ich nicke ihm fast schüchtern und traurig entgegen. Dabei senke ich meinen Blick, was meistens hilft, um in Männern den Beschützerinstinkt zu wecken.

»Er will es mir erst abnehmen, wenn ich mit ihm schlafe. Kannst du mir nicht helfen, es abzulegen? Ich möchte nicht von ihm gevögelt werden, viel lieber von dir«, raune ich ihm entgegen und lasse meine Finger zwischen seine Haarsträhnen gleiten, bevor ich ihm einen hauchzarten Kuss gebe. »Nur von dir«, hauche ich in sein Ohr, knabbere daran, während Krestens Finger vorsichtig das Tuch anheben. »Und dafür möchte ich das Halsband nicht mehr tragen müssen, um dir zu gehören.« Mit diesen Worten dürfte ich ihn wohl überzeugt haben. Aus den Augenwinkeln sehe ich Damian, der auf der Poolkante sitzt und sich weiterhin mit den Frauen im Wasser, die ihre Ellenbogen auf dem Rand abgestützt haben, unterhält. Er scheint abgelenkt zu sein. Dahinter erkenne ich kurz Harry an der Reling vorbeilaufen, dann sich wieder umdrehen.

»Ich werde es von deinem schönen Hals lösen, Chessa. Früher, als du denkst. Schon heute Abend. Was hältst du davon?«, fragt er mich, schiebt seine Sonnenbrille auf sein Haar zurück und blickt mir intensiv entgegen. Einverständlich nicke ich ihm dankbar entgegen, bis er das Schloss im Nacken ertastet. »Sei froh, dass ich Damians Zugangscode zu seiner Suite kenne. Wir treffen uns am besten heute Abend gegen elf, wenn er sich mit der ersten Dame verabredet hat – Hilaria, glaube ich.« Flüchtig schaut er über seine Schulter. *Damn, noch auffälliger geht es nicht.* Schnell schnappe ich mir sein Gesicht und drehe es wieder zu mir.

»Abgemacht. Meine Dankbarkeit wirst du dann in vollen Zügen genießen dürfen«, flüstere ich ihm entgegen, ziehe seine Hand zu meinen Brüsten, die er sofort massiert, und küsse ihn hungrig.

»Ich kann es kaum erwarten.« Seine Hände tasten sich über meinen Bauch, weiter hinab zu meinem Po, bis er mich mit dem Becken näher an sich zieht und ich seinen erigierten Schwanz in der Hocke erkennen kann.

»Scheiße, ich würde dich am liebsten jetzt schon besitzen wollen«, knurrt er mit einem verdorbenen Blick, dann beiße ich in seine Unterlippe.

»Später, Darling. So lange musst du dich noch gedulden.«

Ha! Das ging ja einfacher als gedacht, und er glaubt tatsächlich, ich lasse mich herumreichen und von ihm aus lauter Dankbarkeit flachlegen. An Selbstüberschätzung mangelt es ihm wohl nicht. Im Leben werde ich nicht mit einem Mann schlafen, der verheiratet ist – denke ich, als ich über den Gang mit Isy zu unseren Suiten laufe, weil es kurz vor halb elf Uhr abends ist. Der Tag am Pool war eine Abwechslung, aber ich habe innerlich die Stunden gezählt, bis mir endlich das Mistding von Metall abgenommen wird.

»Was hältst du eigentlich von Kylian?«, fragt mich Isy, die von dem Vorfall heute Morgen weiß und mit mir zusammen die restlichen Stunden am Pool verbracht hat, während die Männer die anderen Frauen kennengelernt haben, mit ihnen amüsierte Gespräche geführt haben und einige Damen wie Pamina und Leondra nichts weiter zu tun hatten, als sie anzugraben. Es war herrlich, dies mitzuverfolgen und dabei so die Rivalinnen im Auge zu behalten. Die beiden gehören definitiv zu der Kategorie Diva, die überschminkt und gespielt mit ihrem künstlich verlängerten Haar, ihren nachgemalten Augenbrauen und aufgeklebten Wimpern wirken. Sie haben jede Natürlichkeit verloren. Würden die beiden sich nicht wie Diven benehmen, hätte ich nichts gegen ihr Aussehen, nur leider ist deren Lachen anstrengend und ihre Stimmen sind sehr hoch und aufgedreht. Mit ihnen werde ich mich sicher nicht anfreunden.

Sarah, eine hübsche Dunkelblonde mit einem Strohhut, und auch July, die mit ihren eisblauen Augen und dem tiefschwarzen Haar an Schneewittchen erinnert, strahlen sehr viel Natürlichkeit aus, wirken nicht aufgesetzt, sondern ehrlich an den drei Männern interessiert. Ob sie ihre Vorgeschichten kennen? Alexis, eine Rothaarige mit Sommersprossen auf ihrem hellen Körper, die ständig lächelt, Daria und Zythia kann ich bisher schwer einschätzen. Sie passen gemeinsam jeden günstigen Moment ab, um mit Damian oder Kylian allein zu sein, aber halten sich in ihren Gesten zurück.

»Kylian ist meiner Meinung nach der Einfühlsamste von allen, der auch die Frauen fragt, was sie wollen, und nicht über ihren Kopf hinweg bestimmt«, antworte ich ihr, denn genau so denke ich über Kylian.

»Ich finde ihn von den dreien auch am sympathischsten. Er sieht gut aus, seine Art sich zu bewegen ist besonders, dann dieses Lächeln mit dem Grübchen an der rechten Wange. Und in sein dunkelbraunes Haar, das leicht in der Sonne schimmert, würde ich zu gern meine Finger fahren lassen, von seinem sportlichen Körper ganz abgesehen …« Und plötzlich fällt mir ihr leicht euphorischer Augenaufschlag auf, als ich meine Zimmertür öffne und Isy mir folgt. Den gesamten Nachmittag hat sie Kylian mit ihren Blicken verfolgt, als er mit Robina an der Bar saß, als er ein paar Runden im Wasser geschwommen ist und sogar als er eine Stunde sein Buch auf der Liege gelesen hat. Jede Frau, ob Alexis oder auch die lieb und freundlich wirkende Madeline mit ihrem zuckersüßen Blick, hat er abgewiesen, um ungestört zu lesen.

»Oh nein«, unterbreche ich ihre Schwärmerei. »Wir befinden uns gerade mal einen Tag auf der Yacht und du stehst auf ihn?«, hinterfrage ich ihre Worte.

Neben mir bleibt sie stehen und schüttelt ihren Kopf mit einem ernsten Gesichtsausdruck, als hätte ich sie auf frischer Tat ertappt. Ihr blondes Haar streicht sie hinter ihre Schulter. Ich kenne diese hilflose Geste, um Zeit zu gewinnen. »Nein, Quatsch, wie kommst du darauf? Ich habe Peter, schon vergessen? Er wartet nach der Challenge auf mich.«

Als ob das ein Grund wäre, sich nicht in Warren zu verlieben.

»So sicher bin ich mir bei dir nicht. Was hältst du davon, wenn wir heute zeitiger schlafen gehen und morgen früh im Fitnessraum trainieren? Wir sollten in Übung bleiben, um Philipp zu beruhigen. Vielleicht hilft dir das, um deine Gedanken zu sortieren und um deine schmachtenden Blicke zu verscheuchen.«

»Ich habe keinen schmachtenden Blick.« Doch ehe sie kontrolliert ernst in mein Gesicht blicken kann, lächelt sie schon wieder wie eine Honigmelone.

»Doch, genau der«, deute ich mit dem Zeigefinger auf ihre Lippen. »Vertreib ihn, mach irgendwas dagegen, aber diesen verliebten Blick ertrage ich keine vierzehn Tage.« Mit einem Stoß in meine Rippen und einem gemurmelten »Verlieb du dich mal, dann wirst du mit einem Dauerschmunzeln durch die Gegend laufen« lässt sie sich der Länge nach auf mein Bett fallen.

»Gut, versuche ihn mir auszutreiben, gelingen wird es dir nicht. Aber dein Vorschlag mit dem Training klingt gut. Philipp ist sauer auf uns, auch wenn er es uns nicht persönlich sagt. Er kann nicht verstehen, warum wir für die Challenge das Training vernachlässigen und das Turnier gefährden«, erklärt sie mir, setzt sich auf meinem Bett auf und schaut mit ihren großen grauen Augen zu mir.

»Ich kann ihn sogar verstehen, nur ist mir Mary gerade etwas wichtiger. Wenn sie erfahren würde, dass wir Damian Garner in den Hintern getreten haben, würde sie sich sicher besser fühlen. Trainieren können wir die Basics auf dem Schiff und die letzte Woche jeden Tag auf den Pferden.«

»Wenn du meinst. Im Prinzip kann ich die Choreografie, nur wären mir Übungsstunden mit Philipp lieber«, antwortet sie leise, etwas in sich zurückgezogen. »Los, umziehen, du hast nur noch zehn Minuten Zeit, bis Hamilton aufkreuzt«, wechselt sie plötzlich das Thema und ich blicke auf die Uhr über der Tür meines Zimmers.

Eilig schäle ich mich aus meinem Handtuch, weil wir aus der Sauna gekommen sind, und gehe ins Bad, um eine frische Dusche zu nehmen.

Eine halbe Stunde später warte ich frisch umgezogen lang gestreckt auf dem Bett mit Isy, die gerade ihre Mails auf ihrem Laptop checkt, auf Kresten. Eine Minute nach elf klopft es an meiner Tür. Kurz schlägt mein Herz schneller, als ich auf die Tür zugehe, sie öffne und Kresten in einem weißen Hemd und schwarzer Anzughose mit noch feuchtem Haar vor mir steht. Er ist einen Kopf größer als ich und grinst auf mich herab, sodass ich um seine Augen Fältchen sehen kann.

»Holla, Chessa-Schatz. Bist du bereit?«, fragt er mich, als sein Blick zu Isy wandert. »Und Dixon ist auch hier, wie günstig.«

»Vergiss es, Kresten, ich möchte bei eurem Rendezvous nicht stören«, antwortet Isy, ohne sich zu uns umzudrehen. Kresten schaut mit zusammengezogenen Augenbrauen zu mir.

»Habe ich ihr etwas getan?«

»Nein, keine Sorge. Sie ist nur geschäftlich angebunden. Können wir?«

»Gerne.« Er ist so freundlich und bietet mir sogar seinen

Arm an, an dem er mich zum Lift inmitten des Gangs führt. Eine Etage höher sieht alles heller und noch edler aus.

»Hier sind Kylians Räume«, zeigt er mir drei Türen, die nebeneinanderliegen, während an nur einer ein Scangerät neben der Tür hängt. »Da vorn sind meine – falls du mich vermissen solltest. Du bist jederzeit herzlich eingeladen, meine Räumlichkeiten aufzusuchen. Vielleicht sollten wir einen Code vereinbaren, damit ich dich unter den anderen Damen, die mich möglicherweise antreffen möchten, erkenne.«

»Eine Art Stöhnen? Pfeifen? Klopfzeichen?« Seine Augen blinzeln mir entgegen, als hätte ich seinen Gedanken begriffen. »Vergiss es, Kresten. Spiel mit Leondra, Cathy oder Pamina dein Spiel, ich bin inzwischen Teil eines Spiels geworden und wäre überglücklich, wieder frei zu sein.«

»Schade, Chessa, sehr schade. Wir hätten sicher unseren Spaß. Aber ich sollte es wohl nicht übereilen.«

Darauf kann er lange warten – denke ich und muss zum schwarzen Teppichboden schmunzeln. »Und hier domiziliert Mister Damian Garner, der sich gerade im Kinoraum mit Hilaria vergnügt. Also haben wir alle Zeit der Welt, dir dein Halsband abzunehmen.«

»Ich kann es kaum erwarten«, flüstere ich, als wir vor der Tür stehen bleiben, die ich heute Morgen hinter mir zugezogen habe, in der Hoffnung, kein weiteres Mal Garners Gemächer aufzusuchen.

Aber ohne ihn macht es sicher mehr Spaß.

Neben mir bleibt Kresten stehen, dreht sich so, dass ich den Code nicht mitverfolgen kann, und gibt ihn ein. Mit einem grünen Lämpchen über der Türklinke wird die Tür entriegelt.

»Geschafft. *Ladies first*«, öffnet er die Tür vor mir und weist mit einer leichten Handbewegung in Damians Schlafzimmer mit den hohen dunklen Vorhängen an den Fenstern und dem großen breiten Bett, das man über drei Marmorstufen erreicht.

»Die anderen Türen sind verschlossen, nicht dass du denkst, ich würde dich absichtlich in Damians Schlafzimmer locken, um dir hier an die Wäsche zu gehen.«

»Nein, auf solch absurde Gedanken würde ich niemals kommen«, murmle ich ironisch zu mir selbst und schaue mich in dem Schlafzimmer mit Stuck und modernen Brückenbildern um, während Kresten zum Bett geht und in den Nachttischen nach einem Schlüssel sucht. Hinter milchigem Glas ist das Bett in einem warmen Orange-Weiß beleuchtet, was wirklich einen edlen Eindruck schindet. Ich ziehe eine Schublade der Kommoden gegenüber vom Bett auf und – *Holla!* Darin befinden sich schwarze Hanfseile.

Als ich einen gewagten Blick zu Kresten werfe, der weiterhin nach den Schlüsseln für das Halsband sucht und mich nicht beachtet, öffne ich die Schublade darunter. Analplugs und Vibratoren. Und darunter Manschetten, Leder, Ringe und Ketten springen mir sofort ins Auge. *Interessant.* Zwischen meinen Fingern drehe ich einen Ring an einer sehr langen und qualitativ hochwertigen Ledermanschette. Es ähnelt fast einem Unikat, weil ich diese Ausführung noch nie zuvor gesehen habe.

Leise schließe ich die Fächer und schiebe eine Schranktür auf, die so hoch ist wie die Decke, und für einen winzigen Moment stockt mir der Atem, als ich einen Blick ins Innere erhasche. Statt dass ich auf Hemden, Anzüge, Krawatten oder Shorts stoße, finde ich Haken, Gerten, Paddels, Rohrstöcke und Peitschen, in vielen unterschiedlichen Materialien und Ausführungen vor, die mir mit silbernen Griffen entgegenblitzen.

Noch interessanter. Niemals hätte ich den Casanova Garner für einen BDSM-Liebhaber gehalten. Denn dafür muss man eine Partnerin haben, ihre Vorlieben und Abneigungen kennen. Und kann dies an keinen wechselnden Frauen ausführen, die es nicht mögen. Bis vor zwei Tagen dachte ich, er würde das Wort Bondage nicht einmal buchstabieren können.

Oder er nimmt es nur mit, um den abgeschleppten Frauen zu imponieren, was für ein Kenner er auf dem Gebiet ist, um Eindruck zu schinden. Es dann aber doch nicht ist. Mit Sicherheit versteht er sich nicht in der Führung eines präzisen Gertenhiebes. *Oh Garner, du musst es nötig haben* – denke ich.

»Ich hab ihn!«, höre ich Kresten hinter mir. »Hier müsste er dabei sein. Komm zu mir, Chessa«, ruft mich Kresten, als sei ich sein Playboy-Bunny, zu sich. Eilig schiebe ich die Schranktüren zu. »Spionierst du heimlich?«

»Nein, gar nicht. Ich hab mich nur umgesehen«, lüge ich, als er mir scharf entgegenblickt. In schnellen Schritten bin ich bei ihm. In seiner Hand hält er einen Ring, an dem mehrere Schlüssel befestigt sind. »Das sind Schlüssel für Handschellen und Schlösser, deiner müsste mit dabei sein, weil Damian immer viel Wert auf Ordnung legt. Dreh dich um.«

Ohne lange zu überlegen, drehe ich mich zum Fenster, lasse Kresten mein offenes Haar über die Schulter schieben und einen Schlüssel an dem Schloss probieren. »Der ist es schon mal nicht.« Weiter steckt er Schlüssel, die auf meiner Haut kitzeln, in das Schloss, doch keiner passt bisher. »Das kann nicht sein. Ich habe alle ausprobiert, keiner passt.«

»Versuche es weiter«, treibe ich ihn an, weil ich endlich von dem Halsband befreit werden will. »Sicher hast du einen vergessen.«

Wieder klimpern die Schlüssel, als ich ein Sirren höre. »Verdammt, er ist zurück«, sind Krestens Worte, während ich mich schnell umsehe und zum anderen Zimmer flüchten will, damit er mich nicht entdeckt. Doch kaum habe ich die dunkle polierte Tür des Nachbarraumes erreicht, höre ich schon Damians verärgerte Stimme.

»Was wird das hier, Kresten?« *Klasse, das ist wohl dann mehr als auf frischer Tat ertappt.*

»Ihr deine Gemächer zeigen und nach deinem fünfzigjährigen Macallan suchen«, antwortet er trocken, sodass ich peinlich berührt zum Marmorboden blicke, der um das Bett in einen dunkelblauen Teppich übergeht, um nicht zu schmunzeln. »Aber wir wollten gerade wieder gehen, damit ich ihr meine Räumlichkeiten zeigen kann. Kommst du, Dakota?«, fragt er mich höflich.

»Das ist richtig«, schließe ich mich Krestens Worten an. Damian blickt mit zusammengekniffenen Augen von seinem Freund zu mir. Sofort fällt sein Blick von meinem Gesicht zu meinem Halsband, das ich nicht unter einem Tuch verberge. Wie er vor mir steht, kann ich erkennen, dass er weiß, was wir wirklich vorhatten. Seine blaugrauen Augen sind von Fältchen umgeben und seine Lippen zu einem berechnenden Grinsen verzogen.

»Du Narr willst ihr helfen, das Halsband abzulegen, habe ich nicht recht?«, fährt Damian seinen Freund an, der nur gelangweilt mit den Schultern zuckt und durch sein braunes Haar fährt, das rötlich unter dem Deckenlicht glänzt.

»Und wenn schon. Das Ding hättest du ihr nicht umlegen müssen. Sie will dich nicht. Und bevor du sie weiter damit herumlaufen lässt, sie womöglich ihre Haut durchscheuert, wollten wir es lösen. Hast du nicht eine Dame zu beglücken?«

»Allerdings, sie wartet ein Deck unter mir auf mich, während ich etwas aus meinem Schlafzimmer holen wollte.«

»Kondome?«, fragt Kresten und klopft seinem Freund auf

die Schulter. »Kein Grund sich zurückzuhalten. Komm, Chessa.« Ich schlucke, weil ich weiß, dass Krestens Worte Damian nur noch mehr verärgern. *Zeit für mich zu gehen – nur ohne das Halsband!*

»Gleich«, antworte ich Kresten. »Zuvor will ich, dass du mein Halsband löst. Und zwar sofort!«, befehle ich Damian, der seine Arme vor der Brust verschränkt und mich mit einem herablassenden Blick versieht.

»Nein, das werde ich nicht tun. Denn gerade, finde ich, hast du es noch mehr verdient, es um deinen Hals zu tragen. Nun verschwindet!«, bringt Damian mit einer rauen Stimme hervor, dabei ist auf seinem Gesicht kein Zeichen von Mitgefühl oder Freundlichkeit zu erkennen.

»Eingebildeter Vogel!«, fauche ich. »Dem der Spaß noch vergehen wird! Du hast ja keine Ahnung, mit wem du dich anlegst, Garner«, kann ich mir meine letzten Worte nicht verkneifen, stoße im Gehen hart gegen seine Schulter und laufe durch die Tür. Dann werde ich Harry oder John fragen, die mir mit Sicherheit das Ding abnehmen können.

»Ich ahne es bereits«, höre ich Damian leise reden, als ich wütend über den Gang laufe, um mein Zimmer aufzusuchen. Kresten ruft mir hinterher, aber ich brauche seine Begleitung nicht – er wollte mir helfen, mag sein, aber seine Hintergedanken, weshalb er mir helfen wollte, sind so offensichtlich, dass ich nicht das Bedürfnis habe, weiter Zeit mit ihm zu verbringen.

Wunderbar! Auf eine Zeit mit einem lästigen Tuch – und das im Sommer.

Damian

»Hier, Hübsche«, flüstere ich Hilaria zu, die in ihrem dunkelgrünen Kleid vor mir auf einem der roten Kinositze Platz genommen hat und ihren Kopf zu mir dreht. Ihre Augen funkeln, als sie nach dem Weinglas greift.

»Danke, wie nett«, antwortet sie, umfasst das Glas mit ihren Fingern und nimmt es zu sich.

»Gern. Schon einen Film ausgewählt?«, frage ich sie, obwohl ich jetzt schon ahne, nicht einmal bis zum Vorspann mit ihr zu kommen.

»›Anna Karenina‹ würde mir gefallen«, antwortet sie mit einem schüchternen Lächeln und zupft an ihrem Kleid herum, während ich mit meinen Gedanken woanders bin.

Wenn Dakota glaubt, einfach so in meine Suite einbrechen zu können, werde ich ihr eines Nachts ebenfalls einen Besuch abstatten – darauf kann sie sich jetzt schon freuen. Da wird ein Koffer kein Hindernis für mich darstellen.

Warum zur Hölle muss ich an sie denken? Auf der Yacht meines Vaters befinden sich neunzehn andere Schönheiten, und gerade diese Frau spukt in meinem Kopf herum.

»Warum schaust du so genervt? Habe ich etwas falsch gemacht?«, fragt mich Hilaria mit ihren eisblauen Augen und schiebt sich ihr blondes Haar hinter ihr Ohr.

»Oh, nein, Hilaria, du hast nichts falsch gemacht. Ganz im Gegenteil.« Mit den Händen streiche ich von hinten über ihre Rippenpartie und atme ihren blumigen Duft ein, der etwas in meiner Nase kribbelt. *Herrje – sie hat sich vermutlich in Parfum ertränkt.*

»Das freut mich«, murmelt sie, bevor ich ihren Kopf zurückziehe und sie verkehrt herum von hinten vorsichtig küsse. Wollen wir testen, wie gut sie küssen kann. Mit den Lippen streiche ich über ihre, während sie ihre Hände um meinen Hals legt, um mich festzuhalten. Dann küsst sie mich, bevor ich es kann, und drängt mir ihre Zunge ohne ein verlockendes Spiel in den Rachen. Kurz schlucke ich, will mich von ihr zurückziehen, um Luft zu holen, als sie mich weiterhin festhält.

Zum Teufel, was soll das werden?

»Ähm, Hilaria. Warte kurz«, bringe ich die Worte nuschelnd und völlig unverständlich hervor. Ohne mich freizugeben, spricht sie vor meinen Lippen. »Warum? Was ist? Du küsst klasse.«

Ah ja – was ich leider nicht zurückgeben kann. Vielleicht sollte ich gleich zu Part zwei übergehen, um wenigstens den Abend mit einem gelungenen Abschluss zu beenden. Als sie mich freigibt, springe ich über die dunkelblauen Ledersitzlehnen herab auf ihre Sitzreihe, hebe meine Hand und sage zum Steward im Kinosaal: »Anna Karenina«, damit der Film abgespielt wird, der mir so was von am Arsch vorbeigeht, und ziehe Hilaria auf meinen Schoß.

Während der Küsse, die nicht besser werden, dafür feuchter, verdunkelt sich der Saal, der Film beginnt weit unter uns und ich öffne den Reißverschluss ihres Kleides.

»Du gehst aber schnell ran«, bemerkt sie, dass ich grinsen muss.

»Nicht schneller als sonst, wenn mir eine Frau zusagt«, antworte ich ihr mit einem schmeichelnden Ton. Sie lächelt und lehnt sich auf meinem Schoß zurück.

»Lass uns doch zuerst den Film sehen. Hast du die Bücher von Tolstoi gelesen?«, fragt sie mich ernsthaft und dreht sich zur Leinwand vor, dass mir ihr Haar in meinen Mund weht.

»Irgendwann einmal, ja … Ich fände es viel besser, würden wir die Zeit im verdunkelten Kinosaal anders …«

»Kann nicht sein! Dieser Arsch! Wie kann Stephan Oblonskij seiner Frau fremdgehen, während Dolly schwanger ist, die Kinder großzieht. Unglaublich, nicht wahr! Der hat nicht mal ein schlechtes Gewissen. Jedes Mal könnte ich mich über den Anfang aufregen«, meckert sie über den Film. *Was wird erst, wenn Anna auf Wronskij trifft?*

Ich schaue gelangweilt zur Decke auf, von der mir kleine silbrige Lichter entgegenblitzen, bevor ich einen Steward, der an der hinteren Tür des Kinosaals auf meine Anweisungen wartet, zu mir winke und einen Scotch bestelle.

Nachdem über die Hälfte des Filmes vergangen ist, ich schon den dritten Scotch in der Hand halte und den Kopf auf meinem Handrücken aufstütze, sitzt Hilaria immer noch auf meinem Schoß. Meine Beine fühlen sich taub ein, ständig habe ich Haare von ihr in meinem Mund, weil sie die nervige Angewohnheit hat, ihren Kopf öfters, wenn sie sich empört, zu drehen. Und allmählich werde ich müde. Was für ein krönender Abschluss. Ich habe ihr eine Chance gegeben, mehr als eine – aber ich brauche keine Frau, die Anzeichen, Gesten und bestimmte Andeutungen nicht kapiert. Die Frau passt eindeutig nicht zu mir.

»Hilaria. Ich werde kurz die Toiletten aufsuchen. Mach es dir in der Zwischenzeit gemütlich.« *Weil ich nicht mehr zurückkommen werde* – denke ich meinen Gedanken zu Ende, ohne sie zu enttäuschen. Solch eine Zeitverschwendung, während ich mit einer anderen Dame die Zeit sicher besser hätte nutzen können.

Über den Gang laufend, leere ich mein Glas, reiche es einem Steward, der an mir vorbeigeht, und suche den Fitnessraum auf. Was hilft – auch wenn angetrunken – ist ein kurzes Training, um meine schlechte Stimmung aufzubessern.

Wenn die Reise so weitergeht, werden bereits in der ersten Woche alle Frauen von der Yacht von mir persönlich verwiesen. *Kresten und seine schwachsinnige Idee!*

Und dann diese Chessa! Kresten und Kylian haben sich bereits jetzt festgelegt, sie öfter treffen zu wollen. Vögeln – trifft es wohl eher. Was zum Teufel macht sie so interessant?

Ich streife mein Jackett von den Schultern und werfe es in dem verdunkelten Trainingsraum, der einer halben Turnhalle gleicht, über einen Laufbandgriff und steuere direkt auf den schwankenden Boxsack zu. Routiniert kremple ich meine Hemdärmel bis zu den Ellenbogen hoch, greife nach den Boxhandschuhen und wärme mich mit lockeren Übungen auf, bevor ich auf den dunklen Boxsack, der nur von dem schwachen Mondlicht beschienen wird, eindresche.

Ich pfeife auf Dakota Chessa! Wenn es sein muss, werde ich sie als Erstes von der Yacht verweisen – fasse ich betrunken meinen Gedanken und lache.

11. KAPITEL

Eine verheulte Hilaria, deren Mascara über die Wangen läuft, ist an der Frühstückstafel anzutreffen, die immer wieder in ihr Taschentuch schnäuzt, sich von Katelyn, die über ihre Schulter streichelt, und Flora, die ihren Mundwinkel leicht entnervt verzieht, trösten lässt.

Flora kann ich zu Leondra und Theresa einsortieren, die sich heimlich glücklich schätzen, wenn Hilaria aus der Challenge fliegt. Leondra nippt, als sei sie die Königin von England, in ihrem schwarz-weißen Kostüm an ihrem Kaffee. Die dunkel glänzenden Haare sind perfekt hochgesteckt und nur zwei leichte Locken fallen über ihre Wange. Flora hingegen trägt ihr dunkelrot schimmerndes schulterlanges Haar offen, das von einem weißen Band geziert wird, und gibt sich nicht mal die Mühe, Mitgefühl vorzuheucheln. Zu ihnen gesellt sich Theresa, eine dunkelhaarige schlanke Frau, die einen wirklich intensiven Blick hat. Aus ihrer weißen Bluse springen mir ihre Brüste förmlich entgegen, als sie sich zu Hilaria vornüberbeugt. Sie ist eine Frau, die, seit ich sie zum ersten Mal gesehen habe, sehr viel Berechnung und Arroganz ausstrahlt. Sie weiß, was sie will, während Leondra auf eine andere Art berechnend ist und sich häufiger ihrem perfekten Make-up im Spiegel widmet als ihren Mitstreiterinnen. Sarah löffelt aus ihrer Schale Heidelbeerjoghurt und behält die Szene, wie auch Alexis und Samantha, mit einem Apfel in der Hand im Blick. Sie sind stille Beobachter, die sich nicht einmischen wollen. Sarahs sonst leicht wilde Mähne ist zu einem Zopf zusammengebunden, während Samanthas hellblonder Pony schräg über ihre Stirn fällt, sie auffällig große Ohrringe und Halsketten trägt. Samantha erinnert mich mit ihrem Aussehen immer an eine Perserkatze. Warum das so ist, weiß ich nicht. Alexis hingegen verzieht kurz ihr mit Sommersprossen übersätes Gesicht, aber beißt dann genüsslich und mit einem Blick zu Kresten, der am Büffet steht, von ihrem Croissant ab.

Ich ahne bereits, wie der gestrige Abend für Hilaria ausgegangen sein muss, und irgendwie versetzt mir ihr Anblick einen Stich in die Magengrube, weil es mich an Mary erinnert. Von Garner ist an diesem Morgen nicht die geringste Spur zu entdecken, während ein Drittel der Frauen belustigt am Tisch sitzt, ihren Kaffee trinkt und sich angeregt unterhält.

»Die Sonne geht auf. Flöckchen ist da«, höre ich neben mir eine tiefe Stimme, als ich nach dem Löffel des frischen Obstsalates greife und Kylian neben mir stehen sehe, nachdem ich meinen Blick von Hilaria am Tisch gelöst habe. Seine Hand liegt kurz unauffällig auf meiner schwarzen Jeans und schiebt sich in meine Potasche.

»Flöckchen? Ich bin weder weiß noch weich«, erwidere ich mit einem freundlichen Lächeln, gehe am Büfett weiter und fülle mir Rührei auf einen weiteren Teller auf.

»Beides Dinge, die ich anders sehe. Deine Haut ist hell, und deine …« Er beugt sich näher zu meinem Ohr. Herrlich, wie der große Mann sich zu mir herabbeugt. »… Brüste sind wunderbar zart, wie Schneeflocken, die in Skandinavien vom Himmel fallen. Zudem kannst du eiskalt sein, was wohl ebenfalls Eigenschaften von Schneeflocken sind.«

»Ein Poet oder Romantiker?«, frage ich belustigt und schaue ihm zu, wie er sich drei Melonenscheiben nimmt, sich dann ebenfalls von dem Rührei und Scheiben vom Lachs auffüllt.

»Nun ja, das schönste Hobby ist doch, schmalzige Worte

zu finden, die Frauen begeistern. Nein, im Ernst. Flocke passt zu dir.« Mit einem Zwinkern dreht er sich um und nimmt mit seinem Teller am Tisch zwischen Daria und Alexis Platz, die ihn mit einem Lächeln begrüßen.

»Was wollte er?«, fragt mich Isy, als sie auf mich zukommt.

»Außer ein paar Späßen, nichts weiter. Training heute Abend?«, wechsele ich das Thema, nicht dass sie wieder anfängt, wie freundlich Kylian doch sei. Sie mag aus Vergnügen hier sein, aber ich habe einen Plan, an den ich mich allmählich halten sollte. Dazu zählt nicht, mich ablenken zu lassen.

»Sicher. Heute Morgen hatten wir Glück, dass uns niemand beobachten konnte. Abends ist eine gute Idee«, stimmt sie mir zu. »Wie hast du mit dem Ding um den Hals geschlafen?«

»Den Umständen entsprechend. Harry will nachher sein Glück versuchen und es von meinem Hals lösen.«

»Denkst du nicht, es fällt Damian sofort auf, und du hast schneller ein weiteres Halsband um deinen Hals liegen, als dir lieb ist?« *Oh, daran habe ich noch nicht wirklich gedacht.*

»Du glaubst doch nicht ernsthaft, er hat mehrere solche Schmuckstücke herumliegen?« Zumindest hat er mir versichert, es sei ein besonderes Stück, das keine andere Frau tragen wird. Gut, es sieht wirklich sehr hübsch aus und würde sicher einige Frauenherzen höher schlagen lassen, wenn sie an meiner Stelle die Ehre hätten, es zu tragen. Mir aber ist das Stück Metall mehr als lästig. Ich werde nicht mit Garner schlafen, auch wenn er versucht, mich zu beeindrucken, zu erpressen oder versucht, sich auf eine andere Art bei mir einzuschmeicheln. Viel lieber genieße ich es, dass er nur zusehen darf, wenn ich Zeit mit Kresten oder Kylian verbringe.

Nach dem Frühstück gehe ich mit eiligen Schritten zurück

in mein Zimmer und bete, dass mir Harry helfen kann. Doch auch er kann es – ohne Werkzeug oder ohne mir Schaden zuzufügen – nicht von meinem Hals lösen.

»Wie hast du dich in diese Lage gebracht, Dakota? Ich könnte einen Schlosser beauftragen, sobald wir an Land gehen«, spricht er seine Gedanken laut aus, als er hinter mir steht und mit den Fingern über das Metall fährt.

»Grandiose Idee. Soweit ich weiß, werden wir übermorgen früh Le Havre erreichen.«

»Dort werden John und ich uns nach einem geeigneten Schlosser oder Goldschmied umsehen; so lange musst du das Halsband wohl tragen. Sollte es das nächste Mal zu einem Zwischenfall wie gestern Morgen kommen, ruf uns gleich und wir halten dir die Kerle vom Leib«, grummelt er hinter mir, bevor ich mich zu ihm umdrehe und sein schweres Parfüm einatme.

»Das geht nicht, dann fliegt es sofort auf, wer ich bin. Ihr sollt auf meine Sicherheit achten, aber davon sind Warren, Garner und Hamilton ausgenommen. Mit ihnen werde ich allein fertig«, erkläre ich ihm mit einem absolut überzeugten Lächeln. Als ob er es mir nicht wirklich abkaufen würde, verlässt der Riese mit mehreren Blicken auf den Gang und einem nachdenklichen Gesichtsausdruck mein Zimmer. Er macht sich Sorgen – das weiß ich.

Keine fünf Minuten später klopft es an meiner Tür. »Chessa, austreten zum Außendeck!«

»Kann ich nicht mal zehn Minuten meine Ruhe haben?«, frage ich zurück.

»Nein, du bist nicht im Urlaub.« Schon geht die Tür auf und Kresten steht zusammen mit July und Kylian mit Isy vor meiner Tür. Sofort fällt Isys Blick auf meinen Hals, die ihren Mund verzieht und sich sicher denken kann, was passiert ist –

oder eben nicht passiert ist.

»Los, Beeilung. Wir haben nicht ewig Zeit«, treibt mich Kresten an, durchläuft mit wenigen Schritten mein Zimmer, hebt das dunkle Tuch von meinem Bett und schlingt es mir um den Hals. Erst dann schaut er mir länger als nötig in die Augen.

»Sieh es als Spaß, das Halsband zu tragen. Irgendwann wirst du es los. Nun komm, Chessa.« Er beugt sich zu mir herab und gibt mir einen Kuss auf die Wange.

Als wir den Lift hochfahren, ich meine Lederjacke schließe, weil an Deck sicher Wind herrscht und der Himmel heute bedeckt ist, erkundige ich mich nach Damian.

»Er schläft noch seinen Rausch aus – denke ich«, erklärt mir Kylian, streichelt über Isys Arm und schaut aus den Augenwinkeln zu mir. »Nachdem es wohl mit Hilaria zu Komplikationen gekommen ist, hat er angeblich Pamina besucht.« Das schelmische Grinsen auf Kylians Gesicht ist kaum zu übersehen.

»Besucht ist gut. Weil sie wohl nicht schlafen konnte, hat er sie im ›Tea Room‹ angetroffen. Die Teeparty muss vermutlich in sein Zimmer verlagert worden sein, zumindest schlafen nun beide tief und fest in seinem Bett«, berichtet Kresten, legt seinen Arm um Julys und meine Taille und verlässt zusammen mit uns den Lift. July strahlt etwas Ehrliches aus, sie lächelt freundlich und schaut ab und zu in meine Richtung. Mit ihren braunen Karamellaugen hat sie einen niedlichen Bambiblick, der wohl jeden Mann anlocken dürfte.

An der Reling atme ich die frische salzige Seeluft ein. Am Vorsteven der riesigen Yacht teilt sich die Gischt der Wellen mit den stärker werdenden Windböen. Wir müssen mit mindestens 12 Knoten unterwegs sein – ziemlich schnell, denn der Boden schwankt bedrohlich unter meinen Füßen. Als ich mich umdrehe, erkenne ich hinter den verspiegelten Scheiben der Brücke die Offiziere und den Kapitän, der sich mit drei weiteren Besatzungsmitgliedern nah an der Fensterscheibe unterhält.

»Ein schöner Ausblick, nicht wahr?«, fragt mich Kresten, mir so nah, dass ich seinen warmen Atem an meinem Ohr spüre. Kurz schlägt mein Herz schneller, dennoch halte ich den Blick auf das endlose Nichts vor mir gerichtet, während Haarsträhnen aus meinem Gesicht gerissen werden und wild im Wind flattern. Die Wolken ziehen sich bedrohlich über uns zusammen.

»Ja, es sieht unglaublich beeindruckend aus«, wispere ich über das laute Rauschen der Wellen hinweg, was Kresten sicher nicht hören konnte. Dabei sprüht mir die Gischt etwas ins Gesicht, dass ich blinzeln muss. Isy und July halten sich etwas von der Reling zurück, um nicht nass zu werden – oder wohl eher, um sich an Kylians Seite zu klammern.

»Es zieht ein Sturm auf. In wenigen Minuten wird es regnen, besser, wir gehen wieder rein«, höre ich Kylian, der sich weit über die Reling gebeugt hat und dann mit zusammengekniffenen Augen zum Himmel aufsieht. Wassertropfen hängen in seinen Haarsträhnen fest, als er mir entgegengrinst. Isy umfasst seine Hand, während ich mir ein Schmunzeln nicht verkneifen kann. Warum muss sie sich immer Männern, die sie nur kurze Zeit kennt, so öffnen? Ich bewundere ihre Art wirklich – aber dadurch hat sie schon einige schlimme Erlebnisse mit Männern aus ihrer Vergangenheit durchmachen müssen. Männer, die schnell bei ihr eingezogen sind, Männer, die sich unverschämterweise auf ihre Kosten eine schöne Zeit gegönnt haben, und die schlimmsten, die noch verheiratet waren. Isy ist manchmal etwas gutgläubig.

»Ja, ich komme mit rein«, beschließt July neben Kresten,

die ihren Parker enger um sich rafft und dann Krestens angebotenen Arm annimmt. Beide drehen sich um, und Isys Augen strahlen voller Erwartung, als Kylian ihr seine Jacke anbietet. Zusammen gehen die vier über das dunkle Teakdeck auf die Tür zum Außendeck zu.

»Ich bleibe noch einen Moment und komme später nach«, rufe ich ihnen hinterher, als sie sich zu mir umdrehen und Isy mich zu sich winkt.

»Mach keinen Mist ohne mich, Chessa. Ich brauche deinen hübschen Hintern noch«, antwortet Kresten mit einem schiefen Grinsen, während sein Haar über die Stirn weht. Auch Kylian blickt mir kurz seltsam entgegen, mit einem Blick, den ich nicht deuten kann, dann nickt er mir zu, und sie verlassen das Deck, auf dem niemand mehr zu sehen ist. Selbst der Kapitän ist nicht mehr auf der Brücke vom Bug aus zu erkennen.

Ich richte den Kragen meiner Lederjacke auf und binde mein dunkles Haar zu einem Knoten zusammen, bevor ich mich mit den Unterarmen über die Reling aufstütze und den Wellen entgegenblicke. Der Anblick ist wunderschön, mit so viel Gewalt, und doch sieht es aus wie ein Spiel, als würden die Wellen wie in einem Tanz in Strudeln von dem Bug zerteilt werden. In dem Moment beschließe ich für mich, wieder öfter mit meinem Vater auf einem Schiff zu verreisen.

Er wird sicher versucht haben, mich zu erreichen, aber wissen, dass mir nichts passiert ist. Harry und John sind nicht nur meine Personenschützer, sondern geben ihm immer Auskunft darüber, wie es mir geht. Manchmal sind sie mehr als nur bezahlte Bodyguards für mich.

Außerdem hat Vater Ablenkung mit seiner neuen jungen Frau, die nur fünf Jahre älter als ich ist. Ich weiß, er hätte niemals meine Mutter aufgegeben, wenn sie nicht vor fünf Jahren bei dem Autounfall gestorben wäre. Er hat sich lange Zeit zurückgezogen, wollte keine Frauen mehr kennenlernen – doch als er welche traf, waren sie meist kurze Geschichten in seinem Leben. Keine war mit meiner Mutter zu vergleichen. So zerbrach schon nach einem Jahr die erste Ehe nach meiner Mutter, und nun hat er Alice geheiratet, mit der er angeblich glücklich ist. Nur kann ich sie nicht ausstehen.

Ich habe es wirklich versucht, mit ihr auszukommen, aber sie ist in ihrer Art das komplette Gegenteil meiner Mutter. Meine Mutter war freundlich, aufgeschlossen, hatte ein Wesen, das voller Mitgefühl war. Alice ist eiskalt. Ein anderes eiskalt, als mir Kylian zuweisen will. Sie ist nur auf das Geld und den Einfluss meines Vaters aus, genießt es, in der Öffentlichkeit zu stehen, und behandelt jeden außer meinen Vater und sich selbst schlecht, mit Missachtung. Allein wenn ich sie dabei beobachte, wie herablassend sie das Hausmädchen behandelt, sie es vor den anderen vorführt, dreht sich mir jedes Mal der Magen um.

Mit ihr werde ich einfach nur klarkommen, indem ich meinen Vater allein treffe und die Familientreffen so gering wie möglich halte. Ich brauche keine öffentlichen Auftritte, außer die Turniere – das reicht mir. Deswegen, da hat Mary recht, verbringe ich mehr Zeit in Frankreich bei meinen Verwandten in der Bretagne als in London bei meinem Vater, der meistens einen vollen Terminkalender hat und mich nur an den Wochenenden empfangen kann.

Ich bin auch so glücklich – das bin ich, seit meine Mutter gestorben ist … Zumindest bilde ich mir das ein.

»So ganz allein hier draußen?«, werde ich von meinen Gedanken unterbrochen.

Ich habe in der Zwischenzeit nicht bemerkt, dass es angefangen hat, zu regnen, sondern war viel zu tief in Gedanken versunken, dass ich die Gischt mit dem Regen verwechselt habe.

»Ich brauche deine Anwesenheit nicht, Garner«, antworte ich leise und hebe meinen Blick von den Wellen, um zum trüben verhangenen Horizont zu blicken.

»Ich möchte mich ja nur um das Allgemeinwohl meiner Gäste kümmern, was ist so schlimm daran?«, fragt er mich, als ich ihn aus den Augenwinkeln, mit dem Rücken an der Reling angelehnt, sehen kann. Er hat eine dunkle Jacke an, die Kapuze tief ins Gesicht gezogen.

»Nichts. Mir geht es gut, also darfst du dich gerne nach dem Allgemeinwohl der anderen erkundigen.« Ohne zu ihm zu blicken, blinzele ich die Regentropfen auf meinen Wimpern weg. Der kalte Regen saugt sich in meine enge Jeans, mein Haar. Mittlerweile sind meine Schuhe vom Wasser durchtränkt, aber trotzdem möchte ich allein auf dem Deck bleiben. Ohne Garner!

»Ich habe öfters bemerkt, dass du die Einsamkeit vorziehst, was ich verstehen kann. Oft geht es mir nicht anders.« *Irgendwie kann ich das bei ihm nicht glauben.* »Gut, dann werde ich das tun, damit ich dich in deiner Einsamkeit nicht weiter störe.«

»Danke, wie aufmerksam«, antworte ich und blicke zu ihm. Doch der Sarkasmus in meiner Stimme klingt wenig überzeugend. Mit den Fingern streiche ich die nassen Haarsträhnen über die Stirn, als er mir entgegenlächelt und sich dann zu mir herabbeugt.

»Nur die Einsamkeit bekommt den meisten Menschen nicht. Grübel nicht so viel, was immer dich auch beschäftigt«, raunt er mir mit einem warmen Lächeln zu. »Falls du jemanden zum Reden brauchst, weißt du ja, wo du mich findest.« *Das ist nicht sein Ernst oder doch?* Sicher will er mich nur um den Finger wickeln, aber seine blaugrauen Augen schauen mir lange fast erwartungsvoll unter der dunklen Kapuze entgegen. Erst dann sehe ich wieder ein schwaches Lächeln. »Aber wie ich dich kenne, wirst du das nicht tun. Also dann, mein Herz, erkälte dich nicht. Übermorgen Abend findet ein Event in Le Havre statt, das ich ungern ohne deine lose Zunge verbringen möchte. Du versprühst immer so viel Esprit.«

»Und du alles, was mich von dir fernhalten lässt. Geh zu den anderen und umgarne sie mit deinen Worten, lass ihre Herzen höher schlagen und ihre Knie weich werden. Bei mir vergeudest du deine Zeit«, antworte ich ihm mit einem finsteren Blick. Jeder Versuch, sich bei mir einzukratzen, ist unnötig. Auch wenn ich mir gerade auf die Zähne beißen könnte, weil ich ihn nicht verärgern sollte, denn sonst stehe ich schon übermorgen mit gepackten Koffern am Kay von Le Havre und darf der Yacht, die vor meinen Augen am Horizont verschwindet, zusehen.

»Wie unglaublich direkt du doch sein kannst. Das mag ich an dir, mein Herz. Bis später«, haucht er mir entgegen, dann ist er verschwunden und ich schaue weiter im Regen, der immer stärker wird, dem Horizont, an dem finstere große Wolken auf uns zukommen, entgegen.

12. KAPITEL

»Versuchen wir es erneut«, schlägt Isy in ihrem eng anliegenden schwarzen Trainingsanzug und den dunklen Shorts vor. Dabei stemmt sie ihre Hände in die Hüfte und dreht sich zu den Matten und dem Sprungbrett neben uns um. Der zu einem Zopf geflochtene Pferdeschwanz schwingt bei jeder ihrer Bewegungen mit.

Der Fitnessraum ist wirklich mit allem, was wir zum Training brauchen, ausgestattet, sodass man meinen könnte, Garners Eltern seien Turner. Selbst ein Trampolin, auf dem wir Saltos üben können, steht am Ende des Raumes. Gut, wir haben zwei Angestellte fragen müssen, ob sie es für uns aufbauen, aber es ist vorhanden.

Während ich einen Schluck von meiner Wasserflasche nehme, mit meinen nackten Fußspitzen wackle und mich danach mit Dehnübungen auf dem Boden warm halte, nimmt Isy neben mir Anlauf, springt barfuß neben der Matte ab und legt einige einstudierte Flickflacks hin. Mit einer Leichtigkeit fliegt sie durch die Luft, um sich ebenfalls mit lockeren Runden in der Halle aufzuwärmen, bevor wir die Choreografie üben. Ich nehme auf dem Boden Platz, dehne mich weiter vor und schaue ihr zu. Hinter ihr erstreckt sich die breite Glasfront des Sportraums, von dem aus wir auf das Hauptdeck auf den Pool sehen können – beeindruckend schön, wie sich die Beleuchtung der Yacht im Wasser des Pools bricht.

Später, falls wir noch Zeit haben sollten, können wir mit einem Sicherungsseil einstudierte Figuren üben, fällt mir zeitgleich ein, als ich meinen Blick von dem Außendeck löse. Es ist erstaunlich, was der Sportraum zu bieten hat. Also müsste sich Philipp keine Gedanken darüber machen, dass wir aus der Übung kommen. Nein, wir werden trainiert in London ankommen – möglicherweise ein paar wenige Figuren üben, aber die Grundelemente sollten kein Problem sein.

Mit leichten Schritten nehme ich eine mit dem Oberkörper nach vorn gebeugte Position ein, bevor ich mit einfachen Turnübungen beginne, einen Handstand mache, dabei die Beine in der Luft in einem Spagat spreize und mein rechtes Bein vor meinem Gesicht auf dem Boden abstoße, dann das linke hinter meinem Rücken, wie bei einer Wippe.

»Ähm, Dakota, keine Turnübung. Wir sollten die Drehungen üben.« Isy steht auf dem Kopf neben mir und lächelt, bevor ich beide Beine über meinem Kopf zusammenziehe und eine Brücke mache. »Warum nicht? Zur Aufwärmung geht es allemal.«

Ich erwidere ihr Lächeln, bevor ich mich rückwärts abrolle, Anlauf nehme und in mehreren Saltos Sprünge und Schrauben in der Luft mache, die mich jeden Knochen spüren lassen. *Verflucht, was ist los?*

Als ich außer Atem am Ende der Halle auf die Füße komme, schaue ich auf meine roten Hände, die ich aneinander reibe. »Besser?«, frage ich sie und sie nickt.

»Obwohl der letzte Flack etwas ungenau war. Du bist mit einem Ausfallschritt fast einen halben Meter vorgestolpert.«

»Dann noch mal.« In einer geraden Haltung gehe ich auf die Linie am Ende der Halle zu, nehme Anlauf, springe kräftig ab und lege mehrere Flickflacks zurück, bevor ich den Schwung ausbremse und im letzten Drittel der Halle zum Stehen komme – leider etwas aus der Balance. Mein Herz schlägt schnell, das Rauschen meines Blutes ist in meinen Ohren zu hören und meine Hände zittern leicht. Letzteres ist ungewöhnlich, trotzdem trainiere ich mit Isy weiter Ballerina- und Standwagen-Figuren, bis es kurz nach neun Uhr abends ist.

Um zehn Uhr ist ein weiterer Punkt im Programm eingeplant. Denn alle Damen sollen zu der Zeit in der Lounge der Yacht, von denen es drei gibt, eintreffen.

Damit wir nicht zu spät kommen, beenden wir das Training rechtzeitig, gehen durchgeschwitzt über die Gänge zu unseren Suiten.

»Also ich will dich nicht verärgern, ich meine es auch nicht böse, aber heute warst du nicht in Form. Ist irgendwas passiert?«, fragt Isy neben mir und dreht im Gehen ihren Kopf zu mir.

»Ich weiß. Nein … Es ist nichts«, lüge ich, damit sie sich keine Gedanken macht. Denn ich hoffe, dass ich mir nichts auf dem Außendeck geholt habe.

»Dir fehlt vermutlich Schlaf. Mit dem Mistding, das sicher ständig am Nacken reibt, könnte ich auch kein Auge zubekommen. Schon übermorgen bist du von dem Ding befreit. Wir eisen uns während des Ausflugs los und finden jemanden, der dir das Metallding abnimmt. Ganz sicher.«

Daran liegt es nicht … Denn das Metallhalsband ist nicht besonders schwer, und allmählich habe ich mich daran gewöhnt.

Als vor uns pünktlich um zehn Uhr die gläsernen Flügeltüren geöffnet werden, ich zusammen mit Isy einen großen Innenspringbrunnen aus Marmor vergoldet erkennen kann, dröhnt eine angenehme und zugleich elektronische Musik in meinen Ohren. Rote und blaue Lichter flackern in der Lounge, in der schwere helle Couchen und niedrige Tische stehen, und auf der Tanzfläche sind sogar einige Frauen zu erkennen, die wohl ihren Spaß oder einen Drink zu viel genossen haben. Überall laufen Stewards mit Tabletts, auf denen kleine Speisen wie Tapas angerichtet sind, in der Lounge umher. Rechts von mir befindet sich eine große Fensterwand, vor der eine Couchreihe steht, auf der ich Garner mit Zynthia, Theresa und Flora erkennen kann – eine aufreizender als die andere. Jede lächelt, schenkt ihm ihren schönsten Augenaufschlag und muss ihn an seinem Arm, Bein oder seiner Brust berühren. *Wie lächerlich.*

»›Mit den Blicken ausziehen‹ bekommt ab heute für mich eine ganz neue Bedeutung. Ich geh mal zur Bar, um über den Anblick hinwegzukommen«, sagt Isy neben mir in ihrem trägerlosen dunkelvioletten Kleid, umfasst ihre Handtasche fester und bahnt sich einen Weg durch die anderen Frauen und die ausladenden Palmen, die um Säulen stehen, und ist nach wenigen Wimpernschlägen verschwunden. *Ich sollte ihr folgen, obwohl ich besser nichts trinken werde.*

Kurz streiche ich über mein dunkles Kleid, das knielang ist und ab dem Bauch aufwärts in eine aufwendige Spitze übergeht, dann setze ich wenige Schritte auf meinen hohen Peeptoes zurück, als mich eine Hand an der Schulter berührt. Und plötzlich verdunkelt sich alles vor meinen Augen. *Nicht schon wieder!* – denke ich, fasse reflexartig nach der Hand auf meiner Schulter und drehe das Handgelenk in einer Bewegung, bis ein Jaulen ertönt.

»Fuck! Was soll das?«, erkenne ich Krestens Stimme, bevor ich mich zu ihm umdrehe, meinen Griff lockere und ihn vor mir mit schmerzverzerrtem Gesicht sein Handgelenk reiben sehe.

»Tut mir leid, das ist so in mir drin.« *Warum noch mal entschuldige ich mich*? Kurz schaue ich ihm mitfühlend entgegen, bevor meine Miene wieder undurchdringlich wird.

»So in dir drin?«, wiederholt er meine Worte, während July eine Sekunde später neben Kresten steht und ihn tröstet. Mit ihrem dunklen Haar, das zu einem Knoten zusammengebunden ist, und ihrem cremefarbenen Kleid könnte sie fast an eine Krankenschwester erinnern. *Niedlich.*

»Er leidet nicht lange, July. Gebrochen habe ich ihm sein Gelenk nicht, aber ihm verdeutlicht, mich unter keinen Umständen von hinten anzufassen, wenn ich ihn nicht sehe«, spreche ich meine warnenden Worte aus. Warum reagiere ich so aufgebracht, als wäre er ein Angreifer, ein Feind?

»Verstanden, Chessa-Schatz. Nur das nächste Mal könntest du mich vorwarnen«, bringt er knurrend hervor, senkt seinen Kopf, sodass dunkle Strähnen über seine Stirn fallen, und hebt dann sein Gesicht mit einem Grinsen. »Trotzdem beachtlich, was du für Kräfte hast.« Schon so schnell hat er sich wieder erholt? Zynthia in ihrem engen roten Cocktailkleid und mit ihren dunklen welligen Haar sowie Madeline und auch Lara, die sich zuvor unterhalten haben, blicken in meine Richtung. Ich verfolge ihre spöttischen Blicke, dann ihr Geläster, weil sie sich lachend unterhalten. Nur Madeline hält sich etwas zurück.

»Mensch Dakota, was hast du gemacht?«, fragt Isy, als sie

mit einem Cocktail in der Hand auf mich zukommt.

»Nichts Schlimmes. Ihm geht es wieder gut, nicht wahr, Kresten?«, hake ich nach und erwidere sein Lächeln.

»Sicher.« Als er sich in seinem dunkelblauen Hemd und seiner Anzughose erhebt, streicht er sein Haar aus der Stirn, grinst mir diabolisch entgegen und beugt sich zu mir herab. »Mit einer Entschuldigung ist es noch lange nicht erledigt, Chessa«, raunt er mir zu, greift nach einer losen Haarsträhne aus meiner hochgesteckten Frisur und zwirbelt sie zwischen seinen Fingern. »Wir sehen uns in einer halben Stunde.« Dann ist er verschwunden. *Bestimmt nicht – wenn ich es verhindern kann.* Denn mich mit ihm heute Abend zu beschäftigen, dazu fehlt mir die Kraft. Aber vielleicht lockert mich ein Drink auf. An der gläsernen Flügeltür sehe ich John besorgt in meine Richtung blicken, bevor er sich wieder umwendet.

»Du hast Energie, gefällt mir, mein Herz«, höre ich, als Garner an mir mit Flora und Theresa im Arm vorbeigeht und auf die Bar zusteuert. *Aufgeblasener Esel!* Es sollte nicht dazu kommen – nur in Notfällen. Nur hasse ich es, von hinten angefasst zu werden, was wohl vermutlich an meiner Vergangenheit und den lästigen Albträumen liegt.

Schnell dränge ich den Gedanken beiseite und fordere Isy, die immer noch verblüfft ist, auf, mich zur Bar zu begleiten.

»Ich wusste ja, dass du dich heute unwohl fühlst, aber was war das gerade eben?«

»Selbstverteidigung. Mach dir keine Gedanken.« Auf den Barhockern nehmen wir Platz. Auch die anderen Gäste widmen sich wieder ihrer vorherigen Beschäftigung, während ich einen Mai Tai bestelle. *Vielleicht sollte ich doch etwas trinken, um meine Nerven zu beruhigen.*

Eine Stunde später hat sich Damian wohl mit mehr als der Hälfte der Frauen unterhalten, sich amüsiert, und auch Kylian scheint sich mit Alexis, die ein schwarzes Kleid trägt, gut zu verstehen, während von Kresten nichts zu sehen ist. Ein paar der Frauen sind bereits gegangen, doch weiterhin herrscht eine ausgelassene Stimmung. Immer wieder ertappe ich mich dabei, zu Garner zu blicken, der entspannt vor den Fenstern auf den weichen hellen Polstern sitzt und sich mit den Frauen unterhält.

Hin und wieder lächelt er, seine Augen blitzen in die Richtung der Frauen, und es scheint fast so, als würde er sich noch überlegen, welche er heute Nacht mit auf sein Zimmer nehmen will. Im flackernden Licht der Lounge wirken seine Gesichtszüge noch ausgeprägter, unter seinen Wangenknochen legt sich ein leichter Schatten, seine Lippen sind zu einem Lächeln verzogen, der Schatten seines Dreitagebarts ist kaum zu erkennen und in seinem Anzug wirkt er auf mich wie die perfekte Versuchung.

»Warum starrst du Damian so an? Oder tüftelst du bereits an einem Plan, wie du ihn und seinen hübschen Hintern aufreißen wirst?« Isy schnippt plötzlich mit den Fingern vor meinem Gesicht. Ihre silbernen Armreifen beginnen dabei zu klimpern.

»Ja, unter anderem.« Denn die Schwachstelle jedes Womanizers ist es doch, die Frau, die er sich ausgesucht hat, nicht zu bekommen. Das Spiel ist gefährlich – sollte er das Interesse an mir verlieren, wird er mich darum bitten, die Yacht zu verlassen. Also sollte ich mich auf ein Spiel einlassen, das ihm einiges gewährt, nicht aber, mich zu vögeln.

»Lust, uns zu begleiten? Wir entführen deine Freundin mal eben, um Krestens Schmerzen zu lindern.« Kylian steht neben Isy, die ihm entgegenlächelt, dann zu mir blickt.

»Gerne. Wohin gehen wir?«, fragt sie. Vor mir versperren mir Krestens dunkle Hemdknöpfe den Blick auf Garner. Mit zwei Fingern unter meinem Kinn hebt er mein Gesicht an.

»Ich habe mir schon etwas Schönes überlegt, wie du dein Fehlverhalten von vorhin korrigieren kannst.«

»Sag nicht mit einem Blowjob?«, frage ich ihn ernst und mit großen Augen. Es ist schwierig, nicht dabei zu lachen.

»Nein, damit ist es nicht getan.«

»Ich hätte ihn angenommen«, mischt sich Kylian mit einem Grinsen ein, das allerdings sofort verblasst, als Isy ihn anstößt. In Jeans und einem blau-rot karierten Hemd umfasst er Isys Hand.

»Los, folgt uns.«

»Wohin? Was wird das für ein Spiel?«, frage ich Kresten skeptisch, als auch er nach meiner Hand greifen will. Schnell nehme ich einen letzten Schluck von meinem Cocktail, der bitter und süß zugleich auf meiner Zunge zergeht. Dabei erkenne ich keinen Ring an Krestens linker Hand. *Hat er ihn abgenommen, um den anderen Kandidatinnen etwas vorzumachen?*

»Ein Spiel, das dir gefallen wird. Los, komm schon«, fordert er mich mit einem charmanten Lächeln auf. Mein Blick flackert kurz. Erst dann sehe ich Damian hinter Kresten Theresa in knappen Shorts und einem dunklen glitzernden Tanktop küssen, die mir mit ihrem Haar den Blick auf Garners Gesicht versperrt. Nun gut – das muss ich nicht sehen.

»Gerne«, erwidere ich mit einem Lächeln und nicke im Gehen unauffällig John zu, der uns beobachtet. Wollte nicht Harry abends und nachts auf mich aufpassen?

Als wir die Lounge verlassen, die Musik abnimmt und vor uns Kylian und Isy sich belustigt unterhalten, hake ich mich bei Kresten unter. Meine Laune hat sich durch das leicht berauschte Gefühl vom Cocktail gebessert. Die eisige Kälte ist kaum mehr in meinen Händen und Füßen zu spüren.

»Du kannst, wenn du möchtest, ein richtiger Gentleman sein«, bringe ich mit einem Lächeln an Krestens Seite hervor.

»Das von dir zu hören, bedeutet mir viel.«

»Du kannst dir deine Floskeln sparen, Kresten. Ich weiß ganz genau, wer du bist.« Mit einem Augenaufschlag sehe ich zu ihm auf. Kurz kneift er seine Augen zusammen.

»Dann brauche ich dir nichts vorzumachen.«

»Nein, das brauchst du nicht«, füge ich hinzu, fahre mit der Hand über sein Hemd und kann es kaum erwarten, ihn näher kennenzulernen. Wenn ich mehr Zeit mit Damians Freunden verbringe, weiß ich mehr über ihn – während Garner für heute Nacht die dritte Frau klarmacht. Welche Zeitverschwendung.

»Sehr gut, denn schon sind wir da.« Ich habe gar nicht bemerkt, hinter welcher Tür Kylian und Isy verschwunden sind. Mit einem leichten Stoß öffnet Kresten eine Tür neben mir, hebt mit beiden Händen meinen Kopf und grinst mir mit einem leisen Versprechen, als würde die Nacht etwas ganz Besonderes werden, entgegen. Erst dann legt er seine Lippen auf meine und ich erwidere den nicht gerade zurückhaltenden Kuss.

Es ist egal, worüber ich nachdenke, egal was Garner im selben Augenblick macht, mein Vater denken könnte, ob mich Leroy bereits angerufen hat, Mary sich zur selben Zeit die Augen wegen ihrer zerbrochenen Beziehung ausheult – es ist im Moment alles egal. Nur der Gedanke, die Nacht mit Kresten zu verbringen, zählt für mich, um ein Stück weit sein Vertrauen zu gewinnen, ihm zu zeigen, was eine Frau wirklich zu bieten hat.

Am Kragen ziehe ich ihn näher zu mir herab, er schiebt mich in den dunklen Raum, während sich unsere Zungen gierig umkreisen, ich leise keuche und sein Hemd aufknöpfe. Zugleich öffnet er mein Kleid, das zu Boden sinkt und aus dem ich mich mit meinen hohen Schuhen befreie.

Als ich meine Lippen von Krestens löse, mir schon während des Kusses heiß wurde, öffnet von hinten jemand meinen BH. Im selben Moment hält Kresten meine Handgelenke zusammen.

»Nur für den Fall, dass du anderen ebenfalls Schmerzen zufügen willst, mein Goldstück«, raunt mir Kresten mit nacktem Oberkörper zu. Ich versuche mich aus seinem Griff zu befreien, aber er gibt mich mit einem Kopfschütteln nicht frei.

»Warum lässt du mich nicht mal nach meinen Spielregeln spielen?«, hauche ich ihm entgegen, als der Jemand hinter mir meinen Slip herunterzieht, mir dann aus meinen Schuhen hilft.

»Das werde ich zu gegebener Zeit tun – nur musst du mir erst zeigen, dass du es wert bist, die Kontrolle zu übernehmen.« Mit einem Griff lässt er mich los, dreht mich und umfasst dann meine Handgelenke hinter meinem Rücken. Vor mir sehe ich Kylian, die linke Hand an seinem Kinn, mit seinen Blicken über meinen Körper wandern. *Oh, wenn das Spiel nicht mittendrin eine Wendung nimmt …*

»Wo ist meine Freundin?«, hake ich nach, denn schon wird mir ein Tuch zwischen die Zähne geklemmt und Kylian hebt mich an.

»Sch. Sie wartet dort hinten auf dich«, antwortet mir Kylian. Ein angenehmer Duft zieht sich in meine Nase, und ein Grinsen von Kylian folgt, als er mich komplett nackt auf einem Tisch absetzt. Mit den Fingern malt er meine Lippen nach und ich ziehe die Augenbrauen zusammen. *Verflucht, sie haben nicht vor, uns hier anzuketten, oder?* Hoffentlich kommt Garner nicht in den Raum und nutzt die Chance.

»Schön entspannt zurücklegen. Falls dir irgendetwas unangenehm ist oder dir wehtut, zweimal blinzeln, verstanden?« Kresten ist über mir, während ich kaum etwas in dem Raum erkennen kann. Nur höre ich Isy neben mir atmen. Ihr helles Haar fällt etwas in der Dunkelheit auf. *Damn – haben sie Isy auch geknebelt?*

Gerade als Kresten über meine Rippenpartie streicht, ich tief Luft hole und Kylian sich umdreht, erhebe ich mich vom Tisch und nehme das Tuch ab.

»Was soll das werden?«, fragt mich Kresten verblüfft.

»Das hier.« Ohne dass er etwas machen kann, stehe ich plötzlich vor ihm, schlinge meine Arme um ihn und beginne ihn stürmisch zu küssen. Mal sehen, ob er mir Widerstand leistet, wenn ich ihn führe.

Mit den Händen öffne ich seine Hose, befreie ihn daraus und beiße nicht gerade sanft in seine Unterlippe. Zugleich halte ich immer noch das Tuch, das er als Knebel benutzen wollte, zwischen meinen Fingern und versuche es ihm, ohne dass er es wahrnimmt, um seine Oberarme zu binden. Und auf dem halben Weg klappt es erstaunlich gut, bevor Kylian mit einem Räuspern und verschränkten Armen vor der Brust neben mir steht. Dabei sehe ich erst jetzt, dass gedämmtes Licht an den Wänden angeschaltet wurde. Hinter Kylian ist Isy mit Schellen an einem Tisch festgebunden und Kylian steht nur in seiner Anzughose neben uns. Seine dunklen Ringe um die Unterarme zeichnen sich in dem halb dunklen Raum ab und zum ersten Mal erkenne ich Zahlen um die Ringe. *Was haben sie zu bedeuten?*

»Nicht so schnell, Flocke«, sagt er neben mir und hebt süffisant eine Augenbraue, bevor er hinter mir steht. *Damn!* Mit einem Griff zieht er mich von Kresten, der mit offenem Mund zu mir blickt.

»Du hattest nicht gerade vor, mich zu fesseln, Darling?«

»Was? Nein, Darling. Wie kommst du auf diese schwachsinnige Idee?«, schleudere ich ihm eine Gegenfrage an den Kopf. Finster mit einem Lächeln blicke ich ihm entgegen. *Los, komm spielen.*

Völlig nackt deutet mir Kylian an, auf die Knie zu gehen. Isy höre ich aufkeuchen und sehe sie schwach den Kopf, soweit es ihr möglich ist, von der Tischplatte heben.

»Hinknien, Dakota! Und du springst nicht auf.«

»Vergiss es«, reize ich ihn, als Kresten seine Hände auf meine Schultern legt, sie dann meine Oberarme hinter meinem Rücken herunterrutschen und Kylian … *Bei allem, was mir heilig ist.*

»Das war so nicht ausgemacht«, bringe ich zwischen zusammengebissenen Zähnen hervor, als ich Seile um meine Gelenke spüre, die mit meinen Füßen verbunden werden. Klasse! Warum musste ich auch Widerstand leisten? Denn Kylian scheint zu wissen, was er macht.

Mit einem verärgerten Lächeln schaue ich zu Kresten. »Niedlich, was ihr da vorhabt, aber ich schwöre euch, beim nächsten Mal liegst du schneller nackt gefesselt vor meinen Füßen, als dich Kylian warnen kann.« Vor mir geht Kresten in die Knie.

»Du willst mir wirklich drohen, Chessa? Du? Als einfache Studentin, die ein Mal in ihrem Leben das ›Noir et Blanc‹ besucht hat? Vergiss es – ich lasse mich nicht von dir dominieren. Kylian.« Er nickt hinter mir Kylian entgegen, der mir wieder, bevor ich reagieren kann, einen Knebel verpasst.

»So siehst du gleich viel freundlicher aus.«

»Vergiss das Zeichen nicht«, erinnert mich Kylian, als er meinen Kopf zur Seite dreht. Ich nicke und versuche etwas zu lächeln, wenn das überhaupt möglich ist. »Lass dich einfach fallen und von Krestens unüberlegten Worten nicht verärgern«, flüstert er mir entgegen, schon leckt seine Zunge meinen Hals entlang, küsst die Stelle hinter meinem Ohr, sodass ich Gänsehaut bekomme und meine Augen kurz schließe. »So ist gut.«

»Beeindruckend – fast, als würdest du sie Jahre kennen.« Schnell öffne ich meine Augen und schaue Kresten mit einem intensiven Blick entgegen. Nicht lange und ich werde von Kylian mit dem Oberkörper nach vorn gelegt. Kresten ist nicht mehr zu sehen. *Verflucht, wo ist er?*

»Eigentlich sollte es etwas anders verlaufen, Dakota, aber ich habe mich umentschieden.« Der triumphierende Unterton, der in seiner Stimme mitschwingt, ist kaum zu überhören. Hände streicheln von hinten über meinen Rücken, zeichnen Kreise auf meinen Körper, bis meine Pobacken leicht auseinandergezogen werden. Sofort spüre ich das Ziehen in meinem Becken und meine Pussy wird feucht. Kylian hebt mein Gesicht, lächelt und schon küsst er mich sinnlich.

»Geiler Arsch, wirklich, Chessa.«

Oh verflucht, nein, er hat nicht vor, mich sofort anal zu vögeln. Anscheinend hat Kylian meine Reaktion bemerkt, da er sich von mir löst und den Kopf schwach schüttelt. Krestens Finger streichen hauchzart durch meine Spalte, ziehen vorsichtig meine Schamlippen, die sich geschwollen anfühlen, auseinander. Ein warmer Atem trifft meine Klit, bevor eine Zungenspitze über sie gleitet und ich kurz zusammenzucke.

»Gefunden – würde ich sagen und schmeckt hervorragend.« Solch ein Mist. Kurz blicke ich zu Isy auf, die weiter mit ihren Handgelenken an der Tischplatte – die keine Tischplatte ist – festgeschnallt liegt. Erst jetzt sehe ich mich flüchtig in dem Raum um und entdecke eine Art Dungeon, der raffinierter nicht gebaut sein könnte. Isy liegt auf keinem Tisch, sondern eher einem breiten gepolsterten Stahlträger, der etwa hüftbreit ist. Gleich daneben steht ein weiteres Foltergerät aus Metall, auf dem ich wohl gelegen haben muss. Zwei Fenster zeigen mir die komplette Finsternis auf dem Meer, rechts neben mir ist die Tür und vor mir hängt eine Liebesschaukel. Wenn ich raten dürfte, befinden Isy und ich uns im Spielzimmer der Jungs. *Wie romantisch.*

Meine Zähne graben sich immer mehr in das mittlerweile feuchte Tuch und jede Berührung von Krestens Zunge lässt mich den Verstand verlieren. Er weiß genau, wo er eine Frau berühren muss. So genau, dass er meinen Kitzler sofort findet, ihn umspielt und an ihm saugt, sodass ich dabei die Augen zusammenkneife, weil sich die Hitze in meinem Körper ausbreitet. So schnell die Klit zu finden, scheint für ihn ein Kinderspiel zu sein, während andere Männer dafür Monate, wenn nicht sogar Jahre brauchen.

»Zu dir, Isy«, höre ich Kylian mit meiner Freundin reden, die ebenfalls geknebelt ist. »Gefällt dir das Spiel? Deine Freundin konnte nicht lange ihre Freude zum Ausdruck bringen.« Wenn ich lachen könnte, würde ich es tun. Mich nur auf den Schultern aufgestützt von Krestens Zunge verwöhnen zu lassen, ist unglaublich. Finger dringen in meine Pussy ein, die droht auszulaufen, sodass ich ihm meinen Arsch weiter entgegenstrecke.

»Wenn du brav bleibst, Chessa, löse ich die Fesseln um deine Fußgelenke, und wir gehen zu meinem ursprünglichen Plan über. Einverstanden?«, fragt er. Ich nicke, weil er meine Neugierde, wie sein ursprünglicher Plan ausgesehen hat, geweckt hat. Noch raffinierter kann er nicht sein.

Wie ich mich geirrt habe – denn schon zwei Minuten später sind meine Hände links und rechts von meinem Körper in Metallschellen an der Wand befestigt, während ich nur noch die Füße bewegen kann. Warum nimmt er mir nicht den verdammten Knebel ab? Um nicht zu hören, wie ich ihm weiter drohe?

Ihm scheint es nicht zu gefallen, wenn eine Frau die Kontrolle übernimmt, oder aber ihm gefällt es, und er sucht den Reiz darin, sie zu dominieren.

»Jetzt kommen wir zum schönen Teil. Ein Nervenkitzel, auf den ich mich die gesamte Zeit gefreut habe. Kyl, ich brauche kurz deine Hilfe, damit sie ruhig hält.«

»Aber gerne.« Schon steht Kyl immer noch in seiner schwarzen Jeans bekleidet mit nacktem Oberkörper neben mir. Seine Finger streicheln von meinem Venushügel hinauf zu meinen Brüsten.

»Ich würde mit den Brustwarzen beginnen«, schlägt er mit einem Blick zu mir vor.

»Wie du willst.« Kurz kneife ich meine Augen zusammen, als im nächsten Moment kalte Klemmen um meine Brustwarzen gelegt werden. Vorsichtig dreht Kylian sie fest und befiehlt mir, den Blick zur Decke zu richten. Als ich es mache, weiter die Zähne in das Tuch vergrabe, werden meine Beine auseinandergeschoben – *und nein, nein, nein verdammt.* Auch kühles Metall legt sich um meine Klit, sodass ich reflexartig mein rechtes Bein anziehe.

»Oh, so lässt sie sich noch leichter an deiner hübschen Pussy befestigen.« Finger schieben meine Schamlippen weiter auseinander, zwei versinken in meiner feuchten Pussy, dass meine Klit nur noch mehr pocht. *Bei Nero, was tun sie mir an!*

Als die Spange um meine Klit sitzt, leckt Kresten über meine Perle, dass meine Beine unkontrolliert zittern und ich scharf die Luft einziehe, was sich wie ein leises Fauchen anhört.

»Sitzt perfekt«, lacht er rau unter mir. Ich würde mein Bein anheben und ihm einen Tritt in sein Gesicht verpassen, wenn Kylian nicht Klemmen um meine Brustwarzen anlegen würde, die er mit Ketten mit der Labienspange verbindet. Instinktiv schüttele ich meinen Kopf. Bisher habe ich ein Mal eine Labienspange getragen und konnte keinen vernünftigen Schritt machen, aber wenn sie noch mit den Brustwarzenklemmen verbunden sind …

»Wie sie schaut – irgendwie scheint sie sich ziemlich hilflos in der Lage zu fühlen. Keine Angst, Chessa, das ist nur die Revanche für die Schmerzen, die ich vorhin erleiden musste.«

Augenblicklich verschärft sich mein Blick. Finster funkele ich ihm entgegen, was er bemerkt. *Für wen hält er sich? Ich bin eher überrascht, von ihm die Klemme geschickt angelegt zu bekommen – als mich wehrlos zu fühlen.* Aber er scheint das wehrlose Kätzchen zu lieben. Wenn er möchte, kann er es haben.

»Sie kann nicht genug bekommen. Außerdem – wohin soll dein Blick gerichtet sein?«, ermahnt er mich. »Schön zur Decke schauen.«

Mit dem Blick zur Decke höre ich einige Sekunden später Isys Keuchen. Zu gern würde ich sehen, was sie mit ihr machen, als Lippen sich um meine Klemmen legen und meine Brustwarzen küssen, dann fest daran saugen, dass sofort ein Impuls zwischen meine Beine zuckt. Ich bewege meine Beine und plötzlich beginnt das Zusammenspiel zwischen Labienspange und Klemmen zu funktionieren. Je mehr ich mich bewege, je mehr wird mein Körper gereizt. Mit geschlossenen Augen keuche ich, atme gleichmäßig ein und wieder aus, um die Kontrolle zu wahren, als einen Augenblick später etwas über meine Klit in dem Metall reibt und ich die Finger in den Handschellen krümme.

Solch ein verdammter Sadist! »Schön zur Decke schauen, Dakota, und vergiss Kyls Anweisung nicht. Wenn es unerträglich wird, dann löse ich die Klemmen von dir. Schließlich möchte ich mein Schmuckstück nicht vergraulen.« *Darauf kannst du lange warten, Hamilton.*

»Aber ein Blick in deine Augen …« Er greift nach meinem Kinn und ich schaue in seine dunkelgrüne von fast schwarzen Linien durchzogene Regenbogenhaut. Bis ich die Fältchen um seine Augen erkennen kann. Er lächelt mir entgegen, so vertraut und zugleich einfühlsam. »… verrät mir, wie sehr du es genießt, dich auf das Spiel eingelassen zu haben. Dann lass es mich auch hören.«

Mit beiden Händen umfasst er meine Oberschenkel und hebt mich an. Meine Handgelenke sind weiterhin an der Wand fixiert. Quälend langsam dringt er mit einem Stoß in meine Pussy ein, sodass ich den Kopf zurückwerfe, ohne dabei bedacht zu haben, dass die Ketten mit dem Halsband verbunden sind. Mein Stöhnen muss unglaublich laut sein, was Kresten ein zufriedenes: »Du bist bezaubernd«, über die Lippen kommen lässt.

Sein Zähne vergraben sich nicht zu fest zwischen meinem Hals und meiner Schulter. Ein heißkalter Schauder wandert über meinen Rücken, als er mich weiter nimmt, mit mehreren Stößen in mich eindringt und mich – als wöge ich nichts – weiterhin trägt. Ich schlinge meine Beine um sein Becken, damit ich ihm Widerstand leisten kann, und blinzle schwach. Die Hitze durchrauscht meinen Körper, rieselt wie warmer Sand zwischen Fingerspitzen durch meine Arme, als ich nicht mehr lange durchhalten kann. Während Kresten mich vögelt, die Klemmen meine Brustwarzen und meinen Kitzler überreizen, die sich angeschwollen und heiß anfühlen, bahnt sich das Zittern in meinem Körper an.

Sein Bart kratzt über meinen Hals, seine Hände liegen besitzergreifend um meine Oberschenkel, als ich ihn näher an mich ziehe und ich mit weiteren harten Stößen laut stöhnend komme.

»Nein!«, schreie ich – was von dem Knebel erstickt wird. Die Hitze durchrauscht meinen Körper, lässt meine Augen schließen und meine Beine zittern.

»Herrlich, Chessa. Du bist wundervoll«, raunt mir Kresten zu, als er mit weiteren Stößen sich ebenfalls laut stöhnend in mir ergießt. *Verdammt, verflucht, was habe ich gemacht – mich in meiner Angetrunkenheit von Kresten Hamilton vögeln lassen.* Nur es war wirklich unglaublich – sodass ich den Gedanken schnell verdränge.

Sofort löst er das Tuch zwischen meinen Zähnen, und meine Lippen treffen auf seine, weil ich ihn küssen will, während er noch in mir ist. Am liebsten würde ich meine Handgelenke um seinen Nacken legen und ihn näher an mich ziehen, aber den Kuss, den er mir gewährt, nehme ich – egal ob ich gefesselt bin oder nicht. »Man könnte fast meinen, Kyl hätte dich gestern nicht verwöhnt.«

»Verwöhnt ist falsch gesagt«, korrigiere ich ihn mit einem Schmunzeln. Erst jetzt bemerke ich, wie heiß sich mein Körper anfühlt. Schweiß rinnt zwischen meinen Schulterblättern und der kühlen mit dunklem Holz verkleideten Wand entlang und ringelt sich zwischen meine Brüste. Mein Atem geht immer noch schnell – fast zaudert er, und mein Herz schlägt so laut, dass ich das Blut in meinen Ohren zirkulieren höre. Wenn es nicht von dem Orgasmus herrühren würde, würde ich das anhaltende Zittern als Anzeichen einer Krankheit auslegen.

»Ich befreie dich, halt ruhig.« Meine Beine sind immer noch – um Halt zu finden – um seine Hüfte geschlungen, als die Tür neben uns aufgeht und ich Garner in einem weißen an den Ärmeln hochgekrempelten Hemd und schwarzer Hose im Türrahmen stehen sehe.

Damian

Nummer drei und vier – Theresa und Zynthia – sind wirklich reizende Frauen, die wissen, was sie wollen, und beeindruckend gut aussehen. Nur sind sie mir zu aufdringlich, bieten sich mir ständig an. Als ich nach meinem Hemd greife, Theresa sich weiter in meinem Bett rekelt und das Laken über ihren schlanken Körper zieht, erhebe ich mich aus den Laken.

»Nimm es mir nicht übel, Kleine, aber ich werde mir etwas zu trinken holen.« *Und dann versuchen, Kyl und Kresten zu finden.* Mit einem breiten Lächeln streicht sie mit beiden Händen ihr dunkles Haar aus der Stirn und nickt.

»Ich warte so lange auf dich.«

»Brauchst du nicht. Wenn du möchtest, nimm eine Dusche. Ich habe noch ein paar Dinge mit den Angestellten zu klären«, antworte ich mit einem entschuldigenden Blick, beuge mich ihr entgegen und küsse ihre Lippen. Fast schnurrt sie wie eine Katze, legt ihre Hände um meinen Oberkörper und zieht mich wieder ins Bett. Zum Teufel, sie ist wirklich aufdringlich, was ich nicht mag – besonders nicht bei Frauen, die nur eine einmalige Geschichte sind. Hilaria, Theresa und Lara werde ich morgen in Le Havre verabschieden. Zynthia ist von ihrer Art her einzigartig – mit ihr waren die Stunden abwechslungsreich –, also gewähre ich ihr weitere Zeit auf dem Schiff.

»Ich muss.« Mit meinen Händen löse ich ihre und erhebe mich vom Bett. Hoffentlich ist sie verschwunden, wenn ich wieder zurück bin – sonst werde ich sie in ihre Gästesuite tragen lassen müssen.

Im Gehen knöpfe ich weiter mein weißes Hemd zu, krempele meine Hemdärmel bis zu den Ellenbogen hoch und fahre kurz durch mein Haar – um nicht gleich erkennen zu lassen, was ich noch vor wenigen Minuten gemacht habe. In der kleinen Lounge auf dem Ownerdeck lasse ich mir einen Drink zubereiten und weise einen Steward an, mein Zimmer neu zu beziehen. So muss Theresa aus meinem Schlafzimmer verschwinden.

»Gerne, Mister Garner.« Mit einem Grinsen genehmige ich mir einen Schluck von dem Scotch und schaue mich in der Bar um, die nur Zutritt von mir erlaubt. Kurz kreuzen sich der Blick des Barkeepers und meiner.

»Haben Sie eine Ahnung, wo sich Mister Hamilton und Mister Warren aufhalten?«, will ich von ihm wissen. Der junge Typ, vielleicht Mitte zwanzig, trocknet seine Hände an der schwarzen Schürze ab und weist auf den Gang.

»Sie sind in diesem Gang in einem der privaten Räume verschwunden. Vorletzte Tür rechts.« *Wirklich?*

»Mit wem?«, möchte ich wissen und ahne bereits, mit wem sich Kyl und Kresten vergnügen.

»Einer blonden Frau mit einem violetten rückenfreien Kleid …« Er lächelt kurz. »Und einer brünetten schlanken Frau – die mir irgendwie bekannt vorkommt …« *Tatsächlich?* »Zumindest trägt sie ein schwarz-weißes Kleid.«

»Sie kennen Sie?«, hake ich nach und nehme einen weiteren Schluck von dem starken Scotch, der meine Kehle herunterbrennt.

»Sicher bin ich mir nicht. Irgendwo habe ich sie gesehen. Es ist schon eine Weile her … Nur wo …« Er kratzt sich am Hinterkopf, zieht seine Augen zusammen und reibt über seine Lippen. *Er kommt nicht drauf – zu schade.*

»Gut, falls Ihnen einfallen sollte, woher Sie die Dame kennen, würde ich mich sehr freuen, wenn Sie mich benachrichtigen.«

»Sehr gerne, Mister Garner«, antwortet er mit einem Lächeln, während ich das Glas leere und zurück auf den polierten Tresen schiebe.

»Gute Nacht!«

»Die wünsche ich ebenfalls, Mister Garner«, höre ich, als ich die kleine Bar verlasse und nachsehen will, wie weit Kyl und Kresten bereits mit den Damen sind. Als ich den »Playroom« erreiche, der natürlich nur für uns drei zugänglich ist, schließe ich die Tür leise auf. Kurz nachdem ich sie öffne, bleibt mir bei dem imposanten Anblick die Luft weg.

Die Freundin von Chessa wird von Kyl auf der Stahlbank festgehalten und immer noch gevögelt, während Kresten links vor Dakota steht, die nackt an der Wand fixiert ist. Ihr schlanker Körper zeichnet sich kaum in dem matten Licht ab. Dafür glänzt sie verräterisch, als sei sie von einer sportlichen Aktivität außer Atem. *Was kein Wunder ist. Kresten fordert seine Frauen*. Ihre Brüste wie auch ihr Bauch sind von einer schimmernden Schicht, als wäre sie eingeölt worden, überzogen.

»Zu schade, Damian. Du hast die Show verpasst«, ertönt Krestens belustigte Stimme, als er mich bemerkt. Dakota hingegen bleibt der Mund offen stehen. Ihre nachtschwarzen Augen schimmern mir entgegen, während ihre Haut hell wie Schnee strahlt. Ihre vollen Lippen sehen so aus, als wollten sie mir etwas an den Kopf schleudern, doch außer ein mehrfaches Zwinkern macht sie nichts und sieht weg. *Warum?* Ihre Wangen sind leicht gerötet.

»Oh, mein Herz, dir brauch es nicht peinlich zu sein, dass ich dich so sehe«, sage ich ihr, nachdem ich mich kurz geräuspert habe. Lachen werde ich sicher nicht.

»Ist es ihr nicht. Sie ist nur durchgevögelt und etwas erschöpft«, mischt sich Kresten ein. Neben mir höre ich Kyl laut kommen, der zwischen den Beinen der blonden Frau steht und mit einem Knurren den Kopf zurückwirft.

Mit wenigen Schritten bin ich bei Kresten und Dakota und helfe ihr, die Handschellen an der Wand loszuwerden.

»Fass mich nicht an, Garner«, fährt sie mich an. Ich hebe nur die Augenbraue, grinse unmerklich und löse weiter die Hebel der Metallringe.

»Süß, nicht wahr? Statt sich dankbar zu erweisen, wird sie bissig.« Kresten lässt sie auf ihre Füße gleiten, dreht sich um und sucht seine herumliegenden Kleidungsstücke auf dem dunkelblauen Teppich zwischen den schweren Palmentöpfen.

»Da hat er recht. Komm.« Ich biete Dakota meine Hand an, als sie ihre Gelenke aus den Schellen zieht. Doch sie schüttelt nur den Kopf, schließt kurz die Augen und reibt über ihre Gelenke. Verstimmt kneife ich die Augen zusammen. »Jetzt nimm meine Hilfe an.«

»Nein«, flüstert sie. *Sturheit gehört wirklich bestraft, vor allem dann, wenn sie nicht angebracht ist.* Gerade will sie wenige Schritte zurücksetzen und zu ihrer auf dem Teppich liegenden Unterwäsche gehen, als sie schwankt.

»Was ist los?«, frage ich sie, als ich sehe, wie sie ihre Balance wiedergewinnt.

»Nichts, kümmere dich um andere Frauen«, wispert sie. Ihre Stimme klingt nicht mehr so tough – kein stolzer Unterton schwingt mit, nur Erschöpfung.

»Was hast du gemacht, Kresten?«, frage ich ihn vorwurfsvoll. Vor dem Fenster hat er sich angezogen und hält nun eine Zigarette und Feuerzeug in der Hand.

»Was soll ich gemacht haben? Ich habe nur meinen Job als verantwortungsvoller Gentleman übernommen. Sie erst verwöhnt, dann nach ihrer Einwilligung gefesselt und dann gevögelt. Wenn sie kommt, ist sie wirklich wie in Trance – sieht man selten. Und dann …«

»Fuck!«, höre ich Kylian neben mir, der sich von der Blonden zurückgezogen hat und nun zu Dakota hinter mir eilt.

Als ich mich zu beiden umdrehe, sehe ich, wie sich Chessa an der Tür abstützt.

»Was ist mit dir, Dakota? Sag schon?« Nackt springt auch ihre Freundin auf sie zu, während ich erst jetzt begreife, was los ist. Sie ist krank. Kresten behandelt Frauen für gewöhnlich sehr gut – Kyl ebenfalls und das Glänzende auf ihrer Haut ist kein Schweiß vom Sex, sondern weil sie Fieber hat. Mit wenigen Schritten bin ich bei ihr. Nur in Unterwäsche drehe ich sie zu mir um und lege eine Hand auf ihre Stirn.

»Sie glüht. Zum Teufel, Kresten, warum hast du nicht bemerkt, dass sie Fieber hat!«, fahre ich ihn an, obwohl es unnötig ist.

»Scheiße, ich dachte, das wäre von der Ekstase – sie … woher sollte ich das wissen?« *Ekstase – sicher.*

»Lass mich los, Garner«, protestiert Dakota, versucht meine Hand von ihrer Stirn zu schieben und sich mit einem mickrigen Versuch aus meinem Griff um ihre Mitte zu befreien.

»Werde ich nicht. Los komm.« Mit einem Satz hebe ich sie auf meine Arme und winke Kyl zu mir. »Gib mir ihr Kleid oder deck sie damit zu.«

Sofort reicht er mir das Kleid und legt es auf Chessas nackten zitternden Körper, während ihre Freundin nervös auf ihrer Unterlippe nagt. »Ich komme mit. Ich weiß, wo sie ihre Medizin für den Notfall hat – und Wechselsachen und frische Handtücher«, quasselt sie auf mich ein. Mein Blick wandert über ihren nackten Körper, ihre Brüste und Pussy, schon ist sie verstummt. »Mist, ich … ich sollte mich … ähm, erst mal anziehen …«, stammelt sie und schüttelt verwirrt ihren Kopf, bevor sie auf ihre verstreuten Kleidungsstücke über der Chaiselongue neben den Palmen an den Fenstern deutet.

»Ich kümmere mich darum. Kyl, pass auf ihre Freundin auf. Und wenn ich etwas brauchen sollte, werde ich nach dir rufen lassen. Wie heißt du noch mal?«, frage ich Dakotas Freundin, die ihre Augenbrauen skeptisch zusammenzieht.

»Sie heißt Isy. Solltest du dir merken«, antwortet mir Kyl in einem barschen Ton, als hätte ich Dakotas Freundin beleidigt, und schüttelt verständnislos den Kopf. Zugleich schaut er auf Dakota, die kaum noch ihre Augen aufhalten kann. Wenn ich es richtig beobachtet habe, dann hat sie an der Bar Alkohol getrunken, der ihre Symptome sicher überspielt hat. *Keine gute Kombination.*

»Was soll das heißen?«, fragt mich Isy und macht einen Schritt in ihrer nackten Schönheit auf mich zu.

»Ich bringe sie zu mir, das soll es heißen.«

»Ähm, Damian – findest du nicht, sie gehört in die Krankensta…«

»Das entscheide ich, Kyl!«

Schon verlasse ich den »Playroom« mit Dakota auf den Armen, bevor die anderen weitere Einwände erheben.

»Lass ihn den Retter spielen«, höre ich Kresten, dann ein amüsiertes Schnauben. Über den Gang laufe ich auf meine Suite zu. Die Wandleuchten werfen abwechselnd Licht und Schatten auf Dakotas Gesicht. Ihre Stirn glänzt, und selbst das Kleid kann sie nicht wärmen. Es ist nicht kalt, doch wenn sie krank ist, dürfte sie das nicht merken.

»Bring mich in mein Zimmer, Garner«, keucht sie und blinzelt mir entgegen. Dunkle Strähnen kleben an ihrer Schläfe, als sie ihren Kopf auf meinem Arm reckt.

»Nein, das werde ich nicht tun. Du befindest dich auf meinem Schiff, also gebe ich die Anweisung.«

»Großspuriger Idiot«, kann sie sich selbst noch in ihrem Zustand beschweren und versucht mich finster anzusehen –

was ihr misslingt, weil ihre Lider flattern. Mühsam gebe ich den Code neben meiner Schlafzimmertür ein und stoße sie mit dem Fuß auf.

Im Zimmer, das beleuchtet ist, finde ich Theresa vor. *Verdammt, sie sollte gehen!*

»Geh, Theresa, ich bin beschäftigt.«

»Oh … ähm …« Sie steht von der Couch vor dem Fenster auf, blickt von mir zu Chessa und kräuselt ihre Lippen. »Was soll das werden? Ist sie der Ersatz für die restliche Nacht?«

Verärgert blicke ich ihr entgegen.

»Das geht dich nichts an. Verschwinde, habe ich gesagt«, knurre ich ihr entgegen, als Dakota ihren Kopf hebt und hart schluckt. Das silberne Halsband mit den schwarzen Kristallen hebt sich kurz unter dem Reflex.

»Nein … ich sollte gehen …«, wispert Dakota auf meinen Armen. *Klasse* – sie sollte Theresa nicht bemerken. Mit einem Kopfnicken und einem bedrohlichen Blick deute ich Theresa an, die zum Glück wieder ihr Kleid trägt, zu gehen.

»Beeilung!«

»Vorhin noch war ich dir für den Sex gut genug und nun behandelst du mich wie eine Aussätzige«, zischt sie mir entgegen und kommt auf mich zu. Dunkle Haarsträhnen klemmt sie sich hinter ihr Ohr und blickt mir scharf entgegen. »Schön, wie du sie bevorzugst.«

»Zu keinem ein Wort, sonst darfst du morgen deine Koffer packen.« Mit einem bitteren Blick hebt sie ihre Mundwinkel zu einem schmalen Lächeln.

»Also haben dir die Stunden doch gefallen?«, hakt sie nach. *Nein, du wärst übermorgen rausgeflogen.* Nur will ich das Risiko nicht in Kauf nehmen, dass sie auf der Yacht Gerüchte in Umlauf bringt. »Gut, gut … Ich werde mit niemandem darüber reden. Du weißt, wo du mich findest.« Sie hebt ihre rot lackierten Fingernägel, streift ihre Fingerspitzen über meine Wange und beugt sich mir entgegen, um mich zu küssen. Schnell drehe ich den Kopf beiseite.

»Später, Theresa«, flüstere ich ihr entgegen.

»Wie du willst«, bringt sie beleidigt hervor, wirft einen giftigen Blick auf Dakota und geht an mir vorbei. Als die Tür hinter mir zufällt, atme ich auf. Mit wenigen Schritten lege ich Chessa auf meinem frisch bezogenen Bett ab.

»Habe ich eure Liebesnacht ruiniert?«, höre ich sie zähneklappernd unter mir auf den weißen Laken. »Du solltest sie nicht gehen lassen …«

»Sch – das geht dich nichts an.« Obwohl ich ihr gerne etwas anderes gesagt hätte. »Am besten, du nimmst ein Bad, um Krestens Geruch loszuwerden, dann schläfst du … Morgen sind für dich die Termine gestrichen, später lasse ich dir Personal von der Krankenstation kommen.« Sie lächelt bitter, aber erhebt keine Einwände.

In meiner Wanne lasse ich ihr ein Bad ein, und schon wenige Minuten später befreie ich sie aus ihrer Unterwäsche. Ständig ist sie darauf bedacht, ihr Tattoo an der Hüfte zu verbergen. *Warum nur? Schämt sie sich für etwas?*

Vorsichtig lasse ich sie von meinen Armen in das Schaumbad gleiten, nachdem ich einen Steward beauftragt habe, mir jemanden von der Krankenstation zu bringen.

Schon nach wenigen Minuten in der Wanne dämmert Dakota weg. Ihr Kopf liegt schräg auf der Wannenkante und ihre Augen sind geschlossen. Am Wannenrand nehme ich Platz und halte sie länger im Blick, mustere ihre dunklen, sehr langen Wimpern, ihre leicht geöffneten vollen Lippen und ihre schmale Nase. Sie hat ein Gesicht, das einem Model gleicht – doch dann würde ich sie aus der Presse kennen.

Nicht lange und es klopft an der Tür. Mit einem Stöhnen

erhebe ich mich, um dem Arzt zu öffnen. Bereits nach einigen Minuten steht fest: Chessa hat sich eine Erkältung eingefangen. Der Arzt wird sie öfter besuchen, um sich nach ihrem Zustand zu erkundigen, aber so weit sei es nichts Ernsthaftes. Nur das Fieber möchte er kontrollieren.

Der Tee, den ich ihr bringen lasse, ist wohl unnötig, denn nachdem ich das Bad abgelassen habe, sie wieder im Bett liegt, bekomme ich sie kaum wach. Schlaf sollte ihr helfen, um wieder gesund zu werden. Im Bett dreht sie sich in einem Shirt von mir zur Mitte und vergräbt ihre Nase in dem Kopfkissen, während ich mich vor dem Schrank ausziehe.

Nur in Shorts, weil es sehr warm ist, lege ich mich zu ihr und schalte kurz darauf das Licht aus. Es fühlt sich seltsam an, sich nach so langer Zeit wieder um jemanden zu kümmern. Ein Seufzen ist zu hören, während ihr Körper weiterhin zittert, sodass ich sie näher an mich ziehe, um sie zu wärmen. Ihre Füße sind eiskalt und ihr Körper ist wieder von einem leichten Schweißfilm überzogen. Trotzdem riecht sie erstaunlich gut, bemerke ich, als ich meine Nase in ihrem Haar vergrabe.

»Schlaf gut und werde wieder gesund«, raune ich ihr zu, obwohl sie meine Worte wohl nicht verstehen kann.

13. KAPITEL

Von den hellen Sonnenstrahlen, die nur schwach auf mein Gesicht fallen, werde ich wach. Es sind keine morgendlichen Sonnenstrahlen, sondern die der Abendsonne. Unter dem Bett nehme ich ganz leicht eine Vibration wahr. Erst jetzt begreife ich, auf der Yacht zu sein und nicht zu Hause in meiner Wohnung. Vorsichtig drehe ich meinen Kopf und schließe meine Augen, die sich schwer wie Blei anfühlen. Es ist herrlich warm unter der Decke, sodass ich am liebsten die Augen schließen möchte, um weiterzuschlafen – denn ein unwohles Gefühl durchzieht meinen Körper. Habe ich Gliederschmerzen? Kopfschmerzen?

Langsam hebe ich die Hand unter der Bettdecke hervor und taste nach meiner Stirn, die sich heiß anfühlt. Zugleich atme ich einen sinnlich herben Geruch ein. Kurz huscht ein Lächeln über meine Lippen, bis ich wieder blinzle und meinen Kopf recke.

Bei allem, was mir heilig ist! Ich blicke direkt in stahlblaue Augen, die einen Lichtpunkt der Sonne widerspiegeln. Perplex schlucke ich, als ich begreife, neben Damian zu liegen. Wie kann das sein?

»Es ist zwar nicht mehr Morgen, trotzdem hoffe ich, du hast gut geschlafen?« Knapp über seinem Nasenansatz bilden sich zwei Falten, was ihm einen neugierigen und zugleich mitfühlenden Gesichtsausdruck verleiht.

»Ähm … ich weiß nicht …«, stammele ich und zwinkere mehrmals. Erst als mein Blick durch den Raum wandert, ich den schweren Schrank, die Kommode, mir gegenüber die

Fenster hinter den dunklen Vorhängen erahnen kann, weiß ich, auf dem Ownerdeck zu sein – in Damians Suite. Nun, nach wenigen Sekunden, fällt mir wieder ein, was passiert ist. Mir war heiß, dann unendlich kalt und Damian hat mich über die Gänge getragen, mit Theresa gesprochen, ich habe warmes Wasser um meinen Körper spülen gefühlt, bin eingeschlafen und Hände haben meinen Hals abgetastet, ein Stethoskop hat meinen Oberkörper abgehört und wieder bin ich eingeschlafen. *In Garners Bett?*

»Wie kannst du das nicht wissen? Sicher weißt du, dass du wirres Zeug im Schlaf redest, manchmal sehr unruhig schläfst, dass ich die Befürchtung hatte, du würdest dich mit einer hektischen Bewegung aus dem Bett katapultieren. Aber ich habe über dich gewacht.«

Er hat über mich gewacht? Unruhig fahre ich mir über die Augen und wende den Blick von ihm ab. Unter meinen Fingerspitzen nehme ich erst jetzt seine Haut wahr, seinen Oberkörper leicht unter meinem. Er hat mich in den Arm genommen, als sei ich ein hilfsbedürftiges, schwaches Wesen. Bloß weil ich krank bin?

»Ich danke dir, dass du verhindert hast, mir meinen Kopf nicht an deinen luxuriösen Schlafzimmermöbeln angestoßen zu haben, trotzdem würde ich gern in meine bescheidene Suite gehen. Denn die Rechnung hierfür zu begleichen, bin ich nicht bereit«, murmele ich mit einem Lächeln. Mit Sicherheit möchte er dafür eine Gegenleistung, denn das Halsband trage ich noch.

»Nicht so schnell, Dakota. Ich möchte keine Gegenleistung, nur dass du meiner Forderung nachkommst.«

»Ich wusste es«, bringe ich leise hervor. »Welcher?«

»Du bleibst die nächste Nacht bei mir. Morgen Abend werden wir Le Havre erreichen – so lange ruhst du dich aus.«

»Der Ball …« Den habe ich verdrängt. Zur Not werde ich erscheinen. Mit Schmerztabletten und etwas Schlaf kann ich sicher daran teilnehmen.

»Du wirst nicht an ihm teilnehmen. Vorerst solltest du gesund werden«, beschließt er für mich, dabei zucken seine Mundwinkel, als ich zu ihm aufblicke. Ohne klar zu denken, hebe ich meine linke Hand und fahre über seine Wange. Fast kommt es mir vor, als würde ich träumen. Seltsam.

»Du hast zwar keine schlimme Krankheit, außer einer Erkältung, aber immer noch Fieber.«

»Ich möchte daran teilnehmen, und du wirst es nicht verhindern. Ich bin kein kleines Mädchen mehr.«

Ein Lächeln umspielt seine Lippen, als er mein Handgelenk umfasst und meine Finger zu seinen Lippen zieht.

»Das bist du wirklich nicht – doch du scheinst dazu zu neigen, ziemlich eigensinnig, manchmal leichtsinnig und zugleich geheimnisvoll zu sein, was es mir unmöglich macht, dich genau einzuschätzen. Du bist in deiner Art unverwechselbar, doch zugleich unberechenbar. Du handelst nie nachdem, was dir andere raten.« Ich schmunzele ihm entgegen – denn er hat recht.

»Von daher lasse ich dir keine Wahl. Bis du nicht wieder genesen bist, wirst du dich nicht ohne meine Begleitung frei bewegen.« In seiner Stimme schwingt Besorgnis und zugleich eine unumstößliche und unmissverständliche Anweisung mit. Schnell blicke ich zum Fenster, hinter der die Sonne kaum noch zu erahnen ist, und ziehe scharf die Luft ein. Sein Angebot abzulehnen, wäre wohl unüberlegt, er würde trotzdem alles versuchen, seine Anweisung durchzusetzen.

»Fein, ich bleibe die eine Nacht«, antworte ich ihm mit fester Stimme, schaue in sein Gesicht, das mir kurz zeigt, dass er mit meiner Entscheidung sichtlich zufrieden ist.

»Kluge Entscheidung. Falls du ein Bad nehmen möchtest oder weiterschlafen willst, etwas zu essen wünschst, lass es mich wissen.«

Wie fürsorglich dieser Mann sein kann, verwundert mich. Ich hielt ihn ebenfalls für berechnend genug, um so viel Zeit in eine Frau zu investieren, die mit Sex oder anderen Formen von Zuwendung zurückhält.

»Ich würde gern etwas trinken, Tee – Matcha, wenn deine Bar ihn besitzt.«

Als ich meinen Wunsch äußere, runzelt er kurz die Nase. »Doch etwas gehoben angehaucht?«, höre ich ihn leise vor sich hinmurmeln, bevor ein Steward gerufen wird und ich wenige Minuten später meinen grünen Tee in der Hand halte. Ich kauere mich ins Bett nur in Unterwäsche und einem Shirt von Damian und trinke den Tee. Dabei behält er mich eisern im Blick, als könnte ich jeden Moment umkippen. Warum bemüht er sich so um mich?

»Also wenn du es mir noch angenehmer machen möchtest, Damian, dann könntest du mir das Halsband abnehmen«, schlage ich ihm vor, um das Ding loszuwerden – obwohl ich mich daran gewöhnt habe. Es reibt kaum, und mittlerweile fühlt es sich an, als wäre es ein Teil von mir.

Vor mir steht er nur in seiner Anzughose und will sich ein Hemd aus dem Schrank holen, bis er in meine Richtung blickt und leise lacht.

»Nein, das werde ich nicht machen. Du kennst meine Bedingung.«

»Allerdings. Doch wenn wir ehrlich sind …« Ich nehme einen Schluck von dem noch heißen Tee, der grasig und zugleich herb auf meiner Zunge schmeckt. »… bin ich gerade kaum in der Lage, den Deal einzulösen. Lege es mir, nachdem ich gesund bin, wieder an. Und ich überlege erneut, ob ich auf deine Bedingung eingehe.«

Obwohl ich mich immer noch schwach, müde und nicht in der Lage dazu fühle, mit ihm weiter darüber zu verhandeln, hebe ich entschlossen eine Augenbraue. *Los, nimm es mir ab. Aber was, wenn er es einer anderen Frau anlegt?* Den Anblick könnte ich nicht ertragen. Ich weiß nicht warum, aber irgendwie möchte ich tief im Innersten das Metallband behalten. Er muss meinen Blick gesehen haben, denn augenblicklich steht er neben mir am Bett.

»Es sieht nicht danach aus, als würdest du es unbedingt abgenommen haben wollen oder als ob es dich stören würde. Ich habe mir deinen Hals angesehen, es sitzt nicht zu fest, also werde ich dir das Halsband nicht abnehmen.« Während er die Worte langsam und deutlich ausspricht, beugt er sich mir entgegen und schiebt eine lose dunkle Haarsträhne hinter mein Ohr.

Er durchschaut mich schnell. Seine Finger wandern hinter mein Ohr hinab über meinen Hals, den ich etwas zur Seite lege. Jede seiner Berührungen ist zart und fühlt sich unglaublich gut an. So gut, dass ich die Augen schließe.

»Fein, ich werde es weiter tragen«, hauche ich leise, während ich meine Finger an der Tasse wärme.

»Etwas anderes habe ich auch nicht erwartet. Du solltest ein Bad nehmen, bevor du dich wieder schlafen legst.«

Weiter zeichnen seine Finger Kreise und Linien auf meinen Hals, gleiten über sein Shirt, flüchtig über meine Brüste, weiter meinen Arm entlang. Ein unbeschreiblich schönes Kribbeln breitet sich in meiner Magengegend aus. Dann schieben sich seine Hände unter meinen Rücken und unter die Decke unter meine Kniekehlen. Mit einem geschickten Schwung hebt er mich auf seinen Arm, ohne dass Tee aus meiner Tasse schwappt.

»Ganz der Gentleman.«

»Ich war nie jemand anderes, Dakota«, bringt er mit einem schiefen Grinsen und einem intensiven Blick hervor, der meine Augen trifft. Ich weiß nicht warum, aber in diesem Moment stürzt die innere Fassade, die ich gegen ihn errichtet habe, in sich zusammen, ich löse eine Hand von der Tasse und lege sie um seinen Nacken. Immer noch trägt er außer seiner Anzughose kein weiteres Kleidungsstück.

Ohne ihn zu küssen, schaue ich ihm nur entgegen. Etwas ist seltsam an ihm. Zugleich wirkt er fremd und dann doch so vertraut. Kaum dass ich es bemerke, trägt er mich in ein großes verspiegeltes und mit Gold und Onyx eingerichtetes Bad zur Eckbadewanne, die über zwei dunkle Fliesenstufen zu erreichen ist. Langsam setzt er mich auf den Füßen ab, lässt Wasser in die Wanne laufen und gibt einen nach Abendblume, Lavendel und Vanille duftenden Badezusatz hinzu.

»Schade, dass du damit keine anderen Frauen beeindrucken kannst. Sie können es sicher kaum erwarten«, bringe ich mit einem Lächeln hervor, obwohl mir schon wieder eisig kalt wird. Trotz der warmen Fußbodenheizung zittern meine Knie und eine quälende Gänsehaut zieht sich über meine Arme und Beine.

»Immer noch in der Lage, frech zu sein, statt dich mal etwas zurückzuhalten?«

Ich zucke mit den Schultern, während das Wasser in die Wanne läuft und Damian hinter mir steht. Seine warmen Hände schmeicheln meinem Körper, trotzdem friere ich weiterhin. Geübt streift er mir sein Shirt über den Kopf, seine Hände legen sich um meinen Bauch, gleiten unter den Rand meines Spitzenpantys. Zugleich legt sich sein warmer Atem auf meinen Nacken, als seine andere Hand meinen BH öffnet.

»Ich werde mich zurückhalten, Garner, aber nur weil ich

mich gerade nicht in der Lage befinde, dir eine angemessene Revanche zu geben.«

»Brauchst du auch nicht. Du solltest lieber meine spüren«, raunt er mir zu. Mit einem Lächeln stehe ich völlig nackt vor ihm, während er jeden Winkel meines Körpers erkunden kann. Hände wandern über meine Brüste, über meinen Venushügel, meine Arme und meinen Po. Ich spüre seinen athletischen Oberkörper an meinem Rücken, der mir Wärme spendet. Doch schon eine Minute später umfasst er vorsichtig und nicht zu fest meine Mitte und stellt mich in die Wanne.

In seinem Griff tauche ich zaghaft meine Zehen in den Badeschaum ein und klammere mich unterbewusst an ihm fest.

Sein Kopf erscheint rechts neben mir. »Zu heiß?«

Ich kneife mein linkes Auge zusammen und schüttele den Kopf. »Nein, es passt so. Das Einzige, was zu heiß ist, ist mein Kopf und vielleicht das Etwas an meinem Hintern.«

Ein dunkles Lachen ist zu hören. »Schon gut, ich sollte mich zurücknehmen – was nicht bedeutet, dass es mir in deiner Gegenwart leicht fällt.« *Was soll das bedeuten?*

Als ich im Wasser stehe, hilft er mir, mich hinzulegen. Neben der Wanne kniet er sich hin, während das heiße Wasser meinen Körper wärmt. Es tut unglaublich gut, sodass ich die Augen schließe.

»Wie fühlst du dich? Am besten, du nimmst eine Tablette gegen das Fieber«, sagt er leise und ich spüre seinen Bart auf meinem Ohr. Nicht verwirrt, sondern entspannt lächele ich mit geschlossenen Augen. »Mach den Mund auf.« Etwas skeptisch blicke ich der weißen Tablette, die er plötzlich vor meine Lippen hält, entgegen. Gut, vergiften wird er mich wohl nicht. Also öffne ich meinen Mund, lasse die Tablette auf meine Zunge legen und spüle sie mit einem Glas Wasser, das er mir reicht, herunter.

»Danke«, antworte ich. »Ich wusste nicht, dass du eine fürsorgliche Seite hast.«

Kaum dass ich den Satz ausgesprochen habe, fächelt mir ein warmer Atem entgegen, Lippen streifen über meine Mundwinkel und eine Hand legt sich um meinen Hals. Kurz drückt das Metallband, doch in diesem Augenblick möchte ich es umso mehr spüren. Spielerisch gleiten seine Lippen über meine, ohne mich zu küssen. Der Schaum kitzelt auf meinen Armen und meinem Dekolleté, bevor ich mich etwas aus dem Wasser erhebe und nicht länger seinen stillen Versuchungen widerstehen kann.

»Nur heute, Garner, mache ich eine Ausnahme«, flüstere ich, schon treffen meine Lippen zärtlich, fast zurückhaltend seine.

»Ich liebe Ausnahmen«, antwortet er vor meinen Lippen. Sein Kuss ist langsam, intensiv und so hingebungsvoll und vertraut zugleich, dass ich für einen winzigen Moment glaube, nicht Garner zu küssen. Hände tauchen in das Badewasser, streicheln über meinen Bauch, meine Oberschenkel und Brüste. Wäre ich nicht in dieser verdammt miserablen Lage, würde ich ihm so viel mehr geben können. Doch zugleich sind seine Berührungen wie Balsam für meinen Zustand, denen ich mich hingebe. Seine Zunge schiebt sich zwischen meine Lippen, fordert meine Zunge auf, ihm entgegenzukommen, und schon eine Sekunde später verschmelzen unsere Zungenspitzen wie bei einem Tanz miteinander – so, dass ich ihn nicht mehr freigeben möchte, meine linke Hand um seinen Rücken liegt, um ihn näher an mich zu ziehen. Warum auch immer, aber seine Nähe tut unglaublich gut.

Seine Hand wandert über meine Rippenpartie meinen Poansatz hinab. Schweiß legt sich von dem heißen Badewasser auf meine Stirn, die Luft ist leicht stickig, und der intensive Kuss wird inniger, als seine Hand besitzergreifend auf meiner Pobacke liegt. Mit beiden Händen umfasse ich seinen Rücken und schon mit einem Ruck ziehe ich Garner zu mir ins Wasser. Mit einem leisen Lachen küsse ich ihn weiter. Seine Hose ist vom Wasser durchtränkt, als er sich zwischen meine Oberschenkel schiebt.

»Interessant, was du unter Zurückhaltung verstehst, mein Herz.«

»Hier in der Wanne fühle ich mich wohl«, erkläre ich ihm. »Und dann in deiner Anwesenheit …« Wieder treffen meine Lippen auf seine, ich schlinge meine Fußknöchel um sein Becken und ziehe ihn näher an mich. Auf einmal löst er seine Lippen von meinen, grinst mit Fältchen um die Augen und erhebt sich etwas über mir.

»Bist du wirklich bereit zum Spielen?« Mein Blick wird ernst, doch zugleich lächele ich.

»Immer doch – hör auf, mich zu unterschätzen.« Sein Zeigefinger schiebt sich unter das Metallhalsband, und langsam zieht er mich näher zu seinem Gesicht. Dank der Schmerztablette geht es mir besser, mir ist weder heiß noch kalt. Und wieder im Bett liegen möchte ich nicht. Ich habe lang genug geschlafen.

»Das mache ich mit Sicherheit nicht, nur will ich dich nicht überfordern«, raunt er mir fast verschwörerisch entgegen.

»Das wird dir nicht gelingen, glaub mir, ich werde mit dir fertig, mit oder ohne Fieber. Wie sieht es mit dir aus? Wirst du dich nicht überfordert fühlen?«, reize ich ihn mit einem provokativ erhobenen Mundwinkel und einem intensiven Augenaufschlag.

»Lass es uns herausfinden, Chessa.« Noch bevor ich Luft

holen kann, spüre ich, wie er sich über mir erhebt und mich verlangend küsst, anders als zuvor. Er will wirklich mehr, und mir ist es egal, ob ich meine eigenen Regeln breche. Das Wasser tropft in die Wanne, als er mich behutsam aus der Wanne hebt, als würde ich nichts wiegen. Bevor er mich zurück in sein Schlafzimmer trägt, greift er sich ein Handtuch.

»Stell dich vor das Bett, Hände hinter den Kopf, Beine auseinander.«

»Was soll das, wer …?«

»Vertrau mir, ich möchte nur dein Bestes.« *Mit Sicherheit* – denke ich, schlucke, aber gehe seiner Anweisung nach. Das Wasser läuft aus meinem Haar meinen durchgedrückten Rücken entlang. Kurz schaudere ich, als das Handtuch über meinen Körper reibt, tupft und teilweise kaum zu spüren ist. Die Kälte schleicht sich, trotz des beheizten Raums, in meine Glieder, aber ich halte die Position. Zu spät spüre ich, wie sich etwas Weiches um meinen Körper schmiegt, was keinem Handtuch ähnelt. Reflexartig wandert mein Blick von den Gardinen des Fensters vor mir meinen nackten Körper hinab.

»Blick geradeaus halten, Chessa, ich sorge nur dafür, dass du dich wohlfühlst.«

»Was machst du?«, möchte ich wissen und will wieder meinen Blick vom Fenster abwenden, als Hände meine Wangen von hinten umfassen. »Sieh nach vorn.«

Es fühlt sich an, als würde eine Art Öl auf meinem Körper aufgetragen werden, dann Tücher oder nein, ein Schwamm oder Pinsel, etwas, das dagegen hilft, dass ich nicht friere. Es ist seltsam, aber was er macht, ist unglaublich schön. Ein Kribbeln jagt mein Rückgrat herunter, ich atme den Duft von etwas Zartem, das nach Wildrose und Passionsblume riecht, ein, während weiter etwas Hauchzartes über meinen Körper streicht. Mir wird wohlig warm.

»Es ist eine Feder?«, rate ich laut, während wieder etwas über meine Venushügel streicht, dann über meine Pobacken, zwischen meine Beine, nahe an meinen Schamlippen vorbei, was angenehm kitzelt.

»Nein, nicht ganz, mein Herz. Schließe kurz die Augen«, fordert er mich mit seiner warmen, fast samtigen verlockenden Stimme auf. Wie ein Lockruf folge ich seiner Anweisung, weil meine Klit vor Verlangen pocht, ich die Anzeichen der Erkältung ignoriere, nicht mehr friere und mich in seiner Gegenwart wohlfühle.

»Wenn es dir nicht mehr gut gehen sollte, breche ich es sofort ab. Verstanden?«

»Ja, habe ich verstanden. Aber ich werde sicher keinen Rückzieher machen, denn mir geht es gut. Ich friere nicht mehr und spüre keine Gliederschmerzen mehr«, antworte ich mit einem Lächeln, als weiter etwas zart über meinen Körper streicht, dann legt sich etwas Weiches über meine Augen.

»Genau die Antwort habe ich befürchtet, deswegen werde ich, falls ich bemerken sollte, dass es dir schlechter geht, mich von dir zurückziehen.«

»Wie aufmerksam du doch sein kannst. Sehr zuvorkommend«, muss ich ihn mit einem Schmunzeln aufziehen. Doch er lässt sich nicht aus der Ruhe bringen. Nachdem die Binde um meine Augen liegt, setzt er mich vorsichtig auf das Bett. Ich höre ihn seine nasse Kleidung ausziehen. Er muss sich eine neue Hose anziehen, denn eine Gürtelschnalle klappert, dann spüre ich einen Windzug, als würde er sich etwas überziehen.

»Du wirst das Highlight des Abends, mein Herz.« In seiner Stimme höre ich einen vorfreudigen Unterton mitschwingen. Dann fühle ich kühle Metallketten hauchfein über meine Füße, weiter meine Oberschenkel streifen und … abrupt ziehe ich meine Hand zu meinem Becken. Unter dem Rand der Binde kann ich in einem schmalen Streifen die Kontur meines Tattoos erkennen – ein Siegel, das meine Herkunft und meine Verbindung mit einem Menschen abbildet, den ich in die Hölle verbannt habe. Irgendwann wollte ich das Tattoo entfernen lassen, doch es bedeutet so viel mehr. *Adrian werde ich nicht vergessen, er ist ein Teil meines Lebens und wird es immer bleiben.*

Die leichten Ketten schmiegen sich um mein Becken, dann ruht Damians Hand kurz auf meiner, die mein Tattoo verdeckt.

»Ich akzeptiere es, obwohl es meine Neugierde noch mehr verstärkt. Du liebst Geheimnisse, nicht wahr?«

»Sie regen die Fantasie an«, flüstere ich ihm entgegen, obwohl ich nicht genau weiß, wo er sich befindet.

»Wie wahr. Mund aufmachen, Chessa.« Kurz ringe ich mit mir und schüttle den Kopf.

»Vertrau mir, es wird dir helfen, damit es dir besser geht.«

Drogen? Nein – ich lasse mich auf diese Art von Spiel nicht ein.

»Ich nehme keine Drogen, damit du mich –«. Schon schiebt er eine Tablette in meinen Mund, dann spüre ich die kühle Kante eines Wasserglases an meinen Lippen.

»Wenn du eine Vitamintablette als Droge ansiehst, dann ja …«

»Spinner«, antworte ich ihm, als ich den neutralen Geschmack der Tablette auf meiner Zunge spüre.

»Ab jetzt wirst du nicht mehr reden, oder ich werde dir einen Knebel verpassen, was ich nicht vorhatte, weil ich deine Lippen, wenn du seufzt oder stöhnst, so bezaubernd finde.« Seine Zähne kann ich auf meinem Ohr spüren, seine Zunge über meinen Hals lecken, dann kühles Metall auf meinen

Brustwarzen spüren, das – *Gott!* – mich den Kopf nach hinten werfen lässt.

»Bezaubernd, mein Herz«, höre ich ihn, als er mich am Rücken hält, sodass ich nicht auf das Bett gleiten kann. Er muss Klemmen an meine rechte Brustwarze angelegt haben, die für einen winzigen Moment geziept hat – doch jetzt verblasst der Schmerz. Ich spüre seine Finger auf der anderen Brustwarze, halte ruhig und lasse ihn sie anbringen. Sofort wandert ein Impuls in mein Becken. Wenn er wüsste, wie sehr ich Klemmen liebe. Schade nur, dass ich sie nicht sehen kann, dafür intensiver spüren.

Leise höre ich eine Kette klirren, mein Halsband bewegt sich, an dem ein Ring befestigt ist, den ich verdeckt im Nacken trage. Anscheinend dreht er es zu sich.

»Oh, wenn du vorhast, mich als deine Sklavin durch das Schiff zu führen, täuschst du dich, Garner, das war nicht Teil unserer ›Ich soll nur eine Nacht bei dir bleiben‹-Vereinbarung.«

»Nein, Flocke, er wird dich nicht bloßstellen, denn auf dem Ownerdeck sind wir ganz allein – keine Frau wird dich sehen«, erkenne ich Kyls Stimme, sodass ich zusammenzucke.

»Ganz genau – du, mein Vögelchen, wirst nur für unsere Augen bestimmt sein.« Augenblicklich recke ich meinen Kopf in die Richtung, aus der die Stimmen zu hören sind.

»Heute werden wir dich sicher nicht überfordern, ich habe es dir versprochen – aber etwas genießen darfst du unsere Zuwendungen schon. Sie werden dir gefallen«, haucht mir Damian ins Ohr, streicht mein Haar hinter die Schulter, und einige Sekunden später küsst er mich schmeichelnd. Ich erwidere den Kuss, weil ich mich erstaunlich gut fühle. Die Gliederschmerzen sind kaum zu spüren, die Wärme breitet sich in meinem Körper aus, und ein Lächeln legt sich auf meine Lippen, als ich Damian entgegenkomme und ihn voller Verlangen küsse.

14. KAPITEL

Ich lasse ihm den Vortritt, doch sollte ich die Gelegenheit bekommen, ihn für mich allein zu haben, werde ich ihm zeigen, wie sehr ich ihn mit meinen Künsten verführen kann. Und wer weiß, ob ich nicht Isy in den Plan integrieren kann.

Doch gerade jetzt sind seine Berührungen, seine Küsse viel zu schön, um sich aufzulehnen. Und zugleich möchte ich wissen, was er geplant hat. Zwei Hände umfassen von hinten meine Taille.

»Sie leuchtet wie ein Engel«, höre ich Kylian dicht an meinem Ohr.

»Oh glaub mir, ihre Seele ist so schwarz wie die des Teufels«, lacht Kresten, den ich weiter weg, vermutlich am Fenster, höre. »Dafür kann sie sich unglaublich dem Moment hingeben.« Allerdings. Kresten scheint mich nicht zu unterschätzen.

»Dann möchte ich sehen, wie sie sich bewegen kann«, antwortet Kylian. Als ich mit nackten Füßen auf dem weichen Teppich zum Stehen komme, spüre ich Finger um meine Knöchel und Handgelenke streichen, dann weitere kühle Ketten – keine schweren, nur leichte, die angenehm auf der Haut kitzeln. Es sind mindestens vier Hände auf meinem nackten Körper, dann Lippen, die … »Ahrrr!«, stöhne ich, als Zähne vorsichtig, dann nachdrücklicher an meinen Brustwarzen knabbern. Die Klemmen stoßen auf Zähne. Von wem, weiß ich nicht. Dann umschmeichelt eine warme raue Zunge meine Brustwarzen, die prickeln. Gott, am liebsten würde ich sofort von einem der Männer genommen werden.

»Wie eine Elfe.«

»Nein, Amazone«, erkenne ich Krestens Stimme. »Auf den ersten Blick unschuldig, doch im Grunde verdorben und berechnend.« Die Beschreibung würde ihm gefallen, doch sie trifft nur teilweise zu.

»Du siehst nur ihre dunkle Seite, Kresten. Glaub mir, Chessa hat auch eine sinnliche, verletzliche Seite – die hat jeder«, höre ich Damian dicht vor mir. Nur weil er mich auf dem Bug gesehen hat, soll er nicht glauben, mich zu kennen. Aber seine Worte geben mir zu verstehen, dass er Menschen gut beobachten kann und Frauen nicht nur auf ihr Äußeres reduziert. Schnell verwerfe ich den Gedanken, Damian könnte mich wohl mehr verstehen als die beiden anderen in seinem Zimmer.

Hände umfassen meine Taille. »Achtung. Wenn dir schlecht wird, gib ein Zeichen. Aber nicht, dass du dich auf mein Hemd übergibst.«

»Warum nicht? Wäre ein Zeichen, Kyl«, höre ich Krestens belustigte Stimme, »und du würdest die Show verpassen, weil du mit Umziehen beschäftigt wärst.«

»Arsch!«, knurrt Kyl. »Überhöre Krestens stumpfsinnige Kommentare; er hat es nie gelernt, dass man gewisse Dinge nicht vor einer Frau erwähnt, um die Stimmung nicht zu ruinieren.«

»Ach und du bist jetzt der Frauenversteher? Dass ich nicht lache.« Die beiden streiten sich jetzt nicht wie Kinder neben mir, während ich blind durch den Raum getragen werde, oder? Ich liege über Kyls Schulter – er hält mich wirklich vorsichtig –, als ich einen Windzug auf meinem Gesicht spüre. Unter der Binde erkenne ich das schwache Flackern eines Lichts, das bläulich schimmert.

»Wo sind wir?« Denn Damians Schlafzimmer wird es nicht mehr sein.

»Lass dich überraschen, Flocke, es wird dir gefallen. Alle Aufmerksamkeit liegt auf dir.« *Warum nur werde ich für eine Extra-Behandlung ausgewählt?* – frage ich mich in dem Moment, als ich meine Finger in Kyls Shirt am Rücken vergrabe. Ich spüre das Metall um meine Gelenke, dann, wie er mich irgendwo höher trägt. Steigt er eine Treppe hoch?

»Und denk dran, es ist kein Muss, aber wir wollen uns überzeugen, dich richtig eingeschätzt zu haben. Bist du so weit, Kyl?«

»Ja, gleich«, stöhnt er. »Vorsicht, Flocke, jetzt wird es schön warm, dir wird es gefallen.« Langsam hebt er mich von seiner Schulter, und meine Zehenspitzen berühren Wasser. Wasser, in das ich eintauche und das bis zur Hälfte meiner Waden geht.

»Wo sind wir? In einer Schwimmhalle?«, frage ich ihn und klammere mich weiter an Kyls Shirt fest. Unter meinen Fingerspitzen spüre ich seine angespannten Muskeln. *Verdammt – was soll das werden? Oder befinde ich mich in einer Wanne? Einem Becken?*

»Schwimmhalle«, spottet Kresten unter mir. »Nein, nein, nein, Chessa, viel besser. Schwimmen wirst du nicht können, aber dich bewegen – nur für uns.« Eine leichte, zuerst leise Musik ertönt, und Kyl greift nach meinen Händen, die immer noch sein Shirt umfassen.

»Du wirst das zauberhaft meistern, Dakota. Ich habe dich im Fitnessraum gesehen. Das wird ein Kinderspiel für dich.« Ein Kuss trifft mein Haar, dann löst er meine Finger von seinen. Für einen winzigen Moment fühle ich mich allein gelassen, aber atme immer noch seinen sportlichen warmen Duft ein, dann greift er in mein Haar und löst die Binde. »Tanz für uns, Dakota.«

»Was?«, frage ich perplex, als ich wieder sehen kann und mich in einem hohen gläsernen Gefäß, gefüllt mit warmem Wasser, das in einem großen Raum steht, wiederfinde. An den Wänden sind in Mosaiken verschiedene blaue und milchige Fliesensplitter angebracht. Die Decke über mir glänzt silbern, fast gleicht sie einem Spiegel. Das große Champagnerglas, in dem ich mich befinde, wird von unten beleuchtet.

Als ich meinen Körper hinabblicke, erkenne ich, dass er von oben bis unten mit eine Art goldenem Staub bedeckt ist, der anscheinend nicht wasserlöslich ist. Die goldenen Ketten um meine Hüfte, meine Brustwarzen, die an Klemmen befestigt sind, an meinen Handgelenken und Fußknöcheln schwingen bei jeder Bewegung von mir im und außerhalb des Wassers mit.

»Ihr habt mich in eine Meerjungfrau verwandelt?«, bringe ich mit einem Lachen hervor und taste über den goldenen Schmuck, der meinen Körper ziert.

»Besser«, antwortet Damian, der gefühlte drei Meter unter mir auf einer dunkelroten Couchecke neben Kresten Platz nimmt. Eine Stewardess steht zusammen mit einer weiteren an einer vergoldeten Flügeltür neben Palmen, und für einen Moment erinnert mich alles an einen orientalischen Harem. Kylian zwinkert mir kurz zu, lächelt breit und steigt die Leiter, über die er mich hochgetragen hat, wieder hinab, dann trägt er sie beiseite. Ich befinde mich allein in einem gläsernen Gefäß mit warmem Wasser, einer spektakulären Beleuchtung in einem fast kreisrunden Raum. Hinter mir erkenne ich das Heck des Schiffes und die Außenbeleuchtung des Ownerdecks.

»Keine Panik, dich und deinen hübschen Körper wird niemand außer uns sehen können, Dakota. Wie geht es dir?«, fragt mich Damian, bevor er den Stewardessen entgegenschnippt. Sofort gehen sie hinter eine Bar neben der roten Sitzgruppe, und schon im nächsten Moment halten die drei Männer ein Getränk in der Hand. Kresten, Kylian und Damian sitzen entspannt auf der Couch, während ich im Wasser auf die Knie gehe.

Sehr raffiniert, Garner – denke ich. Wenn du wüsstest, dass die Tochter eines Abgeordneten Englands sich für dich gleich im Wasser bewegen wird wie ein Showgirl. Mit den Fingern gleite ich über das Wasser, das wirklich schön warm ist und mich nicht frieren lässt.

»Kylian sprach davon, mit welcher Leichtigkeit du dich im Fitnessraum mit Isy bewegen konntest, dann wird das Tanzen in einem Champagnerglas sicher kein Hindernis darstellen«, provoziert mich Kresten mit einem amüsierten Grinsen, nimmt einen Schluck von seinem Gin – wenn ich raten dürfte – und winkt flüchtig mit der Hand.

Kurz schließe ich meine Augen, mein Herz pocht auffällig laut, und zugleich erinnere ich mich an Damians Worte, der sofort eingreifen würde, falls es mir nicht gut ginge. *Mir geht es gut – sehr sogar und warum ihnen nicht zeigen, was ich kann?* Der Gedanke, dass Damian mich im Auge behält, beruhigt mich. Seltsamerweise …

Mit einem zarten Schmunzeln öffne ich meine Augen, lausche der Musik, die in einem rhythmischen Takt den Raum erfüllt, und beginne meine Arme leicht kreisend und in einer schmeichelnden Bewegung durch die Luft zu bewegen. So, als würde ich die Luft streicheln, sie berühren können. Mit der linken Hand fahre ich, den Kopf zur Seite geneigt, über mein Schlüsselbein, meinen Hals und quälend langsam die Konturen meiner Brüste entlang, über mein Brustbein. Flüchtig erkenne ich die Klemmen, die golden um meine Brustwarzen angelegt und mit den Ketten an meinem Halsband angebracht sind.

Wie ein goldenes Kunstwerk gebe ich mich der Musik hin, beuge mich langsam rückwärts ins Wasser, sodass mein langes Haar das Wasser berührt, bevor ich mich mit einem kräftigen Kopfschwung erhebe, das Wasser aus meinem Haar in den Raum spritzt und ich lächele.

»Nicht übel für eine Anfängerin«, höre ich weiter Krestens Bemerkungen. Oh, wenn du wüsstest, welche Anfängerin vor dir tanzt. Mit einem kreisenden ausdrucksstarken Hüftschwung, damit die drei Männer unter mir zwischen meinen leicht auseinandergeschobenen Knien jeden Zentimeter mit ihren Augen erkunden können, setze ich einen Fuß im Wasser auf, streichle über meinen Körper, drehe mich auf dem anderen Knie geschmeidig leicht im Wasser. Es erinnert mich etwas an meine Turneinheiten, allerdings fanden sie nie im Wasser statt oder gar in einem erotischen Champagnerglas. Langsam ziehe ich mich auf das zweite Knie, lasse mich anmutig auf den Rücken gleiten und bewege meine Beine grazil durch die Luft. Die Ketten schwingen leise klirrend mit, Wasser tropft auf meinen Körper, bevor ich mich mit einem Schmunzeln schnell umdrehe. Mit Schwung hebe ich meinen Fuß, um den dreien Wasser entgegenzuspritzen und dann, soweit es das Glas hergibt, einen Spagat auf dem Glasboden zu machen.

»Sehr geil. Aber wollen wir sehen, wie ihr das gefällt.« Mein Blick wandert bei den Worten zu Kresten, und eine Sekunde später spüre ich Wasserblasen zwischen meinen Beinen aufsteigen. Mit einem gefährlichen Lächeln blicke ich ihm entgegen.

»Nicht reden, Dakota, vergiss das nicht«, sagt Damian noch oberkörperfrei und in einer Anzughose neben Kresten. Vermutlich hat er meine Gedanken erraten können. *Mir ma-*

chen die paar Luftbläschen sicher nichts aus – denke ich, stütze mich mit den Händen links und rechts ab und erhebe mich aus dem Spagat. Mit leichten Umdrehungen beuge ich mich zur Seite, hebe ein Bein, halte es fast waagerecht von meinem Körper gestreckt, bevor ich den Fuß zu meinem Kopf ziehe. Die Blicke, die mir die drei schenken, sind unglaublich.

»Woher kann sie das?«, fragt Kyl beeindruckt. »Ich habe sie turnen sehen, aber was sie kann, ist kein Freizeitsport mehr.«

»Wie richtig du liegst«, flüstere ich leise zu mir und versuche mich in einer langsam sich drehenden Standwaage. Die Arme bewege ich anmutig zu meinem Bein, langsam aufwärts über meinen Bauch, bis ich mich wieder in das Wasser gleiten lasse, das warm meinen vergoldeten Körper überspült. Auf dem Rücken liegend, drehe ich mich zu ihnen mit aufgestütztem Kopf zur Seite, um kein Wasser zu schlucken.

Damian hebt beeindruckt eine Augenbraue, Kresten verzieht finster, als würde er gerade sehen, wie er auf der Autobahn von einem noch schnelleren Sportwagen überholt wird, sein Gesicht und Kylian, ja, Kyl sieht mehr als beeindruckt aus. Ihm steht sogar sein Mund offen, und er fährt sich kurz durch sein dunkelbraunes Haar, bevor er zu Damian blickt. Genüsslich nimmt Garner einen Schluck aus seinem Glas, während ich weitertanze, und prostet mir danach zu.

Die Luftbläschen perlen an meinen Beinen entlang, als ich ein Bein hebe und mich geschmeidig auf die Knie ziehe. Den Kopf werfe ich zurück, lege ein Bein über den Rand des Wasserbeckens, schmunzele und umgreife mit den Händen die andere Kante des Glases. Es ist gewagt, was ich vorhabe, aber es ist nicht anderes als eine Übung auf einem Barren.

Balance halten, sicherer Griff und Körper anspannen.

Mit einer leichten Bewegung stoße ich meine Füße vom

Rand des Beckens ab und ziehe mich kerzengerade senkrecht am Rand des Glases hoch. Ein Handstand auf einem Champagnerglas. Mit den Händen umfasse ich fest das Glas, spreize langsam meine Beine, als ich spüre, wie meine Finger auf dem Glas rutschen. Verflucht!

»Mach keinen Mist, Chessa!«, höre ich Damian fluchen, der mich mit seiner Warnung noch mehr aus dem Konzept bringt. Zügig, ohne groß zu überlegen, lasse ich mich rücklings ins Wasser gleiten und hole tief Luft.

»Alles in Ordnung«, antworte ich ihm und hebe meine Hand, obwohl die Figur misslungen ist. Nach einer Sekunde rekele ich mich ohne weitere Figuren, die im Wasser ohne Übung kaum zu halten sind, im Glas. Ab und zu schaue ich mit einem lasziven Augenaufschlag in ihre Richtung, doch zugleich genieße ich die Wärme. Gerade fühle ich mich gesund und frei, als wäre ich in meinem Element. Mit einem Hohlkreuz schließe ich meine Augen und wandere mit meinen Fingern langsam über meine Brüste, meinen Bauch hinab bis zu den Ketten, die meinen Venushügel bedecken.

Sanft dränge ich meine Schamlippen auseinander, öffne meinen Mund und lächele, während ich mit den Fingerspitzen meine Klit ertaste, die schon angeschwollen ist, und die Feuchtigkeit meiner Pussy trotz des Wassers spüre. Sinnlich tauche ich meine Finger in meine Pussy, ziehe sie zu meinem Mund und lecke meine Finger ab.

»Das ist nicht ihr Ernst«, höre ich Kresten. Als ich blinzele, sehe ich seine Statur auf die Leiter zugehen, die an der Wand angelehnt ist.

»Vergiss es, Kresten. Schau zu und rühr sie nicht an«, mischt sich Kylian ein, der sich ebenfalls erhoben hat. Wie leicht Männer doch bei dem Anblick einer erregten Frau, die weiß, wie sie mit ihrem Körper umgehen soll, durchdrehen.

Wieder gleiten meine Finger zu meinen Schamlippen, während ich mit der anderen Hand meine Brüste massiere, kurz die goldenen Klemmen umkreise und ungeplant stöhne, weil sie sehr fest sitzen. Im Ruhezustand spüre ich sie kaum, aber wenn ich sie berühre, vermischt sich der Schmerz mit Lust.

»Keine Angst, Hübsche, gleich erlöse ich dich von deinem Verlangen.« Kresten hat es tatsächlich geschafft, die Leiter an das Glas zu stellen, und steht nun neben mir an dem sprudelnden Champagnerglas.

»Doch nicht nach dir, Darling«, bringe ich mit einem verspielten Blick hervor. Obwohl, wenn er schon hier oben steht, warum nicht die Krallen ausfahren. In einer fließenden Bewegung erhebe ich mich, ziehe mich mit gespreizten Beinen auf die Knie und greife nach Krestens Kragen, um ihn näher an mich zu ziehen. Ich komme seinem Gesicht sehr nahe, als ich über seine Lippen lecke und »Komm doch zu mir in das herrlich warme Wasser« sage. Wie ein Lockruf steigt er tatsächlich in voller Bekleidung zu mir ins Wasser.

»Das lasse ich mir sicher nicht zweimal sagen«, antwortet er, umfasst meinen Nacken und zieht sich mit wasserdurchtränkten Kleidern näher an mich, um mich gierig zu küssen.

»Was soll der Scheiß, komm runter und lass sie weitertanzen.«

»Und mir den Spaß entgehen lassen? Nein, Kyl. Du darfst gerne zusehen, wie ich sie vor euren Augen nageln werde, so wie es die Nymphe verdient hat.«

Ich höre nur ein abfälliges Schnauben von Damian, der weiterhin gelassen unter uns auf der Couch sitzt und mir, den rechten Fußknöchel auf das Knie gezogen, unauffällig entgegennickt. *Sehr gut* – mir kommt es fast so vor, als verstände er mich und ich ihn, ganz ohne Worte.

»Oh Kresten, von dir in diesem Glas gevögelt zu werden,

ist eine Vorstellung, die mich noch heißer macht.« Ich drehe mich auf den Knien um – auch er kniet – und reibe mit meinen Pobacken über seine Hose. Ein Knurren ist zu hören, bevor ein bloßer Schlag meinen Po trifft, sodass ich mich fauchend umwende. Er geht doch ungezwungener an die Sache heran, als gedacht. Mit den Händen umfasst er mein Becken und lässt es über seines kreisen. Kurz lasse ich ihm den Moment des Triumphs. Doch dann erhebe ich mich, drehe mich um, greife nach seiner Schulter, sodass er die Balance verliert und er mit dem Rücken im Wasser landet.

»Es war schön mit dir, Hamilton, aber man sollte aufhören, wenn es am schönsten ist.« Mit einem Zwinkern gebe ich ihn frei und klettere aus dem Glas. Schritt für Schritt steige ich die Stufen des Glases herab und sehe Krestens mürrischen Gesichtsausdruck.

»Ja, mach ruhig, lange lasse ich dich nicht laufen, dann habe ich dich schneller unter mir, als du nach deiner Freundin rufen kannst.«

»Niedliche Drohung, Mister, dafür, dass ich dich gerade flachgelegt habe«, bringe ich mit einem Lachen hervor, als mich ein Wasserschwall trifft. Mistkerl. Er kann wohl keine Abweisung einstecken.

Kaum dass mein Fuß die letzte Sprosse der Leiter erreicht hat, umfassen Hände meine Mitte, ein Handtuch wird um meine Schultern gelegt. Vor mir steht Damian, grinst mir mit seinen blauen Augen entgegen und hinter mir Kylian. Beide rubbeln meinen Körper vorsichtig ab. Das Gold haftet weiterhin auf meiner Haut. Dann zieht mich Damian näher an sich, küsst mich so besitzergreifend, dass mir kurz die Luft wegbleibt. Kylian schiebt hinter mir meine Oberschenkel auseinander, während ich über mir Kresten klitschnass aus dem Wasserbecken steigen sehe.

»Runde zwei?«, fragt mich Damian fast einfühlsam, und ich nicke. Er streicht seine dunkelblonden Haarsträhnen aus dem Gesicht, bevor ich seine Hose öffne und schon jetzt seinen erigierten Schwanz spüren kann. Wahnsinn, ihn muss der Tanz ebenfalls angemacht haben. Doch im Gegensatz zu Kresten springt er nicht gleich ins Wasser.

Kylians Finger zwirbeln kurz meine Brustwarzen, sodass ich meine Bewegung stoppe. »Bei allem, was mir heilig ist«, wimmere ich fast, als Damian nackt vor mir steht. Es ist das erste Mal, dass ich seinen athletischen Körper in vollen Zügen betrachten kann. Er hat im gedämmten Licht bronzefarbene Haut, über seine Flanke zieht sich ein Tattoo, das ich nur schemenhaft erkennen kann, weil mein Blick über sein Becken zu dem v-förmigen Lendenansatz zu seinem Schwanz wandert. Mit einem Schmunzeln, weil die Frauen anscheinend nicht untertrieben haben, reibe ich anerkennend beide Lippen aufeinander.

Kylian muss sich hinter mir ebenfalls entkleiden. Von den Angestellten ist keiner mehr im Raum zu sehen.

Mit einem leichten Griff dreht mich Kylian zu sich. »Lass uns beginnen, Flocke«, raunt er mir zu, seine Finger wandern zwischen meine Schamlippen, während er mich sanft auf dem weichen teuren Teppich auf die Knie zieht. Seine Lippen wandern zu meinen Brüsten.

»Das Gold steht dir ausgezeichnet. Wie fühlt sich das an?« Mit seinen Lippen saugt er an meinen Brustwarzen, die Ketten klirren, während ein Seufzen über meine Lippen kommt. Mit den Händen klammere ich mich an seiner Schulter fest, sehe plötzlich Kresten ohne Hemd auf der Couch sitzen und die Stirn krausziehen, bevor er mir entgegengrinst.

»Genieß die Pause ohne mich, Babe. Lange wird sie nicht dauern.« Finster blicke ich ihm entgegen.

Fester saugt und knabbert Kylian an meinen Brustwarzen, sodass ich fast schreie, während Damians Schwanz sich zwischen meine Schamlippen drängt. Er streichelt meinen Bauch, küsst meinen Nacken. Gänsehaut zieht sich über meinen Nacken von dem angenehmen Kitzeln, das sich bis zu meiner Kopfhaut ausbreitet. Kylians Finger dringen in mich ein, verteilen die Feuchtigkeit über meine Klit, weiter entlang meine Pospalte. Dann konzentriert er sich wieder auf meine Perle, umspielt sie und reibt sie. Zitternd klammere ich mich an ihm fest.

»Verdammt, lange halte ich es nicht durch«, keuche ich.

»Musst du auch nicht, Damian wird dich gleich erlösen«, verspricht mir Kresten, der sein Ginglas zwischen den Fingern dreht. Kurz zucke ich zusammen, weil er mich an den Deal erinnert. Dann wäre ich das Halsband los, ich würde mit Garner schlafen, dem Garner, der Marys Hochzeit ruiniert hat. Weswegen sie sich nun betrinkt, herumjammert … Tief atme ich durch.

»Willst du immer noch nicht?«, fragt Damian hinter mir. Sein Dreitagebart streift mein Ohr, ich kann ihn riechen und förmlich vor meinen Augen sehen. Ich antworte ihm nicht, weil ich nicht weiß, was ich will.

»So, die Pause ist beendet. Scheint wohl so, als wolle sie immer noch nicht, Damian. Ganz ehrlich, es tut mir nicht leid«, bringt Kresten mit einem albernen Lachen hervor, erhebt sich und streift seine Hose aus. Ein Knurren ist an meinem Ohr zu hören.

»Wir werden darüber reden, Chessa. So lange genieße die Zeit ohne mich.« Schon ist Damian hinter mir verschwunden. Plötzlich legen sich Krestens Hände um mein Becken, er zieht mich mit dem Arsch näher an seinen Schwanz.

Warum kann ich nicht einfach mit Garner schlafen? Warum

muss ich an Mary denken – verdammt!

Doch statt aus dem Raum zu verschwinden, nickt er Kylian entgegen, der mich auf sich zieht. Meine Schamlippen sind so geschwollen, dass jede Berührung von ihm meinen Körper zucken lässt.

»Bereit?«, fragt er mich unter sich, und ich nicke, als sein großer Phallus meine Schamlippen auseinanderdrängt und er mit einem leichten, dann einem festeren Stoß in mich eindringt.

»Nein!«, rufe ich vor Lust.

»Nein?«, fragt er unter mir.

»Also doch. Es ist der Wahnsinn!« Sein Schwanz dehnt meine Scheidenwände, als er mit weiteren Stößen in mich eindringt und mich fest an seine Brust zieht. Jedem angespannten Muskel, jedem seiner Küsse, die meine Wange, meine Lippen und meinen Hals treffen, gebe ich mich hin. Alles um mich verschwimmt, als er mich härter vögelt.

»Lassen wir Kresten mitspielen. Los, sei vorsichtig.«

»Kresten, anal?«, hake ich nach.

»Ich bin Profi, keine Angst. Dein Arsch ist in guten Händen.« Mit der Zunge spüre ich ihn meinen Anus entlanglecken, dann Finger, die feucht und warm zugleich sind, langsam meinen Anus dehnen. Mit Kylians Schwanz in mir lasse ich mich leichter fallen, obwohl sich alles enger anfühlt, dafür unglaublich heiß.

Mit dem Becken bewege ich mich seinen Fingern, die meinen Muskel dehnen, entgegen. Innerlich kann ich es kaum erwarten. Bisher hatte ich zwei Dreier. Einen mit zwei Männern und einen mit einer Frau und einem Mann. Analsex ist etwas Besonderes, aber nur dann, wenn man sich darin versteht. Und verdammt, Kresten weiß, was er macht. Er dehnt mich vorsichtig vor, während sich Kyl wieder langsam in mir bewegt.

»Ich kann nicht mehr lange …«, seufze ich, küsse Kylians geschwungene Lippen und sauge mich an ihnen fest. Mit rhythmischen Bewegungen reibt er mit seiner Eichel über einen Punkt in mir, der die Hitze entfacht. *Bei Nero, was sie mit mir machen, ist kaum auszuhalten.* Krestens Finger ziehen sich aus meinem Anus zurück, dann merke ich etwas Geliges und zugleich etwas mit Noppen. Wird er mich mit einer Manschette vögeln? Sie haben wirklich sehr genau meine Angaben auf dem Dokument studiert. Vorsichtig dringt Kresten mit seiner prallen Eichel in meinen Anus, und ich vergrabe meine Fingernägel in Kylians Schultern und werfe den Kopf in den Nacken.

»Wahnsinn«, keuche ich. Hände legen sich um mein Becken und mit einem langsamen Stoß dringt Kresten komplett in mich ein. Durch Krestens Glied neben Kylians in mir fühle ich mich komplett ausgefüllt.

»Schau zu mir, mein Herz«, höre ich ungeahnt Damian, der neben Kylian und mir in die Knie gegangen ist. »Seid vorsichtig.«

»Wie immer, Meister«, zieht Kresten Damian auf. »Ich könnte dir beschreiben, wie fucking geil es sich anfühlt, *damn*. So eng, so warm und der Anblick …«

Knapp grinst Damian seinem Freund entgegen, bevor sich Kylian und Kresten zugleich in mir bewegen. Ich schüttle instinktiv den Kopf, schließe die Augen und versuche mich dem Gefühl der Hitze und der Fülle hinzugeben.

Ein Daumen streichelt über meine Lippen, meine Mundwinkel. Ich blinzle, während ich weiter gevögelt werde. Beide Schwänze in mir lassen mich kaum noch einen klaren Gedanken fassen. Sie bewegen sich rhythmisch, schneller, aber nicht zu schnell und doch so intensiv. Wie in Trance lasse ich mich unter ihren Stößen fallen, winde mich mit dem Oberkörper und beiße in Damians Daumen.

»Göttlich, das ist fast unbeschreiblich schön mit anzusehen, wenn du dich vögeln lässt«, höre ich Damians raue Stimme nah an meinem Ohr. »Beneidenswert.« Fast klingt es so, als wäre er enttäuscht, nicht an dem Spiel teilzuhaben. Ich beuge mich ihm ein Stück entgegen, während Kylian seinen Phallus immer kräftiger in meine Pussy stößt und Kresten über meinen Arsch streichelt und meine Pobacken weiter auseinanderzieht. Ich kann die Noppen von Kresten spüren, fühlen, wie sich beide Schwänze in mir bewegen, vier Hände auf meinem Körper liegen und mich streicheln, während ich zu Damian blinzele.

Fester sauge ich an Damians Daumen, schaue ihm entgegen, als Kresten schneller wird, ich mich fast nicht mehr halten kann und ihn hinter mir laut »Fuck!« stöhnen höre. Seine Finger krallen sich in mein Becken und nach weiteren intensiven Stößen ergießt er sich in mir. Kylians Hände massieren meine Brüste, als sich Kresten zurückzieht. Zugleich nimmt er mich mit mehr Spielraum, reibt weiter mit seinem Schwanz über meine empfindliche Stelle, sodass ich den Kopf schüttele und die Hitze nicht mehr aushalten kann. Meine Lippen lösen sich von Damians Daumen. Ich erhebe mich, drücke meinen Rücken durch, um auf Kylian zu reiten. Meine Oberschenkel beginnen zu zittern, als Kyls Schwanz immer schneller werdend in mich eindringt. Ich reite in rhythmischen Bewegungen auf ihm, während er seine Hüfte anspannt, um mich tiefer zu nehmen. Das Zusammenspiel ist unglaublich, sodass ich zur verspiegelten Decke aufblicke, bevor ich mich dem wellenartigen Gefühl des Orgasmus hingebe. Mich selbst im Spiegel zu beobachten, wie ich von drei Männern umgeben bin, macht mich noch mehr an.

Laut stöhnend spüre ich weit entfernt, wie Lippen über meinen Hals streifen, Hände über meinen Venushügel streicheln, Kylian weiter mein Becken auf seinen Schwanz bewegt und Lippen an meiner linken Brustwarze saugen. Alle Berührungen zusammen lassen mich weiter laut keuchen. Meine Oberschenkel zittern und ich möchte mich am liebsten nur noch zurückfallen lassen. *Verdammt – was machen sie mit mir?*

Als stände ich weiter entfernt, höre ich auch Kylian laut stöhnen, er umfasst meine Mitte und dringt noch dreimal tief in mich ein, als er knurrend kommt. Dann streicheln seine Hände sinnlich über meinen Körper, meinen Rücken und meine Oberschenkel. Ich atme schwer und verfolge seine tätowierten Arme.

»War das eine Art Aufnahmeprüfung, die jede Frau bestehen muss?«, frage ich ironisch und muss lächeln.

»Nein, denn glaub mir, jede zweite würde schreiend davonlaufen. Obwohl es eine gute Auswahlmethode wäre. Meinst du nicht, Damian?«, fragt Kylian unter mir und dreht seinen Kopf in Damians Richtung. Damian steht neben mir und hält mir ein Glas entgegen. »Trink das, Dakota.« Mit einem matten Lächeln hält er mir das Glas entgegen. »Sicher, doch ich habe nicht das Bedürfnis, jede Frau in einen Dreier oder Vierer zu integrieren. Du weißt schon, Gerüchte von Orgien verbreiten sich schnell.«

Als ob das Gerücht, er wechsle nach jedem vierten Tag die Frauen, kein gravierendes wäre. »Nein, diesen Vorzug gewähren wir nur Auserwählten«, schließt er an seine Worte an und lächelt mir entgegen, sodass sich Fältchen um seine Augenwinkel bilden. *Auserwählten?* – denke ich, als ich mir langsam von Kylian helfen lasse.

»Ich will kurz liegen, wenn das geht«, beschließe ich, um mich wieder zu sammeln.

»Gerne«, antwortet Damian über mir, lässt mich langsam auf den Teppich gleiten und gibt mir einen Kuss auf die Wange.

Auserwählten – das würde bedeuten, es gab vor mir welche. Ist das so verwunderlich? Nein, bei den drei Männern sicher nicht. Sie sind einflussreich, sehen gut aus und wissen, wie sie Frauen herumkriegen. Ich beobachte, wie Kresten auf der Couch Platz nimmt, sich eine Zigarette anzündet und sich entspannt zurücklehnt. Auch Kylian sammelt seine Kleidungsstücke ein, stößt seinen Freund mit einem Grinsen an und schaut dann zu mir, bevor er einige Worte mit Kresten wechselt. Sie scheinen nicht abfällig über mich zu reden, eher so, als wären sie begeistert.

Über mir erscheinen blaugraue Augen. Garners Gesicht ist von einem Licht-und-Schatten-Spiel umgeben, doch zugleich wirkt er etwas besorgt. »Alles in Ordnung?« Ich nicke ihm entgegen.

»Ja, nur erschöpft.« Es muss sicher schon nach Mitternacht sein. Das letzte Mal, als ich in seinem Bad auf die Uhr gesehen habe, war es halb elf Uhr abends.

»Du warst wundervoll. Besser, wir gehen schlafen.« *Wir?* Ah, er besteht weiterhin darauf, die Nacht bei ihm zu verbringen.

»Ich würde gern in meine Suite gehen.«

»Waren meine Worte von vorhin etwa missverständlich?«, hakt er mit einem strengen Blick nach.

»Nein, trotzdem musst du nicht wie auf ein Kleinkind auf mich aufpassen.«

»Du bist noch nicht ganz fit.«

»Was euch nicht daran gehindert hat, über mich herzufallen.« Ein Schmunzeln bildet sich auf seinen Lippen ab.

»Das ist wahr, doch ich hab gesehen, wie du es genossen

hast. Trotzdem möchte ich ein Auge auf dich heute Nacht haben.«

»Aber –«, will ich ihn unterbrechen.

»Keine Widerrede, heute Nacht bist du noch mein. Morgen sieht es schon ganz anders aus, wenn es dir besser geht«, spricht er die letzten Worte leise aus. Mit einer Bewegung hebt er mich auf seine Arme und schon trägt er mich aus dem Raum mit dem großen Champagnerglas. »Gute Nacht«, sagt er im Gehen zu seinen Freunden.

»Die werde ich haben.« Krestens Blick wandert zu mir. »Schone sie heute Nacht, Damian, sie sieht ziemlich durchgevögelt aus.« Der giftige Blick, den ich ihm zuwerfe, hindert ihn nicht daran, beide Augenbrauen entschuldigend in die Stirn zu ziehen und wieder einen Zug von seiner Zigarette zu nehmen. »Was! Ich bin direkt, gewöhn dich dran.«

»Schlaf gut, Flocke. Wir sehen uns morgen.« Kylian schaut mir lange entgegen, bevor er sich erhebt und zu einer anderen Tür geht. Eifrig rotieren nun zwei Stewards im Raum, um wieder Ordnung zu schaffen. Wann sie hereingelassen wurden, weiß ich nicht.

Zwei Räume weiter setzt mich Damian wieder in seinem Bad ab, dreht die Wasserhähne auf und stellt mich unter die Dusche.

»Morgen wird ein anstrengender Tag, lass dir nicht zu viel Zeit.« Dann verlässt er das Bad, und ich genieße die warme Dusche, um mich von dem goldenen Schimmer zu befreien. Erst jetzt fällt mir auf, immer noch den Körperschmuck zu tragen. Als ich mit einem Handtuch um den Körper geschlungen in sein Schlafzimmer gehe, sehe ich ihn bereits mit nacktem Oberkörper unter den Laken im Bett liegen.

Er liegt mit dem Rücken zu mir gewandt, sodass ich mich auf die Kante der anderen Seite des Bettes setze und lausche, ob er schon schläft.

Das Handtuch lasse ich auf den Boden gleiten und mache mich daran, die Ketten vorsichtig von meinen Fußgelenken zu lösen, als eine Hand um meine greift.

»Ah, ah, das wirst du nicht tun. Der Schmuck bleibt an deinem Körper.«

»Die ganze Nacht?«, frage ich ihn, als ich mich zu ihm umdrehe.

»Komm her und leg dich hin«, befiehlt er mir, ohne mir eine Antwort zu geben. Auf dem Bett strecke ich mich aus, als er die Klemmen um meine Brustwarzen etwas lockert. Sofort spüre ich das Blut wieder in die Haut wandern, was fürchterlich ziept.

»Willst du mich umbringen!«, knurre ich und klammere mich instinktiv an seinem Unterarm fest.

»Sch, es geht gleich vorbei«, beruhigt er mich, beugt sich über meine Brüste und leckt über meine Nippel. Allmählich ebbt der Schmerz ab. »Schon viel besser, nicht wahr? Trotzdem möchte ich morgen so neben dir aufwachen.«

»Der Einzige, der von uns schlafen wird, wirst wohl du sein«, wispere ich verärgert. Vielleicht sollte ich den Moment nutzen, um meine Suite aufzusuchen.

»Sehe ich so verantwortungslos aus, als könnte ich neben dir tief und fest schlafen, während du kein Auge zumachst? Ich pass auf dich auf. Jetzt leg dich hin und versuch zu schlafen.« Wieder kommt seine bestimmte Ader durch, aber ich lege mich neben ihm hin. Fast fürsorglich zieht er die Laken über meinen dekorierten Körper. Jedes Mal, wenn ich meinen Hals bewege, klirren die Ketten gegen das Metall der Klemmen oder des Halsbandes. *Das wird eine Nacht werden …* verfluche ich innerlich Damians Anweisung.

Damian

Wie sie neben mir schläft, wirkt sie erstaunlich fit. Kein Seufzen, kein unruhiges Sich -im-Schlaf-Wälzen oder Gemurmel ist von ihr zu hören. Ihre Atemzüge gehen ruhig und friedlich. Entweder ist sie zu erschöpft, um die Ketten wahrzunehmen, oder aber sie ist mehr gewohnt, als ich dachte. Denn die Nacht davor schlief sie sehr unruhig, hat in kurzen Abständen leise gewimmert, als befände sie sich in Gefahr, und sich unruhig mit dem Kopf auf dem Kissen hin und her bewegt. Fieberträume sind keine Seltenheit, aber ihr bei dem Kampf gegen den Albtraum zusehen zu müssen, hat mir Sorgen gemacht.

Es ist bereits halb acht Uhr morgens, und bald werden wir Le Havre erreicht haben. Die Nacht zwischen zwei und vier Uhr konnte ich öfter den starken Wellengang spüren, trotzdem ist die Prinzessin neben mir nicht wach geworden. Die Sonne scheint schwach durch die verdunkelten Vorhänge, und es verspricht, ein sonniger warmer Tag zu werden. *Perfekt für einen Landgang in Frankreich.*

Ohne Dakota zu wecken, erhebe ich mich aus dem Bett. Lange bleibt mein Blick auf ihrem hellen Gesicht hängen, bis ich Haarsträhnen aus ihrem Gesicht streiche. Sie ist bildhübsch; bis auf die Narben auf ihrer Wade und die kleine an der Schläfe, die man auf den ersten Blick kaum erkennt, ist ihr Körper makellos. *Woher sie die Verletzungen hat?*

Sie macht aus allem ein Geheimnis, doch sie danach fragen werde ich nicht, sondern darauf warten, bis sie mir davon in einem geeigneten Moment erzählt. Falls es den Moment geben wird.

Nach einer Dusche, einer Rasur und in frischer Kleidung wecke ich sie. So ganz möchte ich sie kein weiteres Mal ins

Messer laufen lassen. Die anderen Damen würden erfahren, dass ich sie begünstige, wenn ich ihr jede Verspätung zum Frühstück oder den anderen Veranstaltungen nachsehe.

»Aufstehen, mein Herz.« Sie dreht sich und murmelt etwas in ihr Kissen unter sich. Niedlich – es erinnert mich an meinen Neffen, der ebenfalls immer verschlafen in sein Kissen knurrt.

»Ich bin gleich so weit«, höre ich sie, woraufhin sie die Hand hebt und in der Luft winkt, dass ich lächeln muss.

»Sehr gut. Du kannst deine Sachen von einer Stewardess bringen lassen, um nicht mit deiner Verzierung durch die Gänge zu wandern.«

»Wie rücksichtsvoll.«

»Bin ich immer. Würdest du mich länger kennen, würdest du das wissen.«

»Da habe ich aber andere Hintergrundinformationen. Casanova, Verschleiß an Frauen, gebrochene Frauenherzen, Besuche in Nobelbordellen, ausgelassene Feiern mit Sauforgien und nackt umherhüpfenden Frauen.« *Sie hat ja keine Ahnung!*

»Recherchiere das nächste Mal ausgiebiger. Wir sehen uns im ›Dining Room‹.« Dann erhebe ich mich und verlasse, ohne einen Blick zurückzuwerfen, mein Schlafzimmer.

Wie soll sie sich auch ein Bild von mir machen können, wenn sie nur eine Seite von mir kennt? Für so einfältig hätte ich sie nicht gehalten. Nein, dafür dass sie meistens sehr viel hinterfragt. Aber vermutlich verlange ich zu viel von ihr.

Im Fahrstuhl richte ich meine Manschettenknöpfe, dann gehe ich den Gang des Hauptdecks entlang. Die Yacht wankt nur unmerklich unter meinen Füßen, bis ich etwas in meiner Hosentasche vibrieren spüre. Die ersten Frauen sitzen schon Kaffee trinkend im »Tea Room«, als ich mein Smartphone aus der Tasche ziehe und die Damen begrüßen möchte. Theresa ist unter ihnen, die meinem Blick mit einem mörderischen Gesichtsausdruck begegnet. *Anstrengend* – denke ich. *Als ob sie das Recht hätte, eifersüchtig zu sein. Dafür würde sie sicher einen niedlichen Racheengel im Bett abgeben. Eifersucht kann so seinen Anreiz haben und Menschen Dinge tun lassen, die sie möglicherweise später bereuen, doch wenn sie sich dafür mit mir im Bett austobt … warum nicht?* Ich muss meine Lippen aufeinanderpressen, um nicht zu grinsen.

»Damian, gut geschlafen?«, fragt mich Zynthia mit einem erwartungsvollen Lächeln, das ich erwidere. Ihr dunkles Haar ist nach hinten zu einem Knoten zusammengebunden, sie trägt ein weiß-dunkelblaues Outfit, was mich etwas an die Marine erinnert.

»Das habe ich, danke der Nachfrage«, antworte ich ihr, gebe ihr im Vorbeigehen einen flüchtigen Kuss auf die Wange und nehme auf einem der Barhocker am Tresen Platz. Kurz darauf lasse ich mir einen Kaffee bringen und lese die Kurznachricht:

Damian, lass uns den Vorfall in deinem Appartement bitte vergessen. Ich habe mich zickig und völlig unangebracht verhalten, das ist mir nun klar geworden. Ich würde mich freuen, wenn wir die Angelegenheit vergessen und uns möglicherweise treffen könnten. Verrate mir einen deiner Aufenthaltsorte und ich werde dort sein.

Louisa

Mit erhobenen Augenbrauen muss ich Louisas Versuch, sich bei mir einzukratzen, belächeln. Mit Sicherheit erhält sie keine weitere Chance von mir. Wirklich freundlich, sich bei mir zu entschuldigen, aber ich werde ihr kein weiteres Mal die Gelegenheit geben, mir Dinge an den Kopf zu werfen.

»Hello, Sunshines!«, betritt Kresten mit einem Strahlen

und einem interessierten Blick den »Tea Room«. Seine Auftritte lockern die Mädels sofort auf, die sich zuvor leise unterhalten haben, als würden sie mich mit ihren Unterhaltungen stören.

»Wer von euch hat sich bereits entschieden, mich ins ›théâtre des mascarades‹ zu begleiten? Gegen 13 Uhr werde ich an Land gehen.«

Ah – verdammt, die Termine für die Kostüme und Anproben sind mir entgangen. Sofort melden sich Flora und Cathy, auch Robina und Samantha heben mit einem Lächeln ihre Hände.

»Ich würde viel lieber dich begleiten wollen«, sagt Zynthia neben mir, lächelt mir fast etwas verlegen entgegen und streichelt über meine Hand, die auf meiner Hose ruht.

»Ich habe meine Kostümierung bereits, Zynthia, ansonsten hätte ich dich gerne als Begleitung vorgezogen«, entschuldige ich mich bei ihr. Sofort sehe ich ihren trüben Augenaufschlag, dann Theresa und Sarah auf mich zukommen. Die anderen unterhalten sich bereits mit Kresten, während weitere Frauen den »Tea Room« betreten.

»Doch zum Lunch würde ich mich über eure Begleitung freuen«, lade ich die drei Damen ein.

»Dazu werde ich nicht Nein sagen. Außerdem ist das Geheimnis, wie wir heute Abend aussehen, für dich umso größer«, sagt Sarah, nimmt sich einen Keks vom silbernen Tablett auf dem Tresen und beißt genüsslich davon ab. Sie habe ich noch nicht gevögelt, allerdings verspricht sie, eine Genießerin zu sein. Warten wir ab, was der Abend auf dem angemieteten Anwesen bringt. Mit ihren dunklen braunen Augen blickt sie mir frech entgegen, leckt über den Keks und schiebt ihn dann in ihren Mund. Sie ist hübsch, verspielt und hat dunkelblondes welliges, fast krauses Haar.

»Finde ich auch. Wir können ein Spiel veranstalten. Jede von uns trägt zusätzlich eine Maske oder einen Fächer, und Damian muss erraten, wer sich hinter der Maskerade verbirgt.« Beeindruckt hebe ich eine Augenbraue.

»Wieso nicht? Klingt nach einer spannenden Idee«, stimme ich zu. Außerdem ist keine enttäuscht, dass ich sie nicht auf der Shoppingtour oder ins Theater, wo die Kostüme ausgeliehen werden sollen, begleite. Frauen können doch ziemlich nachtragend sein und sich schnell benachteiligt fühlen.

»Was, wenn er die Falsche errät?«, wirft Sarah in die Runde. »Darf sie ihn dann auf seine Suite begleiten und ihm zeigen, wie er sie das nächste Mal nicht mehr verwechseln kann?« Sarah schaut mit ihren großen braunen Augen kurz zu mir, bevor sie zum Boden lächelt. Sie verbirgt tatsächlich eine inspirierende Seite.

»Warum nicht? Wenn es mehrere Frauen sind, wird es heute Abend zu keiner Langeweile kommen«, stimme ich ihnen zu, nehme einen Schluck aus meiner Tasse und sehe hinter Kresten Kylian mit Isy und Dakota den Raum betreten.

Theresa muss sie oder meinen Blick bemerkt haben, denn sie wendet sich kurz zu ihnen um. »Ja, wer weiß, ob du heute Abend überhaupt noch Augen für uns hast, Damian.« Abrupt wandert mein finsterer Blick zu Theresa. »Nicht, dass du den Abend bereits mit deiner Herzdame verplant hast und uns nur vertrösten willst.«

Süffisant grinse ich ihr entgegen und neige meinen Kopf.

»Da spricht wohl die Eifersucht. Tut mir leid, Theresa, wenn ich den Anschein hinterlassen habe, ich hätte mich bereits entschieden. Denn dem ist nicht so. Wir werden wie vereinbart heute Abend das Spiel durchführen. Ich freue mich schon auf jede Einzelne von euch.« Mein Blick schweift von July zu Sarah, dann zu Daria und Alexis, die ebenfalls zu mir an den Tresen gekommen sind. Jede der Frauen ist auf ihre Weise wunderschön, gepflegt und hübsch zurechtgemacht.

Doch zu leugnen, dass mich Dakota am meisten beeindruckt, fällt mir schwer. Jede der Damen schenkt mir ein Lächeln und ich verweise sie in den »Dining Room«.

Bevor sich Theresa umdrehen kann, schnappe ich mir ihren Arm und warte, bis jede der Damen den Raum verlassen hat. Kurz sehe ich Dakota in der Tür zögern, zu Theresa blicken, aber dann den Raum mit Isy verlassen.

»Kommen diese Anspielungen noch einmal vor, werde ich meine Entscheidung überdenken und dich sofort im Beiboot nach Frankreich verschiffen lassen!«, drohe ich ihr. »Glaub nicht, mich mit deinen Bemerkungen unter Druck setzen zu können.« Nach meiner Warnung gebe ich ihr Handgelenk frei und leere meine Tasse in einem Zug.

»Verstanden, Damian«, flüstert sie verärgert.

»Das hoffe ich, denn eine weitere Chance erhältst du nicht von mir.« Ohne sie eines Blickes zu würdigen, verlasse ich den »Tea Room« mit den grünen Couchen und Sesseln. Ein Steward öffnet mir die Tür und nickt mir freundlich entgegen. Hinter mir höre ich Absätze über das Parkett klappern, aber ich ignoriere sie.

Diese Frau hat ebenfalls das Potenzial wie Louisa – fällt mir auf. Vielleicht wäre sie etwas für Kresten, der gerne Frauen zurechtweist – überlege ich im Gehen.

15. KAPITEL

»Bist du sicher, dass mir das steht? Ich seh aus wie eine aus dem Puff Geflohene«, beschwert sich Isy nun schon seit zehn Minuten und dreht sich vor der Spiegelwand in ihrem Kleid hin und her. »Oder nein, eine aus diesem Moulin-Rouge-Varieté, noch Netzstrümpfe, verlängerte Wimpern und ein viel zu aufgesetztes Make-up und man kann mich als Zirkuspferd im Circus Sarrasani ausstellen.« Ich muss mich wegdrehen und die Hand vor meinen Mund halten, um nicht laut zu lachen. Die anderen Frauen ziehen sich ebenfalls um, verschwinden zwischen den Gaderobenstangen des Saals oder lassen sich von Angestellten in den Umkleiden helfen und beraten.

»Ne, Dakota. Das ist es nicht. Herrgott, es gibt sogar einen Hinterausgang in dem Kleid. Wie pervers ist das denn?« Isy hebt das cremefarbene Rüschenkleid hoch und schaut zwischen ihre Beine dem Spiegel entgegen, bis sie die Knöpfe ihrer Unterhose entdeckt. »Warum steht nicht gleich ›Komm her‹, ›Eingang‹ oder ›Fick mich!‹ drauf? Da braucht sich ein Mann nicht lange unter den Bergen an Rüschen durchzuquälen, um an meine Freundin zu gelangen.«

»Ich weiß nicht, was du zu meckern hast. Deine Brüste kamen nie besser zur Geltung, deine Taille ist der Wahnsinn und wird die Finger jedes Mannes zucken lassen, um nicht seine Hand um deine Mitte zu legen.«

»Gut und schön, der Balkon sitzt, aber der Hintereingang … Ich suche besser nach einer Alternative, sonst bin ich schneller von hinten gegen eine Wand gepresst und habe einen Schwanz zwischen meinen Beinen, als mir lieb ist.« Mit einem amüsierten Lächeln stößt sie mich an, rafft ihr Kleid an den Seiten hoch und verschwindet zwischen Patricia und Anastasia in den meterlangen Garderobenstangen, an denen Hunderte ausladende barocke Kleider hängen und die sogar zweietagig sind. Mit Leitern angeln Mitarbeiter mithilfe von Haken die Bügel mit den schweren bunten Kleidern aus Seide, Spitze und Damast von der Kleiderstange.

»Jetzt schau nicht so. Vor Kylians Schwanz würdest du sicher nicht flüchten.« Ich laufe ihr hinterher und stoße weiter hinten auf ein dunkles mit weißer Spitze abgesetztes Kleid. *Das ist meines* – denke ich, als ich danach greife.

»Oh, Miss, falsche Abteilung, das ist die Trauermode des achtzehnten Jahrhunderts«, ertönt die Stimme einer älteren Dame hinter mir.

»Dann passt es zu dir, Dakota«, lächelt mir Isy entgegen, sodass ich ihr einen Stoß zwischen die Rippen verpasse. »Da Sie schon mal hier sind, Madame …« Isy beugt sich in ihrem Kostüm dem Namensschild der Frau entgegen. »… Bellier. Ist es möglich, ein Kleid zu finden, das kein …« Isy dreht sich mit erhobenem Kleid zu der Mitarbeiterin mit ergrautem Haar und einem Maßband um den Hals um und streckt ihr ihren Hintern entgegen. »… Hintertürchen für nicht angemeldete Besucher hat? Ich möchte nur den Abend genießen, aber mit der Luke …« Sie deutet auf ihren Hintern, sodass ich mich wegdrehen muss, um nicht zu lachen. Manchmal ist ihr nichts zu peinlich. Während sie weiter mit der Dame bespricht, was es für Alternativen gibt, greife ich zu dem dunklen Kleid und streiche mit den Fingern über den dunklen schimmernden Damast. Gleich daneben hängt ein rotes Kleid. Schwierige Entscheidung. Beide Kleider sind ein Traum, aber Isy hat recht, schwarz war bisher immer meine bevorzugte

Farbe, trauern tue ich in gewisserweise schon länger nicht mehr, aber ich weiß auch nicht, das Kleid ruft förmlich nach mir.

»Nachdem du das gesamte Theaterteam wegen deines aufknöpfbaren Hintertürchens verrückt gemacht hast, können wir jetzt das Theater verlassen? Sie werden dich sicher nicht vergessen. Besser, du fragst deinen Vater, ob er nicht bereit ist, eine Spende für das Theater einzureichen, nach deinem Auftritt – für die Psychiaterkosten.«

»Ach was, das können sie schon ab. Woher sollte ich wissen, dass es nur die Unterhose war? Nun ist ja alles gut, oder? Ich brauche einen Kaffee nach der Aufregung. Ah – dort ist eines!«, ruft sie neben mir aus, schiebt ihre Sonnenbrille auf die Nase und hakt sich bei mir ein.

»Warum nur habe ich die Befürchtung, dass der Abend in einem unvergesslichen Erlebnis enden wird«, wispere ich mit einem Lachen in der Stimme, dann setze ich ebenfalls meine Sonnenbrille auf, um nicht erkannt zu werden. Unauffällig folgen uns seit dem Anlegen der Yacht am Pier Harry und John, die zwar zur Yacht-Security gehören, aber sich für einen Landgang loseisen konnten. Durch ihre Anwesenheit fühle ich mich – auch wenn es seltsam klingen mag – frei und zugleich beschützt. Denn schon zwei Mal bin ich mit meinem Vater in eine missliche Situation gekommen. Einmal wurden wir von Paparazzi verfolgt, die kaum von der Security zurückgehalten werden konnten, und ein anderes Mal hat mich ein Verrückter nach der Highschool, wie auch immer er auf das gesicherte Gelände der Schule gekommen ist, verfolgt. Am Ende hat sich herausgestellt, dass er ein Verrückter war, der per Post und Mail meinem Vater Drohbriefe geschickt hat. Warum er das gemacht hat und was in den Nachrichten stand, habe ich nie erfahren. Mein Vater hat es mir verschwiegen, da ich mir keine Gedanken machen sollte.

»Miss Cadena, was soll das heißen? Meistens sorgst du für Aufregung. Zum Beispiel letzten Donnerstag, wenn Reporter unangemeldet Fotos in Clubs von dir machen oder du während eines Turniers von Fotografen und der Presse verfolgt wirst. Da kann ich wohl mal einen kleinen Wirbel um mein altertümliches Kleid machen.«

»Barock, Isy, Altertum war mehr als tausend Jahre davor, dann würdest du dich beschweren, warum es zwischen deinen Beinen zieht, weil du nicht mal mehr ein Hintertürchen besitzt, sondern eine Tunika trägst.«

»Schon gut. Vielleicht hätte ich die Hose doch mitnehmen sollen, für Kylian hätte ich sie tatsächlich offen stehen lassen.« Sie kichert belustigt, während wir weiter die Rue Casimir Périer entlanglaufen, auf der sich eine Boutique neben der anderen reiht. Mit den Fingern zupfe ich mein Tuch über dem Halsband zurecht, spüre das warme Metall und die leichten Erhebungen der Kristalle. Mir fällt wieder ein, dass Garner mit mir reden wollte. Ob er immer noch wissen möchte, warum ich nicht mit ihm schlafen will? Eigentlich gefällt mir das Spiel. Er kann jede Frau auf der Yacht einladen, zu sich auf sein Zimmer holen, sie flachlegen, wenn sie es möchte, nur eine nicht.

Im Gehen klingelt plötzlich Isys Handy, die in ihrem großen roten Shopper nach ihrem Smartphone sucht.

»Mann, wo ist es«, meckert sie und kramt in ihrer Tasche, bis sie es in der Hand hält. »Oh, es ist Mary.«

»Geh ran. Ich möchte wissen, wie es ihr geht.« Seit wenigen Tagen habe ich nichts mehr von ihr gehört, und ich hoffe, ihr geht es besser und sie hat sich erholt.

»Hey, Mary, was gibt es, ich dachte schon, du meldest dich nicht mehr bei uns«, höre ich Isy ins Telefon sprechen, dann sehe ich sie nicken. Hoffentlich erfährt sie nicht, dass wir beide zusammen in Frankreich sind. Sie ahnt, dass ich in Frankreich meinen Onkel und meine Großeltern besuchen könnte, nicht aber mit Isy. Sonst fühlt sie sich benachteiligt.

»Nicht wahr!«, ruft Isy lautstark neben mir und stemmt abrupt ihre Absätze in den Boden. Ich blicke mich um, sehe Harry und John sich unauffällig unterhalten. Sie tragen ein kurzärmeliges Hemd und Jeanshosen, um nicht erkannt zu werden. »Also, Mary, warte mal kurz, jetzt hör auf zu heulen. Du erzählst mir jetzt alles in Ruhe, nimm einen Schluck Wasser und atme durch. Sonst versteh ich nichts und kann dir nicht helfen.«

»Was ist passiert?«, forme ich mit meinen Lippen die Worte, als Isy in meine Richtung blickt und den Kopf schüttelt. Sie beugt sich mir entgegen und hält das Handy ein Stück von sich weg.

»Sie dreht gerade durch, weil Florian heute Morgen bei ihr war und sich offiziell von ihr getrennt hat. Er wollte den Ring zurück, ohne mit ihr zu sprechen.« Es mag grausam klingen – aber was hat sie anderes erwartet. »Dann sei er in seinen Cayenne gestiegen mit einer anderen blonden Frau, die ihr – und ich weiß nicht, ob sie zurechnungsfähig war – wohl entgegengelächelt hat. Mary stand nur im Morgenmantel vor der Tür. Florian hat sich bei ihr nicht angemel... Sch, warte kurz ...« Wieder nimmt sie ihr Handy an ihr Ohr.

»Ich hör dir zu, Mary ... Hm ... Okay ... Aber warum sollte er das tun – ist ja unlogisch ... nicht noch mal mit ihm geredet? Wohnung ausräumen ...«, schnappe ich einige Wortfetzen von Isy auf. Ich atme durch und sehe vor uns ein Café mit einer Außenterrasse und großen aufgespannten Sonnenschirmen, unter denen sich bereits einige Gäste eingefunden haben.

Mit einer telefonierenden Isy steuere ich auf das Café zu, als ich aus den Augenwinkeln aus der Seitengasse rechts von mir Kresten mit Damian, Sarah und Leondra erkenne. Sarah ist blond mit einer leicht unbändigen Mähne, was ihr etwas Exotisches verleiht, während Leondra braunes zu einem Pferdeschwanz gebundenes Haar hat. Sie trägt einen Hut und erinnert mich an ein typisches Haute-Couture-Model mit Handschuhen, einer engen Jeans und Stilettos, die bis in den Himmel ragen. Isy hat ihren Blick auf den Boden gerichtet und verfolgt die Tauben, die neben uns Krümel vom Asphalt picken.

»Also Mary, das ist nicht dein Stil. Rache, ich meine … das geht nach hinten los. Du hast dich darauf eingelassen, es war ein prickelndes Abenteuer …«, höre ich Isy Mary beruhigen. »Nein, jetzt hör mir zu!« Sicher fällt ihr Mary immer wieder ins Wort. »Vielleicht siehst du alles falsch. Ich meine, möglicherweise … unter Umständen ist Florian nicht der Richtige gewesen. – Hallo? Er hat sich ja schnell hinwegtrösten können … ja, ja … ich weiß, aber lass den Unsinn, beruhig dich, sonst muss ich dich noch einweisen.« Ich blicke zu Isy, um sie von der Seitengasse wegzulenken, als ein Schatten neben unserem steht.

»Wer muss eingewiesen werden?«, fragt Damian neben mir und nickt zu Isy. *Fuck!*

Schnell umfasse ich Damians Arm und ziehe ihn zur Seite, während Isy zusammenzuckt und entgeistert von Damian zu ihrem Handy blickt.

»Wie Mary? Die Stimme? Solch ein Blödsinn … du täuschst dich … es war nur … also eine Bedienung, ich sitze im Café. Nein, es war nicht der Arsch, wie auch …« Isy lacht schrill auf und nimmt Abstand von uns. »Langsam wirst du paranoid …«

»Kannst du dich nicht anmelden, Garner!«, fahre ich ihn an. »Man platzt nicht in einem Gespräch dazwischen.«

»Oh, die Amazone fährt ihre Krallen aus. Leondra komm, lass sie spielen, wir nehmen uns einen Tisch.« Kresten umfasst Leondras Hüfte, die mir etwas verwundert entgegenblickt, und lässt sich dann von ihm zu einem der Glastische führen, an den dunkle Korbstühle geschoben sind.

»Soweit ich es beobachten konnte, habt ihr beide euch nicht unterhalten, nur Isy telefoniert.« Er hat sich tatsächlich ihren Namen gemerkt? Unter seiner Sonnenbrille kann ich kaum seine Gesichtszüge deuten, was mir nicht gefällt. Er schaut aber in Isys Richtung, die mit ihren Pumps gegen einen Stein tritt, weiter angestrengt redet und die Tauben aufscheucht.

»Scheint Probleme zu geben«, stellt er fest. *Oh, wenn du wüsstest, weshalb.*

»Frauenprobleme. Da war eine Freundin, die ist mit einem Typen fremdgegangen, der sie hat sitzen lassen. Nun geht ihre Beziehung in die Brüche und sie dreht durch …«, bringe ich die Zusammenfassung mit einem versucht amüsierten Unterton hervor.

»Selber schuld, würde ich sagen«, mischt sich Sarah in ihrem Kostüm ein, öffnet ihren Blazer, weil die Sonne heiß auf unsere Gesichter brennt. »Wenn man alles auf eine Karte setzt, riskiert man eben, alles zu verlieren. Findet ihr etwa nicht?« Fragend blickt sie von mir zu Damian, der sich nur räuspert.

»Um ehrlich zu sein, sind solche Themen Zeitvergeudung. Entweder man lässt sich darauf ein oder eben nicht; es hinterher zu bereuen, ist wohl zwecklos. Auch einen Kaffee, Dakota?«, wechselt er das Thema. »Isy wird sehen, dass wir sie nicht allein zurückgelassen haben.« Was für eine abgeklärte Antwort war das bitte schön? Gut, Anteilnahme hätte ich ihm nicht zugetraut.

»Gerne, die Hitze setzt mir etwas zu.« Zusammen führt er uns an den Tisch neben Kresten und Leondra, die sich angeregt unterhalten. Herrgott, sie hält sogar seine Hand und reibt ihren Fuß an seiner Wade.

Nach wenigen Minuten setzt sich eine stöhnende Isy zu uns an den Tisch, die sich zu mir beugt. »Sie ist fertig, feilt an Racheplänen. Also wenn du mich fragst, dreht sie durch. Sie braucht eine Therapie oder so, aber das setzt ihr alles zu oder sie steigert sich zu sehr in die Sache rein … Was denkst du?«

»Ich?«, frage ich. »Du weißt, dass ich das komplette Gegenteil von Mary bin. Ich kann keine Beziehungsratschläge geben. Sie war es immer, die uns Ratschläge erteilt hat.«

»Dann sollte sie diese wohl an sich selber anwenden.«

»Nein, ich ruf sie in einem ruhigen Moment selber an.«

»Nein, Dakota, sie hat Damians Stimme gehört und ist völlig durchgedreht. Sie hat als Scherz schon vermutet, dass ich auf der Yacht bin, bei der Challenge teilnehme. Wir sollten das Risiko nicht in Kauf nehmen.« Ich seufze und blicke aus den Augenwinkeln zu Damian, der unser Gespräch anscheinend nicht verfolgt hat. »Was soll sie sonst von uns denken?«

Ja, was soll sie denken? Sie würde denken, wir würden sie eiskalt hintergehen, uns mit Damian und seinen Freunden vergnügen – was ja der Fall ist und dann … ja, dann irgendwelchen unüberlegten Blödsinn machen. Sie neigt zur Dramatik und hat eine sehr sentimentale Ader.

»Sollten wir Leroy zu ihr schicken?«, schlage ich vor.

»Nein, er hat sicher keine Lust auf das Geheule. Ich weiß auch nicht …«

»Ladys, was auch immer wichtiger ist, als das Getränk und die Sonne zu genießen, könntet ihr mir einen Gefallen tun und wenigstens etwas freundlicher schauen«, sagt Kresten am Nebentisch und beugt sich zu uns. »Ihr verströmt eine miese Stimmung. Und Dakota …« Er beugt sich näher zu mir ans Ohr. »Ich will Leondra heute noch klarmachen. Sie nervt euer Getuschel – also stellt es ein und seht wie frisch gevögelte Frauen aus.«

»Bist du nicht ganz dicht?«, fahre ich ihn an. Dann fällt mir etwas ein. »Du willst mit mir auf die Toiletten gehen, während Leondra nur Augen für dich hat?« Ich lasse mir von ihm sicher nicht sagen, wie ich mich verhalten soll. An der Hausecke sehe ich John schelmisch grinsen, der wohl jedes Wort über das Mikro verstanden haben dürfte.

»Du Miststück!«

»Du willst mit ihr …? Hier? Und das direkt neben mir?«, fragt Leondra perplex, blinzelt fassungslos und schaut von mir zu Kresten. »Also … Ähm …« Sie faltet ihre Serviette und legt sie auf den Tisch ab. »Entschuldigt mich kurz.« Zügig erhebt sie sich. Damian sehe ich belustigt grinsen, während Kresten rot anläuft und seine Hände auf dem Tisch zu Fäusten ballt.

»Würden wir uns nicht in der Öffentlichkeit befinden, du unter der Obacht von Damian stehen, der mich mehrfach darauf hingewiesen hat, wie schlecht es dir geht, was wohl nicht zutrifft, würde ich dir hier und jetzt den Arsch versohlen, Madame!«, droht er mir. Seine dunklen Augen bohren sich in meine und an seiner Schläfe sehe ich unter seinem rot schimmernden Haar eine Ader pulsieren. Er scheint doch eine sensible Seite zu haben, die ich anscheinend angekratzt habe.

»Oh, habe ich dich verärgert, Hamilton? Das war nicht von mir beabsichtigt. Dann habe ich dich wohl akustisch nicht genau verstanden. Du sprichst aber auch leise«, reize ich ihn weiter, greife zu meinem schwarzen Tee und nippe mit einem Schmunzeln auf den Lippen an der Tasse.

»Du hast mich sehr wohl verstanden, Chessa. Aber weißt du, mir wird sicher etwas einfallen, wie du das Malheur wieder gutmachen kannst. So lange genieße deinen Triumph!«

»Sei doch glücklich, vielleicht war sie es gar nicht wert oder aber sie wollte vor mir die Toilette aufsuchen, um sich von dir … du weißt schon«, deute ich ihm mit einem Handwink an.

Sarah schaut zu mir, dann zu Isy und muss kichern. Leise höre ich sie sagen: »Ich kann sie nicht leiden mit ihrem gezierten Getue.«

»Ich auch nicht, sie ist eine kleine Diva, aber weiß, wie sie sich in Szene setzen kann«, mischt sich Isy mit ein. Es sieht ganz danach aus, als würde Sarah in unsere Gruppe passen.

»Dir scheint es erstaunlich gut zu gehen, wenn du bereits wieder andere mit deinem Zynismus aufziehen kannst. Könnte ein Vorteil für mich sein, Dakota«, raunt mir Damian mit einem berechnenden Blick entgegen. Dann schaut er wie eine unausgesprochene Drohung auf mein Halstuch. Pah! Wenn er glaubt, mir wie Kresten drohen zu können, irrt er sich gewaltig.

Ich muss mich wirklich noch schonen, auch wenn ich meine anzüglichen Bemerkungen nicht verbergen konnte. Ich mag vielleicht gestern in einem Champagnerglas getanzt haben, doch ohne die fiebersenkenden Tabletten, die Medizin, die mir der Arzt auf der Yacht verschrieben hat, läge ich möglicherweise im Bett. Doch dort würde ich mich bloß langweilen. Ein Ausflug und Spaziergang kann nicht schaden und etwas Abwechslung auch nicht. Und wer hat mir schon verboten, Kresten, dem Aufreißer mit seinem losen Mundwerk, nicht mal die Show zu vermasseln?

16. KAPITEL

Lange blicke ich mir im Spiegel entgegen. Ich fühle mich seltsam heiß, aber das kann auch daran liegen, dass ich zuvor gefroren habe und meine Suite beheizt ist. Im Sommer merkwürdig. Nur mich beschleicht das Gefühl, die angebliche Erkältung etwas auf die leichte Schulter genommen zu haben. Sicherheitshalber nehme ich eine weitere Schmerztablette und schminke mich. Mit einem breiten dunklen Lidstrich und einem künstlichen Leberfleck über der Lippe stecke ich mein Haar hoch. Irgendwie hat das Event etwas und verspricht einigen Spaß, den ich mir sicher nicht entgehen lassen werde. Meine Lippen ziehe ich mit Lippenstift nach, das Rouge verdeckt meine Blässe und meine Augen wirken ausdrucksstark.

Nur im Korsett, einem Spitzenslip und Strumpfhaltern, an denen dunkle fein gewebte Netzstrümpfe befestigt sind, erhebe ich mich und gehe auf den Schrank zu, an dem das ausladende Barockkleid hängt. Mit silbernen Stickereien und weißer Spitze hebt es sich vom dunklen Damast ab, was mir besonders gefällt.

Ich klopfe an Isys Tür an, damit sie mir helfen kann, es zu schnüren.

»Ja, warte kurz«, höre ich hinter der Tür und schiebe sie etwas auf. Vor dem Bett zieht meine Freundin gerade ihre Strümpfe bis zu den Oberschenkeln hoch und hält zugleich ein Telefon zwischen Ohr und Schulter geklemmt.

»Woher willst du das wissen?«, fragt sie. »Aha … nein, das ist keine kluge Idee. Bleib zu Hause. Du machst alles nur noch schlimmer. Ignoranz ist die beste Lösung.« Isy dreht sich zu mir und formt die Worte: »Gleich.«

Sie scheint entweder mit Mary zu telefonieren oder mit Peter, ihrer Bettliebe. In ihrem Zimmer, in dem einige Kleidungsstücke über den Sessel vor dem Fenster auf dem Bett und dem Teppich verteilt sind, blicke ich mich um.

»… also ich muss jetzt Schluss machen. Du täuschst dich, weil es keine Bilder geben kann. Mach dir keine Gedanken. Wir reden später. Pass auf dich auf. Bye.« Schon hat Isy aufgelegt und wirft ihr Smartphone nachlässig auf das Bett.

»Mary?«, frage ich und beobachte ihren Versuch, sich die Strümpfe einhändig anzuziehen.

»Ja, wieder … Sie glaubt Bilder von Garner in einem Club in London gesehen zu haben, mit einer blonden Frau. Egal … Willst du so gehen?«, fragt sie mich und nickt mir entgegen.

»Dann würde ich deinem Hintertürunterhöschen Konkurrenz machen, nein. Ich brauche deine Hilfe, um das Kleid anzuziehen und von dir schnüren zu lassen.«

»Warum fragst du nicht Harry? Wird er dafür nicht bezahlt?« Mein Blick verfinstert sich, als ich sie kichern sehe. Ihre blauen Augen funkeln vor Freude, sodass ich auf sie zustürme und ihr mit meinen Handschuhen, die ich in der Hand halte, einen Klaps auf ihren Po verpasse.

»Dann lässt du dir von John helfen, und glaub mir, er hört auf meine Anweisung und wird nicht so zimperlich sein, dich geknebelt in der Limousine zu bewachen.«

»Ja, ja … nun los, reich mir mal das Kleid.« Sie winkt mir mit ihrer behandschuhten Hand entgegen, und ich reiche ihr mein Kleid, in das ich vorsichtig steige.

»Wie geht es dir? Ich hab dich während der zwei Tage mehrmals besuchen wollen, aber Garner hat es verboten.« *Warum hat er es verboten?*

»Besser – aber so richtig gesund fühle ich mich nicht.«

»Du hättest nicht im Regen an der Reling stehen sollen.«

»Ja, Mutti. Da kann ich mir aber den Infekt nicht zugezogen haben.« Eher im Park beim »Eight Nights«.

»Stimmt auch wieder … Also wenn es dir heute Abend nicht gut gehen sollte, gib mir ein Zeichen, und wir fahren zur Yacht zurück. Garner, Kresten und Kylian werden sicher mit den anderen Frauen zu tun haben. Heute wird er erwähnen, welche vier Frauen packen dürfen«, erzählt sie, während ich mit den Händen den Stoff des Kleides um meine Brüste festhalte und sie oberhalb meines Pos beginnt, mein Kleid zu schnüren.

»Hast du eine Vermutung, wer es sein könnte?«, fragt sie mich und schaut an meiner Taille vorbei zu mir auf. Ich blicke zu ihr herunter.

»Nein, nicht wirklich. Wenn ich gehen sollte, weiß ich zumindest, warum.«

»Ja, du machst es den dreien nicht leicht, aber das mögen sie, keine Angst. Ich denke nicht, dass wir dabei sein werden.«

Ich hoffe es auch nicht, denn wenn ich ehrlich bin, möchte ich die restlichen Tage auf der Yacht verbringen – auch wenn es mir so vorkommt, als hätten sich meine Absichten während der Challenge verschoben.

Eine Stunde später steigen wir aus der schwarzen Limousine, die vom Securityservice aufgehalten wird. Dieses Mal sind Harry und John für andere Wagen eingeteilt worden, trotzdem, sie sind auf der Veranstaltung. Vor uns erhebt sich auf einem Rasenhügel ein hohes imposantes Schloss, das über Stufen zu erreichen und von alten Laubbäumen umgeben ist. Kurz erinnert es mich an das Château in der Bretagne, das von meinen Großeltern bewohnt wird und von einem großen See ganz in der Nähe umgeben ist. Zwischen den vielen Gästen, die aus den Wagen steigen, fühle ich mich kurz beobachtet. Als ich mich umdrehe, erkenne ich nur Lara, Robina, Alexis und July aus einer Limousine aussteigen, dann einen Schatten hinter ihnen verschwinden. *Seltsam.*

»Dann lass uns das Spiel beginnen, Dakota«, sagt Isy mit einem strahlenden Lächeln, als sie zu dem Schloss aufsieht, das zwei gewölbte Dachfürsten links und rechts aufweist, hohe beleuchtete Fenster und von außen mit bunten Lichtern angeleuchtet wird. Auch andere Gäste sind zu sehen, das heißt, dass wir unmöglich allein an der Veranstaltung teilnehmen.

Garner – du hast dir etwas Ausgefallenes einfallen lassen. Das muss ich ihm zugestehen. Was etwas hinderlich ist, ist das Halsband, weil ich es nicht unter einem Schal verstecken wollte. Das hätte die Kostümierung ruiniert.

Nachdem wir die Stufen hinter uns gelassen haben und ich vor uns Daria in einem dunkelblauen barocken Kleid neben Zynthia in einem cremefarbenen mintgrünen Ballkleid erkenne, betreten wir durch die hohe Pforte den Vorsaal des Gebäudes.

»Und, beeindruckt, Ladys?«, fragt uns Kresten, der neben

uns auftaucht und mitläuft. In einer Legionärskostümierung sogar mit Degen und Dreispitz steht er neben uns in einer klassischen napoleonischen Uniform.

»Etwas das Jahrhundert verpasst, Hamilton?«, muss ich lachend hervorbringen und tätschele ihm die Schulter. »Kann schon mal vorkommen, wenn man mehr Zeit auf den Bibliothekstoiletten verbringt als zwischen den Bücherregalen.«

»Scheiß auf das Jahrhundert. Ich bin kein Strumpfträger wie die Affen mit ihren parfümierten Ärschen. Napoleon hat meiner Meinung nach mehr Geschmack bewiesen. Geht durch das Foyer gleich rechts die Treppe hoch zum Saal. Amüsiert euch, wo ihr wollt, aber wenn ich dich finde, Dakota, bist du fällig und wirst meinen Degen zu spüren bekommen.«

»Aua, ich bekomme jetzt schon Angst und zittere. Warten wir ein paar Drinks ab, dann werde ich sicher nichts mehr von deinem Degen zu spüren bekommen«, raune ich ihm zu, woraufhin mein Blick zu seiner schwarzen Hose wandert.

»Du!« Mit einem gespielt finsteren Blick kommt er mir näher. Ihm scheinen wirklich die Worte zu fehlen. »Benimm dich angemessen. Höre ich weitere Bemerkungen, ist deine Pussy jetzt schon fällig.«

»Du wirst mich heute Abend nicht finden, verlass dich auf meine Worte, ob mit oder ohne harten Degen, meine Pussy wirst du nicht spüren. Angenehmen Abend noch, der Herr.« Neben ihm mache ich mit dem Kleid links und rechts zwischen meinen Fingerspitzen erhoben einen Knicks.

»Die Rache wird bitter werden, Dakota, das weiß ich jetzt schon. Hamilton ist nicht ohne. Lange kannst du ihn nicht mehr vorführen. Was, wenn er keinen Degen in dem Umhängedings hat?«

»Du meinst die Scheide.«

»Mann, klingt das pervers.«

»Das werden wir hoffentlich nicht herausfinden. Los komm, lass uns eine Runde drehen. Wenn Kresten keine Strumpfhose anziehen wollte, dann vielleicht Damian oder Kylian.«

»Die würde ich ihm mit den Zähnen herunterziehen.«

»Nicht wirklich, oder?«, hake ich nach und schaue mit erhobenen Augenbrauen zu ihr.

Sie zuckt frech mit den Schultern in ihrem weiß-gold schimmernden Kleid mit den unzählig vielen Rüschenbahnen und greift sich ein Champagnerglas von dem Tablett von einem der Kellner, die im Vorsaal herumgehen. »Wäre interessant zu sehen, wie lange er es durchhält. Ah! Da sind sie. Und ohne Strumpfhosen, zu schade.« Ich nehme mir ebenfalls ein Glas und neige meinen Kopf in Isys angedeutete Richtung. Damian steht zusammen mit Theresa in einem roten nicht gerade barocken Kleid und Alexis in einem himmelblauen Kleid. Ihr rötliches Haar ist in niedliche Locken eingedreht. Garner unterhält sich in einem dunkelblau-schwarzen Napoleonkostüm mit drei anderen Männern, die auch in Begleitung erschienen sind. Immer wieder blickt er aus den Augenwinkeln zu Theresa, die Damians Hand umfasst. Irgendetwas stört mich bei dem Anblick, weil ich Theresa nicht mag oder weil sie beide in ihrer Kostümierung zu gut zusammenpassen. Mit ihrem roten Kleid fällt sie überall auf und bildet einen guten Kontrast zu Damians blau abgesetztem Rock und Halstuch. *Damn! Warum mache ich mir darüber Gedanken? Nur weil er sich zwei Tage um mich gekümmert hat, bedeutet das nicht, dass er mich weiterhin bevorzugt.*

Der Saal, als wir weiter die Treppen hochsteigen, umfasst sicher um die dreihundert Gäste, was bestimmt ein Ort ist, um interessante Menschen kennenzulernen und zu beobachten.

»Lass uns hier stehen bleiben und erst mal die Lage sondieren.«

»Du willst doch nur herausfinden, wo Kylian ist«, stelle ich fest. Ein leichtes Zucken ihres rechten Mundwinkels verrät mir, dass ich recht habe.

»Schon.« Dann blickt sie mir mit ihrem hübschen Gesicht entgegen. Wieder sehe ich ihre Sommersprossen, die sie sonst überschminkt, und ihren dunklen goldenen Lidschatten. Über der Steinbrüstung beugt sie sich weiter hinab. Ihre blonden Locken fallen über ihren Rücken an ihren Wangen vorbei, weil sie sich gefährlich weit neben mir vorbeugt. Rechts neben mir sind hohe schwarze Vorhänge befestigt, an denen ich ein Paar sich unterhalten sehe. Doch den Mann kann ich kaum erkennen, nur, wie er kurz in meine Richtung geblickt hat.

»Falls du Kresten siehst, warne mich besser vor«, sage ich zu Isy und schaue erneut zu dem Vorhang, an dem niemand mehr zu sehen ist.

»Nein, ihn sehe ich nicht«, antwortet mir Isy, während ich mich mit dem Rücken an das kühle Geländer anlehne und in den Saal blicke, in dem bereits einige Paare in ihren barocken Kostümen mit Masken, Hüten, in ihren Rüschen überladenen Kleidern und Röcken tanzen. Der Saal wird von hohen ausladenden Kristallleuchtern beleuchtet. In der Nähe der blau beleuchteten Bar an der Ecke erkenne ich sogar einige tanzende Showgirls, an deren knappen Höschen Rüschenschleppen durch die Luft wirbeln. Sie tragen Masken und BHs und Höschen aus Metallringen, was zugegeben sehr edel und genauso exotisch aussieht. Zugleich fällt mir meine Maske und mein Fächer ein, die sich immer noch in meiner schwarzen Satinhandtasche befinden.

»Damian spricht auffällig lange mit Hilaria, Cathy, Corbina und Lara«, höre ich Isy neben mir. Ich binde meine Maske hinter meinem Kopf und drehe mein Gesicht zu ihr, um über das Geländer zu blicken. *Stimmt, sie sehen nicht sehr glücklich aus. Seltsam.*

»Dakota Cadena, nicht wahr?«

Was …? Wer …? Instinktiv zucke ich bei dem Namen zusammen und drehe den Kopf nach links, während Isy rechts von mir ihr Glas fast über ihr Kleid verschüttet hätte.

»*Damn!* Erschreck mich nicht so!«, beschwert sie sich, während ich neben mir eine dunkel gekleidete männliche Person versteckt hinter einer schwarzen Maske erkenne. Kurz kneife ich die Augen zusammen, um herauszufinden, wer der Mann mit dem dunkelbraunen zusammengebundenen Haar ist. Doch nicht lange und ich erkenne ihn.

»Gabriel?«

»Ja, wer sonst? Schön, dich zu sehen, Liebes. Hätte ich gewusst, dich auf der Veranstaltung anzutreffen, hätte ich mich bei dir gemeldet«, erklärt er mir mit einem freundlichen Lächeln und macht einen Schritt auf mich zu. Ihn kenne ich von der Universität und auch Isy sollte ihn noch in Erinnerung behalten haben.

»Schön, dich zu sehen. Ich glaube, wir haben uns gefühlte fünf Jahre nicht mehr gesehen«, spreche ich meinen Gedanken laut aus.

»Es ist anderthalb Jahre her, Dakota. Und trotzdem, scheint mir, hast du dich kaum verändert. Ich habe deine Turniere verfolgt, deine natürlich auch, Isy, und leider von dem Skandal deines Vaters erfahren.« Seine Stimme wird am Ende besorgter.

»Es stimmt nicht, was die Presse überall verbreitet. Dank der Berater meines Vaters wird er nun vor das Gericht gestellt«, will ich ihm erklären. Wir kennen uns schon sehr lange. Er würde nichts weitererzählen, ohne mich um Erlaubnis zu fragen.

»Das dachte ich mir bereits. Und deswegen treibst du dich, um dich abzulenken, mit Isy auf dem ›bal masqué‹ in Le Havre herum?« Wieder erscheint ein Lächeln auf seinen Lippen, was seine perfekten Zähne zeigt. Um seinen Hals trägt er ein schwarzes Seidentuch, ein Jabot, einen dunklen Rock und schwarze Strümpfe zu dunklen Lederschuhen mit silbernen Spangen. Insgesamt erinnert er mich an einen reichen Adligen des achtzehnten Jahrhunderts.

»Strümpfe stehen dir, Gabriel«, sagt Isy mit einem breiten Schmunzeln. »Hallo, schön, dich zu sehen. Seit wann bist du in Frankreich?« Sie geht auf ihn zu, reicht ihm ihre Hand und haucht ihm Luftküsse an den Wangen zu, erst dann trete ich näher an Gabriel, um ihn zu begrüßen.

»Ich bin seit drei Wochen geschäftlich in Le Havre, schließlich ist die Stadt die zweitgrößte Hafenstadt Frankreichs.«

»Also immer noch in der Wirtschaft beschäftigt?«, erkundigt sich Isy und stößt ihn auf ihre Art gegen die Schulter.

»Ja, so in etwa. Ich muss öfters persönlich nachsehen, was die Mitarbeiter der Firma so verbocken, oder mich bei wichtigen Meetings blicken lassen, um Kunden anzuwerben oder zu beraten. Was hat euch nach Frankreich verschlagen? Besuchst du deine Verwandten, Dakota?« Seine grünen Augen wenden sich von Isy ab, die sich fast wie eine Katze an seine Seite schmiegt. Früher waren wir wirklich ein eingespieltes Team: Mary, Isy, Leroy, Gabriel und ich – wir haben zwar in unterschiedlichen Studiengängen in London studiert, allerdings die Abende und Freizeit meistens zusammen in Bars, der Bibliothek oder auf dem Campus verbracht.

Wie Gabriel vor mir steht, erinnert mich das sofort an unsere Studentenzeit. »Ja und nein, wir sind zum Vergnügen hier. Die Veranstaltung ist wirklich sehr gelungen.«

»In der Tat. Falls ihr noch nicht lange hier seid, führe ich euch etwas herum. Ihr seht aus, als bräuchtet ihr eine männliche Begleitung, denn die Veranstaltung hat auch seinen Ruf: Damen nicht ohne Begleitung herumlaufen zu lassen«, bringt er mit einem leisen Lachen hervor. Soweit ich sehe, befinden sich die meisten Damen tatsächlich in männlicher Begleitung.

»Und du bist so großzügig und möchtest dich anbieten?« Isy kann manchmal wirklich peinlich sein.

»Warum nicht? Besser, als dass euch ein Offizier unter den Rock fasst.« *Weil er ja weiß, wie es unter meinem Rock aussieht* – denke ich seinen Gedanken zu Ende. Wir haben zwei Nächte miteinander verbracht, aber es dann darauf beruhen lassen, um unsere Freundschaft nicht zu gefährden. Die Lösung hat erstaunlich gut funktioniert, keiner der anderen hat jemals davon erfahren, auch nicht Isy oder Mary.

»Dann los, stellt die Gläser ab, ich zeige euch einen Drink, der für den Anlass besser geeignet ist, dann die Nebenräume.«

»Nebenräume?«, frage ich etwas überrascht.

»Sicher. Das Schloss ist dafür bekannt, dass sich seine Gäste während der Veranstaltungen zurückziehen können.« Kurz hebt er seine linke Augenbraue. Das ist sein geheimnisvoller Blick, über den ich immer schmunzeln musste, auch jetzt.

Als wir die Gläser abstellen, legt Gabriel je einen Arm um unsere Taille und wir drehen eine Runde durch den Saal. Auf den ersten Blick wirkt alles stilvoll und vornehm, doch auf den zweiten Blick fallen mir die dunkelroten Türen, die im Saal abgehen, auf. Dazu kommen die halb nackten Frauen, die Männer, die ich vermehrt mit Reitgerten statt Degen herumlaufen sehe, und die anzüglichen Blicke hinter den Masken.

Ich ahne bereits, was für eine Veranstaltung wir wirklich besuchen, bevor ich laut »Es ist eine SM-Party« ausspreche.

»Nicht ganz, Dakota. Es ist eine besondere Party, für diejenigen, die eingeweiht sind. Für gewöhnliche Besucher bleibt die Welt verschlossen. Niemand wird dir an die Wäsche gehen, keiner wird belästigt. Was sich hinter den roten Türen abspielt, wird nicht nach draußen getragen. Außerdem braucht ihr einen Schlüssel, um durch die Türen zu gehen«, erklärt uns Gabriel, als wäre es nichts Besonderes für ihn. Er wirkt nicht einmal beeindruckt.

Die Veranstaltung wurde geschickt vertuscht, das muss ich schon sagen. Deswegen hat es Garner und seine Freunde hierher verschlagen. Um entweder herauszufinden, welche Frauen es erkennen oder welche die Vorliebe teilen, sich in Manschetten und Ketten legen zu lassen. Nun, diese Ansicht teilen sehr wenige, weil es eine fremde Welt ist, wie Gabriel schon sagte. Eine Welt voller Geheimnisse und Überraschungen, voller Vertrauen, Fürsorge und des Auslebens der Lust in vollen Zügen – und so sollte es auch bleiben, verborgen für andere Besucher, die sicher empört, verschreckt oder distanziert über die Einstellung dieser Anhänger wären. Aber wie sollen sie die Welt auch verstehen können? Das können sie nicht – nicht, solange sie nicht selbst Teil dieser einzigartigen Szene waren.

»Und du hast solch einen Schlüssel?« Fragend schaue ich zu ihm auf. Sein siegessicheres Grinsen verrät mir, dass er einen hat, was den Abend um einiges interessanter werden lassen könnte. Soll sich Damian mit den anderen Frauen vergnügen, wenn wir heute Nacht die dunkle Welt betreten dürfen – unsere Welt.

»Ist das nicht gegen die Regeln?«, zischt mir Isy zu, die sich mir über Gabriels Weste entgegenbeugt.

»Ich denke nicht.« Nachdem mich Damian hat vorführen

müssen, wie unfähig ich sei, das Regelblatt zu lesen, habe ich es gründlich studiert. Keiner der Paragrafen wird verstoßen, wenn wir uns auf einer Veranstaltung frei bewegen. Angaben, mit welcher Person wir uns bewegen dürfen, gab es keine. Wir sollen zwar immer über unsere Handys erreichbar sein, trotzdem sind wir keine Kinder, auf die Garner aufpassen muss.

»Ihr seid nicht nur zum Vergnügen hier? Warum sollte es verboten sein, diese Räume zu betreten? Oder seid ihr neuerdings vorsichtig geworden?« Gabriel muss Isy gehört haben, die, wegen des einen Glases Sekt, nicht mehr ganz so vorsichtig spricht.

»Gut, ich bin ehrlich zu dir. Ich bin nicht mit Isy hier, um meine Großeltern zu besuchen, sondern wir sind auf einer Yacht mitgereist.« Möglicherweise weiß er nichts davon und wird nicht weiter nachfragen. Schlagartig bleibt er am Rand des Saals mit uns stehen, noch bevor wir die Bar erreicht haben.

»Sagt nicht, ihr seid auf *der* Yacht.«

»Auf welcher?«, fragt Isy unschuldig und schaut zu ihm mit einem Engelsblick auf. Sie trägt keine Maske, während ich meine kurz zurechtrücke und zu Boden blicke.

»Der ›Bright Canopus‹«, beantwortet er gelassen Isys Frage, und plötzlich schieben sich zwei Finger unter mein Kinn. Zuvor habe ich auf seine silbernen Schuhspangen geschaut, nun blicke ich in Gabriels grüne Augen, die von blauen Linien durchbrochen sind. *Er weiß es, also warum ihm nicht die Wahrheit sagen?*

»Richtig, wir haben eine Rechnung mit Garner zu begleichen«, erkläre ich ihm, dann nicke ich zur Bar.

»Welche Art Rechnung?«, erkundigt er sich weiter. Seine Finger geben mein Kinn immer noch nicht frei, sondern legen sich fester darum.

»Garner hatte mit Mary eine Affäre, sie hat Florian auf der Hochzeit sitzen lassen, wegen ihm. Allerdings wurde dann Mary von Garner sitzengelassen – alles sehr verworren. Aber um es zu Ende zu bringen: Nun haben wir eine verheulte sich in Schnaps ertränkende Mary in London, die bereits Rachepläne schmiedet, um sich bei Garner für seine Lügen zu rächen«, erklärt Isy Gabriel im Eiltempo, sodass er sich zu ihr umdreht.

»Ah, verstehe und nun seid ihr als die Racheengel unterwegs, wollt Damian Garner das Leben zur Hölle machen und du trägst deswegen ein Halsband, Dakota? Entweder bist du Isy verpflichtet oder …?« Wieder schaut er zu mir, dann fahren seine Finger meinen Hals hinab über das Metallband.

»Garner hat es mir umgelegt. Isy war nicht dabei.«

Als Gabriel meine Worte begreift, schnaubt er abfällig. »Wie kannst du dir das gefallen lassen? Nimm es ab.«

»Wenn es ginge, würde ich es tun.«

»Dreh dich mal«, fordert mich Gabriel auf, als seine Hand schmeichelnd über meine eng geschnürte Taille wandert und ich mich dann drehe. Mit seinen behandschuhten Fingern streicht er Haarsträhnen meiner hochgesteckten Haare aus dem Nacken und muss dann das Schloss betrachten.

Hier im Saal schaut uns keiner auffällig an, weil die meisten es für normal erachten, wenn eine Frau ein Halsband trägt.

»Den Schlüssel hat nur Garner. Also wenn du nicht zufällig einen Bolzenschneider, eine Metallsäge oder Zange in deinen hübschen Schuhen versteckt hast, können wir sie nicht von dem Ding befreien«, höre ich Isy hinter mir zu Gabriel sprechen.

»Edelstahl … klasse, Dakota. Ich kann dir leider nicht helfen, aber ich überlege, wer es könnte«, antwortet er mir, als er mich sanft an der Taille zu sich dreht. Meine schwarzen Rüschen segeln bei der Drehung mit, bis er seine Hände auf meine Hüfte legt. »Da ich Garner unten von anderen Frauen umringt stehen gesehen habe und es zu keinen Missverständnissen kommen soll, werde ich dich als meine Sklavin in die Räume mitnehmen. Für dich Isy habe ich auch etwas.«

Er will Besitzanspruch erheben? Aber womöglich bemerkt Garner überhaupt nicht, dass wir uns in den abgeschotteten Räumen aufhalten.

»Einverstanden.« Nachdem Gabriel Isy zwei Manschetten, die er unter seinem Rock getragen hat, angelegt hat, gehen wir zur Bar. Mit einem Bloody Mary in der Hand laufen wir unter den gewölbten Türbögen auf den Gang zu, über den wir zu den roten Türen, die mit silbernen Zeichen versehen sind, gelangen.

Gabriel hebt ein dunkles Samtband von seiner Brust, an dem ein goldener Schlüssel befestigt ist, über seinen Kopf, bevor er den Schlüssel, der viele kryptische Ecken hat, in das Schloss einführt. Kurz rattert es wie bei einem Uhrenwerk, sodass ich Isy entgegenlächeln muss. Es erinnert mich an die Tür zu einer anderen Welt aus Fantasyromanen.

Nach einem Klacken erhebt sich Gabriel und räuspert sich. »Bereit, ihr beiden?« Sein Blick schweift von mir zu Isy, die ebenfalls neben ihm steht. Gleichzeitig nicken wir, bevor Gabriel die Tür öffnet, mein Herz stärker in meinem Brustkorb pocht und ich im nächsten Moment von einem rötlichen Licht geblendet werde.

Harry und John werden vor dem Château warten, also können sie mich so oder so nicht begleiten – was wohl auch besser ist. Vor uns wird ein dunkler Vorhang, den ich nach mehrfachem Blinzeln erkennen kann, an Bändern hochgehoben, bevor wir einen kreisrunden Saal ohne Fenster, dafür mit hohen alten Gemälden, abwechselnd zwischen weiteren roten Türen, betreten.

»Was für ein Paradies!«, höre ich Isys Ausruf, die sich neugierig umblickt und deren Mund offen stehen bleibt. In dem runden Raum gehen ebenfalls Türen ab, dazwischen sind hohe Holzräder, die man über Leitern erreichen kann, zu erkennen, einige Gitter und Polsterbänke. Ob dekorativ oder als Gebrauchsgegenstände, ist schwer zu sagen. Gabriels Hand liegt warm um meine Hüfte, als sich uns ein Baron mit einem finsteren Blick nähert. »Gleich zwei?«, fragt er im Gehen. »Nicht übel.«

Ich nehme mit einem Blick zur Decke einen Schluck von meinem Getränk, als ich tatsächlich aus einer der roten Türen Kresten durchgehen sehe.

»Verflucht!«

»Ah, wen haben wir denn da? Chessa, du hast exakt …« Knapp wirft er einen Blick auf seine Uhr, grinst verschmitzt und blickt mir dann amüsiert entgegen. »… 72 Minuten und 45 Sekunden Vorsprung gehabt. Deine Drohung hab ich ernst genommen und nun habe ich dich in den geheimen Räumen gefunden.«

»Leider sind wir schon in Begleitung, Hamilton, deswegen wirst du deine Bestrafung verlegen müssen.«

Mit wenigen Schritten steht Kresten bei uns und mustert Gabriel von oben bis unten. »In welcher Begleitung? Ihr solltet die Veranstaltung nicht besuchen, um andere Männer aufzureißen, sondern um euch zu amüsieren, bis wir uns um euch kümmern.«

»Das verstehe ich unter ›Amüsieren‹«, schmunzele ich ihm entgegen und lehne meinen Kopf gegen Gabriels Oberarm.

»Wer ist der Trottel, der dir sagen muss, was du zu tun hast?«, fragt mich Gabriel leise, sodass es Kresten über die

Musik hindurch nicht verstehen kann.

»Darf ich vorstellen: Kresten Hamilton, bester Freund von Damian Garner, der in seiner Art zeitweise sehr anstrengend sein kann, weil er gerne Befehle erteilt, die ich nicht einhalte«, stelle ich Gabriel Kresten vor, der abfällig seinen Mund öffnet und durch sein Haar fährt, das sich leicht aufstellt.

»Ich verstehe. Ihr dürft auf den Herren warten, bis er Zeit für euch hat, so lange dürft ihr euch nicht amüsieren. Gut, dass ich da bin. Ich möchte euch einen anderen Raum zeigen, nur dazu müsst ihr eure Kleider ausziehen.« Gabriel blickt mir mit seinen Augen lange entgegen. Seine gelassene und zugleich freundliche Art beruhigt mich, im Gegensatz zu Krestens Gegenwart.

»Ich helfe dir«, biete ich Isy an, die sich vor mir hinstellt und deren Satinbänder ich am Rücken löse, während Gabriels Finger auf meinem Rücken zu spüren sind.

»Könntest du kurz halten?«, fragt er hinter mir und reicht mir seine schwarzen Lederhandschuhe. An seinem Ringfinger erkenne ich einen schwarzen Ring, den ich zuvor nicht an seiner Hand gesehen habe, in dem ein dunkler mit roten Linien durchzogener Opal eingelassen ist. Der Ring ähnelt fast einem Familienstück oder Ordensring. Ohne ihn danach zu fragen, nehme ich seine Handschuhe ab, schmunzele Kresten, der uns skeptisch beobachtet, entgegen und lasse mir von Gabriel aus dem Kleid helfen.

Nur noch in Korsett, einem durchscheinenden Höschen, Strümpfen und Handschuhen lächele ich Kresten entgegen, der sich umgewendet hat und zu den anderen Besuchern in den Raum blickt.

»Woher kennt ihr diesen Mann?«, fragt er mich dann, als er sich umgedreht hat und von Isy zu mir blickt. Isy steigt aus ihrem hellen Kleid und schaut mit einem versucht ernsten

Blick zu mir auf. Dann hängt Gabriel unsere Kleider auf Bügel an einer Garderobe in dem geheimnisvollen Raum.

»Ich bin Gabriel Clarks. Wie heißen Sie?«, erkundigt er sich bei Kresten und reicht ihm seine Hand, über die er wieder seine schwarzen Lederhandschuhe gestreift hat.

»Ich habe nicht Sie gefragt, wer Sie sind, sondern die Ladys.« Es sieht fast so aus, als würde Kresten versuchen, keine Show zu veranstalten, aber verärgert über unser Verhalten ist er trotzdem. Ungeahnt beugt er sich zu Isy vor und flüstert ihr etwas ins Ohr. Gleichzeitig behält er mich mit einem bedrohlichen Blick im Visier, als hätten wir etwas verbrochen.

Etwas geschockt nickt Isy, dann raunt ihr Kresten weitere Worte ins Ohr.

»Sieht fast so aus, als sei eure Reisebegleitung eifersüchtig«, stellt Gabriel neben mir mit einem durchtriebenen Grinsen fest.

»Das sieht wirklich so aus. Wenn er wüsste, wer du bist, wäre er das sicher nicht länger. Aber wenn er sich so albern verhalten will«, antworte ich Gabriel mit einem Schulterzucken und richte das Metallhalsband unbewusst mit den Fingern. Kurz darauf verlässt uns Kresten, und ich frage Isy, was er wollte.

»Darf ich nicht sagen, Dakota«, wispert sie und dreht sich zu der roten Tür neben den Wandleuchtern um, durch die Kresten gegangen ist.

»Das soll wohl ein Scherz sein. Sag schon, was hat er dir gesagt?« Sonst redet sie über alles mit mir und nun will sie mir Krestens geheimes Getuschel nicht verraten? Sie schüttelt bloß den Kopf. Hat er ihr etwa mit dem Rauswurf gedroht? Skeptisch ziehe ich die Augenbrauen zusammen, denn ich würde sicher nichts weitererzählen, das weiß sie. Es muss um irgendetwas mit Kresten, Kylian und Damian gehen, um die

Reise. Wieder nehme ich einen Schluck von meinem Getränk und schaue zu Gabriel, der scharf die Luft einzieht.

»Dann können wir wohl weitergehen, nachdem sich der Herr nicht verabschiedet hat, oder?« Über seiner schwarzen Maske hebt er die Augenbrauen. Ich nicke mit einem Seufzen und Isy ebenfalls. Irgendwie ist die Stimmung ruiniert. *Danke, Hamilton.* Was geht es ihn an, mit wem wir die geheimen Räume betreten?

Als wir weitergehen, befinden wir uns in einem Raum, in dem mehrere Sitzreihen stufenförmig wie in einem Hörsaal angeordnet zu erkennen sind. Rechts im Raum steht ein Tisch und davor eine Art Tribüne mit Stangen und Gittern an der Wand und einem imposanten Holzrad, ähnlich wie in der roten Vorhalle. Auf den Klappsitzen befinden sich einige maskierte Paare, die sich lachend amüsieren, als erwarten sie eine Show.

»Das ist der Richtersaal, einer der Räume, die man buchen muss. Der Besitzer kann dann entscheiden, ob freies Publikum erwünscht ist oder nicht«, erklärt mir Gabriel.

»Man könnte meinen, du seist ein Stammgast in dem Château.«

»Bin ich auf gewisse Weise auch.« Mit einem charmanten Lächeln nickt er zur Tribüne vor, neben der sich eine weitere Tür befindet.

»Mensch Isy, warum sagst du nichts? Was ist los?«, erkundige ich mich bei ihr, weil sie stumm wie ein Fisch neben mir herläuft. »Hat er dir gedroht?« Wieder schüttelt sie den Kopf, sodass ich stöhne, mir dann eine Zigarette aus der Handtasche angele und kurz auf einer der vorderen Sitzreihen, die leer sind, Platz nehme.

»Du solltest mir lieber sagen, wie es dir geht«, murmelt sie plötzlich und schaut zu den Zuschauern auf, die aus den oberen zwei Türen links und rechts von den Sitzreihen erscheinen und Platz nehmen. Es muss eine Show geplant sein, was meine Stimmung hebt. Vielleicht eine öffentliche Bestrafung, ein Showgirl, das tanzend durch die Sitzreihen springt, oder eine Bondagevorführung. Ohne gefragt zu haben, bietet mir Gabriel links von mir Feuer an, das ich gerne annehme. Nach einem tiefen Zug lehne ich mich nur in Unterwäsche auf dem gepolsterten Sitz zurück und schaue zur Decke auf. Silberne breite Streifen flattern über mir an der Decke, dazwischen hängt ein schwarzer Kronleuchter, der mit Kerzen den Raum beleuchtet und dem Raum eine dunkle Atmosphäre wie in einem Kerker verleiht.

»Mir geht es so weit gut«, antworte ich Isy mit einem Lächeln. »Wenn auch müde und etwas erschöpft, aber gut. Gib mir zwei oder drei Tage und ich bin wieder fit.« Ich hoffe, mein Lächeln wird sie beruhigen, doch leider kratzt der Qualm der Zigarette in meinem Hals und ich muss husten. Den Kopf nach unten gesenkt, spüre ich Gabriels Hand über meinen Rücken streicheln.

»Warum haben wir uns so lange Zeit nicht mehr gesehen?«, höre ich ihn über mir sagen. Das weiß ich auch nicht. Nach der Uni haben wir uns aus den Augen verloren, er war geschäftlich viel unterwegs und ich war mit den Turnieren eingespannt.

»Ich weiß es nicht«, antworte ich ihm leise, hebe meinen Kopf und schaue ihm lange entgegen. »Aber wir können es ändern.« Denn auch wenn ich es ungern zugebe, etwas habe ich ihn in unserer Gruppe vermisst.

»Ich würde mich freuen und unter anderen Gegebenheiten, wo uns keiner stören kann«, flüstert er dicht vor meinem Gesicht. Ganz in Schwarz wirkt er sehr stilvoll, auch als seine Hand über meinen nackten Oberschenkel wandert und sich sein Gesicht immer mehr meinem nähert. Seinen Atem spüre ich auf meiner Wange, bevor ich meine Hand hebe und sie auf seine Schulter legen will. Kaum dass ich seinen Kragen berühre, seine Lippen nur unmerklich meine streifen, stößt mich Isy an. Zugleich fällt Asche von meiner Zigarette auf meinen nackten Oberschenkel, sodass ich zische. »Autsch! Verdammt!«

»Alles in Ordnung?«, fragt mich Gabriel, während ich die heiße Asche abklopfe und meine Haut leicht ziept.

»Ja, warte …«

»Nein, nichts ist in Ordnung!«, höre ich eine Stimme vor mir – und als ich meinen Blick hebe, schaue ich in verärgerte dunkelgraue Augen, die mir fast dämonisch entgegenblicken. *Das rührt sicher vom Alkohol* – beruhige ich mich. Garner hat kein Recht, verärgert zu sein. *Warum auch? Lächerlich.*

»Doch, es ist alles in bester Ordnung, Gabriel.« Ich nehme wieder auf meinem Stuhl Platz, während Isy neben mir ihre Lippen aufeinander reibt und ihre helle Korsage am Dekolleté zurechtrückt. »Scheiße, verdammte Scheiße …«, höre ich sie murmeln. *Was hat das zu bedeuten?*

Wieder auf meinem Sitz nehme ich einen weiteren Zug von der Zigarette. Noch bevor der Filter meine Lippen erreicht, nimmt sie mir Garner aus der Hand.

»Sag mal, was soll das werden?«, fahre ich ihn an. Gabriel hebt neben mir beide Augenbrauen und neigt seinen Kopf, was ich ebenfalls mache, und nun hinter Garner, der maskiert ist, Kresten und Kylian erkenne.

»Was das werden soll, mein Herz?«, wiederholt er spöttisch meine Frage. »Du hast dich keinem Mann ohne unsere Erlaubnis zu nähern und zu küssen erst recht nicht.«

»Das … das soll wohl ein Scherz sein?«, bringe ich mit einem vermutlich perplexen Gesichtsausdruck hervor. »Wo soll das stehen? Ich habe eure Regeln gelesen. Keine verbietet mir, mich nicht mit anderen Männern unterhalten zu dürfen. Wäre Kresten vorhin nicht so unfreundlich gewesen, würde er wissen, dass Gabriel ein Freund ist.« Wenn Damian zuvor schon finster geblickt hat, haben sich nun seine Gesichtszüge noch mehr verdunkelt. Warum ist er verärgert? Und davon wusste Isy?

»Freund?«, hakt Damian nach. »Dann wird dein Freund wohl nichts dagegen haben, wenn ich dich mehrere Plätze vor ihm Platz nehmen lasse. Weil ein Freund ja kein Anrecht hat, eine Freundin zu küssen.«

»Sei nicht albern, Garner. Ich bleibe genau hier sitzen, und du kannst dich um deine anderen Frauen kümmern.«

»Warum sagst du das ständig?«, geht er mich plötzlich an und sein Gesicht nähert sich bedrohlich meinem mit seiner dunkelblauen Maske. Ich erkenne seine zwei tiefen Furchen über der Nase, seine Fältchen um die Augen und das Glitzern in seinen Augen. »Ich kann mir meine Zeit selber einteilen und mich mit den anderen Damen treffen, wann ich möchte. Du hingegen sollst die einfache Anweisung, dich an die Regeln zu halten, nicht fremdzuvögeln, Anmachen aus dem Weg zu gehen und auf dein Wohl zu achten, befolgen. Aber was finde ich vor? Eine rauchende und trinkende Chessa, die in Begleitung eines Fremden ist, dem sie gleich ihre Zunge in den Hals rammen will. Tut mir leid, mein Herz. Du hast mehr als nur eine Regel übertreten. Und jetzt komm!«

Damn! Das darf nicht wahr sein. Warum dieses Schauspiel vor all den Zuschauern, die bereits auf die Show warten?!

»Wenn ich etwas einwerfen darf, Damian Garner«, mischt sich Gabriel neben mir ein, beugt sich auf dem kleinen Tisch vor sich auf seinen Ellenbogen vor und lächelt Damian aufgesetzt freundlich entgegen. »Dakota ist sehr wohl in der Lage, zu entscheiden, wie es ihr geht und mit wem sie sich abgibt, sie sollte nicht als unterbelichtet, hilflos oder uneigenständig eingestuft werden. Denn anscheinend ist Ihnen, Mister, nicht bewusst, wen Sie gerade zurechtweisen.«

»Sei ruhig«, zischt Isy ihm hinter meinem Rücken entgegen, was sogar ich hören kann. Ich verdrehe die Augen.

»So, und Sie als Freund wissen, wer sie ist?«, will Kresten wissen und steht neben Damian, der Gabriel auffällig lange mustert. Irgendwas ändert sich an seiner Miene. Was es ist, kann ich nicht sagen, aber er schüttelt nur seinen Kopf.

»Das interessiert mich nicht.« Damian umfasst mein Handgelenk. »Komm, sie warten bereits auf dich.«

»Stopp mal!«, werfe ich ein. »Wer wartet auf mich?« Auf Kylians Gesicht kann ich plötzlich Besorgnis erkennen, was mir nicht gefällt. Er fährt sich durch sein dunkles Haar und verzieht seine Lippen etwas, während Kresten die Augenbrauen hebt, so als würde er auf mich warten.

»Warte es ab. Dir geht es erstaunlich gut, dann bist du dafür bereit. Keiner auf der Yacht wird davon erfahren, weil die anderen keinen Zutritt zu diesen Räumen haben, nur wir und eben …« Damian nickt mit einem gefährlichen Blick zu Gabriel. »Er.«

»Damian, warte, mich würde interessieren, was ihr Freund zu erzählen hat. Wer ist sie? Sie ist eine gewöhnliche Studentin, die es mir zu verdanken hat, den Spaß ihres Lebens auf der Yacht zu erleben, die überhaupt durch mich die Reise antreten durfte.«

Gabriel sehe ich seinen Kiefer mahlen, als er Krestens Worte hört, dann abfällig lachen. Hinter mir beugt sich Isy Gabriel entgegen, um ihm etwas zu sagen, aber Kresten hält sie an der Schulter zurück.

»Ah, ah, du hältst dich da raus, Hübsche. Ich möchte es

von deinem Freund hören.«

»Das reicht!«, werfe ich ein. »Ich werde dir folgen, ohne dass ihr meinen Freund weiter ausfragt.« Lieber lasse ich mich von Damian im Nebenraum zurechtweisen, als dass sie Gabriel weiter ausfragen, was sie nichts angeht. Zumindest hat Damian den Anstand, es nicht wissen zu wollen. Aber Kresten hat kein Recht dazu, Gabriel auszufragen, wenn ich es nicht möchte.

»Fein, dann komm.« Mit Damians Hilfe überwinde ich den Tisch und werde von ihm auf das Parkett gesetzt. Gerade als ich auf die Tür vor uns zusteuern will, hält er mein Handgelenk umfasst. Ungefähr fünfzig Augenpaare verfolgen unsere Auseinandersetzung. Sicherlich denken sie, es sei eine Inszenierung oder gerade sei eine Affäre aufgeflogen. Mir ist es gleichgültig, was sie denken. Ich möchte nur den Saal verlassen, obwohl ich mich hier wohlgefühlt habe.

»Nicht so schnell. Dein Platz ist dort, mein Herz«, hält mich Damian auf, zieht an meinem Handgelenk, aber nicht zu fest, und nickt zu der Tribüne mit den Gittern und dem Seilzug in der Luft. Erst jetzt erkenne ich ein Rad aus Holz wie eines in dem runden Raum vor mir, das teilweise in der Dunkelheit versteckt liegt.

»Vergiss es, Garner. Ich werde nicht auf die Tribüne gehen und mich öffentlich von dir vorführen lassen«, protestiere ich. Hinter mir sehe ich Isy mit Kresten reden und Kylian steht im nächsten Moment rechts neben mir.

»Du schaffst das. Die Zuschauer werden deine Widerspenstigkeit mögen.« Irgendwie scheine ich gerade etwas verpasst zu haben, oder? Sie verlangen doch nicht ernsthaft von mir, bloß in Unterwäsche auf die Tribüne zu gehen und mich von den dreien hier zurechtweisen zu lassen. Ich meine, in Unterwäsche sehe ich nicht übel aus, ich bin nicht nackt, außerdem trage ich meine Maske, sodass mich keiner erkennen kann … aber trotzdem …!

»Du verlangst zu viel«, raune ich Damian zu. Keine der anderen Damen würde er dazu bringen. Keine!

»Dann setz dein Codewort ein oder rufe kristallschwarz«, antwortet er mir. Dunkelblonde Strähnen fallen in seine Stirn, die er flüchtig aus dem Gesicht streicht. Mit seiner dunkelblauen Satinmaske erinnert er mich an einen Lord, dem ich ungern widersprechen möchte. »Aber du weißt sicherlich mittlerweile, dass ich dir niemals schaden würde. Lass dich auf das Spiel ein, und schon morgen ist alles vergessen«, flüstert er nah an meinem Ohr, seine Hand streichelt über meine rechte Bauchseite und er küsst sanft meinen Hals.

»Das ist verrückt«, keuche ich.

»Nein, es ist ein Spiel. Es dürfte für dich kein Problem sein, die Anweisungen zu befolgen. Ich werde dich hier sicher nicht vor den Augen aller vögeln, dich knebeln oder dich unangemessen behandeln. Vertrau mir – es wird dir gefallen. Wenn nicht, ruf den Code und ich gebe dich augenblicklich frei.« Seine Hand wandert sinnlich über meine nackten Schulterblätter, über meinen Oberarm weiter zu meinem Dekolleté meinen Hals aufwärts. »Also? Wie lautet deine Antwort?«, fragt er mich eindringlich. Gerade in dem Moment ist nichts Hartes oder Verärgertes mehr in seinem Gesicht zu erkennen. Es ist fast so, als hätte er seine Stimmung geändert, als stünden nur wir beide in diesem Raum, um eine Session abzuhalten.

Eine innere Stimme verrät mir, dass er nicht zu weit gehen würde. Selbst Kylian vertraue ich, der neben uns steht und unsere Unterhaltung beobachtet. Er würde einschreiten, wenn etwas schiefgeht. Es mag verrückt oder komplett unangebracht klingen, aber ich vertraue ihm. Er weiß, was er tut, und war schon die letzten Tage um mich besorgt. Nur wann, ja, wann werde ich die Gelegenheit bekommen, mich bei ihm zu revanchieren! Wenn ich mich dafür entscheide, mit ihm zu schlafen?

»Einverstanden. Lass uns beginnen; nur warte kurz«, antworte ich ihm entschlossen, drehe meinen Kopf in Gabriels Richtung und nicke ihm entgegen. Er fängt meinen Blick auf, sieht jedoch nicht begeistert von meiner Entscheidung aus. Kresten rauft sich kurz sein Haar, was wohl ein Zeichen dafür ist, dass er nichts über mich erfahren konnte. *Oh Hamilton, du glaubst doch nicht ernsthaft, ich hätte Freunde, auf die ich mich nicht verlassen kann.* Nein, sie haben bisher immer zu mir gehalten.

»Jetzt«, sage ich und steige in Begleitung von Kylian und Damian an der Seite das Holzpodestes empor. Die Bohlen knarren leicht unter meinen Absätzen. Flüchtig schaue ich zum Publikum, das sich ruhig verhält und solche Auftritte gewohnt ist. Keiner würde sich einmischen, abwertend lachen oder Kommentare dazwischenrufen. Zwischen den Reihen ist eine Person mit einem Umhang zu erkennen. Sie läuft wie ein Kerkermeister die hintere Reihe entlang und nimmt dann zwischen zwei Damen Platz. Das Gesicht ist kaum zu erkennen. Warum die Person meine Neugierde weckt, weiß ich nicht.

Vor dem Metallgitter bleibt Damian mit mir stehen, nimmt meinen Kopf zwischen seine Hände und hebt ihn an, sodass ich den Fremden mit dem Umhang nicht mehr im Blick behalten kann. *Warum tut er das?* Will er mir so beweisen, ihm zu vertrauen? Nur weil ich einige Augenblicke in sein vom Kerzenlicht beleuchtetes Gesicht blicken kann?

Doch das Gefühl und die Vorstellung, als befänden nur wir beide uns in dem Saal, durchströmt meinen Körper mit

Wärme. Das Licht schimmert golden auf seinem Haar, als er sich zu mir herabbeugt und meinen Haaransatz küsst. »Du hast immer eine Wahl, vergiss das nicht«, sind die Worte, die ich verstehe, als sich alles um mich verdunkelt.

Am Gitter werde ich mit dem Rücken zu den Zuschauern mit Ledermanschetten, die mir Halt schenken, an das Holz angebunden, auch um meine Mitte verläuft ein Lederriemen. »Doch versuch Kresten von mir fernzuhalten«, flüstere ich ihm entgegen.

»Ich halte die Session ab, nicht Kresten, sie werden nur zusehen. Hast du wirklich geglaubt, wir drei würden dich uns zusammen vornehmen?« Ich schlucke, aber nicke, denn ja, genau das habe ich geglaubt.

»Später, und sicher nicht in der Öffentlichkeit.« Seine Lippen streifen über meine Schläfe, dann ist er verschwunden. Auch wenn ich es hasse, aber mein Herz rast wie verrückt, ich spüre, wie Gänsehaut sich über meinen Bauch zieht, nicht vor Kälte, sondern vor Angespanntheit. Auch an den Fußgelenken werde ich festgebunden, bevor Damians Schritte verstummt sind und sich alles um mich wieder verfinstert. Kurz denke ich an das Codewort – *Kristallschwarz.* Aber es wird nicht über meine Lippen kommen, nicht, solange ich es aushalten kann. Mit gespreizten Beinen und Armen lausche ich nun Damians albernem Verhör.

»Schön, dass ihr euch so zahlreich versammelt habt, damit der Prozess gegen meine Sklavin beginnen kann.« Ich bin wirklich gespannt, was mir Garner genau vorwerfen will. Denn wenn ich einen Blick in das Regelwerk werfen würde, wüsste ich, dass die Regel: sich nicht mit anderen Männern abzugeben, nicht existiert. In seinem Gesicht konnte ich für einen winzigen Moment erkennen, wie er den Paragrafen frei erfunden hat. »… ihr wird die Missachtung von Befehlen vorgeworfen, das Befolgen von Anweisungen anderer Master und das unangekündigte Verlassen der Gegenwart ihres Herrn.«

Hat er einen Vogel? Sofort schnellt mein Kopf zurück. Die Scheinwerfer fallen auf die Gesichter der anderen kostümierten und zum Teil halb nackten Zuschauer, während Damian an der Kante der Tribüne auf und ab geht und meine angeblichen Vergehen aufzählt.

Was für ein Spiel. *Solange er seine Position genießt* – denke ich. Schon morgen wird er bluten, gerade dann, wenn er sich in Sicherheit wiegt. Doch warum das Spiel nicht mitspielen?

Ohne es verfolgt zu haben, steht Kylian neben mir.

»Bist du jetzt der Henker?«, reize ich ihn. »Denn wenn, dann bitte kurz und schmerzlos«, bitte ich ihn mit einem durchtriebenen Grinsen.

»Nein, Chessa, den Gefallen tue ich dir nicht. Außerdem weißt du ja, wie gerne ich dich leiden sehe. Deswegen wirst du mich die gesamte Zeit, so gut es dir möglich ist, ansehen.« Mit seinen Händen umfährt er meine Wange, dann öffnet er mit dem Daumen meine Lippen. Den Kopf leicht in den Nacken gelegt, schmunzele ich ihm entgegen.

»Wenn nicht, wirst du mich dann zurechtweisen?«, hake ich mit einem versucht unschuldigen Blick nach.

»Nein, Damian vermutlich die gesamte Nacht. Wenn du mich fragst, liebt er das Spiel sehr mit dir. Ich habe ihn lange nicht mehr so … wie soll ich sagen … begeis…« Ein Räuspern ist hinter uns zu hören, Licht trifft auf meinen Rücken, sodass ich meinen Schatten vor mir durch das Gitter auf die Wand projiziert sehen kann.

»Ich unterbreche euren kleinen Small Talk nur sehr ungern, aber Chessa gehört mir, Kyl.«

Mit einem breiten Grinsen deutet er zu Damian und formt die Worte: »Das meine ich.«

Schön, dass Damian seine BDSM-Ader entdeckt hat; nur warum muss er sie an mir erproben? *Aber willst du den Kitzel nicht auch?* Von dem Mann zurechtgewiesen werden, der das Leben deiner Freundin in einen Scherbenhaufen verwandelt hat? Der andere Frauen austauscht, durchnummeriert und sich das nimmt, was er will? Aber nicht das bekommt, was er will? Nehmen wir die Bestrafung aus. Doch ihm alles geben? Nein! Garner, darauf kannst du lange warten.

Fessele mich – und doch bin ich frei.

Lege mir eine Binde um – und doch kann ich dich erkennen.

Berühre mich – und trotzdem bin ich für dich unerreichbar.

Betrachte mich nackt – und trotzdem siehst du mich nicht.

Denn es bleibt immer noch ein Spiel.

Mein Spiel …

Das nach meinen Regeln gespielt wird …

17. KAPITEL

Die ersten Hiebe treffen so unvorhersehbar meine Pobacken, die sofort brennen, dass ich erschrocken zusammenzucke. Trotzdem gebe ich keinen Laut von mir. Es fühlt sich nach der Beschaffenheit wie eine Peitsche an oder Gerte – beide sind im Aufschlag fast ähnlich. Die brennenden Striemen lassen Tränen in meine Augen treiben, als mich ein etwas sanfterer Hieb unterhalb der Pobacken trifft. *Geschickt ist er, aber genauso durchsetzungsfähig und bestimmt.* Er will das Codewort hören – früher wird er nicht aufhören. Nach den ersten sieben von achtzehn Hieben macht er eine Pause.

Am liebsten würde ich ihm an den Kopf werfen: »Na, Garner, macht dein rechter Arm schlapp«, aber ihn weiter zu provozieren, wäre wohl unüberlegt.

»Schau zu mir!«, fordert mich Kylian auf, der neben dem Gitter in meiner Sichtweite steht. Langsam drehe ich meinen Kopf in seine Richtung und lächele matt. Die Tränen laufen aus meinen Augenwinkeln kitzelnd über meine Wange weiter bis zu meinem Kinn. Kylian steht nur eine Handbreit in seinem dunkelgrün-schwarzen Kostüm vor mir. Eine Maske verdeckt sein Gesicht, nicht aber seine haselnussbraunen, warmen Augen, die mich fest im Blick halten. Mit seiner Hand, die von weißen Rüschen umgeben ist, streichelt er mitfühlend über meine Wange.

Fast steht hinter seinen Augen verborgen die Frage: Hältst du es noch aus? Ich nicke etwas, drücke meinen Rücken weiter zu einem Hohlkreuz durch und umfasse das Leder der Manschetten am Holz fester. Über die leise barocke und zugleich von elektrischen Drums durchzogene Musik höre ich Geflüster, dann treffen mich weitere nicht gerade sanfte Hiebe.

Bei allem, was mir heilig ist, Garner hat vor, dass ich morgen unruhig am Frühstückstisch auf meinem Arsch hin und her rutsche. Als ein Mahnmal. Soll er haben. Ich ertrage seine Züchtigung und Vorführung mit Demut.

Entschlossen beiße ich auf die Zähne, als der vierzehnte und fünfzehnte Schlag meine Haut treffen, die höllisch brennen. Zugleich spüre ich, wie hart meine Brustwarzen unter dem Mieder sind, die Hitze durch meine Glieder rauscht und Strähnen vor meinem Gesicht hängen. Mein Arsch brennt und meine Kraft lässt nach, als Damian hinter mir stoppt. Dann bewegt sich etwas unter meinen Füßen, und ich begreife erst jetzt, am Rad vor dem Gitter angebunden worden zu sein.

»Nein«, keuche ich, weil mein Magen kurz einen Salto macht.

»Codewort?«, raunt mir Damian von hinten in mein Ohr, als ich in der Diagonalen hänge.

»Niemals«, knurre ich ihm entgegen.

»Nimm ihr die Maske ab, damit ich jeden ihrer Gesichtszüge erkennen kann«, höre ich Damians Stimme bestimmt hinter mir. Kurz darauf lösen Hände die Bänder meiner Maske und sie rutscht von meinem Gesicht. Irgendwie fühle ich mich ohne die Maske nackt – verlassen und schutzlos.

Zugleich streicheln Damians Hände über meinen Rücken, schieben sich unter den Stoff und die Korsagestäbe des Mieders, weiter zum Bund meines Slips. Er muss so dicht hinter mir stehen, dass uns keiner beobachten kann. Geschickt wandern seine Finger zwischen meine Beine. Es kitzelt, sodass ich schmunzele, bis ich den salzigen Geschmack meiner Tränen auf der Zunge schmecke. Tastend treffen seine Finger auf meine Schamlippen, die in der Haltung leicht geöffnet sein müssen, und findet meine bereits feuchte Klit. Achtsam dringt er in mich ein, ein herrliches Kribbeln durchzieht mein Becken. Durchmischt von der brennenden Haut und den sanften Berührungen zittert mein Körper, ohne dass ich etwas dagegen ausrichten kann.

»Beeindruckend schön, mein Herz. Wenn ich könnte, würde ich dich hier wie keine Frau zuvor für deine Demut mit Zuneigung belohnen«, flüstert er mir wie eine geheime Formel ins Ohr, dass ich trotz der zunehmenden Hitze in meinem Körper Gänsehaut spüren kann.

»Ich würde nicht *Nein* sagen«, hauche ich ihm entgegen, fühle auf meiner Wange die Kante seiner Maske und seinen Dreitagebart über meine Haut reiben.

»Bist du dir sicher?«, fragt er mich, während seine Finger verlockend in mich eindringen, er mit dem Daumen über meine Klit streicht, so nachdrücklich, dass ich keuche. Verdammt! Er ist wahnsinnig gut darin, die empfindlichen Stellen einer Frau zu finden.

»Ja«, antworte ich ihm schmeichelnd und lächele, bevor ich an meine Antwort anschließe: »Nur nicht unter den Gegebenheiten. Nicht, wenn uns gefühlte hundert Augenpaare dabei zusehen, wie ich mich dir hingebe, ich dir gehöre.«

Diese Worte müssten wie bei jedem Mann seinen Entschluss, mich weiterhin an dem Rad gefangen zu halten, ändern lassen. Kurz tritt eine zerreißende Stille ein. Ich kann ihn nur etwas aus den Augenwinkeln erkennen, aber keine Gesichtszüge von ihm ablesen.

»Nicht schlecht, Chessa, aber ich werde dich nicht voreilig erlösen, nur weil du meine eigenen Waffen gegen mich verwendest. Nein, im Anschluss gebe ich dir die Möglichkeit, die Worte zu wiederholen.«

Mit einem finsteren Blick, begleitet von einem Schmunzeln, nicke ich. »Wirst du nicht, Garner. Das Angebot war –«. Seine Finger tauchen tiefer in meine Pussy ein, die mittlerweile den Slip durchgeweicht haben müsste. »Ah! Einmalig. Lass deine Streicheleinheiten und beende deine Session.«

»Du hast mir keine Anweisungen zu erteilen«, raunt er mir entgegen, beißt nicht gerade sanft in mein Ohrläppchen mit den schweren Ohrringen und ist dann neben mir verschwunden. Sein Duft von rauchigem Amber und etwas sinnlich Weichem ist verschwunden.

Er gibt mir nicht einmal weitere Sekunden, um mich umzuentscheiden, als das Rad mithilfe von Kylian bewegt wird und ich quälend langsam kopfüber gedreht werde. Meine Brüste sind – Gott sei Dank – sicher in dem Korsett gebunden, mein Haar fällt herab und mein Gewicht wird von meinen Beinen in meine Arme verlagert.

Der Druck in meinem Kopf erhöht sich, und wären nicht die Manschetten, die mir Sicherheit geben würden, wäre ich hilflos auf den Boden geprallt.

»Ertrage die Strafe weiterhin, Dakota, bis zum Schluss, wenn du mein Angebot ausschlägst.« *Fiesling!* – denke ich, atme tief durch, und schon folgen zwei harte, aber gezielte Schläge je auf eine Pobacke, sodass ich laut keuche. Verfluchter … Verdammter … *Bloody son of a bitch!*

Gefühlte weitere zehn Mal verfluche ich ihn und drehe dann meinen Kopf, während das Rad sich weiterbewegt. Flüchtig erkenne ich Gabriels anerkennenden Blick und Isy sich über ihre Stirn fahren. Als ich meinen Kopf weit genug nach hinten recke, bevor Garner es mir verbieten kann, erkenne ich die anderen neugierigen Zuschauer. Um mich nicht weiter ihren Blicken auszusetzen, drehe ich mein Gesicht wieder zu den Metallstreben des Holzrades. Kylians und mein Blick treffen sich, als ich seitlich hänge und zwei weitere Hiebe meinen Arsch erwischen – die letzten.

Kaum befinde ich mich in der Senkrechten, höre ich ein Gemurmel in den Reihen, bis eine tiefe Stimme laut ruft: »Ist das nicht Dakota Cadena?«

Nein! Das kann nicht sein. Sofort recke ich meinen Kopf in die Richtung, aus der die Stimme kam, Kylian stoppt in seiner Bewegung und hört auf, die Manschetten zu lösen. Wieder erkenne ich den Mann mit dem Umhang, der sich aus den Reihen erhebt. Vor ihnen beugen sich die anderen Zuschauer zu ihren Nachbarn und scheinen sich zu unterhalten.

»Beeil dich, lös die Fessel, Kylian!«, fordere ich ihn auf. Hinter mir werden die Unterhaltungen lauter. Wie konnten sie mich erkennen? Natürlich gehen nur Reiche und Einflussreiche in solche Clubs, um Abwechslung zu suchen und dem geschäftlichen Alltag zu entgehen, aber dass es einer wagt, meinen Namen laut auszusprechen.

Ich höre Worte wie: »Stimmt, das ist sie.«

»Während sie hier ihren Spaß hat, hat ihr Vater die Firmenspenden unterschlagen, Geld veruntreut, Steuern …«

»Kyl, bitte.« Kylian blickt von mir zu den Menschen und bewegt sich endlich, als ich Damian mit zusammengezogenen Augenbrauen vor mir stehen sehe. Hinter den verfluchten Tränen kann ich kaum etwas erkennen, nur das Gerede weiter mitverfolgen.

»Gaff mich nicht so an, mach endlich – scheiße, bitte. Lös die Manschetten!«, flehe ich ihn fast an.

»Das darf nicht wahr sein. Du … du bist die Tochter von Theodor Nathaniel Cadena? Die Tochter, deren Mutter vor wenigen Jahren wegen eines Unfalls …« *Nein, nein, sprich es nicht laut aus.* Ich wende meinen Blick von ihm auf den Boden ab und beiße auf meine Zähne. *Verfluchter Mist!*

»Ja, ist sie, Garner. Und jetzt mach Platz!«, erkenne ich

Gabriels Stimme. »Dein Gefasel wird ihr nicht helfen, von dem Rad herunterzukommen, an dem du sie vor all den anderen zurechtweisen musstest.«

»Ich helfe dir, Dakota.« Isy steht auf der anderen Seite und lächelt mir entgegen, dann geht sie in ihren Dessous in die Knie. Ihre Finger zittern kurz, als sie meine Fußmanschetten löst und Gabriel zugleich die von meinen Handgelenken öffnet.

Wenige Sekunden später falle ich in mich zusammen, während die Fesseln von mir genommen werden. Die Session hat meinen Körper mehr beansprucht, als ich es in den Fesseln bemerkt habe. Gabriel legt meinen Arm über seine Schulter, sein anderer Arm schiebt sich um meine Taille und dann murmelt er etwas wie: »Lass uns gehen. Du brauchst einen Drink und …« Er dreht sich mit mir zu den anderen um, reißt Kylian meine Maske aus den Fingern und knurrt: »Anonymität.«

Isy läuft auf der anderen Seite neben mir. Sie sagt kein Wort, wirkt betroffener als ich.

⚜

»Jetzt ist das Geheimnis wohl gelüftet. Ich werde besser in Le Havre den nächsten Flieger nehmen«, entscheide ich, als wir den kreisrunden in warmen Rottönen beleuchteten Saal durchqueren und Gabriel seinen Schlüssel vom Hals zieht.

»Du hättest nicht an der absurden Reise teilnehmen sollen«, antwortet er mir.

»Warum nicht? Warum kann ich nicht an Dingen teilnehmen, die mir Spaß machen? Gut, es ging darum, Garner den Arsch aufzureißen für das, was er Mary angetan hat … Aber … aber wenn es das nicht wäre … Warum kann ich nicht wie jede andere Frau an dieser lächerlichen Challenge teilnehmen?« Meine Worte werden immer lauter, zugleich schleicht sich die Schwäche in meinem Körper ein, die ich zuvor nicht gespürt habe. Meine Haut brennt und ziept bei jedem Schritt, den ich mache, und mein Mund fühlt sich trocken an. Ein schaler Geschmack liegt auf meiner Zunge.

»Ich finde, du solltest nicht abreisen. Was soll ich ohne dich machen? Ich denke, wenn es nun die Runde macht, warum es nicht genießen?«, mischt sich Isy mit ein und angelt unsere Kleider von der Garderobe. »Besser, wir suchen die Toiletten auf, um uns anzuziehen und uns etwas frisch zu machen.« Gleich auf dem Gang mit den rot lackierten Türen befinden sich die Toiletten. Ich nicke Isy entgegen.

»Warte bitte auf uns, Gabriel. Ich brauch kurz einen Moment für mich und ein Frauengespräch.« Immer noch überrollt von dem, was vorgefallen ist, betrete ich mit meiner Freundin, die einfühlsam über meine Schulter streichelt, die Toiletten. Im Waschraum befindet sich eine schwungvolle mit goldenen Fäden durchwirkte und aus Nussholz geschnitzte Ottomane, auf der ich Platz nehme. Dann beginnen wir, ohne etwas zu sagen, unsere Kleider anzuziehen und sie zu binden.

»Also weißt du, Dakota, so schlimm finde ich es gar nicht, dass Damian, Kresten und auch Kylian wissen, wer du wirklich bist. Vielleicht haben sie so mehr Respekt vor dir?«, will sie mich trösten. Ich stöhne kurz auf, fahre über meine Stirn und schaue mir im Spiegel entgegen.

»Doch, es ist schlimm. Sie sollte es nichts angehen. Sicher werden sie ebenfalls Fragen haben. Ich bin es leid, Fragen zu beantworten. Dinge über mich preiszugeben, die niemanden etwas angehen. Gefragt zu werden, was ich davon halte, was mein Vater gemacht hat. Ob ich etwas davon wusste … Das geht niemanden etwas an, Isy.« Denn niemanden interessiert es, wie es mir eigentlich geht. Jeder möchte von den neugierigen Reportern nur die neusten Informationen, Bilder und Statements. »Auf der Yacht wird es sicher bald die Runde machen, dann bin ich die Tochter, die England in der Presse in ein schlechtes Licht gestellt hat, deren Vater Geld veruntreut hat.«

Wie stehe ich schon da? Wenn, dann fliege ich noch heute Nacht zurück. Ob Isy mich begleiten wird oder nicht … ich werde in Begleitung von Harry und John nach London fliegen.

Im Spiegel richte ich meine Frisur, streiche die losen dunklen Strähnen zurecht und bessere den Schaden meines Make-ups vom Weinen aus. Frisch hergerichtet setze ich die Maske auf und binde sie hinter meinem Kopf zusammen. Wieder das schwarze Kleid zu tragen, gibt mir das Gefühl, nicht mehr nackt und angreifbar zu sein. Mit den Fingerspitzen fahre ich über die Rüschen und richte das Halsband. *Das Halsband!*

Isys Blick fällt im Spiegel ebenfalls auf das Schmuckstück. »Wenn du unauffällig durch die Sicherheitskontrolle willst, wirst du mit Damian reden müssen.«

Das werde ich und muss ich. Als ich mit Isy zusammen die Toiletten verlasse, im Gang Gabriel warten sehe, steht mein Entschluss fest: *Ich werde aus der Challenge austreten.*

Damian

»Sie ist Dakota Cadena?«, wiederhole ich leise. Mit zügigen Schritten verlasse ich das Podest, achte nicht mehr auf das Gerede der Zuschauer, die mich wohl nicht erkannt haben. Die Maske hat mein Gesicht verborgen, aber ich – unüberlegt wie ich bin – wollte, dass Dakota die Maske abnimmt.

Aber wie, zum Teufel noch mal, hätte ich ahnen können, dass einer der Zuschauer sie erkennt? Nicht einmal ich habe sie erkannt, weil ich bisher nur ein oder zwei Bilder von ihr vor mehreren Jahren in einem Magazin gesehen habe. Zu der Zeit, als sich der tragische Autounfall ihrer Mutter ereignet hat, der nie wirklich geklärt wurde. Der Vorfall ging durch zahlreiche Medien, danach habe ich nie wieder etwas von Dakota Cadena gelesen. Sie hat sich aus der prominenten Welt zurückgezogen, ist abgetaucht und geriet in Vergessenheit, bis vor zwei Wochen, als der Skandal ihres Vaters Theodor Nathaniel Cadena durch die Medien ging, der als Abgeordneter des Parlaments angeblich mehrere Millionen veruntreut hätte. Was dran ist, kann ich schwer beurteilen – und ich erlaube mir kein Urteil … Nur, dass sie jetzt hier ist – an der Challenge teilnimmt, beweist Mut und ändert meine Ansichten über sie.

»Wer hätte das gedacht. Also ich bin schon in die Richtung gegangen, dass sie etwas Besonderes ist. Dabei habe ich Showgirl oder Strip-Club-Star vermutet, aber die Tochter des Abgeordneten, der gerade in aller Munde ist …? Geil!«

»Halts Maul, Kresten!«, fahre ich ihn an, als ich sein dummes Gerede hinter mir nicht mehr ertragen kann. »Du müsstest von uns am besten wissen, wie es ist, wenn die Presse Dinge über dich berichtet, die nicht stimmen. Demnach bist du der Fremdgeher Nummer eins und lässt deine schwangere Frau zu Hause sitzen, während du dich mit anderen vergnügst. Also lass deine dummen Bemerkungen!«

»Kommt mal runter«, bremst uns Kylian aus, der mich vor der Tür aufhält. »Wir können mit ihr reden, nicht wahr? Hat jemand von uns Gründe, weswegen sie nicht weiter auf der ›Bright Canopus‹ bleiben kann?« Kylian hebt über seine dunkelgrüne Maske die Augenbrauen. Er war schon immer der Streitschlichter, der, der jede Handlung von anderen Menschen verstehen kann.

»Meinetwegen kann sie bleiben, ob Cadena, Chessa oder Smith. Mir ist es egal, solange sie gut aussieht und sich benimmt«, antwortet Kresten und nimmt einen Schluck von seinem Martini. Bei diesen Worten verfinstert sich mein Blick. *Er lernt es nie.*

»Ich geh sie suchen, halt mir Kresten vom Leib«, antworte ich Kylian, der mir entgegennickt, dann mit dem Handrücken über die Lippen fährt.

»Behandele sie angemessen«, höre ich ihn hinter mir herrufen, sodass ich schnaube. Mit Sicherheit. Eigentlich müsste Dakota nach dem Verstoß, uns zu hintergehen und falsche Angaben gemacht zu haben, von der Challenge ausgeschlossen werden. Doch ein Teil von mir möchte, dass sie weiterhin auf der Yacht bleibt. Bisher ist mir keine Frau aufgefallen, mit der ich die Zeit so ausgelassen genießen konnte, ohne sie irgendwann loswerden zu wollen.

Im runden Saal, in dem einige in Fesseln gelegte und in Dresscode gekleidete Gäste sich unterhalten und an mir vorbeigehen, kann ich Dakota und ihre Freundin nicht finden. Selbst diesen Gabriel nicht. Also entschließe ich mich, durch eine der roten Türen zu gehen. Kaum dass ich die Tür öffne, sehe ich am Ende des Ganges, der zum Saal führt, Isy, Dakota und zwischen ihnen als schwarzer Graf diesen Gabriel laufen.

Unauffällig folge ich ihnen, beobachte, wie sie zur Bar gehen und sich etwas zu trinken bestellen. Zwischen den tanzenden Paaren, die ausgelassen lachen und feiern und mir mit ihren Hüten und Perücken die Sicht versperren, kann ich Dakota nicht mehr beobachten. Dann ist sie plötzlich von der Bar verschwunden. Zur Hölle, wo ist sie!

Als hätte ich keinen Hintergedanken, gehe ich gezielt auf die Bar zu, als mir zwei Dekolletés mit schweren Perlenketten dekoriert den Weg versperren.

»Damian, wir haben dich schon die ganze letzte Stunde gesucht.« Zynthia zwinkert mir hinter ihrer Maske, die sie über einen Stab vor ihr Gesicht hält, entgegen, während Flora über meinen Arm streicht.

»Entschuldigt mich, aber ich habe gerade keine Zeit«, dränge ich beide mit einem aufgesetzt höflichen Lächeln zur Seite. »Wir sehen uns auf der ›Canopus‹. Ich wünsche euch noch einen angenehmen Abend.«

Dann sehe ich die blonden lockigen Haare von Isy und ihr helles Kleid mit dem auffälligen Blütenmuster zwischen den Gästen und neben ihr Dakota über den Strohhalm ihres Drinks einen Schluck nehmen. Komplett in Schwarz bis auf die einzelnen hellen abgesetzten Akzente ähnelt sie einer dunklen Gräfin, ein Kleid, das mir mit Abstand an diesem Abend am besten gefällt. Mit einem schnellen Griff, der vielleicht unhöflich erscheinen mag, umfasse ich ihr Handgelenk und ziehe sie so zu mir, ehe Dakota reagieren kann.

»Wir sollten reden, Dakota.« Ein missbilligender Blick trifft mich von Gabriel – wer auch immer er genau sein mag, es interessiert mich nicht.

»Danke, ich möchte darauf verzichten, Garner. Ich würde die restlichen Minuten des Abends gern genießen, bevor ich die Veranstaltung verlasse.«

»Zier dich nicht so. Als ob ich dir schaden wollte. Nur

einen kurzen Moment«, bitte ich sie. Unter meinen Handschuhen und ihren Gelenken, die ebenfalls von Stoff umgeben sind, kann ich sie kaum spüren. Mein Blick ist eindringlich und bestimmt – und wenn sie nicht zusagen sollte, werde ich sie aus dem Saal tragen.

Sie sieht etwas erschöpft aus, was nach der Session nicht verwunderlich ist, aber nickt mir mit zusammengepressten Lippen entgegen.

»Ich gebe dir drei Minuten. Hörst du, drei, dann rede ich und ich werde nicht mal eine Minute brauchen.« Interessiert hebe ich eine Augenbraue, woraufhin sie mir einen Klaps mit ihrem Fächer auf die Brust gibt.

»Denk nicht im Traum daran«, antwortet sie lächelnd. Ihre weißen Zähne sehe ich sehr selten, weil sie kaum lacht, aber wenn, dann zeichnet sich ein Grübchen auf ihrer linken Wange ab.

»Was sollte ich denken, mein Herz? Dass du die Gelegenheit mit mir nutzt, um mich zu vögeln? Nein … auf solche absurden Vorstellungen komme ich nicht. Folge mir.« Mit einem knappen Lächeln biete ich ihr meinen Arm an, fange mir einen verärgerten Blick von Gabriel und einen besorgten von Isy Dixon ein und führe sie von der Bar weg. Ich habe keine Lust, unter Beobachtung zu stehen. Es ist Sommer, und ein paar Schritte im Park sollten helfen, auf andere Gedanken zu kommen.

»Warum möchtest du mit mir rausgehen?«, erkundigt sie sich misstrauisch und wirft einen Blick, nachdem wir die Treppen überwunden haben, hoch zum Steingeländer, an dem sicher noch ihre Freunde stehen und uns beobachten, genauso wie die anderen Kandidatinnen auch. An Katelyn, die sich mit Daria zu streiten scheint, einer verheulten Lara und Sarah, die sich angetrunken mit Alexis und Samantha unterhält, gehe ich vorbei. Doch ich beachte sie nicht.

»Möchtest du hier im Saal zwischen den anderen Menschen und der Musik mit mir über den Vorfall im Verhörraum reden? Wenn es dir lieber ist, kein Problem.« Ich bleibe kurz vor dem hohen Portal, das nach draußen führt und von zwei Portiers für uns aufgehalten wird, stehen. Daneben kann ich zwei dunkel gekleidete Männer in Anzügen erkennen. Den einen habe ich schon einmal gesehen. Kurz kreuzen sich Dakotas und sein Blick, obwohl er eine Sonnenbrille trägt.

»Nein, nein. Lass uns rausgehen«, fügt sie eilig hinzu, als sie die übrigen Gäste unauffällig mustert und die anderen Kandidatinnen entdeckt hat.

»Ich verstehe, du hast dir soeben die Erlaubnis deines Personenschutzes eingeholt.« Denn es ist eindeutig gewesen, dass Dakota erst seine Absicherung einholen wollte. Warum zum Teufel wusste ich nicht, dass sie Cadena ist? Was hat sie noch alles vor mir verheimlicht?

Sie räuspert sich, blickt mit geöffnetem Mund durch das Portal zur beleuchteten Auffahrt, dann zu mir. »Du scheinst dir nicht sicher zu sein, Garner. Ich möchte mit dir rausgehen, auch ohne die Erlaubnis von Harry. Nur werden sie uns im Auge behalten, wenn das kein Problem für dich darstellt«, erklärt sie mir. »Was sie schon die ganze Zeit auf der Yacht getan haben«, schließt sie an ihre letzten Worte an. *Das ist unmöglich!*

»Dir ist es gelungen, deine Personenschützer auf mein Schiff zu bringen?«

»Auf legalem Weg, Damian. Sie haben sich bei deinem Security-Service beworben. Ohne sie hätte ich an der Challenge nicht teilgenommen.«

Während wir die Kiesauffahrt betreten, wirkt sie distanziert und kühl. Sie danach fragen, ob sie sich auf der Yacht unwohl fühlt, weil sie ihre Bodyguards begleiten, oder ob es an dem Unfall ihrer Mutter vor Jahren liegt, möchte ich nicht. Ich habe an ihrem Blick gesehen, wie sehr es sie getroffen hat, als ich den Autounfall vor ihr in den »Secret Rooms« erwähnt habe.

Ich sehe ihr an, dass sie Ruhe braucht, um ihre Gedanken zu ordnen. Und wenn ich mehr über sie erfahren möchte, sollte ich ihr die Zeit geben.

18. KAPITEL

Deine drei Minuten beginnen ab …« Mit einem Blick auf mein Smartphone, das ich aus der Tasche geangelt habe, gebe ich ihm die Möglichkeit, mit mir zu reden. »Jetzt.« Erst dann werde ich ihm sagen, dass ich vorhabe, aus der Challenge auszutreten. Das ist der passende Moment.

»Fein. Ich fasse mich kurz, Dakota. Ich habe in keinem Moment ahnen können, wer du bist. Bei dem Hereinplatzen der Fotografen beim ›Eight Nights‹ hatte ich das Gefühl, dich vielleicht doch irgendwoher zu kennen. Aber … zum Teufel, ich wusste nicht, dass du die Tochter eines Abgeordneten bist, was ja nun auch unwichtig ist.« *Unwichtig?*

Meine Augenbrauen ziehen sich gefährlich zusammen, als ich weiter mit Garner über die Kieswege durch den beleuchteten Park laufe. Wir befinden uns, soweit ich es erkennen kann, fast ungestört auf dem Außengelände – wären da nicht Harry und John, die jeden unserer Schritte überwachen würden.

»Noch zwei Minuten«, weise ich Garner mit einer monotonen Stimme hin und schaue zu den Laubbäumen auf, zwischen denen schwach die Sterne auf uns herabblitzen. Ihm in sein Gesicht blicken, kann ich einfach nicht.

»Verdammt, musst du die drei Minuten so ernst nehmen?«

»Sicher. Sonst würdest du an meiner Glaubhaftigkeit zweifeln. Also weiter, ich bin ganz Ohr.« Ich hasse manchmal meine schnippische Art, aber ich will wissen, was er mir zu sagen hat.

»Okay, um keine alten Wunden bei dir aufzukratzen, und ich habe an deinem Gesicht ablesen können, wie sehr es dich verletzt hat, dass deine Maskerade aufgeflogen ist, werde ich dir keine Fragen stellen, dich weder auf deine Vergangenheit noch deine familiären Umstände ansprechen. Für mich bist du vorerst weiterhin eine Kandidatin der Challenge.«

Als ich den letzten Satz höre, macht sich die Enttäuschung in mir breit. *Mehr bin ich nicht für ihn?*

Mein Blick löst sich von den raschelnden Baumkronen und wandert zu ihm. Damian schaut auf den hellen Weg vor uns, dann zu mir. »Von mir wird keiner erfahren, wer du bist. Kresten und Kylian werden ebenfalls schweigen, damit du keine Nachteile während der Reise hast. Denn ich weiß, wie Frauen untereinander spielen.« Mit einem knappen Grinsen kneift er seine Augen zusammen. Ach, er will wirklich wissen, wie intrigant Frauen sein können? Aber warum erspare ich es mir nicht einfach? Ich muss nicht auf der Yacht bleiben, sondern sollte nach Hause fliegen, mich auf das Turnier vorbereiten, bei Mary sein und mich aus dem Trubel zurückziehen. Das ist nicht meine Welt, das war sie noch nie. Aber zu Hause … was erwartet mich da schon? Habe ich überhaupt noch ein Zuhause, seit meine Mutter gestorben ist? Nein, wenn, dann ist mein Zuhause in Frankreich bei meinen Großeltern, meinem Onkel – die mehr Zeit für mich haben als mein Vater.

»Noch eine Minute«, erkläre ich ihm, obwohl ich keinen Blick mehr auf mein Handy geworfen habe.

»Ich würde mich wirklich freuen, wenn du bleiben würdest, denn bisher …« Seine Hand umfasst meinen nackten Oberarm, auf dem sich augenblicklich Gänsehaut bildet. »… bist du eine meiner Favoritinnen«, raunt er mir mit einem intensiven Blick hinter seiner Maske verborgen entgegen. Sein Gesicht nähert sich meinem, Stück für Stück. Für eine kleine Ewigkeit verharren wir in dem Moment – alles um uns herum scheint stehen geblieben zu sein. Meine Zweifel über ihn und seine Schlagzeilen in der Presse sind aus meinem Kopf wie weggefegt. Was ich sehe, sind seine vertrauenswürdigen klaren Augen mit einer hellen Lichtreflexion, sein warmes ehrliches Lächeln. Was ich spüre, ist seine Hand auf meinem Arm. Auch wenn er Handschuhe trägt, fühle ich seine Wärme. Und gerade in diesem Moment will ich nichts mehr, als Zeit mit ihm zu verbringen, den gesamten Abend, die ganze Nacht.

Ich schaue mit einem zarten Lächeln auf seine Lippen, atme seinen berauschenden Duft ein und lasse es zu, dass seine Lippen über meine gleiten, ohne mich zu küssen. In dem Moment schließe ich meine Augen, als er leise weiterspricht. »Und ich möchte unter keinen Umständen, dass du die Reise abbrichst, denn das konnte ich in deinen Augen erkennen. Du hast vor, die Challenge abzubrechen, nicht wahr, mein Herz? Und nein, wenn ich dich davon abbringen kann, dich überzeug…«

»Achtung!«, ruft eine bekannte Stimme laut hinter mir. *Harry?* Schlagartig öffne ich die Augen. Alles passiert so plötzlich, als ich seitlich von uns zwischen den Bäumen eine dunkle Gestalt mit rötlich glänzendem Haar erkennen kann, dann ein Rascheln zu hören ist, ein Arm um meine Taille mich fest von Damian wegzerrt und ich John hinter Garner erkennen kann.

Ein ohrenbetäubender Knall durchschneidet die Abendluft, dann ein Flattern von aufgeregten Vögeln in den Baumkronen, ein lautes Fluchen ist zu hören, bis alles unheilvoll still wird …

Bei Nero, was ist geschehen? Trotz Harrys festem Griff um meine Mitte, der mir fast die Luft abschnürt, erkenne ich die fremde Gestalt zwischen den Bäumen. *Das kann nicht sein! Was macht sie hier!* Dann sehe ich die Konturen eines Umhangs zwischen den Bäumen verschwinden.

Von Garner ist ein lauter Schmerzensschrei zu hören, schon wird er von John in Deckung gedrängt, der seine Waffe gezogen hat und zwischen die Bäume zielt. Ein weiterer Schuss fällt und meine Knie geben in dem Moment nach. Sofort verschwimmt die Welt um mich herum, es erinnert mich an den Unfall vor mehr als fünf Jahren.

Ma mère … Oh Gott, meine Mutter … Der silberne Mercedes Maybach rast vor uns in einem mörderischen Tempo ohne Ausweichversuche frontal gegen die Mauer eines Tunneleingangs in London, ein durch Mark und Bein gehender Aufprall ist zu hören. Überall fliegen Glassplitter und scharfe Metallgeschosse durch die Luft. Autos bremsen am Unfallort ab. Rauch steigt in die Abendluft auf, bis ich einen qualvollen Schrei hören kann. Meine Mum! Adrian sitzt fassungslos neben mir, sein Gesichtsausdruck beschreibt das, was ich fühle, bis er in einer rasanten Bremsung unseren Wagen zum Stehen bekommt. Bis in die Fingerspitzen breitet sich das furchtbare Zittern in meinem Körper aus und sammelt sich als schwerer Klumpen in meinem Magen. Gerade sehe ich mich, wie ich starr den Kopf schüttele, versuche zu begreifen, was nicht zu begreifen ist, und dann den Türgriff des Maserati ohne hinzusehen ertaste, um auszusteigen.

»Dakota … warte! … Das … wir sollten einen … Krankenwagen rufen«, höre ich Adrians Worte. Doch sie sind so weit weg, als befände ich mich unter Wasser, als wäre ich in einem Traum gefangen und könnte ihn nicht verstehen, wie hinter einer schweren Glasmauer, ihn sehen ja, ihn hören … nein. Adrian steht plötzlich neben mir, hält mich umfasst und will mich vom Unfallort zurückzerren. Ich höre seine Warnungen: Es sei zu gefährlich. Sie sind mir gleichgültig. Als ich meinen trüben Blick von dem Wrack des Autos löse, werde ich von einem Schatten hoch über dem Tunneleingang am Geländer der Brücke über der Straße abgelenkt. Er ist genauso schnell verschwunden, wie ich ihn erkennen konnte.

Es können auch schwarze Vögel gewesen sein, eine Täuschung. Ich kann nicht mehr klar denken, mich nicht mehr bewegen, mein Herz rast und doch stehe ich zur Eissäule eingefroren am Unfallort … fahre mir über die Stirn, bis sich mein Blick trübt. Tränen laufen über mein Gesicht und lassen meine Sicht verschwimmen. Meine Mutter … Oh Gott, ma mère!

»Ich bring dich hier weg, Dakota«, reißt mich eine brummige tiefe Stimme aus meinen Erinnerungen.

»Was …« Kurz blinzele ich, schlucke und schüttle den Kopf. »Was war das?«, bringe ich mit zittrigen Stimmbändern hervor. Harrys starkes Parfüm umgibt mich, als Harry mir weiterhin Deckung gibt, mich von Garner entfernt und aus dem Park trägt, weil ich nicht so schnell mit meinen Absatzschuhen auf dem rutschigen Kies laufen kann. Mit einem bestimmten Griff hält er mich über seiner Schulter gefangen, als sei ich seine Beute, und verlässt das Gelände.

»Keine Panik, wir haben alles im Griff. Ich bring dich zur Limousine.«

»Was? Harry, was … was war das?«, stammele ich, als ich wie erstarrt über seiner Schulter hänge und er mich mit schnellen großen Schritten die Stufen des Anwesens zu den wartenden Limousinen hinunterträgt. »Warte, stopp! Was ist los? Wurde … scheiße, wurde Garner angeschossen?«, will ich von ihm wissen. Wieder ertönt ein lauter Knall, der mich zusammenfahren lässt.

»Ja, er wurde getroffen, von einer Frau, die wir, kurz bevor sie ihre Waffe gezogen hat, erkennen konnten. Du bist außer Gefahr«, brummt seine Stimme gehetzt unter mir.

»Eine Frau? Nein, halt an. Lass mich bitte runter. Ich will wissen, was mit Garner ist.«

»Unter keinen Umständen, ich bring dich zum Wagen.« Das geht nicht, denn wenn ich es richtig erkennen konnte, habe ich die Frau wiedererkannt. Ich kann mich zwar getäuscht haben, aber sie sah Mary ähnlich. Und wenn sie es war, dann …

»Es war Mary, habe ich recht?«, frage ich Harry, der mich weiter wie einen Stein, als würde ich nichts wiegen, zu den parkenden Autos trägt. »Lass mich mit ihr reden …«

»Nein, es ist mein Job, dich aus der Gefahrenzone rauszutragen und dich nicht wieder hinzubringen.«

»Auf mein eigenes Risiko, lass mich runter, Harry. Bitte.« Mit einem Knurren und einem längeren Blick über der Schulter setzt er mich ab. Dann spricht er etwas in sein Headset, und ich komme wackelig auf meinen mörderisch hohen Absätzen auf dem Asphalt zum Stehen. Kurz richte ich mein schwarzes Rüschenkleid, dann sehe ich zu den Stufen auf. Am Eingang des Anwesens, an dem einige Gäste stehen, kann ich plötzlich John ausmachen, der eine rothaarige Frau in die Mangel genommen hat. Ohne Harry eine Chance zu geben, eile ich mit hochgerafftem Kleid die Stufen hoch. Jede Steinstufe erscheint mir unendlich weit, jeder Schritt unendlich schwer, als ich keuchend am Absatz angekommen bin.

»Mary!«, rufe ich, mehr kann ich nicht sagen, als ich meine Freundin mit hochrotem Gesicht, die Arme von John auf den Rücken gepresst, mustere. Komplett in Schwarz gekleidet, verrät sie nur ihr rotes zu einem Pferdeschwanz zusammengebundenes Haar in der Dunkelheit. Erst als sie ganz von der Außenbeleuchtung des Châteaus angestrahlt wird, erkenne ich sie vollständig.

»Ich … Du … du hast nicht auf Damian geschossen?«, frage ich sie und stelle im gleichen Moment fest, wie dämlich meine Frage klingen muss.

»Habe ich. Ich hätte ihm am liebsten die Eier abschießen sollen, diesem Scheißkerl! Und du, Dakota! Du bist hier? Was machst du hier in Le Havre mit dem Mann, der mein Leben ruiniert hat? Was hast du hier zu suchen?«, fährt sie mich an, rüttelt an Johns festem Griff und starrt mir wütend entgegen.

So habe ich sie noch nie gesehen. Aufgelöst, am Boden zerstört, ja, aber nie voller Hass und Zorn. Von zwei Angestellten begleitet, die Harry oder John gerufen haben müssen, erscheint hinter den vielen Menschen, die bereits entsetzt die Szene mitverfolgen, Damian, der seinen Arm mit schmerzverzerrtem Gesicht umklammert. Sein Blick fällt, als ich zu ihm aufsehe, auf mich. Als würde uns etwas verbinden, schauen wir uns nur lange entgegen, bis er schwach lächelt. Kurz erkenne ich Erleichterung auf seinem Gesicht, dass ich nicht getroffen wurde. Mary folgt meinem Blick, zerrt an Johns Arm und flucht laut: »Lass mich verdammt noch mal los! Sag deinem Bullen, er soll seine Pfoten von mir lassen!«, faucht sie und strampelt wie eine Irre in Johns Griff, um sich freizukämpfen.

»Nicht so schnell, Kleine, solange die Polizei nicht hier ist, werde ich Sie nicht freigeben«, brummt er ihr entgegen, was sogar ich hören kann. Aus dem Veranstaltungsgebäude kommen mir Isy und Gabriel mit Sicherheitsleuten entgegen.

»Hier draußen sollen Schüsse gefallen sein«, sagt Isy im Portal zu Gabriel, bis sie Mary entdeckt.

»Grundgütiger, Mary? Was machst du hier?«, fragt sie Mary, dann schaut sie in meine Richtung. Auf ihrem Gesicht kann ich ablesen, wie sie versucht, sich alles zusammenzureimen. »Was ist hier passiert?« Hinter mir höre ich wie in Trance Polizeisirenen die Abendluft durchschneiden. *Gleich wird Mary abgeholt.*

Ohne groß zu überlegen, gehe ich weiter auf Mary zu. Dabei entgeht mir Damians blutüberströmter Arm nicht, der von John an mir vorbeigeführt wird.

»Warum hast du das getan, Mary? Wie … woher wusstest du, wo sich Damian aufhält?«, frage ich sie.

»Ach, du nennst ihn schon beim Vornamen, wie interessant. Verrat du mir, was hier läuft! Was seid ihr für Freunde, die hinter meinem Rücken an der Challenge von diesem Schwein teilnehmen?«

»Wir, also, Mary … es ist nicht das, was du denkst«, versucht Isy unsere Lage zu erklären, doch Mary lacht nur verächtlich. Wieder rieche ich bei ihr einen leichten beißenden Alkoholgeruch. Harry steht etwas vor mir, damit er mir im Falle, dass sich Mary aus Johns Griff befreit, Deckung geben kann. »Ihr vergnügt euch hier, lasst euch von Garner vögeln, nicht wahr? Dann wird es euch bald genauso ergehen wie mir. Ihr seid solche Lügnerinnen und habt euch sicher hinter meinem Rücken köstlich mit Garner amüsiert. Liege ich nicht richtig?« Wütend rollen Tränen über ihre Wange.

Ich hebe meine Hand, um sie zu trösten, auch wenn es mir schwerfällt, sie zu trösten, nachdem sie Damian angeschossen hat. Vermutlich wollte sie ihm nicht nur eine Kugel in den Arm jagen, sondern ihn tot sehen. Gott, ich stand einen halben Meter neben ihm. Wenn sie in ihrem angetrunkenen Zustand ihr Ziel verfehlt hätte, hätte sie mich getroffen.

Ich. Hätte. Tot. Sein. Können!

Warum, bei Nero, warum macht sie so etwas Unüberlegtes? Wie tief muss man gesunken sein, um einen Menschen derart zu hassen, um sich selbst sein Leben zu verbauen?

»Oh Mary, wir hätten es wieder für dich hingebogen. Du solltest eine Auszeit haben und …«

»Auszeit … Pah! Nimm deine Hände von mir, Dakota!«, faucht sie mir entgegen. Aufgebracht spuckt sie Isy und mir vor die Füße. »Ihr seid solche Schlampen, Verräterinnen, Huren, Monster. Nie wieder, das schwöre ich euch, will ich euch mehr sehen!« Ich erkenne den Schmerz in ihren Augen und verfolge die zornigen Tränen, die ungebremst über ihre Wangen rollen.

»Wenn ich es dir erklären kann, dann …«

»Halt die Klappe! Ich will nichts hören. Das, was ich gesehen habe, hat mir alles gesagt!«

Auf Isys Gesicht ist das pure Entsetzen zu erkennen, als sie Mary weiter beobachtet. »Dakota, lass sie. Mary, ist nicht mehr sie selbst, sie ist angetrunken und …«

»Ja, genau! Mary ist angetrunken!«, schreit sie unter den Blicken der anderen Gäste umher und zerrt wieder an Johns Griff, bis sie sich mir gefährlich nah entgegenbeugt. »Ja, Mary ist verrückt geworden!« Mit einem boshaften Lächeln schaut sie mir lange entgegen. Uns trennt nur noch eine Handfläche, während ich den beißenden Alkohol rieche. »Du bist die Nächste, Dakota. Du bist die Nächste, das verspreche ich dir. Ich habe eure traute Zweisamkeit beobachtet. Ganz genau so war es bei mir auch, und dann hat mich Damian ausgenutzt, mir Versprechungen gemacht. Du wirst ebenfalls auf ihn reinfallen, dich von ihm um den Finger wickeln lassen, und dann wird er dich wie Müll beseitigen, dich nicht mehr kennen. Aber weißt du was? Du hast es nicht anders verdient!«

Hinter uns höre ich das Quietschen von Reifen auf der Straße. Polizisten steigen zügig die Stufen hoch. »Vergiss nicht, was ich gesagt habe, Dakota. Er wird dich ebenfalls wie Abfall behandeln. Aber vielleicht bist du das bereits. Du Hure!« Mit einem höhnischen, so hinterhältigen Gesichtsausdruck, der mir das Herz bricht, wird meine Freundin, die ich nicht mehr wiedererkenne, von zwei Polizisten abgeführt.

Zu gern würde ich ihr helfen, aber … Nein! Das kann ich nicht.

»Das … das ist Wahnsinn. Nimm dir ihre Worte nicht zu

Herzen, Dakota«, will mich Isy trösten, als sie bei mir ist und wir beobachten, wie unsere Freundin, die wir mehr als sieben Jahre kennen, mit der wir gelacht, geweint, gelernt und uns gestritten haben, in Handschellen wie eine Strafgefangene abgeführt wird. Alles erscheint mir wie ein übler Albtraum, aus dem ich nur noch erwachen möchte. Das ist alles eine Illusion. Das darf nicht wahr sein! Und wenn … dann sollte ich es wieder hinbiegen, eine verdammte Lösung finden.

»Lass mich«, fahre ich Isy an und steige hinter Mary, die bereits in den Polizeiwagen auf der Straße unter den sensationsgeilen Blicken der anderen Gäste bugsiert wird, die Stufen des Anwesens hinab. *Daran ist Garner schuld!*

Mary mag überreagiert haben, mehr als überreagiert, und sie mag an der Affäre zu gleichen Teilen schuld sein, trotzdem … Jetzt denkt sie, ich sei eine Verräterin, würde mich hier mit Garner und seinen Freunden auf ihre Kosten vergnügen, sie verraten …

Mit der linken Hand fahre ich über meine Stirn und senke den Blick, als ich die Stufen eilig hinabsteige. Dabei trete ich versehentlich auf den Saum des verflucht ausladenden Kleides, gerate ins Straucheln und falle vornüber die Stufen herunter. Mit einem stummen Aufschrei versuche ich Halt zu finden, aber lande dennoch erbarmungslos mit der linken Gesichtshälfte auf der Kante einer Steinstufe. *Herrgott, verdammt!* Nach drei Stufen werde ich von zwei Armen aufgefangen, um nicht weiter die Treppe herunterzusegeln.

»Flocke, was machst du?«, fragt mich Kylian keuchend, als er mich zu fassen bekommt und mich zu sich zieht. »Ich weiß ja, dass du aufgewühlt bist, aber pass auf dich auf. Scheiße, deine Wange.« Von dem Sturz pocht meine linke Wange, die sich feucht und zugleich heiß anfühlt. Als ich mit den Fingern danach taste, spüre ich etwas Warmes, Feuchtes und schließe für einen winzigen Moment mit brennenden Tränen in den Augenwinkeln meine Augen.

»Verflucht, das darf nicht wahr sein«, wimmere ich, weil der Abend so nicht enden sollte. Damian sehe ich plötzlich mit John, die bereits beim Rettungsdienst standen, auf mich zulaufen. Ich komme nicht einmal dazu, abzuwinken und ihnen vorzutäuschen, mir sei nichts passiert, als beide vor mir stehen.

»Ist dir was passiert?«, fragt mich Garner und geht mit einem gequälten Gesichtsausdruck und einem leisen Knurren in die Knie. Dabei hält er ständig seinen blutüberströmten Arm umfasst. Rot schimmert das Blut auf seinem Handrücken unter dem Laternenlicht. *Fast wie in einem Horrorfilm* – denke ich und möchte in genau demselben Moment nicht wissen, wie ich aussehe.

»Ja, ähm … Nein …« Mit der Hand fahre ich mir über die Augen, um meine Tränen unauffällig fortzuwischen. »Geh zum Krankenwagen, du wurdest angeschossen. Kümmere dich nicht um mich, alles okay …«

»Sieht nicht so aus. Sie ist fertig. Kyl, pass auf sie auf.« Kylian hebt neben mir sein Gesicht und schaut zu Damian. Es scheint so, als würden sie kurz stille Botschaften nur mit ihren Blicken austauschen. Im nächsten Moment sind Isy und Gabriel bei mir.

»Ist dir was passiert?«, fragt mich Gabriel und legt eine Hand auf meine Schulter.

»Nein, es geht schon.« Harry ist bei mir, und schlagartig, so scheint es mir, sind tausend Augenpaare auf mich und Damian gerichtet. Ich hasse es, wenn mich Menschen anstarren. Als mir Harry aufhilft, knicke ich unkontrolliert ein. *Mein verdammter Knöchel!* Mit zusammengebissenen Zähnen kneife ich meine Augen zusammen und klammere mich instinktiv an

Harrys Jackett fest.

»Mister Garner, wir müssen Ihre Schussverletzung behandeln; um Ihre Freundin kümmert sich gleich ein Sanitäter«, ermahnt ihn ein Notarzt. Damians und mein Blick treffen sich kurz, bevor ich ihm entgegennicke. *Geh schon, Damian, du brauchst mir nicht dabei zusehen, wie ich hilflos nicht mal allein stehen kann* – denke ich und hoffe, er kann meine Blicke deuten.

»Lass dich behandeln, ich habe Menschen, die auf mich aufpassen.« Wie konnte ich so blöd sein, die Steinstufen herunterzuschlittern. Hätte mich Kylian nicht ausgebremst, läge ich als verknotetes Knäuel vor den letzten Stufen auf der Straße.

»Oh verfickt, Chessa. Da lässt man dich mal einen Augenblick allein und du ramponierst dein hübsches Gesicht«, höre ich Kresten hinter mir. Eilig kommt er in seinem napoleonischen Outfit die Stufen heruntergeeilt und sieht erst zu mir, dann Damians verletzten Arm.

»Also … das … Seid ihr irre? Was habe ich verpasst?«, will er wissen und schiebt sich an Harry und John vorbei. »Und Personenschützer? Deine?«, fragt er mich, als er bei uns ist, sich durch sein dunkelrotes Haar fährt und kurz verblüfft aussieht.

»Ja, du hast etwas verpasst, Kresten. Sehr viel sogar. Und ich glaube kaum, dass es dir den Aufenthalt im Club wert war. Steig in die Limousine ein, wir begleiten beide zum Krankenhaus«, beschließt Kylian mit einem besorgten Blick in meine Richtung, bevor er in die Knie geht und mich auf seine Arme hebt.

»Ich komme mit.« Isy greift nach meiner Hand, als ich von Kylian die letzten Stufen heruntergetragen werde, Damian von zwei Sanitätern umringt ist und angewiesen wird, ihnen zu folgen, John und Harry sich weiterhin in meiner Umgebung befinden und Gabriel … Gabriel mustert mit einem finsteren Blick Warren, Hamilton und Garner, so als könnte er nicht begreifen, mir von ihnen helfen zu lassen.

»Ich werde hierbleiben. Vielleicht sehen wir uns bald wieder, Dakota.« Mit wenigen Schritten ist er bei mir. »Bleib mal stehen, Warren.« Kylian wirft ihm einen skeptischen Blick zu, bevor er auf der Straße mit mir auf dem Arm stoppt. Gabriel streichelt über meinen Arm, dann vorsichtig über meine gesunde Wange. Als er sich zu mir herabbeugt, erkenne ich seinen besorgten Blick verborgen hinter seiner schwarzen Maske. »Pass auf dich auf, Dakota. Sie mögen auf den ersten Blick freundlich und hilfsbereit sein, doch sie sind Monster. Glaub mir. Wenn du wieder in London bist, melde dich bei mir. Ich werde Adrian nichts davon erzählen.« Kurz sieht es so aus, als würde er sich weiter zu mir herabbeugen, um mich zu küssen. Doch er verharrt nur mit seinen Lippen dicht vor meinen, bevor Kylian sich räuspert. »Gib auf dich acht«, sind die letzten Worte, die ich von Gabriel höre, bevor er sich umwendet, kurz über die Schulter zu mir blickt und dann wieder die Stufen zum Château hochsteigt.

Irgendwie kommt es mir so vor, als hätte er mir etwas anderes sagen wollen. Als befände sich eine geheime Botschaft zwischen seinen Worten. Doch in diesem Moment ist es mir unmöglich, einen klaren Gedanken zu fassen. Gerade kann mein Gehirn nicht mehr dem Geschehen folgen.

Meine Freundin Mary wurde verhaftet.

Garner angeschossen.

Gabriel warnt mich vor Damian, Kresten und Kylian.

Adrian soll nichts erfahren.

Und im Park schien es mir so, als würde mir Damian etwas Wichtiges sagen wollen. Bei Nero, ich werde einige Zeit brauchen, um alles in Ruhe verarbeiten zu können. Zuerst sollte ich meine Verletzungen versorgen lassen. Danach brauche ich Schlaf und Ruhe. Und in diesem Augenblick fühle ich mich auf Kylians Arm beschützt und geborgen. Er trägt mich zu einer der dunklen verspiegelten Stretchlimousinen, und kurz darauf schmiege ich mich zwischen Kresten und Kylian an Kylians Seite. Isy sitzt mir gegenüber und wirkt aufgelöster, als ich es selbst bin. Nicht lange und ich werde von dem Alkohol in meinem Körper sowie von der beruhigenden Autofahrt müde und schließe an Kylians Schulter angelehnt die Augen.

19. KAPITEL

Kylian

Die Kleine ist völlig fertig. Kein Wunder nach dem Massaker, das die Fremde veranstaltet hat – denke ich, als ich auf einem der Barhocker Platz nehme.

»Um ehrlich zu sein, habe ich mir unsere Reise etwas angenehmer vorgestellt. Keine Schießereien, keine Verletzten, keine heulenden Weiber, kein emotionales Blabla. Und was ist nun?«, fragt Kresten und schnaubt abfällig, als wir uns wieder auf der Yacht befinden, er mit einem Scotch in der Hand in der privaten Lounge auf und ab geht. »Chessa ist Cadena. *Die* Cadena! Alter, hättest du mir das vor Anbruch der Reise gesagt, hätte ich dir eine mitgegeben. Wir haben die Tochter des Abgeordneten gevögelt, Kyl. Verrückt und geil zugleich. Und dann wird Damian von einer Irren angeschossen. Ich weiß ehrlich nicht, ob ich mich darüber freuen soll, dass die Reise so viel Abwechslung verspricht, oder ob ich mir Gedanken darüber machen soll, was uns noch erwarten wird.«

Kresten und sein Geschwafel stören mich in dem Moment. Er liebt es, wenn mal etwas nicht normal läuft, wenn er bei Katastrophen vor Ort ist, sich eine Dame in der Öffentlichkeit blamiert und er Einfluss auf das Gerede haben kann. Eigentlich müsste es für ihn ein gelungener Abend gewesen sein.

Mit aufgestützten Ellenbogen nehme ich einen Schluck von meinem Wasser. Alkohol würde den Abend auch nicht mehr retten.

Isy wollte ich in ihre Suite bringen. Allerdings bestand sie mehrfach darauf, die Nacht bei mir verbringen zu wollen, weil sie sich um mich kümmern muss, schließlich wurde mein Freund angeschossen. Das ist wahr. Nur schien es mir so, als bräuchte die Kleine mehr Fürsorge als ich. Außerdem will ich die Nacht nicht allein verbringen. Also warum nicht. Mittlerweile schläft sie. Schon nach wenigen Minuten in meinem Arm ist sie eingeschlafen. Nur ich konnte noch nicht schlafen. Deswegen habe ich beschlossen, einen Abstecher zur Bar zu machen. Kresten dort anzutreffen, der vor dem Barkeeper einen Monolog hält, hätte ich allerdings nicht vermutet. Alle Damen sind mittlerweile nach dem Vorfall heil an Bord, nur Damian und Dakota müssten jeden Moment eintreffen. Laut der Ärzte habe Dakota eine leichte Verstauchung und eine bereits genähte Platzwunde auf dem Wangenknochen. Damian hatte Glück. Der Streifschuss sorgte wohl nur für einen blutigen Auftritt, würde aber keine Komplikationen mit sich ziehen.

»Du bist doch nur neidisch, nicht vor Ort beim Geschehen dabei gewesen zu sein. Was hast du die ganze Zeit gemacht?«, frage ich Kresten und drehe mich zu ihm um. Weiterhin läuft er an der Fensterfront auf dem Parkett auf und ab, während der Barkeeper die letzten Gläser poliert.

»Was wohl? Weitere Frauen getestet. Robina ist ganz sympathisch … Fuck, das spielt doch keine Rolle«, korrigiert er sich. »Ich bin sicher nicht neidisch, doch dabei gewesen wäre ich sehr gerne. Wer sieht schon jeden Tag eine Schießerei?« Sein Grinsen über dem Glasrand verrät mir, dass er bereits zu angetrunken ist, um die Gefahr der Schießerei nicht mehr einschätzen zu können. *Typisch Kresten.*

Seit er vor wenigen Monaten mit seiner Frau das Abkommen geschlossen hat, benimmt er sich wie ein Draufgänger, der sich nimmt, was er will, und das ohne Rücksicht. Er war früher anders. Besser. Doch was heißt schon besser? Ann-Mary hat ihn zu dem werden lassen, was er ist.

Plötzlich werde ich von dem Vibrieren in meiner Hemdtasche aus den Gedanken gerissen. Mittlerweile habe ich mich, wie Kresten auch, umgezogen. *Eine Nachricht von Damian.* Wurde auch Zeit, um dem Kapitän neue Anweisungen zu geben.

Sind in fünf Minuten da. Chessa und mir geht es gut, also sehen wir uns morgen. Heute Nacht werden wir wie geplant Le Havre verlassen.

»Was schreibt er? Hat er Bilder geschickt, wie er Dakota als ihr Retter auf der Rückbank vögelt?«, fragt mich Kresten wirklich. Mehr als einen strafenden Blick werfe ich ihm nicht zu, dann antworte ich Damian.

»Du hast heute genug getrunken, Kresten. Beweg deinen Arsch in dein Bett. Wir reden morgen weiter.«

»Mein Arsch wird heute Nacht sicher nicht in meinem Bett schlafen.«

»Tatsächlich? In welchem dann? Oder stimmt, vielleicht schaffst du es nicht einmal in deine Suite und schläfst bei der Crew.« *Die werden sich bedanken.*

»Genau, die Purserin. Ja, sie …«, bringt er undeutlich hervor, dann leert er sein Glas mit einem Schluck. »Warum nicht bei ihr schlafen? Hast du sie dir schon mal angesehen? Heiße Schnitte. Wie sie mich ansieht und fragt, ob ich noch einen Wunsch hätte … geil … kann nur bedeuten, wie gern sie Bekanntschaft mit mir machen will«, bringt er mit einem leicht schief geratenen süffisanten Grinsen hervor, schiebt das Glas auf die Bar, das bedrohlich über die Thekenkante rutscht, sodass es der Barkeeper noch zu fassen bekommt, und schwankt in Bermudas und einem dunklen Poloshirt zur Tür.

»Nicht mehr heute.«

»Aber sicher, mein Freund. Wo wohnt sie gleich? Steuerbord, Backbord? Ah – beim Kapitän, richtig? Der hat sie sicher schon vor mir betatscht. Ich bekomme noch einen hoch und zeig ihr, wie es richtig geht. Noch heute.« Das bezweifle ich, nachdem er stinkt wie eine Schnapsleiche.

»Bewegung, heute wird keiner Bekanntschaft mit deinem Schwanz machen.« An der Schulter schiebe ich ihn durch die Tür und begleite ihn zu seinen Räumen am Ende des Ownerdecks.

»Warum nicht? Ich will es meiner heimtückischen Hure heimzahlen, sie sehen lassen, dass ich, Kresten Hamilton, *der* Kresten Hamilton …« Neben mir schwankt er gefährlich gegen die Wand und reißt fast ein Gemälde von der Aufhängung. »Ich, Kresten …«

»Ja, Kresten Hamilton, der einzigartige, gut aussehende«, ergänze ich seine großen Worte, die er wohl glaubt, an die Nation zu richten.

»Genau, genau … DER Kresten Hamilton auch zeigen kann … dass ich ihre verfluchte Pussy nicht brauche! Sie und der Bastard in ihrem beschissenen Bauch von Marc Hinterficker mich mal können! Ich, Kresten Hamilton …«

Poetisch hebt er seine Hand und deutet den Gang entlang. *Zum Glück befinden sich keine Ladys auf dem Deck, die seinen bemitleidenswerten Zustand mit ansehen können.* »… habe eine solche Schlunze nicht verdient, sondern … ja, sondern … etwas Besseres, Kylian. Nicht wahr?«, fragt er mich und dreht seinen Kopf mit den gläsernen Augen zu mir. »Wusstest du eigentlich … dass du einen ziemlich beschissenen Namen hast?«

Mein Blick verschärft sich und ich muss grinsen. »Ja …

welche Mutter nennt ihren Sohn Kyyyyliiiiaaaaan? Unlogisch ... Nicht? Klingt wie ne Sportmarke oder Kaugummifirma. Ne, Blumenzwiebel ... von Blumen, die duften und die wir unseren Schlampen in den Arsch schieben. Ich hasse das Gestrüpp. Hätte dir deine Mum lieber einen Kondommarkennamen geben können. Das wäre originell und geil ... Slogan: Kylian – feucht und sicher«, stammelt er immer undeutlicher vor sich hin, bis er dreckig dem abstrakten Chicago-Bild neben sich entgegengrinst. *Noch ein Satz und ich stopfe ihm sein Maul! Gleich haben wir sein Schlafzimmer erreicht und ich bin von seinem betrunkenen Geschwafel erlöst* – denke ich und schiebe ihn mühselig zu seiner Tür.

»Gib deiner Kondommarke mal deine Karte«, weise ich ihn an. Augenblicklich lacht er amüsiert neben mir, starrt mich seltsam an und stellt sich an die Wand, die Arme über den Kopf verschränkt. *Was soll das werden?*

»Such sie doch, Kyl.« *Ist er verrückt?*

»Ich hasse es, wenn du betrunken bist. Ich bin nicht eine deiner Tussen, die dich gerne befummelt«, murmele ich, aber muss doch über sein kindisches Verhalten grinsen, als ich seinen Körper abtaste. *Was in Herrgotts Namen treibe ich hier überhaupt?* Ich muss scheiße verdammt tief gesunken sein, um nun einen meiner besten Freunde anzufassen.

»Und ich liebe dich. Ja, ich liebe dich, wenn du dich rührend um mich kümmerst. Toller Freund bist du ...«, lacht er schelmisch mit einem Schluckauf und tätschelt kurz darauf meine Schulter, bevor er seine Hände wieder hinter dem Kopf verschränkt. »Du darfst mir heute auch zur Belohnung an den Arsch gehen ... denn da ... ja, genau da, befindet sich die Karte ... Im Süden.«

Tief hole ich Luft, schiebe meine Hand zu seiner Hosentasche und fasse hinein. »Ne, ausgetrickst, war die falsche Tasche … Wollte nur wissen, wie du zupackst. Wie ne Memme. Das geht besser … viel besser. Noch mal.«

»Weißt du, ich könnte dich auch hier auf dem Gang pennen lassen. Morgen wirst du den Kater und die Rückenschmerzen deines Lebens haben und mir würde es am Arsch vorbeigehen.«

»Könntest du, Kyl, könntest du, aaaaber wirst du nicht tun … du bist zu abartig gutmütig für diese Welt, freundlich, hilfsbereit, könntest nie ein Herz brechen. Auch zu Céline warst du zu weich, die Fotze. Machst ihr einen Antrag, liest ihr jeden verdammten Wunsch von den Augen ab, und zack, ehe du dich's versiehst, grapscht sie an nem anderen Schwanz rum.« *So war das verflucht noch mal nicht!* »Alle Frauen verarschen uns … schon mal auf die Idee gekommen? Dass sie alle gleich sind? ALLE! Muss isch erst besoffen sein, um das zu begreifen? Alles Schlammmmpen, sooooweit du schaun kannst.« Er hebt die rechte Hand von seinem Hinterkopf und will in den Gang deuten, als ständen Ann-Mary und Céline hier im Gang, bis er mir bei dem Versuch mit seiner Hand einen nicht gerade sanften Schlag ins Gesicht verpasst.

»Scheiße, pass auf!«, warne ich ihn und gehe vor ihm weiter in die Knie, um seiner Alkoholfahne auszuweichen, die er mir mit jedem Wort ins Gesicht bläst.

»Hab ich disch getroffen? Oh … wollde ich nich … wollde ich wirklich nich, war nich meine Absicht.«

»Weiß ich«, murmle ich. Wieder taste ich an seinem Arsch und suche nach der verfluchten Karte, als ich Schritte und ein Sirren höre. Die Karte befindet sich nicht in seinen hinteren Taschen, sondern in einer der vorderen.

»Was zum Teufel macht ihr hier?«, fragt mich Damian, als ich in die Knie gegangen bin, um Krestens dämliche Karte zu finden.

»Er bläst mir einen«, antwortet Kresten trocken und deutet mit der Hand auf meinen Kopf. »Sieht man das nich?«, lallt er und grinst schäbig.

Ich verdrehe die Augen, bis ich Dakota leise kichern höre, die ich wirklich zum ersten Mal lachen sehe. Im Gang steht sie neben Damian, der, amüsiert über unsere Situation, den Kopf schüttelt und sich räuspert.

»Trockenübungen, Kylian?«, fragt sie. »Dann solltest du dir am besten von mir zeigen lassen, wie es richtig geht.«

Ganz sicher nicht! Bevor ich Kresten einen blase, springe ich lieber nackt durch das englische Parlament.

»Missssss Cadena ist hier«, hat es Kresten endlich auch gemerkt. »Möchtest du nich bei mir nächtigen? Mein Schwanz und ich würden uns über deine … wie heißßßt das … ah ja, angenehme Gesellschaft – ne Aufwartung klingt besser – freuen. Wie schaut's aus, Honey?« Schmalzig hebt er eine Augenbraue und grinst ihr mit einem gläsernen Blick, der verboten gehört, entgegen.

Damian fährt sich mit einem breiten Grinsen in meine Richtung mit der gesunden Hand durch sein Haar und wirft mir einen mitfühlenden Blick zu. Er kennt Kresten betrunken besser als ich, seine Eskapaden und Ausfälle. Der linke Arm ist in einen Schonverband gelegt, wie ich sie selbst von meinen Knochenbrüchen kenne. So weit scheint es den beiden gut zu gehen. Gott sei Dank.

»Ein andermal liebend gern, Hamilton, heute brauche ich meine Ruhe. Du solltest dich und deinen Schwanz auch ins Bett bringen.«

»Wie vornehm sie spricht, Kyl, was?« Wieder ein Schluckauf. Neben ihm bin ich aufgestanden und scanne die Karte ein. »Gut, gut … ich kann mich auch mit Kyl zufriedengeben. Die ganze Nacht, Cadena … hörst du? Wir lassen die Sau raus – wenn du uns stöhnen hörst, dann ja, rammel ich …« Von dem Aufblinken des grünen Lämpchens werde ich von der Blamage erlöst und schiebe Kresten in seinen Raum, bevor noch ein Wort seine Lippen verlässt. »Was sssoll das? Ich wollte gerade das Chick klarmachen«, beschwert er sich und versucht sich an mir vorbeizudrehen.

»Morgen ist auch noch ein Tag. Geh dich ausschlafen und komm heute Nacht nicht mehr auf die Idee, einer anderen Frau einen Besuch mit deinem Schwanz abzustatten.«

»Spielverderber. Du bist solch ein Loooser, Kyl«, brummt er und lässt sich weiter schwankend zum Bett führen. Nachdem er sich der Länge nach in das große Kingsize-Bett hat fallen lassen, braucht er nicht mal eine Minute und ist wie ein Baby eingeschlafen. Ausziehen werde ich ihn sicher nicht. So wird er sich morgen früh daran erinnern können, keine Frau flachgelegt zu haben.

Das leise Schnarchen lässt mich aufatmen. *Armer Typ.* Immer, wenn er betrunken ist, redet er über Ann-Mary, ansonsten schweigt er das Thema tot, als sei alles in bester Ordnung. Ist es aber nicht. Warum er sich die Mühe gibt, mit ihr weiterhin in der Öffentlichkeit zusammen zu sein? Ich weiß es nicht.

Um ihren Ruf zu ruinieren? Sich selber zu ruinieren? – frage ich mich, als ich meine Suite aufsuche und von Damian und Dakota auf dem Gang nichts mehr zu sehen ist. Sicher sind sie ebenfalls schlafen gegangen. Ob Damian sie die Nacht bei sich im Bett schlafen lässt?

In meinem Schlafzimmer finde ich einen blonden Engel in meinem Bett vor, der leise etwas murmelt, als ich mich neben dem Schrank ausziehe und zu ihr ins Bett steige. Es tut gut, wieder eine Frau neben sich im Bett schlafen zu lassen – vor allem dann, wenn man weiß, sie würde einen nicht schaden.

Vorerst nicht …

Mit einem Kuss auf ihre Wange ziehe ich sie mit dem Rücken eng an meine Brust und schlafe mit ihr im Arm ein.

Ganz so übel endet der Tag doch nicht.

20. KAPITEL

Ich glaube, die beiden hat es heute Abend mehr mitgenommen als uns«, bringe ich mit einem Lächeln hervor und lasse mich weiter über die Gänge von Damian zu meiner Suite begleiten. Im Nachbarraum wird Isy hoffentlich schon schlafen. *Vielleicht sollte ich nachsehen, ob es ihr gut geht?*

»Sah ganz danach aus. Kresten, auch wenn man es ihm nicht ansieht, ist ein richtig guter Freund, der sich auch Sorgen machen kann. Allerdings bringt er das meistens anders zum Ausdruck, als es gewöhnliche Menschen tun.« Deswegen ist Damian mit ihm befreundet? Nun, Kresten ist und bleibt wohl etwas besonders in seiner Art. Mit ihm wird es nie langweilig werden.

»Und du hast wirklich vor, die Nacht allein in deiner Suite zu verbringen, Chessa? Oh nein, Cadena – entschuldige.« Mit einem Schimmern in den Augen lehnt er sich in seinem Rüschenhemd und seiner schwarzen Hose und den Stiefeln an die Wand an und hält mich lange im Blick. Es ist fast so, als würde er mich nur mit diesem Blick zum Umdenken überreden wollen.

»Es ist besser so. Nach dem aufregenden Abend solltest du lieber durchzählen, ob alle Frauen an Bord sind, und hast sicher Besseres zu tun, als eine Frau, deren Freundin durchgedreht ist und dich wie Freiwild angeschossen hat, bei dir schlafen zu lassen.«

In seinem Blick verändert sich etwas. Kurz sieht es so aus, als würde er länger über meine Worte nachdenken. »Du kennst Mary, nicht wahr?«

»Ja, ich kenne sie.« *Sehr gut sogar.* »Nur sieh es mir nach, dass ich heute Nacht nicht mehr darüber reden möchte.« Mit der Hand fahre ich erschöpft über meine Stirn. »Alles, was ich brauche, sind ein paar Stunden Schlaf, erholsamen Schlaf. Und schon morgen wird die Welt ganz anders aussehen«, verspreche ich mir selbst. Denn wenn ich ehrlich bin, muss ich alles verarbeiten und mich darum kümmern, dass Adrian wirklich nichts von dem Vorfall erfährt. Er nicht erfahren wird, wo ich überhaupt bin. Außerdem verleiht mir der Gedanke, dass ich den Abend über verfolgt und beobachtet wurde, ein unwohles Gefühl. Auch wenn es Mary war, meine Mary, die wohl verrückt geworden ist, nicht mehr die Person ist, die ich zu kennen glaube, bereitet mir der Gedanke Angst. Wie es ihr wohl geht? Sie ist immer noch meine Freundin, auch wenn sie mich in die Hölle gewünscht hat. Trotzdem möchte ich wissen, wie es ihr geht, warum sie so weit gegangen ist, einen Menschen anzuschießen.

Mit der rechten Hand will ich den Türknauf umfassen, als sich Damians warme gesunde Hand auf meinen Handrücken legt.

»Komm zu mir. Nur noch diese eine Nacht. Wenn du möchtest, wäre ich heute Nacht sogar bereit, dir das Halsband abzunehmen, damit du ruhig schlafen kannst«, bietet er mir tatsächlich an, nur um bei ihm zu bleiben. Mit der anderen Hand fasse ich nach dem warmen Metall um meinen Hals und schmunzele dem Teppichboden entgegen.

»Vor wenigen Tagen, als ich Fieber hatte, wolltest du es mir nicht abzunehmen. Warum jetzt?« Oh, er glaubt doch nicht wirklich, dass ich mit ihm eine heiße Nacht verbringe? Mit seinem verletzten Arm und meinem demolierten Gesicht? *Unmöglich …* Entweder möchte er die Nacht nicht allein sein oder aber er hegt andere Absichten. Meine innere Stimme verrät mir, dass er nichts von mir verlangen wird, was ich nicht möchte.

»Nun, Meinungen können sich ändern. Was denkst du?«, fragt er mich mit seiner rauchigen Stimme, als er sich mir näher entgegenbeugt. »Denn glaub mir, wäre mein Arm nicht in Mitleidenschaft gezogen worden, befändest du dich bereits jetzt auf meinen Armen, und ich würde dich ohne Einwände in meine Suite tragen.« Seine blaugrauen Augen fesseln meine so sehr, dass ich kurz die Lippen öffne, aber kein Wort meinen Mund verlässt. Warum nur glaube ich ihm seine Worte? Weil er es tun würde?

»Fein, Damian Garner. Ich werde die Nacht bei dir verbringen, aber nur, weil du mir nicht gedroht oder du mir Versprechungen gemacht hast«, reize ich ihn mit einer angehobenen Augenbraue, greife nach seiner Hand, die weiterhin um meine auf dem Türknauf liegt, und raffe mit der anderen mein schwarzes Kleid hoch.

»Du bist heute erstaunlich leicht zu überzeugen, und das, obwohl ich dein Geheimnis erfahren habe, heute Abend so viel vorgefallen ist«, stellt er neben mir fest, als wir den Lift zum Ownerdeck nehmen.

»Glaub nicht, mich bereits zu kennen. Es gibt weitaus dunklere, weitaus interessantere Geheimnisse als das meiner Familie, Garner.«

Mit einem leisen Lachen zieht er mich mit seiner Hand gegen sich, umfasst mein Kinn und schaut mir fast bedrohlich, aber mit einem vertrauten Grinsen entgegen. »Es wird mir eine Freude sein, herauszufinden, wer sich wirklich hinter der ansprechenden Fassade befindet, mein Herz.« *Warum nennt er mich immer so?* Andere Frauen habe ich ihn niemals so ansprechen hören. Ein Privileg, das ich mir bei ihm erarbeitet habe? Oder weil er mich bevorzugt? So gern wüsste ich, was er mir im Park noch sagen wollte.

»Pass auf, dass es nicht vergebliche Liebesmüh ist.«

»Dann ist es mir das wert, Miss Chatterley«, raunt er mir entgegen. »Ich werde deine beiden Seiten weiter erkunden, deine Schwächen, Sehnsüchte und Vorlieben kennenlernen, weil ich sie nur von dir kennen möchte.«

Als ich in sein perfekt geschnittenes Gesicht blicke, der Lift stoppt und ich mit den Fingerspitzen seine dunkelblonden Haarsträhnen aus dem Gesicht streiche, werfe ich ihm ein Schmunzeln entgegen. *Wir werden sehen, wie weit du wirklich gehst, Garner.*

Nicht lange und ich gebe nach. Bevor ich weiter an seinen oder Marys Worten zweifele, hebe ich mich in den hohen Absatzschuhen auf die Zehenspitzen und halte mich im Nacken an ihm fest. Warum nicht jetzt eine aufregende Zeit mit ihm verbringen, wenn ich doch die Gefahr kenne? Warum nicht meinen Spaß haben, viele erfüllte Momente erleben, wenn ich weiß, dass es ein Ende geben wird? Zu wissen, dass es ein Ende geben wird, trübt den Moment. Doch besser zu wissen, dass es ein Ende geben wird, als plötzlich wie aus dem Nichts am Abgrund zu stehen. Und wer weiß, wer von uns beiden am Abgrund stehen wird, wenn ich die Regeln festlege, ich sage, wenn ich gehe und nicht er es bestimmen wird?

Nein, Damian Garner. Ich werde das Spiel mitspielen, so lange wie möglich. So lange, bis ich sage, dass es zu Ende gespielt worden ist.

Und zum Schluss ...

Ich hoffe, ihr hattet schöne Lesestunden.
Die Geschichte von Dakota, Isy, Damian, Kresten & Kylian wird bald in »**AUSERWÄHLT – Unverletzbar**« weitergehen.

Der Folgeband wird voraussichtlich Ende April 2015 erscheinen.
Ganz besonders möchte ich an dieser Stelle *K.N.* danken, der mich zum ersten Mal auf eine ganz besondere Yacht entführt hat.
Des Weiteren gilt mein Dank *Sybille, Anne & Natalie* – eurem scharfen Blick entgeht einfach nichts.
Merci!

Alle Infos rund um die Serie findet ihr wie gewohnt auf meiner Facebook-Seite oder in meiner Facebook-Gruppe.

Alles Liebe,
Eure *D.C. Odesza*

13592071R00187

Printed in Poland
by Amazon Fulfillment
Poland Sp. z o.o., Wrocław